法蘭西情人

LOVE IN FRANCE (A NOVEL IN TRADITIONAL CHINESE CHARACTERS)

B杜

British Library Cataloguing-in-Publication Data. A CIP catalogue record for this book is available from the British Library.

ISBN 978-1-913080-05-1 (ebook)
ISBN 978-1-913080-04-4 (print)

For my family

第一章/愛在巴黎

如果你夠幸運，在年輕的時候來過巴黎，那麼巴黎將會永遠跟著你，因爲巴黎是一席流動的宴席。

——海明威

我沿著塞納河奔跑，今天又下起綿綿細雨，河的風景也變得陰鬱。放眼望去，河面停了許多遊艇，換作平日，我會停下腳步，瞻仰那些有錢人家，幻想自己也是其中一員，可惜今日不一樣，我得給羅宋湯送炭筆。

羅宋湯不是"那個"羅宋湯，他姓羅，名宋，二字名，但誰讓烏克蘭的"羅宋湯"名聞遐邇，羅宋有幸和它攀了點兒關係，便順理成章地從二字名變成三字名。

"嘟……嘟嘟……"手機響了，我按下接聽鍵。

"依依，妳在哪兒？"

聽到羅宋的聲音，我趕緊加速："快……快到了，看……看到尖塔了。"

我從6區的拉丁區，也就是有名的左岸跑向12區的聖母院，爲的是給什麼都帶齊,唯獨缺畫筆的羅宋送炭筆。

好不容易我終於跳上愛之鎖橋往勝利奔去，不禁有種跑完馬拉松的欣喜，相較於我的"大功告成"，羅宋卻是一副"錯過高考"的衰樣。

"誰讓妳跑來？"他又腰質問我。

" 你......你啊......你不是要炭筆？"我邊把筆遞給他邊彎腰喘氣。

"我是說，妳爲什麼不坐車？"

問得好，我認不得路、看不懂法文、也不知車往哪裏開，怎麼坐車？

羅宋犯嘀咕，說我來法國都一個多月了，難道還......

"你就非得說些打擊我的話不可嗎？我還不是爲了給你送筆。"我滿腹委屈。

羅宋顯得無奈，他說是我把筆拿走的。

"只是借用一下嘛！又不是故意的。"我作勢要哭。

"好了，好了，不哭，"他大手一攬，擁我入懷，" 我是心疼妳跑那麼遠的路。"

躺在愛人懷裏，我又聞到他身上的煙味，畫畫時他總愛抽上幾口，說是激發靈感。

"你又抽煙了。"我推他一把，順便抱怨。

"今天的第一根，因爲等妳，錯過了中國旅行團，一大票人哪！有老有小，好可惜！"

聽他這麼一說，我很懊惱，如果不是昨晚發神經想畫幾筆"神來之筆"，並且忘了"物歸原主"，現在的羅宋早已賺到兩隻烤雞或一大盤焗蝸牛了。

"對不起。"我說。

"没事，我有預感，待會兒會有港澳台的旅行團過來。天黑前，我還有機會賺到今晚的晚餐。"他安慰我。

噢！忘了自我介紹，我叫馬依依，Z大中文系畢業生，職業-漢語教師。羅宋是我男友，他正在巴黎美術學院學習油畫，週末、假日或閒暇時會到聖母院前的廣場擺攤，他幫遊客畫像，素色的€20/張，彩色的€30/張。

找他畫的人不多，因爲競爭很激烈，但他的"好孩子"形象吸引了中國大媽，無形中爲他拉來客源，這也是他偏好中國旅行團的原因。

我在羅宋面前坐下，他開始幫我畫今生的第一百零一張素描。

没有人比他更了解我的五官，在遊人聚集前，他已經在做最後的修飾。

" 好像啊！"

" 簡直就是一個模子刻出來的。"

" 連笑容都畫得那麼逼真！"

……

圍觀的群衆嘰嘰喳喳地發表意見，並且一邊倒地讚賞。

"馬上就好，誰是下一位？"羅宋喊著。

趁著羅宋在賺我們的晚餐錢，我信步走向聖母院。這個法

國文豪雨果筆下的"石頭的交響樂"，經過幾代工匠、雕刻師傅的前仆後繼，以接近完美無瑕的哥特式建築迎接我。

瞧！教堂上方是雙塔造型，正門四周佈滿雕像，一層接著一層。拱門上方爲衆王廊，陳列舊約時期的28位君王像，兩側爲石質中櫺窗子，中間是彩色玻璃窗，有方形也有圓形，其中最大的圓形俗稱"玫瑰玻璃窗"，其富麗堂皇的設計最令人讚歎。

瞻仰過這個耗時180年才建造完成的曠世傑作，我又走上愛之鎖橋，就在聖母院旁。

剛才急匆匆給羅宋送筆，没來得及看我和羅宋的"連心鎖"，所以趕緊上前查看是否安在？

剛來法國時，羅宋曾告訴我，歐洲有個傳說，只要在橋上掛上鎖，然後將鎖的鑰匙丟進河裏，情侶間的愛情就可以天長地久。於是我倆很誠心地在中國城的五金行選了個結實的好鎖，誓必生生世世都要鎖住彼此。

"哈！在這裏。"我幾乎毫不費力就找到。

這都得感謝我們選了一把少見的琵琶造型銅鎖，上面還被羅宋用小刀刻上一行小字：羅馬不是一天造成的（取他的羅姓和我的馬姓）。

我們的確不是一天造成的，我們已經相愛五年了。

時間往前推去，我和羅宋都是Z大的，畢業後我修讀漢辦的漢語教師班，順利拿到教師證，也有了兩年教外國人漢語的經驗；羅宋則是在大四時決定赴法留學，臨時惡補了幾個月法語，加上他過硬的20份作品集，毫無意外地擊敗衆多申請者，進入巴黎美術學院。

我們都來自中等家庭，他又想當孝子，所以兩人的生活一直過得緊巴巴，這次來法國的路費，還是我縮衣節食省下來的。

"依依～依依～"羅宋背著畫具在橋的那端呼喚我。

"畫完了？"我走向他。

"嗯！畫了一老一小，一白二黑，外加一條狗，妳老公今天賺到兩人份的海鮮大餐了！"

我們沒有吃海鮮。

跨過愛之鎖橋，我和羅宋來到摩洛哥小哥的烤肉攤，叫了兩份捲餅，是用北非大餅捲上薯條、烤肉、生菜，最後加上一勺濃稠的烤肉汁而成，香味四溢，好吃得不得了。

"說了好幾次請妳吃海鮮都沒去成。"羅宋很抱歉。

"我喜歡吃這個，況且我對海鮮過敏。"

我當然對海鮮不過敏，羅宋也知道。他握了握我的手，我感受到他的愛意，像太陽一樣溫暖。

吃完烤肉大餅，他執意給我買一個冰淇淋，我選了香草口味的。

"你怎麼只買一個？"我拿著捲成一朵花的冰淇淋問。

"我對冰淇淋過敏。"他答。

我毫不遲疑地把冰淇淋往他的嘴巴送，他舔了一口，說："好甜。"

我們相視而笑。

第二章/吃人不吐骨頭

我跟漢語學校請了三個月的假，教務主任臭著一張臉：" 估計妳回來後，學生都改朝換代了。"

我没理會她，轉身著手打包。

一來羅宋爲我申請的是訪友簽證，與一般3○天的旅遊簽證不同，前者可待三個月；二來我對眼前的這份工作有了倦怠感，一個課時6○元，外加好多的行政工作，主管又經常擺臉色，我都快抑鬱了；三來我對巴黎花都有不可救藥的遐想，好不容易攢下路費，總得玩到盡興爲止。

只是我還是太高估我和羅宋的錢包，到了法國，没多久就火燒屁股，逼得我不得不重操舊業，當起法國人的漢語老師。

補習班丟給我的是一個二十歲左右，想到中國留學的大學生。說好的在補習班上課，臨時他致電給我說想喝咖啡，邊喝邊上課，約在左岸。

想到左岸是藝術家的精神樂園，是伏爾泰、西蒙、海明威、畢卡索等名人曾經佇足的殿堂，二話不說，我風塵僕僕地趕到聖米歇爾大街，又在眾多的咖啡館中找到蒙帕納斯大道71號的"丁香小花"，那個據說是海明威未成名前經常流連的地方。

天知道我臨時惡補的法文及一口爛法語是怎麼找到的？！

沒想到那個沒教養的學生非但沒體貼我的不易，反而批評我："妳用的是中國時間嗎？遲到了十五分鐘。"

我不想第一天見面就擺臉孔，遂壓住怒火，馬上坐下來上課。

Didier學過兩年漢語，大概就是HSK四級的水平。很好，不用從拼音教起，但他的問題實在太多了，有時我真不知如何作答。

"'了'是什麼意思？"他問。

"動作完成的意思。"

"'吃過'的'過'是什麼意思？"他又問。

"也是完成的意思，代表吃這個動作完成了或經歷了。"

"那'吃過了'是什麼意思？"他接著問。

"就是……就是'吃過了'的意思啊！已經做完吃的動作了。"我覺得莫名其妙。

"'過'和'了'都是動作完成，爲什麼要使用兩次？"

"語氣加強，你也可以說'吃過'或'吃了'。"

"意思完全一樣嗎？"

"也……也不是完全一樣。"

"哪裏不一樣？"

"哪裏不一樣？那個……嗯……"

可以想見我這個老師當得有多尷尬，全程都是類似的對話，叫我冷汗直流。

“別難過，妳比我上一個老師好多了，至少妳還試圖解釋，那個王老師只會一句‘背起來’，意思是她也不懂。”

我乾笑兩聲，搞不清楚他是褒還是貶？

此時羅宋給我來電話，讓我替他送筆，恰好下課時間也到了，我說了句：“À la prochaine fois.”

Didier遞給我€40，我正想答“Merci.”，他以迅雷不及掩耳的速度抽走了€15。

“這是Espresso的咖啡錢。”他答得理直氣壯。

啥？是他說想喝咖啡，我竟然要替自己的咖啡買單？！

可以想見，我選擇“跑步送快遞”是有那麼點兒氣憤在，氣學生小氣，也氣自己愚蠢，€15可以買好多枝炭筆了！

巴黎分爲五環，兩環之內稱爲小巴黎，在小巴黎坐地鐵Metro，不論多遠，統一票價；兩環之外稱爲大巴黎，得坐地鐵RER，票價根據遠近有所不同。也就是說住的離市中心遠，雖然省了房租，但貴了交通。

羅宋考慮再三，還是決定在美術學院所在的5區租房，離學校近不說，離“兼職”的聖母院也不遠，即使13區的中國城，步行半小時也能到，對於經常開伙的他非常方便，但是有利必有弊……

“我有兩位室友，一位來自哈爾濱，另一位是地道的歐羅巴人。”羅宋到機場接我時，興致勃勃地說。

轉了好多趟地鐵，又坐了一次公交，終於來到一條石板路巷子裏。

"依依，這就是我們的家。"羅宋指著一棟三層樓的灰色公寓說。

他有三把鑰匙，第一把鑰匙打開大門，裏面類似中國的天井，左手邊有一整排的郵箱，可想而知，第一個門的鑰匙，郵差先生也會有；第二個門是內門，只有住戶才能進；第三個門才是自家大門。

"請進。"羅宋打開第三個門。

這是個約五十平米大小的典型法式公寓，有小巧的陽台和落地長窗，浴室很大，有個超大浴缸，房間很小，擺了床和衣櫃，基本只容轉身。

"面北的那間是小尤的，朝東的是歐羅巴的。"羅宋宣佈。

"這裏只有兩間房，你的呢？你的是哪間？"我迷糊了。

他張開雙手："喏！就是這裏，凌晨12點過後，整個客廳都是我的。"

我怔住了。

"妳老公負責打掃衛生，每週的租金只要€100。"他補上一句，然後等著我表揚。

孰料我捂住嘴哭了起來："原來......原來你過得這麼苦。"

"寶貝兒，不哭，"他見狀將我擁入懷裏，"乖，我一點兒也不苦，哪天我出名了，讓小尤、歐羅巴人睡客廳，妳和我各睡一間。"

說得我破涕爲笑："誰理你！"

既然羅宋連個像樣的房間也沒有，那就別幻想我們的重逢會有多浪漫。通常的情況是耳鬢廝磨過後，他喃喃地對我說："路口有家賓館，以小時計。"

我不想在美麗的花都草草做了那事，所以來到法國一個多月，我們還像室友般純潔，難怪最近羅宋"兼職"得很勤快，他說要租一個開間，和我大開裸體派對。

補習班的陳校長要我過去詳談，大概是談我的去留。

我在法國的第一次試教以"慘烈"收場，所以對接下來的談話信心全無。

"Didier對妳的評價不高，他說妳没有守時觀念，答疑也多所猶豫，中文底子不夠。"陳校長一字不落地轉述。

聽到"中文底子不夠"這六個字，讓我怒火中燒，我承認也許我的表達能力有待加強，但我不承認中文底子不夠，好歹我也是Z大中文系的畢業生。

"我說了妳別生氣，現在的大學生一抓一大把，混文憑的多得是。"陳校長向我揮刀。

如果有人對你說："我說了你別生氣……"，意思是你聽了絕對會非常、非常生氣，好比現在，我生氣到想把陳校長碎屍萬段。

"既然這樣，那没什麼好說的，我不過是想要有海外教學經驗，教一次和教一百次，對我來說都一樣，好歹我也算有過一次經驗，不算太糟，就這樣了，au revoir."我站起身。

"坐下，坐下，年輕人這麼急躁怎麼行？"那個年過半百的胖女人開口挽留，讓我又看到一線曙光。

我重新坐了下來。

"華夫人……"陳校長特意看了我一眼，確認我不知此爲何人後，繼續開講，"華夫人替她的公子找中文家教，一個月€3000，怎麼樣，感興趣嗎？"

一個月€3000？這……實在太好了，我和羅宋馬上可以開裸體派對了。

"包食宿。"陳校長補充。

"包食即可，我自己找住的地方。"

我很客氣，但不知爲什麼，陳校長竟笑岔了氣。

"呵呵……呵呵呵……妳自己找住的地？妳知道盧瓦爾河谷有的只是古堡，要嘛妳富可敵國買一座，要嘛妳揮金如土租一間，兩者都不是€3000能打發的。"

陳校長所言，信息量很大：

一、華夫人住在城堡裏，代表她很有錢。

二、 她花重金替兒子找家教，可見這個寶貝兒一定是塊朽木。

三、我若入住學生家裏，而這個家又在遙遠的地方，注定我和羅宋又要"人生不相見，動如參與商"。

" 不了，我還是想待在巴黎。"我果斷拒絕。

陳校長一聽，很失望的樣子，她喃喃自語："華夫人已經來了好幾回了，再没有老師，她會對我的辦事能力存疑……"

我心想，她對妳存疑，干我何事？

誰知她話鋒一轉，說："這樣吧！補習班幫妳辦工作簽證一年，妳去教半年就好。半年一到，如果不願繼續教下去，我不勉強，妳仍然保有剩下的半年簽證，我也會如此跟政府機關報備。"

也就是說，我只要忍耐半年，就能賺到€18000，相當於人民幣十三萬元，順便還多出半年的簽證。

"條件是不錯，但爲什麼別的老師不願意去呢？"我問。

“不是不願意去，而是攜家帶眷的，哪能說走就走？也只有妳未婚，我才推薦妳，不然本校中文底子棒的老師多得是。”

最討厭這種人了，給你蘋果吃，還得先在上面吐口水。

我也來氣，聲明先把一年的工作簽證辦出來再說，還有，半年的工資在開課前一次性付給我。

陳校長惡狠狠地看著我，問：“妳知道什麼叫吃人不吐骨頭？”

“彼此彼此，我是向妳學習的。”我一吐爲快。

第三章/不明白的事

我跟羅宋說有個住城堡的女王在給王子找老師。

"是找老師還是找奶媽？別是當丫鬟去了。"他答。

能賺 €3000/月的丫鬟也不多，我打算忍耐半年，然後租個開間給羅宋，我討厭自己的男人過得像個小媳婦似的。

我跟小尤說羅宋不續租了，下禮拜就搬。

"這小子悶聲大發財，也不早說，臨時讓我上哪兒找租客？！"他火冒三丈。

"羅宋也不知道他要搬，是我自作主張，再說了，把客廳租給租客本來就是違法行爲。"看小尤臉上怏怏的，我又加了幾句："當然，有需求就有供給，羅宋也有錯，咱們各退一步，好聚好散吧！"

我說得合情合理，小尤緊繃的臉終於鬆懈下來。

“也罷，讓情侶睡客廳的確太不人道了，想搬就搬吧！不過……那件事我還是希望妳考慮一下。”他說。

小尤是個自由攝影師，他的作品經常發表在國際雜誌上，如：The Face、Vision、B&W……等。國內的《今日人像》和《中國攝影家》也看得到他的足跡，是攝影界新興的一顆明星。

“你應該找洋人拍，尤其是法國人，他們不會介意在鏡頭前袒胸露背。”我建議。

小尤說他就是想找個保守的東方人拍尺度大的寫真，絕對會把我拍得美美的，我不也看過他拍的東西？

我的確看過小尤的作品，很不錯，有股頹廢的美感。

“想想吧！當妳人老珠黃或成一抔黃土時，妳二十歲時的美照依然存在，人生有幾個最美的時光？”他繼續游說。

從小我就是個乖乖女，但骨子裏總想著有朝一日一定要幹一件驚世駭俗的事，那麼就從拍藝術照開始吧！至少還不那麼猥瑣。

“好，我答應你，就這個星期五吧！因爲星期日下午我得搭火車到圖爾上班。”

“找到工作了？恭喜！不過我不能確定星期五行不行，得看那天的光線定奪，光線不對，再好的攝影技巧也徒呼負負。”他答。

我在離舊公寓兩個 BLOCK 遠的地方租了個大開間，房子有個小儲藏室，羅宋可以把他的畫作和顏料放在裏面，而不是像垃圾似地堆放在牆角及洗衣房內。

將男友的東西都搬到新家後，我才發短信給他：羅宋同學，我在 **43Av.beauxarte** 租了個鐘點房，已經開始計時了，速到！

我猜他一定是插上了翅膀，否則怎麼可能一刻鐘不到就出現在樓下？

" 依依，這不是酒店，妳搞什麼鬼？"羅宋打手機給我。

" 等等，我馬上下來。"

拿上鑰匙，我心裏暗笑，捉弄男友真是天底下最好玩的事。

我覺得好玩，羅宋可不這麼認爲，實際上他非常惱怒！

" 誰說妳可以去圖爾上班？誰又說妳可以亂搬我東西？"

我很少看到羅宋如此生氣。

" 人家……人家只是想給你一個驚喜嘛！"我像隻撒嬌的貓。

羅宋說他銀行的存款不足以應付生活費和一個 30 平米的開間。

" 來，你坐下。"我把他拉到床上，" 閉上眼睛。"

" 妳又想變什麼把戲？"他問。

" 噓～別說話。"我捂住他的嘴，再捂住他的眼，讓他安靜下來。

等到確定他沒偷看，我轉身翻包。

" 快點兒！"他催促。

" 知道了，偷看是小狗。"我再次給予警告。

拿上東西後，我躡手躡腳地走向羅宋。

" Surprise ！"我大喊。

我的男人睜開眼，看見花花綠綠的鈔票從天而降，愣了幾秒鐘。

"妳搶銀行了？"他問。

我笑著彎腰拾起地上的紙鈔，再給羅宋下最後一場雨。

"女王給的，"我跨坐在羅宋身上，給他一個吻，"是我半年的賣身錢，被我特意從銀行取出來，就想著有朝一日能在錢堆裏做愛。"

羅宋回吻我，把我的下嘴唇都吸進他嘴裏後，才突然想起一件大事。

"怎麼辦？我剛吃了大蒜。"他說。

"沒事，我剛刷了牙，用的是薄荷味的牙膏，讓我幫你洗洗牙。"我邊說邊和羅宋滾進床單裏。

巴黎北部的蒙馬特原來是一片佈滿萄萄園和磨坊風車的鄉間村落，1860年才劃爲巴黎市，可以說是巴黎最年輕的一個區。這裏有風景如畫的蜿蜒小徑、有高大莊嚴的聖心教堂、有畫家聚集的小丘廣場、有香豔四射的紅磨坊、還有寫滿愛情的巴黎愛牆，是一個極具特色的觀光勝地，而小尤竟然要我在這裏寬衣解帶。

" No way."我想都不想，直接說不。

"是在天朦朧亮的時候拍，觀光客沒那麼早起。"小尤解釋，緊接著跟我闡述他的拍攝理念－將人和上帝之間的樞紐打開。

聽他這麼一說，我能猜到他要我在聖心教堂對著上帝光屁股。

"太大不敬了，我不想死後下地獄。"我還是拒絕。

小尤說這就是癥結所在，上帝造人，我們把祂的創作以美的形態獻給祂，有什麼大不敬？相反的，這是對祂最大的禮讚！

他的這段話把我唬得一愣一愣的。

"我好像成了祭壇上的供品了。"

"妳絕對會是史上獨一無二的完美祭品。"他笑了，露出臉頰上淺淺的酒窩。

我想了一下，伸頭一刀，縮頭也是一刀。

"好吧！大祭司，我豁出去了，但你一定得把我美美地獻給上帝才行。"我說。

～

我跟羅宋撒了謊，說明天想晨跑，還特意買了跑步鞋，隔天……

"這麼早就出門？天還是黑的。"羅宋半坐起，揉揉睡眼說。

"嗯！跑一跑，天就亮了。"我彎腰繫鞋帶。

"哎～就是愛折騰！"他重新躺回床上。

～

我半跪在聖心教堂的台階上，背對鏡頭，身上只披了件白色薄紗，長髮被小尤用紅色麻繩鬆鬆地打了個海軍結。

相機在我背後咔嚓咔嚓地猛拍。

"很好……美極了……側身……擡頭……手擱在下巴……凝望……想像穹蒼……"

小尤邊拍邊唸唸有詞，我卻心神不寧，除了冷得打哆嗦外，右前方有個溜狗的老爺爺在對我行注目禮，如果我沒瞎的話，教堂的彩色玻璃後，還有一雙修士的大眼睛。

"上帝，請饒恕我吧！"我皺了皺眉，內心祈禱著。

好不容易拍完，小尤把防風衣丟給我，我馬上裹在身。老爺爺看大勢已去，牽著狗走了，我轉身向後，玻璃後的眼睛也不見了。

"我能不能得哈姆丹國際攝影獎就靠妳了，獎金有12萬美元。"小尤說。

"這麼多？！得獎了，可別忘了分我一半。"

他答頂多在致辭時感謝我一下，在攝影界裏，照片屬於拍照者，而非被拍者。

"不早說？！早說我就收費了。"我懊惱著。

"太晚了，"小尤又露出他的小酒窩，"不論如何，照片洗出來，我會送妳一張，現在讓大師掌鏡，起碼要妳三個月的工資。"

我說照片送不送沒關係，因爲我只是想做一件驚世駭俗的事罷了，不過請別告訴羅宋，因爲他的腦子裏住著一位清朝的老先生。

"呵呵！不只他的腦子裏住著一位老先生，如果我的女友當著別的男人的面輕解羅衫，我也會跟人拼命，因爲......因爲即使像我這種專業的攝影師，生理上也是會有反應的。"

"那可一點兒也不專業啊！"我吐槽。

小尤卸責，他說誰讓我有性感的肩胛骨及堅挺的乳房，裏面充滿了乳汁。

我糾正他只有分娩後的女人才有乳汁。

他更加來勁："每個男人的腦子裏還住著一個小男孩，總想吃母親的奶。"

"Stop."我做了足球裁判喊停的手勢，"色聊到此爲止。"

"哈！就喜歡東方女子的風情，欲迎還拒，妳……符合我對異性的所有遐想。"

我開始把衣服一件件地套回去，没好氣地說想做驚世駭俗的事就得付出代價，這包括滿足一位攝影師的異想天開……

大概我的臉色很不好看，小尤忽然嚴肅起來，問："羅宋湯難道没有告訴妳？"

"告訴我什麼？"我套上羊毛衫。

小尤答他是Gay，如果剛才的談話有任何冒犯之處，請見諒，他不過是在讚賞一位女性的美麗胴體罷了。

"你……你是Gay？"我太驚訝了，"可……可是爲什麼你會有反應？"

"這也是我搞不明白的地方。"小尤苦笑，看不見他的酒窩。

第四章／華夫人

盧瓦爾河河谷的中心城市是圖爾，從巴黎的奧斯特立茲火車站開出，兩個多小時便可抵達。華夫人的城堡在圖爾附近的La Rochelle，火車站没有直達的公交，但我不擔心，因爲華夫人會派管家來接我。

下了火車，從北門走出來，我發現東西兩側也有出入口，東側有個指示，上面寫著火星文：**Rue Édouard Vaillant**；西側則爲有軌電車（還好我認出Tramway這個法文）。

怎麽辦？我該在哪裏等？

極目所見都是高大的洋人，只有我這株瘦小的狗尾巴草夾雜其中，司機應該不會認不出我來吧？！

"Bonjour."一位儒雅的亞裔中年男士上前和我打招呼。

他身著藏青色呢大衣，脖子上繫了條蘇格蘭羊絨圍巾，頭上戴了一頂米色貝雷帽。

"Bonjour."我也跟他道好，但心裏犯嘀咕，可別向我問路啊！我也是初來乍到。

"妳是馬老師嗎？"他說著一口字正腔圓的京片子。

"噢！是……是，是，是。"我點頭如搗蒜。

他不卑不亢地說華夫人讓他來接我，大家都叫他管叔。

"你好，管叔。"我微笑，"我就是馬老師。"

"太好了，終於接對人了，上次陰錯陽差地把一位中國遊客帶回古堡，讓真正的老師在寒風中等了大半天。"他興奮非常。

這麼說，我不是第一個上門的家教，心裏因此喀噔了一下，想著這個小少爺一定不好惹。

"那麼，我們走吧！車子就停在轉角處。"管叔指著前方說。

我隨他坐上一輛被擦得光亮的銀色老爺車，駕駛盤上印有VETERAN的標誌。

"好特別的車啊！"我說。

雖然座椅有點兒硬，坐起來不是很舒服，但是車子的工藝水平高，一看就知道所費不貲。

管叔解釋這是1918年產的元老牌，是當時汽車界的翹楚，幾年前華夫人以五百萬法朗競拍得到。

哇！這個華夫人真是富到流油，連個座車也要三千多萬人民幣，還附帶一個好看的男司機。

"古堡遠嗎？"我問。

"不算遠。"他答，然後駕駛盤一轉，上了鄉間小路。

果然不到二十分鐘，我看到一座白牆灰瓦的古城堡，它的左右兩翼跨著支河，河水反映城堡的倒影，好像童話故事似的。

"好美啊！"我讚歎著。

管叔順著我的眼光望過去："的確很美。"

“没想到華夫人這麼有錢。”我心生羨慕。

“她是很有錢，但在法國，我們盡量不談論別人的經濟狀況。”他說。

我紅著臉道歉。

管叔笑笑，要我別放在心上。

哪知老爺車經過城堡後，非但不停留，反而漸行漸遠，我急了，問：“難道不去華夫人家？”

“去，當然去，再一個多小時就到了。”

“噢！我還以爲剛剛經過的城堡是華夫人家。”

管叔看了我兩眼，很輕巍地說：“開什麼玩笑？！剛剛那座是舍農索城堡，現在是梅尼爾家族的產業。”

儘管很想知道梅尼爾家族是什麼來歷，但怕管叔會再次鄙視我，只能把話吞下肚，並且心生疑問，陳校長明明說華夫人住在古堡裏，難道她是胡謅的？

見我悶不吭聲，管叔開口了：“華夫人的華堡沒舍農索大，但也很豪華，妳待會兒就知道，是以舍韋尼城堡爲原型，模仿建造的，連傢俱也特地請木匠依樣畫葫蘆。”

“模仿建造？”

“是的，盧瓦爾河谷的城堡很多都是非賣品，有錢也買不到，Guillaume爵士只好從自己的領地中劃出一大塊來大興土木，取名‘華堡’。”

我問Guillaume爵士是何方神聖？管叔答他是華堡的主人。

“等等，我搞迷糊了，我以爲華夫人才是華堡的主人。”我還是管不住自己的好奇心。

管叔沈思了一會兒，似乎琢磨該如何回答，最後他打了個比方，如果華夫人是公司的CEO，那麼Guillaume爵士就是背後的金主。

剛開始我以爲Guillaume爵士是華夫人的老公，但聽管叔這麼一解釋，感覺兩人就是合作夥伴關係。

"那麼華夫人的老公也住在華堡裏嗎？"我開始挖我雇主的隱私。

"華夫人的老公也住在華堡裏嗎？"管叔以誇張的聲調重複我的問題。

我問有什麼不對嗎？

他失笑，喃喃自語："哈！華夫人的老公，呵呵！華夫人的老公……"

沿途我們又經過幾座美到令人窒息的古堡，但我不再鬧笑話。總結的結果是：只要看到旅遊大巴停在那兒的，肯定不是華堡；佔地太小，看起來"年久失修"的也不是。

我在找一座"作舊"了的嶄新城堡，能配得上一位雍容的貴婦。

果然，前方就有一座矗立在大片綠色草坪上的宏偉建築，牆面是玉石般潔白的大理石，屋頂則是倒扣的半球形，藍灰色。

"到了。"管叔邊宣佈邊將老爺車彎進一條長長的私家林蔭小道。

到了城堡正門，兩位穿著女傭服的洋人已站在門口迎接。

"*%#？+\¥!^……"管叔說了幾句優美的法語，女傭便過來將我的行李拿走。

“矮的那個叫Manon，胖的那個叫Clara，妳跟著她們上樓，休息一下，下午四點到Drawing Room和華夫人喝下午茶。”

Drawing Room？畫畫的房間？我想問清楚，但管叔已轉身和園丁打扮的人交頭接耳，無奈之下，我只好隨著一矮一胖跨進那個有四個人寬的大門。

當厚重的鐵門在我身後哐的一聲關上時，我竟然還能聽到回音，頓時有種被監禁了的恐懼感……

第五章/小猴子BRUNO

一矮一胖帶我上二樓，樓梯吱吱作響。

這是棟仿古的新樓，難不成連"作舊"也如此逼真？

來到一扇胡桃木門前，Clara轉身對我吧吧拉，吧吧拉……

我一句也聽不懂，只能微笑。

她轉開古銅色的門把，和矮個子一起把我的行李提進去。

"＠？％＊！＆＋……"這次換成Manon對我吧吧拉。

"D'accord."我說。

那兩人很滿意地走了。

天知道我爲什麼要回答OK，一點兒都不OK，好嗎？但是坐了五、六個小時的交通工具，我極需休養生息。

我在帶頂棚的大床上坐了下來，床罩是用手工織上去的，上面有大朵白花黃蕊的波斯菊。我用手指撫著花，依稀能聞到花香，没錯，是花香。我擡頭四望，發現角落的花几上擺了一盆法國國花—鳶尾花，味道很淡，像……像香奈兒的邂逅淡

25

香水（没錯，羅宋也會搞送女友香水的小把戲，這是我唯一擁有的名牌香水）。

因爲花，我立馬喜歡上我的小房間（說它小，其實也不小，有二十幾平米大，少了廚房、衛生間和客廳，看著很寬敞）。除了床和楠木做的衣櫃外，窗台下還擺了張書桌，桌上有個復古造型的枱燈，沒事我可以寫寫字，風花雪月一番。

~

管叔說下午四點喝下午茶，但他不知道，今早我除了喝了杯黑咖啡，咬了塊蕎麥麵包外，就再也沒進食過，現在正饑腸轆轆。

看了一眼時間，雖然還有一刻鐘才喝下午茶，但古堡這麼大，也不知道哪個才是"畫畫的房間"，所以我打算以"探險家"的精神，先把華堡觀光一遍。

我在二樓走了一圈，看似"高大上"的房門，我都不敢進，因爲印象中"畫畫的房間"應該有很多陽光，很清新、很古樸，然而二樓幾乎都是昂貴的橡木門，上面還雕刻了繁複的花鳥魚蟲，只有我的房門是胡桃木，而且無任何裝飾。

這個新發現讓我很氣餒，有種被踩在腳底下的挫敗感。

我又踩著吱吱作響的樓梯上到三樓，還好這一層不那麼"高大上"，有很多素面的胡桃木門，頓時我又從挫敗中站了起來。

"嗑～"什麼東西掉在地上的聲音。

我尋聲走向那個圓拱門。

"扣、扣、"我敲了兩下，無人應門，正想轉身。

"嗑～"又有個東西掉下來。

我說過我總想做點兒驚世駭俗的事，這句話的解讀是：**我總**

想跨越世俗的條條框框，然後在槍林彈雨中求生。

這不，我沒經過同意就開門進去，成了"不速之客"。

一推開門，我不禁喜出望外，終於找到"畫畫的房間"了，裏面不僅有大大小小的石膏頭像，還有散落四處的畫布框，有的已完成，有的畫到一半。

我走了進去，這裏摸摸，那裏瞧瞧，我認出石膏頭像中的兩個—《大衛》和《荷馬》，以及臨摹的畫作—梵高的《向日葵》和塞尚的《浴女們》，這都得感謝我有個學畫的男友。

長條桌上有塑料彷真水果，它們被塞在一個木製的水果盆裏，我順手拿起一粒橙子，誰知竟被一隻毛絨絨的灰白色小手給搶走了。

"啊～"我尖叫一聲。

" Silence."一個細細小小的聲音從角落傳過來。

我轉過頭去，一個穿白袍的少年就坐在畫架後面，神情很淡漠。

" Tu……You……你……"我語無倫次。

老天！我在說什麼？

"妳嚇壞它了。"他面無表情地說。

少年把小猴子抱在懷裏，小猴子邊注視我邊啃起搶來的橙子。

驚嚇過後，我開始懂得抱怨："你怎麼悶不吭聲？嚇死人了。"

"是妳闖進來，不是我請妳進來，這有本質上的差異。"少年很老成地回答我。

呃……好像真是這樣，這麼說是我的錯？

“ 我......我敲門了，以......以爲裏面没人。”我還在作困獸之鬥。

少年執拗地說他没聽到我的道歉。

“ Well，我是不對，但是......All right，道歉也可以，désolée.”識時務者爲俊傑，我匆忙道了歉。

“ 好，我接受，但妳還没跟Bruno道歉。”他說。

喚Bruno的小猴子此刻正用無辜的眼神望著我。

“ 但是......它也嚇到我了。”我不服氣。

此時，Bruno跳離主人的懷抱，走到我面前，把沾滿口水的塑料橙遞給我。

“ Merci.”我對猴子說。

“ 好了，我想Bruno已經原諒妳了。”少年說完，繼續手中的繪畫。

我在房間裏又待了會兒，才想起我的下午茶，很明顯，這個Drawing Room不是“那個”Drawing Room。

“ 請問......Drawing Room在哪裏？華夫人約了我喝下午茶。”

少年答底層樓梯口左側的休息室便是，紅茶的香氣會告訴我在哪裏。

說完，他不再看我。

下到底層，我果然聞到紅茶的香氣。

“ 馬老師，妳上哪兒去了？華夫人等了十多分鐘了。”管叔一見到我，話匣子馬上打開。

“ 我......迷路了。”

"迷路了？這……"他愣了一會兒後，馬上恢復管家的嘴臉，"快到休息室吧！別讓華夫人好等。"

我趕緊尾隨他進入"Drawing Room"。

華夫人在我的杯口上置了濾匙，然後用典雅的骨瓷茶壺幫我斟了七分滿的紅茶。

"要檸檬還是奶？"她問。

"檸檬，謝謝。"

於是華夫人遞給我一個小碟，上面整齊擺放了檸檬切片，我用銀製鑷子夾了一小片到杯裏。

"Sucre？"華夫人又遞給我一個小巧的糖罐。

"不，謝謝。"

我呷了一口茶，的確甘醇，但心裏多少有點兒失望，我以爲會有三層瓷盤裝盛的點心招待，第一層放三明治、第二層放Scone、第三層放蛋糕及水果塔，當然，由於身處法國，我也把一直想吃而吃不起的"馬卡龍"加入幻想名單內。没想到洛可可風的台架桌上，除了精緻典雅的杯具外，空蕩蕩一片，即使女主人盛裝出席，以無懈可擊的妝容及迷人的笑臉迎接我這個"小"老師，仍難以撫慰我饑餓已久的脾胃。

華夫人大概聽到我的心聲，她開口了："我個人偏好英式下午茶，有黃瓜三明治和手捲點心，但管叔建議呈上法式下午茶，所以我交待廚子準備甜櫻桃可麗餅及土豆吞拿魚。"

說完，她對站在一旁的Manon及Clara點一下頭，她倆立馬轉身離開休息室，回來時雙手各捧著金邊大盤。

"一甜一鹹，希望妳會喜歡。"她說。

我以風捲殘雲的速度把眼前的美食一掃而光。

“看來妳很喜歡法式下午茶點心。”

我的眼光掃向華夫人的盤子，她的餅還剩下大半個，土豆没蹤，魚吃了幾口，我因此擔心她會不會以爲我是餓死鬼投胎？

“我喜歡看年輕女孩吃東西，這代表健康，何況妳不胖。”她又說。

這下子我擔心的不是自己狂吃的醜態，而是眼前的這位貴婦是否有讀心術了？

還好此時華夫人轉了話題：“聽陳校長說，妳是補習班重金從中國挖來的語言專家。”

這叫我如何回答？陳校長要嘛把我踩在腳底下，要嘛把我捧上天，兩者都無法讓我安全著陸。

“陳校長過獎了，我還有很多需要學習的地方。”我答。

還是虛懷若谷爲佳，這個比較不討人嫌。

“雅各對學習漢語很抵觸，以前的老師對他太嚴格，讓他提不起興趣，我希望妳能多點兒耐心給他，他……他是個敏感的孩子。”

“我會的，”我信心滿滿地說，“讀大學時我接了很多小學生的家教工作，完全了解兒童的心理。”

“咳、咳、”華夫人捂住嘴，“對不起，嗆到了，那個……雅各已經不算兒童，他十六歲了。”

十六歲？華夫人看起來很年輕，不像有一個16歲兒子的女人。

我很快穩住自己：“噢！對不起，我搞錯了，十六歲……那就是高一，正要準備考大學，學校漢語教科書用的是哪個版本？”

華夫人有些窘迫，她答雅各不上學，他在家學習。

我一時語塞，腦中突然閃過一個影子，遂問穿白袍的少年莫非就是雅各？

華夫人笑了：" 對，他就是雅各，他喜歡畫畫。"

" 他的猴子好可愛啊！"我討好地說。

" 什麼？！妳說什麼？"華夫人臉色大變。

" 那個……有一隻小猴子在他的畫室裏……"我手指西邊的方向。

她一聽，驚慌失措地衝出房外，大喊著："管叔，管叔……"

我不明所以，像個木頭人似地愣在那裏。

第六章/討救兵

管叔告訴我，雅各是血友病患者，是一種遺傳性凝血功能障礙的疾病。換言之，一點點的小傷口，很可能讓他血流不止，急救若不及時，甚至會喪命。

"雅各上過學，但經常被淘氣的同學欺負，自從頭上破了個洞，險些一命嗚呼，華夫人便不再讓他上學，而是請家教到家裏來教。"他進一步解釋。

原來如此，難怪華夫人對小猴子的反應會如此激烈，一來野生動物可能攜帶病菌，二來它的尖銳爪子可能抓傷雅各。

"那麼你們會如何處置Bruno？"我問。

管叔説Bruno會被園丁帶到東邊的叢林裏放生。

我想此刻的雅各一定很傷心，以前我也曾養過一隻比熊犬，後來走丟了，廢寢忘食找了一個多月後才放棄，從此便不再養寵物，因爲那種失去"親人"的疼痛太刻骨銘心了。

"他在哪裏？"我指的是雅各。

管叔答那孩子躺在床上，誰也不理。

～

雅各的房門上有一隻禿鷹，我擊打那隻禿鷹兩下：" 扣、扣、"

果然無人應門，我轉開門把。

" 出去！"雅各背對著我下逐客令。

" 我聽說了，Bruno回到它叢林的家。"我走進房內。

" Bruno的家在這裏，它是我的朋友，我唯一的朋友。"雅各氣呼呼地說。

我在床旁的法式扶手椅上坐了下來，天鵝絨的座墊非常舒服。

" 我完全能理解你的憤怒和傷心，也許憤怒還是針對我，但我只能說抱歉，如果早一點兒知道你的病情，我會管好自己的嘴，我知道失去朋友的痛苦。"

" 妳知道什麼？妳什麼都不知道，上次也是漢語老師告的密，Bruno已經被趕出去一次，還好它認得路，自己又偷偷跑回來。這次他們一定會把它帶到更遠的地方，我這輩子再也見不到它了。"

我安慰他不會見不到，管叔說Bruno被帶到東邊的叢林裏，有地點就好找。

" 妳……"雅各翻身坐起，" 妳是哪一邊？"

我笑了，說我站在他這一邊。

雅各深深看我一眼後，問：" 妳叫什麼名字？"

" 馬依依。"

" 馬-依-依-"他喃喃道，" Cheval的馬嗎？"

Cheval是啥？我趕緊情境教學。

“馬，四隻腳，跑得很快，會嘶～嘿兒嘿兒地叫。”我學馬叫聲。

“呵呵!妳很有趣，我喜歡妳。”

雖然知道法國人表達感情的方式很直接，但被一個初識的男孩當面說喜歡還是頭一遭，所以有些詫異。

“謝謝，既然不討厭我，我們何時上課？”我乘勝追擊。

“等Bruno回來，我們就開始。”他答。

我真是給自己找罪受，但雅各不是說著玩的，上課時間一到，他完全當我是空氣，自顧自地在素描本上畫畫。

“你母親付我很多錢，你現在在浪費她的錢。”我說。

“我家最不缺的就是錢。”他頭擡也不擡。

“你母親會炒我魷魚。”我放低姿態，希望喚醒他的慈悲心。

“妳走了，還會有下一個馬老師，Je m'en fiche。”

因爲雅各無所謂的態度，所以我猜最後那句法語的意思是-我不在乎。

想到這裏，我怒火中燒，熊孩子就是熊孩子，一點兒教養也沒有，既然這樣……

“你不想上課也行，我們來玩接龍遊戲，誰接不下去就算輸，輸的人必須無條件滿足贏的人的願望。”我說。

雅各不置可否，依舊低頭畫畫。

我不理會他，繼續：“我說個語詞，你以最後一個字爲首，講另一個語詞，不可重複，我先來。”

“喜歡。”我說。

"……歡喜。"雅各接龍了。

"喜好。"

"好吃。"

"吃完。"

"完美。"

"美玉。"

"玉石。"

"石猴。"

"猴子。"

"子……子……子……"

糟糕！"子"什麼，我接不下去了。

雅各擡起頭，勝利一笑："三天後，把猴子交還給我。"

說完，他又低下頭畫畫，我這才發現他畫的是Bruno。

我十萬火急地跟羅宋討救兵。

"怎麼辦？找不回猴子，我就要回家吃自己了。"我很苦惱。

羅宋在手機那頭氣定神閒地說："那就回來吧！妳才走了兩天，我就開始想妳了。"

我也想念羅宋，但是那個老奸巨猾的陳校長讓我簽了但書，教不滿半年離職，工資全數歸還及立即取消工作簽證，也就是說我分分鐘會被"驅逐出境"。

羅宋問這是不是意味著他馬上又得回到小尤的客廳去寄人籬下？

“没錯，救我也算救你。”我把他拖下水。

“嗯……”他陷入沈思，“找猴子得有車，總不能徒步走，我能想到的是小尤，他有一輛八九年的雪鐵龍，但這小子很小氣，不見得借得到。”

沒想到隔天下午，羅宋和小尤便一起來到華堡，當我看到那輛破舊的雪鐵龍，簡直就像看到久違的親人。

“怎麼來的？”我問。

“我沒課，”羅宋解釋，“剛好今天光線不好，小尤不想拍照，所以約了一起來。”

小尤跟著下車，他摘下太陽眼鏡，仰望：“這就是貴婦的城堡？”

“嗯！她叫華夫人。”我心不在焉地回答。

看到羅宋和小尤，我當然高興，但上班才兩天，我就帶進來兩個陌生客，華夫人會怎麼想？我有些擔心。

“你們是馬老師的朋友？”華夫人在客廳接見他倆。

“是的，我是依依的男朋友，這位是我以前的室友，我們來看看依依工作的地方。”羅宋回答。

“華堡不接待陌生人。”華夫人不假辭色。

“我能理解，我們只要求能將車子停在城堡內，一來是安全問題，二來天氣越來越冷，有城牆護著，多少溫暖些，我和小尤可以睡在車內。”

華夫人沈默了一會兒後承認天氣的確越來越冷，她可不希望有人凍死在車內，這樣吧！馬老師的朋友可以睡在屠宰室旁的傭人房裏，那裏空很久了，打掃一下還能住人。

我早聽說華堡有自己養的牛羊，沒想到還有專用的屠宰室，真是"自給自足"啊！

" 沒問題，有的住就行。"羅宋像個頂天立地的男子漢。

我們很快起身告別，離去前……

" 如果是我邀請你們，待遇將會完全不同。"華夫人憑空來上一句。

話是說給羅宋和小尤聽，但她的眼光卻只落在羅宋身上，讓人很不舒服。

" 羅宋，快走吧！別耽誤華夫人的時間。"我催促著。

那兩個男生向華夫人點個頭後，開門走了，我隨後跟上。

第七章/歡迎回家

打開松木門，我隨著羅宋和小尤來到傭人房，這是我第一次踏足，所以有些期待，但令人失望的是裏面除了兩張簡易的床，別無長物，倒是天花板上有一大張蜘蛛網。

“怎麼到處都是灰塵？”小尤伸手摸了一下凹凸不平的牆面，又用長鐵勺勾了一下壁爐內緣，“估計這裏沒人住過，壁爐裏連燒過柴火的痕跡也沒有。”

“還好有一扇鏤花窗框，陽光能灑進來，不算太壞。”羅宋苦中作樂。

我感到抱歉，因爲沒料到房間如此簡陋。男友安慰我沒事，男子漢哪裏不能睡？

“我就不能睡，”小尤提出異議，“我寧願睡雪鐵龍。”

聽他這麼一說，我更內疚了，若不是自己捅了個簍子，今晚他倆鐵定能睡在自己的席夢思床上。

“ Pardonnez-moi, @$&*%#^～......”Manon和Clara抱著雪白的棉被和枕頭進來，並且妳一言我一語地解釋。

“她們說什麼？”我壓低聲音問羅宋。

“她們說華夫人讓她們過來鋪床及打掃，並且給壁爐加柴火。”

原來華夫人這麼心善，看來我錯怪她了。

“ $+=%>^......”Clara走過來對兩個男生說話，說完，指了指廚房的方向。

“她又說什麼？”我又問羅宋。

“她說廚房裏有熱湯和裸麥麵包，我們若肚子餓，可以過去吃。”

“華夫人真好。”我說。

“好什麼？”小尤嗆聲，“我原以爲今晚可以在城堡裏大啖魚子醬和香煎鵝肝呢！”

待兩個饑餓的人喝了熱湯、吃了麵包，回到看似乾淨、整齊的房間裏，我終於覷了個空，交待明天的任務。

我描述了猴子的長相，又把雅各畫的圖像給他們看。

“它叫Bruno，對了，”我從包裹拿出塑料橙，“這是信物，Bruno認得出。”

“信物？”小尤笑得好大聲，“怎麼像是去尋找我失散多年的未婚妻？”

“對，你們要像找老婆一樣地找Bruno，找不回來就單身一輩子，所以一定......一定得找到，”我做了fighting的手勢，“加油！我相信你們！”

羅宋和小尤像看到怪物似地看著我。

還是男友先開口：“時候不早了，我陪妳走回去吧！”

他將我往外推。

我們還沒走出屠宰室，背後就傳來小尤的聲音：“依依是不是瘋了？”

“妳還剩下一天。”雅各提醒我。

“我知道。”我有氣無力地答。

因爲雅各的不合作，上課時，我倆大眼瞪小眼。到了下午，我實在忍不住，想著也許今天是我在華堡的最後一天，索性問他想怎麼熬過這剩下的幾小時？雅各答他想畫我。

我當人體模特兒的經驗非常豐富，這都得感謝男友請不起模特兒，我只好親自粉墨上場的緣故。

畫架後的雅各非常專注，不知他會把我畫成什麼模樣？

“即使沒把我畫成白雪公主，也請別畫成後母，尤其當她變成賣蘋果的老嫗時。”我說。

雅各笑著答不會，他正在畫我性感的肩胛骨及堅挺的乳房……

這……這不是小尤說過的話嗎？

小尤是社會人士，偶爾瘋言瘋語，聽聽也就算了，但是雅各這個小屁孩竟然也開起黃腔，我正想拿出老師的威嚴訓他兩句時，耳中傳來輕快的意大利口哨歌曲《How do you do？》。

這是我和羅宋的暗號，我喜出望外地奪門而出。

“怎麼找到的？”我把Bruno接過手，上氣不接下氣地問。

小尤搶著回答，說他們拿出我所謂的信物，在叢林裏不停地喚著Bruno，Bruno……媽的，連個鬼影子也沒，於是改變方針，把昨晚從華堡廚房偷來的大串香蕉拿出來，兩人邊剝邊吃，還特意沿路扔香蕉皮，等到把車停下來休息時，赫然發現這個小傢伙已經立在車頂上，也不知道待多久了。

"呵呵！太好了，雅各會高興壞了。"我笑著說。

" 那就好 ， 妳不用被驅逐出境了 。 "羅宋摸摸我的頭，無限愛憐。

" 那個人是雅各嗎 ？ "

聽小尤這麼一問，我順著他的眼光望過去，雅各正撫著推開的窗戶往下看。

" 是的 。 "我邊答邊把猴子高高舉起，對準那個窗口，"Bruno回家了。"

誰知雅各的眼光竟然越過Bruno和我，落在我身後。

我轉過頭去，小尤也正仰頭向上望，他沒有笑，我卻看到他的酒窩。

第八章/看門狗

因爲Bruno的安全歸來，我在雅各心目中的滿意指數蹭蹭蹭地往上衝，所以當他提議到屋外走走時，我感覺我們的關係又近了一步。

"馬老師，天氣有點兒冷，所以散步時間請別太長。"管叔提醒我。

"知道了。"我彎腰繫鞋帶。

待我站定，恰好目擊到管叔侍候雅各穿衣。這個管家真是盡責，穿好衣服後，又幫著系上紅色圍巾，再把擦得倍儿亮的牛津鞋擺好，雅各的腳一伸進去，鞋拔子一拔，大功告成。

"￥@#*%&......"管叔邊說法語邊用刷毛器去除小主人大衣上的毛球。

雅各小聲地答："Je sais."

從管叔身上，我看到僕役對主人的忠誠。

"管叔待你真好！"一離開管叔的視線，我有感而發。

"唠唠叨叨個没完，真煩！"

沒想到這是雅各對管叔的評價。

當我們信步走到雅各房間的屋樓底下時，他擡頭看著窗口，用力吹了聲口哨，我看見Bruno的小腦袋瓜伸出半開的窗。它看到主人非常高興，以快速、敏捷的動作，從二樓窗戶沿著排水管下到地面。

"Bon garçon."雅各對猴子說。

不用猜也知道，講的必定是讚揚的話。

"原來我是你的藉口。"我有種被利用的屈辱感。

"別誤會，我很想跟妳散步、聊天，"雅各把猴子放在他的肩膀上，"順便帶上Bruno。"

"好吧！估且相信你。"我表現大度。

我們默默無語地走了十多分鐘，說想和我聊天的雅各卻一句話也沒說。

"你想聊什麼？"走到大到需要三人合抱的古樹旁，我問。

此時Bruno跳下雅各的肩膀，咚咚咚地爬上大樹，並且不知撿到什麼好東西似地啃了起來。

"那天……哪個是妳男友？"

我想了一下，雅各說的是Bruno失而復得的那一天。

"最帥的那一個。"我答。

"兩個都很帥。"

"Well……高的那一個。"

雅各停了一會兒，問："你們認識多久了？"

"五年。"

"那麼該做的都做了。"他下結論。

什麼叫"該做的都做了"？雖然我不是老古板，但師生間還是得講禮數，這個小屁孩竟然沒大沒小起來，看我如何教訓他！

"雅各，聽著，你……"

"如果妳要訓人，我們的談話到此爲止。我已經16歲了，在法國，16歲是成人，可以開車、喝酒、抽煙……甚至結婚，"他轉頭直視我，"妳必須像對待大人一樣地對待我。"

說得我啞口無言。

"OK，那我們談談現實問題，你打算讀大學嗎？"我不忘老師的職責。

"可讀可不讀，看我到時的心情。"

啥？實在任性得可以。

見我不吱聲，雅各做了補充："我的任務不是讀大學，而是平平安安地活下來，直到完成生育下一代的任務。"

雅各竟然把繁衍子孫說成"任務"。

"我以爲那是男歡女愛必然的結果。"我說。

"能男歡女愛當然好，但不能男歡女愛也得把孩子生出來就不妙了。"

我不知道雅各爲什麼這麼悲觀，他才16歲，以法國的浪漫氛圍及對性的縱容，他想生一打都没問題。

"我想我是活不到有人喊我爸爸的時候。"他感慨。

看雅各如此消沈，我只好把網上搜索來的資料一傾而出，告訴他只要飲食、作息正常，有一定的保護意識及急救常識，血友病患者也能像正常人一樣的生活，甚至養兒育女。

"哎～"雅各聽了非但沒有欣喜，反而長嘆一口氣，"看來妳還是不了解我，算了，這個世界還有誰能了解誰，我又何必強求？"

他對著樹上的Bruno吹了一聲口哨，小猴子咚咚咚地從樹上下來，跳上雅各的肩膀。

"回去吧！"他說。

我們一路無語地回到城堡。

每個月的月底，我會有四天長假，方便我回到巴黎做想做的事。我想做的事無非是和羅宋見面，做做好吃的東西，談談有趣的話題，然後在陽光裏瘋狂做愛……

老實說，我才來華堡十多天，整天就想著月底要做的事，因爲幻想給我帶來希望，否則待在與世隔絕的城堡裏，每天一成不變的，光無聊就能把人逼瘋，直到有一天……

一輛林肯牌加長形禮車從城門直喇喇地開進來，因爲承重力的不同，車輪碾過石頭路發出的聲音也不同，我因此判斷來者是客，遂望向窗外。

"是Guillaume爵士。"管叔在我背後答疑，意思是金主來了。

我看見Manon和Clara神情緊張地衝向門口，不只她倆，連園丁、廚子也排排站。

"馬老師，請移駕到門口迎接貴賓。"管叔提醒我。

什麼？連我也得加入歡迎的隊伍？

我站在最邊邊的位置，好冷眼旁觀。

管叔走過去開門，一隻光亮的鱷魚皮皮鞋先下了地，然後我看到灰藍色的絲質褲管，接著是同布料的合身西服，再然後是灰黑色條形氈帽，還有帽檐下一張俊朗的臉孔。

"Bonjour.€#^*+？#……"管叔鞠了個躬。

"Bonjour.$:@ ？^%*......"爵士說了幾句。

"Oui."管叔點頭稱是。

虛應完的爵士，無視立於兩旁的我們，大踏步走上階梯，那氣勢彷彿國王出巡。

我一直想抑制打噴嚏的衝動，尤其在這個緊要關頭，可惜鼻子還是出賣我，不僅打了個特響的噴嚏，還連打三個，管都管不住。

"Je suis désolée."我紅了臉。

爵士停下腳步看著我，管叔馬上上前和他耳語一番。

"God bless you."他操著流利的倫敦口音。

"......Thank you."我一時迷惑該用英語道謝還是法語道謝。

GUILLAUME爵士一進屋，大家便作鳥獸散，當然，除了管叔之外。他一直隨侍在側，直到打扮得豔光四射的華夫人從樓上下來。

看佳人來到，爵士站了起來。

"Bonjour."華夫人快步向前，並把纖纖小手遞給他。

"Bonjour."爵士親吻小手，又給了華夫人貼面禮，"Long time no see."

接著，華夫人巧笑倩兮地把來者帶進客廳。

一時我又迷惑了，這個爵士是法國的？英國的？還是美國的？

"馬老師還有事？"管叔問我。

"沒，沒事。"我有些無措。

“没事請回。”他難得嚴厲，“在華堡，我們圍著Guillaume爵士和華夫人打轉，因爲他們是我們的衣食父母，但這不表示包括偷窺。”

“我没偷窺。”我揚起聲。

“正大光明地看也不允許，那是不禮貌的。”他不假辭色。

我說我只是好奇。

“好奇害死貓，還是收拾起妳的好奇心吧！”

說完，他走過去把客廳的門關上，並且立在門外，彷彿怕我會偷聽似的，讓人爲之氣結。

“不過是隻看門狗，有什麼好驕傲的？！”我心想，扭頭就走。

第九章／開瓶器

自從第一天和華夫人用過下午茶後，我便不再與她同桌而食，因爲城堡裏的上下階級很分明，我被歸爲勞工，勞工的意思是得和 Manon、Clara……等一起在廚房內的大長桌上用餐。

我一點兒也不介意，因爲他們都是和善的一群，會教我簡易的法語。

"妳昨天中午吃什麼？"我們剛上完上午的課，雅各問我。

我答蔬菜湯加鹹麵包。

"那前天中午吃什麼？"他又追問。

我想了一下："焗蝸牛和青蛙腿。"

"那大前天中午吃什麼？"

"大前天……大前天……想不起來了，你爲什麼問這個？"

雅各答因爲他不想和母親及爵士一起用餐，他想吃我吃的。

～

我把雅各帶進廚房，立刻引起騷動。

" &$-@*€#……"

" ？&@:+=%……"

" ¥{%|+。@……"

雅各大聲要在場者坐下，但傭人和園丁還是離席，只有廚子很窘迫，他不知道該留下來服務還是依據禮節閃人？

" On voudrait quelque chose a manger."雅各對他說。

廚子很快冷靜下來，回答：" D'accord."

沒多久，他捧來兩盤西紅柿雞肉泥，又到酒窖拿來一瓶九五年的波爾多白酒，爲我們斟上後，很識相地走人。

" 原來你們在這裏用餐。"雅各說。

" 嗯……"我有些擔心那些吃到一半的人，" 不知道Clara他們吃飽了沒？"

" 沒吃飽就喝下午茶嘛！"

雅各說得理直氣壯，讓我想起晉惠帝說過的歷史名句：" 何不食肉糜？"

他不知道勞力者的下午茶很可能只是一杯紅茶加上消化餅乾，和他想的，有高級瓷盤盛的各色糕點有所不同。

我悶著頭吃飯，心裏堵得慌。

" 這就是你們每天吃的？"雅各用叉子挑起碎成泥的雞肉問。

" 你如果不喜歡吃，大可不吃，沒人強迫你。"說完，我大口大口地吃著雞肉糜，彷彿跟誰賭氣似的。

" 抱歉，我沒別的意思。"

他收起輕佻的態度，開始認真吃起午餐，反倒讓我內疚，他不過是個鬚髭都還沒長齊的孩子啊！

"好吃嗎？"我釋放善意。

"嗯！"他舉起高腳杯，" Cul sec."

由於他用的是年輕人間會用的"乾杯"詞語，而不是硬梆梆、很正式的A votre santé，讓

我覺得他不過是想輕鬆地吃個飯而已。

" Cul sec."我舉起杯子，給他一個微笑。

" 馬老師，聽說中午妳帶雅各進廚房用餐。"管叔一副山雨欲來之勢。

" 是的，我應他的要求。"

"妳應他的要求？"管叔揚起聲，" 妳知不知道Guillaume爵士和華夫人等了多長時間？"

" 不知道，沒人告訴我。"

管叔搖搖頭，說看來他得跟我上上課。

" 不必，"我反擊，" 你做好你管家的工作，我做好我家教的工作，咱們互不相干。"

他聽了很生氣，說我造反了。

我緊接著火上加油：" 如果雅各不想赴約，一定有理由，他這個年紀需要吃飯，不吃飯或吃不下飯對他的病情一點兒幫助也沒有。"

管叔氣得七竅生煙，他警告我，水可載舟亦可覆舟，他跟陳校長很熟......

" 呵呵！我跟陳校長不熟，你想告狀？Go ahead，大不了我買張機票飛回中國！"

我能感覺眼前人正極力壓抑他的怒火，這可以從他緊握的拳頭看出。

時間一分一秒地流逝，一、二、三……七、八、九……

" Well，"他放開拳頭，似乎已經把怒氣壓下去，" 一碼歸一碼，我不做背後捅刀的小人行徑。反正我已經交待下去，雅各不能再踏入廚房，他只有兩個選擇：吃或不吃，吃就只能在正式餐桌上吃。好了，我走了，跟妳談話很有趣，Au revoir."

看著遠去的管叔，我不得不佩服他的紳士風度，紳士生起氣來，果然文明多了。

我和雅各住在城堡的西翼，西翼有畫室、兵器室、圖書館和樂器室，但依我看，他應該和華夫人一樣住在東翼，因爲聽說那裏的房間更大、更豪華，每間都有起居室及獨立衛浴，當然還有不可或缺的警報裝置（一按下警報器，華堡的警衛室及圖爾警察局都能收到訊號），其舒適性和安全性不是西翼所能及。

"我才不住那邊，會壞了我母親的好事。"雅各說。

我不完全明白他說的意思，但多少能猜出。

華夫人是宴會女王，她總愛在東翼大廳開派對，觥籌交錯、冠蓋雲集的場合，對一個內向且敏感的少年來說過於沈重，雅各會選擇逃避也就不足爲奇了。

這不，今晚又是派對之夜，小提琴悠揚的聲音從東而西傳了過來，夾雜客人的嬉鬧聲，想安靜地讀本書都覺得心浮氣躁的。

我決定到花園走走，遠離喧囂。

說要遠離喧囂，但走到底層中庭，看見廚子們合力擡著一頭烤乳豬進到宴會廳，我還是嘴饞地跟了過去。

華堡宴會廳的地板是棋盤式設計，天花板彩繪了天使天神圖，圖的中央有座華麗的水晶燈飾，而最最特別的是，它模仿凡爾賽宮的鏡廳，牆壁上貼滿落地長鏡，猛一看，人山人海的。

站在廳口好一會兒，觸目所及都是盛裝的男女，獨缺華夫人，我很快便覺得無趣而退了出来。

走没幾步，我瞥見Manon和Clara正鬼鬼祟祟上樓的身影。

"她倆去哪裏？"我心想。

再往前走幾步，我看見管叔站在走廊盡頭，手裏拿著瓶香檳，左顧右盼，很著急的樣子。

他看到我，虛應一下："馬老師，妳也來參加派對？"

"不是，看看而已，你在找什麼？"我問。

"我在找Manon和Clara，她們把開瓶器拿走了。"

"我剛看到她們上樓……"我指著樓梯的方向。

此時廚子走過來和管叔交頭接耳，管叔聽完後把香檳硬塞給我，匆忙和廚子往廚房的方向走去。

我看了一眼手中的香檳，覺得上樓拿個開瓶器也不是事兒，何況兩天前才因雅各缺席午餐的約會，和管叔有了小小的不愉快，正好藉此機會修補修補，於是我拿著香檳上樓……

第十章/對不起

我很訝異地發現東翼的樓梯並不會吱吱作響，彷彿耕作的牛少了銅鈴般，讓人很不習慣。

上到二樓，我還能聽到樓下宴會廳傳來的吵雜聲。

"還好我住在西翼，否則每天都得黑著眼圈上課。"我心想。

二樓的過道鋪有深藍底拼花地毯，踩在上面非常柔軟舒適；兩側牆壁貼了米色雲母片壁紙，有幾幅油畫點綴其間；壁燈是下垂的百合花造型，光線淡雅柔和；空氣中飄浮著梔子花的香氣，濃郁而不膩......我彷彿一下子跌進時光隧道，走向中世紀宮廷。

可惜我把宮廷全走遍了，連個鬼影子也沒見著。

" %#*£¥#......"是Clara的聲音，來自三樓。

我趕緊往上走。

三樓雖不若二樓奢華，但很雅緻，是我喜歡的清新風格，連地毯也換上淺綠色，上面有白色小花，彷彿走在原野上。

我踩著"草坪"走到走廊盡頭，不料卻成了叉路，該往左還是往右？

" %#< ？+=$......"

這次是Manon的聲音，我往右走去，那裏有一長排的房間，不知她們在哪一間？

還好就在一扇虛掩的房門後，我發現了那一矮一胖的身影，她們趴在地上，屁股撅起，樣子很詭異。

" Pardonnez-moi......"我走進去。

Manon和Clara聽見我的聲音，嚇得從地上跳起，一前一後地落荒而逃。

" Excusez......"我衝著她們的背影喊，那兩人跑得更快。

" 真是奇怪！"我犯嘀咕。

這是一間工具室，裏面有吸塵器、拖把、抹布、廁紙、清潔劑......等等，Manon和Clara趴著的位置在工作枱下方。

我猶豫了一下，還是抵擋不住好奇心的驅使，把手中的香檳隨手放在枱面上，人跪下去，像Manon和Clara一樣，做了同樣的不雅動作。

離地面二十公分的高度，有個直徑五公分的小洞，像是被人刻意挖的，我把眼睛湊上去，想看個仔細。

因爲光線的關係，花了我好幾秒鐘才適應黑暗，等眼睛能聚焦，我看到床頭櫃，上面有蒂凡尼的彩色玻璃燈座，暗黃色的光線很是曖昧。

我往右移，看到大紅床單，再往右，終於看到如綢緞般的青絲以及青絲下一臉怪異妝容的華夫人。

她的臉上撲了厚重的白粉，像日本藝伎似的，額心畫了三片粉紅花瓣，眉毛剃了，只剩中段，嘴巴是真正的櫻桃小口，因爲血紅唇膏只塗了人中下方的位置。

沿著脖子往下瞧，這次我看到了吹彈可破的香肩及像山一樣鼓起的乳房，一俱鬆垮的中年男子身軀正背對著我騎在華夫人身上，巧妙地遮住私密部位。

"真是變態！"我離開洞口，罵人也罵自己，怎麼就成了偷窺狂？

當我正準備起身離去，一連串模糊的呢喃聲傳來，我又回到洞口。

這次華夫人趴著，屁股像我一樣撅起，男子抱著它，猛力撞擊，華夫人低聲喚著f，h，d……的尾音，也不知道說的是什麼。

我一直趴在那裏，直到男子起身離開，華夫人把床單拉過來裸睡爲止。

"真是變態！"我又再次罵人也罵自己，只是這次大聲了點兒，嚇得我趕緊摀住嘴。

屋漏偏逢連夜雨，就在匆忙起身之際，我的小腦袋瓜撞擊到柏面，讓上面的香檳以自由落體的速度著地，發出哐啷一聲。

完了！

望著眼前的狼藉，我選擇像Manon及Clara一樣，落荒而逃。

"馬老師，香檳呢？"隔天管叔遇見我，劈頭就問。

"香檳？……什麼香檳？"我裝傻。

"昨晚我塞給妳一瓶香檳，不記得了？"

"噢……那個香檳……"我看見Manon走過來，並且在下一秒做出逃跑的動作，"你可以問問Manon，我把香檳放在中式玄關台上了。"

“ Manon～”管叔對她招手。

那個可憐人像隻受驚的小雞，縮著頭走過來。

管叔比了個香檳酒瓶的大小，問她看見了没？

Manon無辜地搖搖頭，管叔大手一揮，讓她走人。

“哎！那瓶是限量版的Perrier-Jouet，要價€6○○○。”

“對不起，我現在馬上過去，看它還在不在？”我也想逃。

管叔要我不用去了，哪裏不好放，竟然擺在玄關處，昨晚那麼多客人，識貨的準拿走了，還會留到現在？

“Jesu! 我是怎麼了？這個月賺的全上繳了。”他轉爲自責。

我再次表達歉意。

“算了，人生不如意十之八九，就當上了一課。”

他很失望地走開。

“Je suis vraiment désolée.”我對著管叔的背影深深一鞠躬，說著法語“對不起”中的最高級，絕對誠意十足。

第十一章／分離

我給雅各上《中國文學史》，他問我中國的第一本小說爲何？我答《山海經》，它是中國最早的神話故事。

雅各對神話故事敬謝不敏，他對情色小說感興趣。

我告訴他中國也有情色小說，譬如《金瓶梅》，裏面有性描寫，但更多是寫市井人物的生活，所以還是有文學價值在。

"看過《L'amant de Lady Chatterley》嗎？"雅各問我。

"那是什麼？"

"英國情色小說。"

"你看過？"

"看過。"

"裏面講什麼？"

"講慾女的故事，不過很有深度，不是每個人都看得懂。"

雅各說不是每個人都看得懂，我認爲他是影射我看不懂，是可忍孰不可忍？當晚我便上網把該書的電子版找來。原來

《L'amant de Lady Chatterley》中文翻譯爲《查泰萊夫人的情人》，是英國作家勞倫斯的最後一部長篇小說，因書中有大量對性愛的描寫，被多國列爲禁書。

此書的內容很繁瑣，簡單地說，女主角是個貴婦，老公因戰受傷，夫妻從此没有性生活。某天，貴婦在森林裏遇見階級低賤的林園看守人，兩人乾柴烈火，從此一發不可收拾......

閤上書，我咋舌，原來性也可以玩那麼多花樣。

我的腦中迅速閃過紅色床單上的華夫人，感覺她就是查泰萊夫人的化身，和她比，我簡直就是高原上的純情牧羊女。

還有兩天就可以回巴黎，我高興地手舞足蹈，連走路都蹦蹦跳跳的。

這一天，處於亢奮狀態的我，邊走邊想著該不該給羅宋帶點兒驚喜？冷不防一頭撞上正下到底層的男士。

" Je suis désolée."我趕緊低頭道歉。

" Never mind."是倫敦口音。

我擡起頭來，看到Guillaume爵士正衝著我笑，趕緊又低下頭去：" Je suis désolée."

" I said—never mind."那個中年男子好脾氣地說。

" Je......I......"我的法語和英語都不太行。

" You have the most beautiful eyes I have ever seen."他說。

What? 爵士竟然說我有一雙他看過的最美麗的眼睛，把我驚得下巴都快掉下來。

" You are also the most beautiful girl I have ever seen."爵士繼續給糖吃，這次他直接說我是他見過最美的女孩。

魔鏡，魔鏡，魔鏡，誰是世界上最美麗的女人？當魔鏡回答"白雪公主"時，壞心腸的王后決定斬草除根……

"Honey."華夫人下樓來。

她的深綠色連衣裙在我看來就是一身戎服，手上的雨傘則是穿甲劍，她就要揚手給我致命的一擊……

"Don't forget your umbrella."她微笑著把傘交給爵士，轉身換了張臉孔，"馬老師，雅各最近的表現如何？"

"很好，越來越好。"

"好聽的話誰都會說，請把他的作業拿給我看，還有，今晚我要親自考考他，確保自己的錢沒打水漂。"

華夫人從頭到尾沒講一句醜話，但殺傷力十足，殺得我身首異處。

"好的，沒問題。"我維持最後的一點兒尊嚴，"那……我走了。"

我不忘對爵士點一下頭，然後快速離開。

喜悅的心情瞬間被潑了冷水，我的心 DOWN 到谷底，還好後天就能見到羅宋，我要跟他講三天三夜的話，把華夫人罵得狗血淋頭，直到完全洩憤為止。

"妳怎麼了？臉色很難看。"雅各問我。

"沒什麼，你趕緊把作文完成，這樣就有十篇了，你母親要看，順便進行口試。"

"什麼時候？"

"今晚。"

"今晚？"

“是的。”

雅各笑說他媽是嚇唬我的，她既沒時間看作文更遑論口試，因爲她每晚都有約會。

“跟誰？Guillaume爵士？”我想起一早給我糖吃的好看男人。

“今天星期幾？”雅各没回答我，反而問起風馬牛不相及的問題。

我答星期三。

“星期三？……星期三是貝律師。”

貝律師？中國人？

“晚上見律師，肯定有重要的事。”我一本正經地說。

“呵呵！重要的事？”雅各失笑，“對他們來說，的確很重要。”

我一下火車就看到羅宋。

“你怎麼來了？我說了可以自己回家。”

羅宋把我的行李接過去，說：“想早點兒看到妳。”

他的一句話把所有的陰霾一掃而光，我甚至覺得可以爲他兩肋插刀，只要他過得好。

回到家，我發現羅宋不僅把家裏打掃得窗明几淨，餐桌上還有數十個白白胖胖的生餃子。

“餃子皮是我擀的，比現成的好吃。”他說。

“什麼餡兒？”我聞到韭菜香。

“韭菜豬肉，我還加了點兒香乾。”

我摟著羅宋的腰，問他怎麼知道我就愛吃韭菜豬肉餃？

他答因爲昨晚我托夢了……

"怎麼辦？待會兒吃完餃子，接吻會有味道。"我忽然想起韭菜的衝鼻味。

"那還等什麼？"

羅宋脫了上衣，我把窗簾拉上。

我背對羅宋，他的手環抱著我，吻我的肩膀，一遍又一遍，口中呢喃著："妳今天怎麼了？"

"什麼怎麼了？"

"妳……很主動。"

"不好嗎？"

"好，不過有點兒奇怪，是不是……"

"是不是什麼？"

他答没事，翻身回到自己的床上。

我想了想，主動去抱他："羅宋，Je t'aime."

不知爲什麼，我寧願用法語也不用普通話說"我愛你"。

羅宋擁著我，用法語輕輕唱起一首旋律悠美的歌。

我問他唱的是什麼？他答情歌。

"我聽不懂，怎能算是情歌？"

於是羅宋即興將歌詞翻譯出來，美得像首詩。

他們兩人猶如花藤，

攀結於一株榛樹上，

試圖分離他們的人，

將令榛樹夭亡。

美麗的戀人啊！你我便是如此，

你不能沒有我，我不能沒有你。

"羅宋～"

"嗯？"

"你認為會有人試圖分離我們嗎？"我問。

"誰？誰會分離我們？"

"不知道，"我把頭埋進他懷裏，"也許是時間，也許是距離，也或許是……我們自己。"

第十二章/感動

我睜開眼睛，看到羅宋搬了張椅子坐在床邊，他的雙腳踩著床沿，大腿上置了畫板，他在畫我。

"你正在侵犯我的肖像權。"我說。

"給大師畫像是至高無上的榮耀，想像一下，當妳人老珠黃或成一抔黃土時，妳二十歲時的美畫依然存在，人生有幾個最美的時光？"

咦～這不是小尤說過的話？

"小尤最近怎樣？"我順便一提。

"怎麼問起小尤來了？他最近在幫人拍婚紗照。"

婚紗照？我以為他是有個性的攝影師。

羅宋說有個性的攝影師也需要吃飯。

"怎麼，他吃不起飯？"

"也不是，他把歐羅巴人趕走，將房間用來做暗房。妳想呀！我走了，歐羅巴人也走了，他得獨力負擔房租，人一下子變窮了。"羅宋邊塗抹畫作邊答。

我問小尤的照片以前是怎麼洗出來的？

"讓專業的人洗唄！但他不滿意，想要親手接生自己的孩子。"

呃！藝術創作者的力求完美，真讓我甘拜下風。

"你今天不上課？"我忽然想到。

"上，等我把畫完成。"

聽他這麼一答，我從床上爬起，繞過畫板看大師的半成品。

"你怎麼把我畫成人體解剖圖？"我問。

羅宋說我不懂，這是後現代主義的畫法，接著命令我回去躺好。

我乖乖地躺回自己的位子，心裏想著："什麼是'後現代'？該不會也有'前現代'或者'超現代'吧？！"

羅宋和我約在聖母院見面，他說下午四點，陽光隱去前，他還可以賺五十個餃子，所以我躺回床上睡回籠覺，直到近中午才起。

胡亂吃過早午餐，我披上羅宋的軍大衣，沿著塞納河慢慢踱步而去。

沿著河岸有很多賣舊書、舊海報的小攤，你也可以在此買張明信片寄回家鄉報平安。我就曾買來一張色情明信片寄給爸媽，沒辦法，骨子裏想做點兒"驚世駭俗"的想法又在作祟，希望別太嚇壞那兩位可憐的老人才好。

" Bonjour."一艘觀光船在河面上駛過，船上的遊客正揮手向我道日安。

“Bonjour.”我不吝給出祝福。

揮手過後，我心情愉悅地到處溜達，踫巧看到前方的一對新人正離開橋頭去補妝。

“依依～”

聽見有人喚我，我轉過頭去，原來那個蓄滿絡腮鬍的攝影師是小尤，他一下子老了十歲。

我問他怎麼在這裏？他答幫瞎折騰的新人拍照，還問我怎麼也在這裏？羅宋湯呢？

“我休假四天回來看看，羅宋上課去了，和他約了四點在聖母院見面。”我解釋。

“這樣啊！”小尤看看錶，“都兩點了，本來想把照片給妳……”

我說明天吧！明天羅宋去普羅旺斯畫薰衣草，帶隊教授是中國人，不允許攜家帶眷。

“呵呵！妳真好玩。”小尤笑了，我看不見他的酒窩，因爲藏在鬍子裏。

此時補完妝的新人回來了，小尤邊搖頭邊感慨又要爲五斗米折腰了。

“你繼續折腰吧！我也得走了，祝你今天愉快！”

我一直走到愛之鎖橋才回頭，此時小尤躺在石板上，鏡頭向上，正在仰拍一對造作的新人。

由於沒和小尤約好時間，我不知道這個藝術家是不是夜貓型，所以遲遲不敢上門。

“嘟……嘟嘟……”我的手機響了。

“ Allo.”

“依依，妳怎麼還沒來？”小尤問。

“我以爲你日上三竿才起床。”

小尤說他早聞雞起舞了，問我在哪裏？我答在家。

“我煮了紅燒肉，妳趕快過來。”

想起油汪汪的紅燒肉，我二話不說，雙腳跳進新買的靴子裏。

小尤開門，我嚇了一大跳。

“鬍子呢？”我問。

他答昨晚被精靈一根根拔起。

“那不痛死了？”我脫下大衣，小尤接了去。

“誰說不是？我躲在棉被裏嗚嗚嗚地哭。”

“ Soigne-toi bien.”我撫著他的臂膀要他多保重。

沒想到他一下子跳彈開來，讓我很吃驚。

“......抱歉，我的手扭傷了。”他解釋。

“扭傷了？看醫生了沒？”

“没，過幾天會好的。”小尤藉口掛大衣，我們避開了這個話題。

“這就是哈姆丹國際攝影獎的參賽作品？”我撫著實木相框問，裏面是張5○吋藍灰色色調的照片。

“嗯！我能不能一炮而紅就靠它了。”

我的眼光再次回到照片，披白色薄紗的我，宛如出水芙蓉。

“怎麼拍的？”我又問。

“把人物摳出來再做背景，色調先黑白，再藍灰，把色相的飽和度降低，建立蒙板，再把不要的部份剔除。”他說著專業術語。

“我是問，你怎麼把我拍得這麼美？我都快認不出自己來。”

“呵呵！妳是很美啊！有性感的肩胛骨和……”

“堅挺的乳房，裏面充滿了乳汁。”我替他把話接下去。

小尤好生尷尬，轉而問我想不想看暗房？

我對暗房的印象還停留在電影裏，真正面對面還是頭一遭，哪有不看的道理？

小尤說爲了達到密閉不透光的效果，他把牆壁全部塗成啞光黑，所以裏面很暗，問我怕不怕？

“不怕。”我答。

“爲什麼暗房裏只開紅色燈？”一進到暗房，我問。

小尤解釋感光底片對紅光比較不敏感，但即使再純淨的紅光也會使底片反應，所以光線仍要盡可能的暗。

在有些曖昧的紅光下，我看到雙層厚重的黑色窗簾、大水槽、空氣淨化器、淨水設備、工作枱、藥品存放櫃，還有鋼絲上掛著的些許底片，我伸手過去……

“別踫！”小尤大喊。

我趕緊收手。

“對不起，嚇到妳了，底片還没乾呢！”

“没事，”我環顧四周，“暗房已經看得差不多了，我們走吧！”

“等等，妳⋯⋯能讓我抱抱嗎？”

什麼？！小尤是不是吃錯藥了？

爲了不讓我误會，他主動解釋自從上次幫我拍照後，他⋯⋯不確定，所以想再次確認一下。

“你的意思是想確認自己是不是同性戀者？”我問。

他點頭。

我不放心，問他是不是只要抱抱？

小尤笑出聲來：“放心，只是抱抱。”

於是我上前給他友誼的一抱，他擁著我，臉埋在我的髮絲裏。

“有反應嗎？”

“時間太短，再等等。”

於是我們在暗紅色的狹窄空間裏，抱了十多分鐘，是小尤先放的手。

“没反應。”他答，用手劃了一下眼角。

“太好了，可是⋯⋯”我看著他的眼睛，“你哭什麼？”

“感動。”

“感動什麼？”

“感動我終於有能力去愛人和被愛。”

這是啥跟啥？

我想問清楚，但被小尤推到暗房外。

第十三章/留宿

我很喜歡小尤替我拍的照片，但它實在太大了，肯定會被羅宋發現。

"這樣吧！我洗張小的送妳。"小尤提出解決方案。

"不，我喜歡大的，大的有氣勢。"

"那麼只好郵寄回中國囉！相框需要特殊包裝，這個尺寸的郵費不便宜。"

我想起中國那對思想還停留在五〇年代的保守父母，寄色情明信片給他們已經夠嚇人了，若再把他們寶貝女兒的裸照空運過去，我怕會出人命。

"不了，讓我把它帶到華堡吧！以後的事……以後再說。"

於是當場和小尤拍板定案：他先替照片做個木架，再用油紙包裹起來塞進後車廂裏，然後等著後天下午送我回華堡，順便把照片神不知鬼不覺地運送進去。

我答太麻煩他了。

“快別這麼說，我没付妳當模特兒的錢，這個……就算抵工資吧！”

~

羅宋從普羅旺斯回來，興奮得不得了，他不停地說著那裏有多迷人。

“真是太美了，我第一次看到如此茂盛的薰衣草田，純粹的紫色在高高低低的田園裏綻放，空氣中、頭髮裏、肌膚上……到處沾滿了薰衣草的味道，那種沈靜、甜蜜，我一輩子也忘不了。”

“真那麼美？哪天我們一起去？”我興致勃勃地提議。

羅宋沒接話，反而走到畫架後面擺上布框、備好油彩……

“你想幹嘛？”我問。

“我想抓住那抹紫……”

我提醒他，現在已接近午夜I2點。

“我知道，我不睏，妳先睡。”

我難以置信地躺回床上。

死羅宋！我好不容易回來一趟，就是爲了看你畫畫的背影嗎？

我翻了個身，擊打羅宋的枕頭，想將他一拳打醒。

~

不知羅宋幾點上床，反正我起床時，他鼾聲大作。

我躡手躡腳地起床、梳洗、吃了穀物當早餐，然後輕輕地帶上門。

從封閉的城堡裏走出來，再怎麼著，也得好好利用得來不易的假期。我打算上中國城逛逛，順便採買食材，因爲在外面吃實在太貴了，中式餐館的三菜一湯，足夠我們買一個星期的菜。

～

“ 我才眯個眼，妳就把超市搬回家了。”羅宋一臉欣喜。

放下手中物，我往沙發上一躺：“ 搬運工的工作到此結束，現在是廚子上場，我想吃好吃的。”

羅宋看了袋中物，如數家珍：“ 紅燒牛腩、芋頭燉小排、涼拌黃瓜，飯後水果是葡萄，飯後點心是綠豆糕。”

“ 這麼厲害! 該開個中國餐館。”我有氣無力地答。

羅宋說我的提議挺不錯的，但他得先把畫賣出去，才有錢買麵條賣炒麵。

說這話是因爲羅宋兩個月後將開學生畫展，他正緊鑼密鼓地準備著。

“ 希望到時能得到伯樂的青睞。”我喃喃道。

我的男友信心十足地答一定會，他有預感。

～

“ 妳確定不要我送 ?”羅宋問。

“ 不用，小尤載我去就行，你專心準備畫展。”

不要羅宋送，其實是爲了雪鐵龍後車廂的照片，我不想讓男友誤會我是暴露狂。

“ 那好，到了華堡打個電話給我。”他說。

～

我和小尤在下午一點離開巴黎，預計五點能抵達華堡，但人算不如天算，小車開出去沒多久便逢上難得的大暴雨，視線很不好，我們只能以龜速前行。抵達華堡時已接近晚上九點，偏偏雨還一直下，伴隨著閃電。

"怎麼辦？天那麼黑，雨又那麼大，回去很危險。"

小尤把包了油紙的照片交給我，說："能怎麼辦？我不想再睡那個小房間，陰氣太重，少了羅宋，我怕遇見鬼。"

我還是覺得不妥，但小尤執意要走，我也只能暗自禱告。沒想到開了八個小時的雪鐵龍不幹了，它嘟囔兩聲後，來個大罷工。

"媽的，屋漏偏逢連夜雨！"

面對小尤的牢騷，我僥倖地想著：**時間那麼晚了，四下又無人，何不……**

"到我房裏睡吧！"我提議。

小尤問我難道不怕被他吃了？我答不怕，因爲他是Gay。

"那個……我……"

"別猶豫了，幫我把行李拿上樓。"

我環抱著大照片先行一步，小尤考慮了幾秒鐘，默默跟上。

第十四章/敏感而富才氣的靈魂

我和小尤躡手躡腳地上樓，樓梯還是吱吱作響，我好害怕遇見認識的人，以爲我帶男人回房做不可描述的事。

"唧唧……唧唧唧……"Bruno不知何時竟然站在樓梯扶手二，由上而下俯視我們，很開心的樣子。

這下子我擔心的不只是小尤，還有眼前這隻被視爲殺手的猴子。

"Bruno, go, bon garçon."我壓低聲音，英、法語並用。

可惜Bruno聽不懂，並且誤會我在鼓勵它，咚咚咚地沿著扶手下來，圍著我打轉。

"哪來的猴子？"小尤問。

"城堡少爺的。"

Bruno對我手上的東西極感興趣，它用鼻子聞了聞不說，竟然動手扒起油紙來。

"Stop, Bruno."我喝止。

它充耳不聞，甚至加快扒的速度。

我只好把照片高高舉起，哪知那潑猴竟沿著我的大腿往上爬，跳上肩膀，再一躍而上，直接矗立在照片上……

" Bruno, arrêtés."

我擡起頭，猴主人正站在二樓樓梯口，一臉嚴肅。

Bruno聽到雅各喚它，從高處一躍而下，再咚咚咚地上樓梯，一頭撲進主人的懷裏。

" 那個……我回來了。"我解釋。

雅各看了我一眼，又看小尤一眼，冷酷地說：" 上來吧！"

他讓出樓梯口的位置，於是我和小尤吃力地拿著手中物往上爬。

上到二樓，Bruno不見了，彷彿變魔術似的。

" 我以爲妳的男友是高的那一個。"雅各問。

" 是高的那一個啊～"我的餘光掃過身旁的男人，大夢初醒，" 噢！他不是我男友，他是我男友的前室友，他開車送我回來。"

然後兩個正式見面的男人開始自我介紹。

" Bonjour.我叫小尤 。"

" Bonjour.我是雅各 。"

此時屋外傳來一聲巨雷，雅各說著廢話：" 天氣很不好。"

小尤望向窗外，雨淅瀝瀝地傾盆而下，他同意天氣不好。

" 待會兒你是否開車回去？"那孩子問。

小尤轉頭看我，我趕緊接了去：" 雅各，你看到了，天氣很糟糕，小尤如果開車回去，很危險的。"

"我了解，但……你們打算同居一室？"

看另一個當事人保持沈默，我只好又代答："小尤可以睡沙發。"

雅各說我在考驗人性，我竟啞口無言。

"你說得對，"事件男主角開口了，"千萬別考驗人性，我放下行李就走。"

小尤幫我把行李放進房內。

我向他道謝，說要不是他，我肯定在火車站過夜，因為沒有出租車會願意在風雨中跑那麼一趟遠路。

"別放在心上，妳若沒安全抵達，我也睡不安穩。對了，剛剛猴子有沒有抓壞照片？"他問。

想到我們大老遠運送的照片可能受損，我三兩下扒開油紙，還好，它完美如初。

"那隻猴子真淘氣！"小尤說。

"可不是？"我凝視著照片中的我，"我該把照片掛在哪裏？"

聽我這麼一問，小尤很認真地打量起房間。

"掛這裏吧！"他指著一面牆，"正對著床，妳一睜開眼就能看見，而且陽光照不到，不容易變色。"

"好，聽你的。"

於是小尤把原本掛在牆上的花卉油畫移開，換上我的裸照。

他倒退一步，問："現在是不是很有感覺？"

我再次欣賞眼前的藝術照，的確，和這個房間的裝飾很般配。

我們的眼光同時落在裸露的胴體上，時間一分一秒地流逝，氣氛也變得越來越詭異……

"依依～"小尤喚我，我的心跳得好快。

"扣、扣、"

敲門聲響起，我和小尤同時轉頭過去。

"怎麼辦？"我嚇得要死。

"扣、扣、"又是兩下敲門聲。

小尤說還是開門吧！

他不知道我一進城堡就被告誡：**絕不允許留宿客人**。

當我正左右爲難時……

"馬老師，開門。"

是雅各的聲音，我鬆了一口氣，走過去開門。

"那個……天氣很不好。"雅各又講廢話了。

我答我知道天氣很不好。

"我想……小尤可以跟我擠一晚，我是主人，没人敢說話。"他提出解決辦法。

這……小尤是成年人，雅各是懵懂少年，我是老師，老師保護學生責無旁貸。

"不行，小尤得走，馬上！"我不假辭色。

小尤也婉拒了："謝謝你，我正要走，因爲掛照片，耽擱了點兒時間。"

"照片？"雅各往裏探了探頭。

"進來吧！"我側身，"小尤幫我拍了照。"

那孩子走了進來，然後我們三人同時望向那張裸照。

“拍得很美，你是攝影師？”雅各轉頭問小尤。

小尤很謙虛地表示不過混口飯吃。

“才不只是混口飯吃，小尤是個有名氣的攝影師，很多中外雜誌都用他的作品。”我補充說明。

這次雅各沒拐彎抹角，他直接拜師，請小尤教他攝影。

“恐怕不行，巴黎到這裏有四個小時車程，時間就是金錢。”小尤答。

面對拒絕，雅各不動聲色。

“也是，你是初入門，先自己摸索看看，等達到一定的程度，小尤可以偶爾指導你一下，是不是？”我望向小尤，希望他不要太傷一顆少年的心。

“是的，偶爾指導一下是可以的。”他附合。

雅各沒接話，反而回到一開始的話題：“這樣吧！客人可以睡畫室，沒人會到那裏去，因爲我下了命令：闖入者，殺無赦！”

我想起第一天就誤闖禁地的我。

“謝謝！”我代小尤回答，順便感謝少爺的不殺之恩。

雅各沒理會我，轉而面對小尤：“明天一早我親自帶你下樓，沒人敢說什麼。”

“謝謝！”這次小尤親自道謝。

半夢半醒間，我聽到汽車發動的聲音，一睜開眼，陽光已灑了一地。

“還好，雨停了。”我想。

這次是車子駛離的聲音，我又想了一下，突然跳起，衝到窗口時剛好看到雪鐵龍的車屁股。

媽的，這小子連個再見也沒說！

" Merci."是雅各的聲音。

我低下頭去，那孩子正向一個手持扳手的人道謝。

" Je vous en pris."工人用敬語答"不用謝"。

然後我看到雅各轉頭望著遠去的車輛，直至看不見爲止。

" 把李白的《靜夜思》背給我聽。"我坐下來上課，第一件事就是檢查功課。

" 床前明月光......低頭思故鄉。"

" 很好，接著......"

雅各突然截斷我的話，他問我李白是不是很有才氣？

" 嗯！他是詩仙。"我答。

" 那麼他一定是 un homosexuel."

我問那是什麼意思？他答李白一定是男同性戀者。

啥？這個人小鬼大的雅各！

" 歷史上無此一說。"我塘塞了一下。

雅各拒絕塘塞，他說偉大的創作者都是同性戀者，遠的有達芬奇、米開朗基羅、近代則有英國流行樂之父Elton John及中國作家白先勇......

我說他以偏蓋全。

" 不管妳信不信，反正我是信了，每個同性戀者都有敏感而富才氣的靈魂。"

"呵呵！我男友就不是，他很有才。"

"也許他的才氣還不夠。"雅各迎頭一擊，讓我爲之氣結。

"Well，今天的上課主題是唐詩......"我把他抓回到課本上。

孰料雅各舊話又重提，他說想跟小尤學攝影。

我無奈地放下課本："世界上不只有小尤這個攝影師。"

"但是......他有敏感而富才氣的靈魂。"雅各答。

第十五章/攝影老師

我剛上完課就接到羅宋的電話。

"今天下午我看到小尤的雪鐵龍了。"

"So？"

"他昨晚在華堡過夜。"

我解釋天那麼黑，雨又那麼大，開車回去很危險。

"小尤沒睡在那個恐怖的房間裏。"

"因爲恐怖，所以沒睡，羅宋，你到底想問什麼？"我冒起無名火。

"我想問……"

"沒有。"我直接丟出答案。

"什麼？"

"我沒跟他上床，他是Gay，你不知道嗎？"

羅宋在手機那端停頓了一會兒後，终於開口道歉。

我嘆了口氣答没事，這樣很好，有誤會馬上澄清。

"依依～"

"嗯？"

"我……愛妳。"

"羅宋，我……也愛你。"

這是我們第一次用普通話説"我愛你"，感覺有些羞澀：不若其他語言來得大方。

掛上電話，我有種幸福感，就是那種剛喝完水，發現杯子還是滿的感覺，畢竟物質不充裕，我們有的也只剩精神上的小確幸了。

"給。"我把三不猴擺在雅各的桌上，"上巴黎中國城時特地買給你的。"

"謝謝，"他把玩那三隻猴，"我已經有一隻真正的猴子了。"

我説這三隻猴不一樣，然後把"非禮勿言、非禮勿視、非禮勿聽"的出處和典故告訴他。

没想到雅各的結論是：這個不行，那個也不行，中國人活得真累。

"禮數還是要講的，不然都成了野蠻人了。"我説。

雅各沈默了一會兒後，問："如果對方已經明顯拒絶：我若再試一次，這合禮數嗎？"

我答那得視情況而定，當拒絶的理由不再成爲理由，對方就不會再拒絶了。

雅各豁然開朗："謝謝，我知道了。"

當老師的職責就是傳道、授業、解惑，看雅各似乎解了心中的結，我頗感欣慰。

"今天我們上宋詞，宋詞是一種相對於古體詩的新體詩歌，是宋代文學的最高成就，宋詞句子有長有短，便於歌唱，又稱曲子詞......"

雅各很認真地聽講。

" 馬老師，請留步。"

吃完飯，我正想回房小憩一下，沒想到在無花果樹下被管叔叫住。

" 有事嗎？"我問。

" 雅各說想學攝影。"

呃！這小子該不會把小尤留宿華堡的事給說出來了吧？

" 很好啊！"我答。

" 不好，他說他喜歡的老師住在巴黎，他想搬到巴黎去。"

這......雅各也太任性了，說風就是雨，不過話說回來，如果雅各搬到巴黎，我就不用和羅宋相隔兩地，豈不美哉？

誰知管叔斬釘截鐵地表示雅各留在城堡是最後底線，其他可以商量。

我問華夫人怎麼想？畢竟她才有話語權。

" 她當然答不，結果雅各說學不成攝影，中文他也不想學了。"

什麼？竟然波及到我？

" 雅各太孩子氣了，但我不明白你為什麼要告訴我這些？干我何事？"我問。

管叔答因爲攝影師是我的朋友，雅各說的。

這個雅各真是"不見黃河心不死"，還有，什麼"解惑"嘛！明明是繞圈子套我的話！

"没錯，他是我朋友。"我無奈承認。

管叔鬆了口氣，說："那就好，妳幫忙傳個話，就說華夫人想聘他爲家教。"

我答没用的，他是個有名氣的攝影師，巴黎離這裏太遠，時間就是金錢……

"華夫人說了，只要他願意接受這份工作，一個月€20，000。"

什麼？！竟然是我薪水的6倍多，頓時我像隻洩了氣的皮球。

"早知道讀什麼中文系，一早去影樓當學徒多好！"我的"酸葡萄心理"開始發酵。

管叔要我別感慨了，他在華堡當了二十年的管家，一個月的薪水只夠買一瓶叫得上年份的酒，他是半百老人，我是年輕人，該知足了。再說，雅各學東西一向三分鐘熱度，很難堅持下去，我朋友若能教他半年，算久的了。

我聯繫小尤，他在手機那端沈默一會兒後，問："一個月€20，000？"

"是的。"

"包食宿？"

"是的。"

"一個月有四天休假？"

“是的。”

“嗯……”

我知道小尤正在被“利誘”，而且眼看就要上鈎，不得不提醒他：“管叔說了，雅各學東西一向三分鐘熱度，很難堅持下去，你若能教他半年，算久的了。”

沒想到小尤聽了反而寬心，他答那樣更好，華夫人開出的條件很誘人，但他想做個真正的攝影師，而不是某個人的教師，既然那孩子沒定性，他就權當賺快錢，畢竟攝影器材很燒錢……

我沒料到事情這麼容易就解決了，感覺很不真實。

“妳怎麼想？”他問。

“其實你能來挺好的，在這個封閉的城堡裏，一點點兒的變化都能成爲生活的調味品，何況……”

“何況什麼？”

我答沒什麼。

掛上手機，我望著小尤替我拍的照片發愣……

“何況我一點兒也不討厭你，甚至還有點兒喜歡呢！”我喃喃道。

一聽到熟悉的車聲，我馬上衝到窗口，果然是他！

我笑著跑下樓，差點兒撞上剛下車的小尤。

“嘿！妳吃錯藥了？”他很驚訝。

“才沒呢！看到你很開心，你呢？看到我，開不開心？”

小尤答當然開心，能賺那麼多錢，還是我牽的線，怎能不開心？

原來當我是仲介！

我伸手跟他討要仲介費，被他一手打掉。

「先欠著，月底請妳吃好吃的。」他說。

「一定喔！我想吃西檸雞、蠔油牛肉，炒⋯⋯」

我看見小尤的眼光不在我身上，他直勾勾地往上瞧⋯⋯是雅各，他正倚著窗口。

「Hi，雅各，」我向他揮手，「你的攝影老師駕到。」

我以爲雅各會很高興，但他一臉寒霜地退回屋內，讓我好生尷尬。

「那個⋯⋯」

「没事，青春期的孩子都這樣，陰陽怪氣的。」

見我還是快快，小尤替我打雞血：「我的作品入圍了，就是那幅裸照。」

「真的？我太高興了，恭喜！」我上前擁抱他表示祝賀。

他也抱住我，只是我想鬆手時，他仍緊抱我，爲了掙脫他，我費了好些力氣。

「Well，我的房間在哪裏？」他像什麼事也没發生似的。

「來，我帶你去！」

於是我們踩著吱吱作響的樓梯上樓。

第十六章／意外之旅

由於小尤是初來乍到，我責無旁貸地擔任起"導遊"的工作，把華堡內的各個位置、設施一一介紹給他，包括一些規矩。

"不要留宿客人？"小尤喃喃復誦。

"是的。"

"所以上次我是犯禁忌？"

"沒錯，押上我的身家性命。"

大概我的聲音過於嚴肅，小尤沒接話，我們沈默地走過噴水池，又走過石頭砌成的磨坊。

"那是教堂嗎？"他指著前方問。

華堡的教堂不大，就在城堡的南邊，藏在花團錦簇中，是個典型哥特式建築，有白色的花崗岩、拱門、繪有聖經故事的花窗玻璃、尖尖的高塔……當然，為了有別一般的建築物，正門上的十字架必不可少。

"是的。每到週日，華堡上下成員都得來此做禮拜，因為華夫人是虔誠的教徒，呃！我是說……表面上是。"

小尤問我可以不做禮拜嗎？他是無神論者。

我答還是入鄉隨俗吧！把它視爲公關活動，唱唱聖歌，聽聽佈道，最後講句"阿門"就結束了。

" 這樣啊～"他凝視教堂好一會兒，" 能進去坐坐嗎？"

" 可以。"

說完，我先行一步走向教堂。

雅各似乎很喜歡他的攝影課，經常見他擺弄相機。

這一天，我從窗口往外看去，小尤正指導雅各拍攝白蠟，此時已是秋末，樹葉早掉光了，光禿禿一片。

大概雅各的仰角位置不對，他試了幾次還是不行，小尤把相機接了過去，親自替他找最佳角度。就在此時，詭異的一幕出現了，我看見雅各的身體靠了過去，他把手環在小尤的腰際上，小尤緩慢地放下相機，轉頭看他……

我趕緊離開窗口，心跳得好快，好像看到什麼見不得人的事。

等我再次往窗外探去，卻只看到孤獨的白蠟和兩個遠去的身影，不禁有些惆悵。

" 明天我不上課。"

我剛佈完明天的功課，我的學生直喇喇地宣佈他休假。

" 爲什麼？"我問。

雅各答他要跟小尤到巴黎買相機。

" 你不是已經有了？"

“那是老款的，我需要最新型，而且很多配備也得買。”

我很想告訴他新手練練手不需要好的機子，但再一想，他家不缺錢，何必幫他省？遂問他去多久？他答一整天。

“就你和他？”

“當然，不然還會有誰？”雅各投來詢問的眼神。

“巴黎之行”純屬意外。

昨天下午雅各一通知我隔天不上課，我馬上在晚餐時間質問小尤，那個男人很無辜地表示自己也是臨時被通知到，即使他告诉學生初入門不必用太好的相機，Canon 550D單反相機已經足够，但雅各還是堅持買專業攝影工具，並且找他當參謀。沒辦法，拿人薪水就得爲人辦事，他也不想跑那麼一趟遠路啊！

“看來我錯怪你了，以爲你想趁機玩玩。”我邊吃熏肉塔邊開玩笑。

小尤說要玩也不找小屁孩玩，他想跟我玩。

“什麼？”我一臉驚恐。

“別誤會，”他馬上解釋，“反正順路，妳又没課，我把妳人肉快遞給羅宋湯一天，如何？”

“說什麼啊你！”我嘴巴怪嗔，但心早已飛到羅宋身邊。

在取得管叔同意後，隔天我很高興地上了雪鐵龍，哪知那孩子一臉的不開心（即使知道我只是偷閒會男友而已）。

“到了巴黎，我在哪兒放妳下車？”小尤問。

“凡爾賽宮御花園。”

我一和羅宋聯繫上，他很快與我約在那裏見面。

～

"買完東西來接妳，Bye."小尤說完，雪鐵龍呼嘯而去。

這是我第一次上凡爾賽宮，據說它的御花園是世界上最大的宮廷園林。放眼望去，道路、樹木、水池、亭台、花圍、噴泉等均呈幾何圖形，不僅走道寬敞、綠樹成蔭，連草坪和樹木也被修剪得整整齊齊的。

我走走停停，照片拍個没完，真的，處處是美景，隨便一抓，都是拍婚紗照的絕佳背景。

"到了御花園，找一個美女馬身雕像，妳不會錯過的，雕像上面還坐了個白白胖胖的天使。"

我記起羅宋說的。

偏偏我還是錯過了，我找到美女、找到駿馬、找到可愛天使，偏偏沒找到他們的綜合體。

"依依，妳到了嗎？"是羅宋的來電。

"到了，可是找不到你說的雕像。"

"別心急，告訴我四周圍有什麼，我過去找妳。"

我描述一番後，羅宋掛上手機。

約莫一刻鐘後，我看到羅宋背個畫架小跑步過來。他的頭髮長了，在風中飛舞，但眼睛在笑，嘴巴也在笑。

"今天寫生？"我問。

"嗯！期中作業，"他牽起我的手，"餓了吧？我帶妳去吃好吃的鰻魚飯。"

第十七章／雨過天晴

這是個家庭日式料理店，主打鰻魚飯，鰻魚又肥又大，醬汁酸甜濃稠，飯粒顆顆飽滿，上面的海苔片還是現烤的。

"嗯！好好吃。"我塞滿一大口的飯，含糊不清地說。

"就知道妳喜歡。"

羅宋把他碗裏的一片鰻魚夾給我，他總共也就只有三片。

"你吃，別給我。"

我正要夾還給他，被他阻止了。

"我喜歡看妳吃，把妳餵得白白胖胖的，是我的職責，我能給妳的不多，有的也只有這些了。"

"羅宋～"我感動地說不出話來。

想當初，父母、朋友知道我交了個美術系男友，紛紛給我建言，不外學藝術的人邋邋遢遢、對感情朝秦暮楚、就業難……等等。我的確也見過穿人字拖、衣服皺巴巴的美術系男生；也聽過他們當中一些始亂終棄的可惡例子，但這都不是羅宋的寫照。

我的羅宋就像個勤勉的公務員，安份地做著份內的工作，日復一日，給我踏實、安穩的感覺。

"畢業後，我打算回母校教書，工作個幾年，然後貸款買個房子，給妳和孩子一個家。"他不急不徐地說。

這……這是在求婚嗎？不會吧？！

見我一臉驚訝，羅宋又做了說明："也許我該買束花，單膝跪在凡爾賽宮前，以天地爲鑒，和妳約好生生世世，但我更願意在這個家庭食堂裏和妳講接下來五十年的計劃。妳應該不是那種活在象牙塔裏的女人，所以我也不替妳織些不切實際的夢。"

話說得没錯，但我畢竟是女人，會幻想一個別開生面的求婚場景。羅宋呀羅宋，你也太不了解女人的心思了！

由於羅宋像講"手機欠費"或者"轉角新開了家牛肉麵館"似地談論我們的人生大事，讓我心情低落，一路悶悶不樂。

"怎麼了？"他也察覺不對勁。

"没什麼，大姨媽來了。"

"聽說大姨媽來了，吃點兒巧克力會好很多。"

奇怪，明明是關心的話語，聽在耳裏卻感到厭煩。

"那你去買啊！爲什麼不去？就只會說說說，爲什麼不做？"我的脾氣還是爆發了。

"依依，妳怎麼了？剛剛還是大晴天，怎麼一下子就變臉了？"羅宋把畫架往地上一擱，"妳站在這裏別動，我這就給妳買去。"

"不用了。"我對著他的背影喊，但他跑得更快。

"嘟……嘟嘟嘟……"手機響了，我接聽。

"依依，妳在哪裏？"又是小尤的聲音。

在御花園裏時，小尤打了第一通，我說迷路了，他表示馬上趕過來，被我阻止了；第二通在日式料理店，他問我吃什麼？我答鰻魚飯。他說我吃的這一家一般般，他知道有家更好的，發薪水時帶我去吃；第三通是在廁所裏，我說小尤你煩不煩？連上個廁所也不讓上；第四通就是這一通，他照例問我在哪裏？

"在床上，正跟羅宋溫存著！"我心中有氣，胡言亂語。

"妳......這麼快就回羅宋家了？"

我說幹嘛回羅宋家？這裏到處都是酒店、賓館什麼的。

不知爲什麼，小尤不似先前那麼興致高昂，我問一句，他才答一句。

"雅各買到照相機了嗎？"我問。

"買到了。"

"你能來接我嗎？"

"好。"

"我在凡爾賽宮地鐵站附近。"

"十分鐘。"他一句廢話也無。

掛上手機，我正好迎上氣喘吁吁的羅宋。

"幫妳買來了。"他交給我一個深褐色小盒，我一看是Godiva。

這個牌子的巧克力很貴，我心疼死了。

羅宋說他也知道很貴，但是我心情不好，也許看到精緻可口的巧克力，心情會好點兒。

哎！這個實心漢子的愛情就是這麼實誠。

"羅宋，"我主動去拉他的手，"小尤待會兒來接我。"

他很吃驚我這麼快就要走了。

我答回去的路上不好開車，也不想太晚回去，因爲冬天天黑得早。

"也對，安全最重要，還是早點兒回去。"

"羅宋，"我把他拉向我，對著他的耳朵呢喃，"對不起，下次不再亂發脾氣了。"

"沒事，妳好好的就好。"他的鼻子磨擦我的鼻子，酥酥癢癢的。

我試著推開他，反而被摟得更緊，我們像所有在巴黎鐵塔下的情侶一樣，毫不避諱地接起吻來。

"叭叭……叭叭叭……叭叭叭叭……"

在法國是不能隨便亂按喇叭的，是哪個沒禮貌的傢伙正在大按特按？

"Hi，小尤，你來了。"羅宋喊。

原來是小尤，這個路段不允許停車，我得趕緊上車，免得他吃罰單。

"小尤，請把我老婆安全送回去。"羅宋把頭伸進車內交待，然後對我微笑，"到了打個電話給我。"

"知道了。"我邊答邊繫上安全帶。

小尤一句話也沒吭，腳踩加油，我們往華堡駛去。

第十八章/妳的容顔

下午茶時間，我泡了杯熱可可，坐在小尤對面。

"天氣不太好，看樣子今晚要下雪了。"我說。

"不清楚，我不是氣象台。"他答。

我看到他拿了Souffle（又稱蛋奶酥，是一種法式蛋糕）當點心。

"你的Souffle看起來很可口。"我討好著說。

"太甜了。"

"甜才好。"

誰知小尤把Souffle往我的方向推："給妳吃，我不吃了。"

看他離去的背影，我感到莫名其妙，默默喝著熱可可，又吃了一口小尤的Souffle，果然甜得膩口。

都說吃甜食會讓人身心愉悅，此時的我卻像吃了黃蓮似的，苦不堪言。

一切都變了，小尤不再和我"嘻笑怒罵"，他很冷，冷得像屋外的天氣。

我試著回想那次的"巴黎之行"，不認爲自己有冒犯小尤之處，何況我們一向打鬧慣了，也從未見他有不豫的臉色，所以他的刻意疏遠，著實讓我一頭霧水。

再說雅各，那天他買了個號稱"全可見色域"的PaPaLaB相機（擁有 1o68 萬像素的傳感器，是世界上最精密的機子），可是他全無快樂的神情，反而比以前更閉塞。

"你寫的句子都太簡單了，比如：'他穿著一條長褲'，你可以寫'他穿著一條黑色的長褲'或'英俊的他，穿著一條黑色條紋的毛呢長褲'，是不是更好、更仔細呢？"我對雅各寫的詩做出評論。

他悶不吭聲，把本子拿回去，刷刷刷地重寫，三兩下功夫，重新遞給我。

本子上寫著：

眼帶憂鬱的他，

穿著一條斜紋羊毛褲，

瘦削的臉龐努力擠出笑容，

他的笑沒有了酒窩，

是世界上最苦悶的微笑。

我很訝異，雅各竟能寫出這麼淒美的詩，正想開口讚美他幾句，誰知他把本子抽回去，刷刷刷地又寫。

這次我没了驚喜，持著本子的手微微顫抖，因爲……

態度模棱的她，

穿著一條白色鉛筆褲，

豐腴的臉頰上有幸福的笑容，

她的笑充滿了誘惑，

是世界上最殘忍的微笑。

"寫得好嗎？"雅各似笑非笑地問。

"不錯，很有寓意。"

"謝謝。"他把玩著桌上的三不猴，很不在意的樣子。

我忍不住問他寫的東西是否有針對性？譬如針對某個人。

"詩反映人生，人生就在詩裏。"他像個禪師般地回答我。

"扣、扣、"有人敲門。

"Entrez."雅各說。

來者是管叔。

"馬老師，不好意思打擾了，雅各的牙醫來了，他好不容易來一趟，能暫停上課嗎？"他問。

"當然。"

我放學生去洗牙，一個人默默坐在書房裏發愣。

想起小尤的酒窩和我現在穿著的白色鉛筆褲，難道只是巧合？對比小尤最近的反常舉動，的確有些端倪，我決定親自問個明白。

～

“扣、扣、”

“Entrez.”

我開門進去，道了聲：“Hi.”

小尤坐在桌前，案上擺了好多四方圖片，他看是我，繼續手中的動作。

“你在幹嘛？”我走過去。

他反問：“妳說我在幹嘛？”

小尤看著像在玩拼圖，這張圖移過去，再把那張圖移過來。

“我說你以忙碌爲理由，藉口逃避。”

“不知道妳在說什麼？”他還是一副死樣子。

我把學生的詩作遞過去，說是雅各寫的。

小尤停止手中的動作，眼光落在那些不太整齊的字上。

“不錯，”他把本子還我，“假以時日會是第二個繆塞。”

“就這樣？”我很訝異，“你不認爲他在影射你和我？”

“我和妳？呵呵！想太多了，那不過是少年的無病呻吟罷了。”

竟然說成無病呻吟？！

“好吧！既然這樣，没什麼好說的，我以爲……算了，你繼續陰陽怪氣，我繼續明哲保身吧！”

“我陰陽怪氣？”小尤揚起聲。

“是的，從巴黎回來後，一直都是。”

他沈默許久後，無力地說：“知道了……抱歉！”

我問知道什麼？又抱歉什麼？

小尤答知道他陰陽怪氣，抱歉讓我不開心。

“我是不開心，你開心嗎？”

“妳不開心，我怎麼會開心？”

“既然知道我會不開心，幹嘛還讓我不開心？”

小尤惱怒地把手中的圖片往桌上扔，責問我是否一定要繞口令才開心？

我也覺得幼稚，遂說不繞了，想跟他回到從前。

“好，回到從前。”

聽他這麼一說，我的心豁然開朗，也有心情打量他的桌上物。那些被切割成5公分見方的圖片，清一色的藍、灰、白，就在一張張的瀏覽中，我赫然發現其中一張有個用紅色麻繩打的結頭，那是海軍結。

“妳的照片。”他没拐彎抹角。

我問他爲什麼要把照片給剪了？他答因爲想把它拼成原來的樣子。

“奇怪，你不剪不就好了？”

“我想知道自己是不是已經記住妳的容顏。”

說完，他把我手中的圖片搶去，一張張認真地拼起來。

第十九章/解惑

穿著黑色Casaque的神父正在聖壇上用法語帶領大家做最後的禱告：*€#^？......¥+^%～--$？@+～......!@&$......

我看見第一排正中的雅各從做禮拜的一開始就一直低著頭，很無奈的樣子。他的身旁坐著華夫人，頭髮高高盤起，右鬢插了朵藍星花，高貴中帶著俏皮。

"華夫人旁邊那個男的是誰？"小尤壓低聲音問。

"Guillaume爵士。"我小聲回答。

今天的小尤又西裝革履，只是領帶不是上次那一條；我也是，穿上了唯一的套裝，只是襯衫換成黃色的。

"法國男人會調情的多，但沒幾個好看的。"小尤又說。

"我覺得爵士算好看的，雖然年過半百，還是很有魅力。"我又答。

"噓～""噓～""噓～"

華堡上下對我們噓聲四起，嚇得我和小尤趕緊閉嘴。

～

禮拜結束後，神父照例站在教堂大門口歡送大家並話家常，我和小尤因長著一副亞洲臉孔，微笑點個頭，神父便放行，沒囉囉嗦嗦。

我們正慶幸逃過一劫，沒想到小尤被華夫人叫住，兩人談論起雅各的學習狀況。我走也不是，不走也不是，只好在他們的視線範圍內踱步，因爲小尤約了我一起去食堂吃飯。

"Hi."爵士冷不防在我背後出現。

"Hi."我努力擠出笑容。

這次的意外會面，爵士問了我很多問題，包括家庭背景、學歷、婚姻狀況、有無小孩……等等，我一一答覆同時迷惑不已，因爲法國人向來不過問別人的個人信息，除非是雇傭關係。

" How much do you earn per month ？ "爵士問了個極隱私的問題。

我感覺非常不舒服，但還是誠實回答，沒想到爵士竟然批評華夫人是吸血鬼，怎麼可以讓這麼可愛的女孩賺這麼少的錢？

我不知如何作答，只能乾笑。

" Work for me."他說，" I can pay you much more."

什麼？！爵士竟然要我替他工作，而且薪水比華夫人給的要多得多。

我訝異地看著他，想確認這不是在說笑，然而他卻哈哈大笑離去，讓我抓不著頭緒。

" 依依，怎麼了？"小尤向我走來，並且多看了錯身而過的爵士兩眼。

"没……没什麼，"我的眼光離開那個好看的中年男人，"對了，華夫人找你說了什麼？"

"她說雅各抱怨我上課心不在焉，又要求他母親給我加薪……"

我一時彷彿喝了冷熱水，不知該喊冷還是該喊熱？我以爲一個心不在焉的老師，其下場必是被炒魷魚，再不濟也得損兩句，沒想到竟然是加薪！

"我也覺得奇怪，雖然我不喜歡當老師，但每次上課也是盡心盡力，或許……或許有那麼幾秒鐘，腦子開小差，但大部份的時間，我是很清醒的，反而雅各心不在焉，問他懂了沒，沈默得緊，作業倒是交了，照片也拍得不錯。"

"那就好。"

"不好，現在華夫人每月多給我€10，000，我覺得怪，但又說不上怪在哪裏，好像有人抱怨我煮的東西不好吃，但天天上我家吃飯還加價，你說我是煮還是不煮？"

我同意這件事很怪，話說回來，我倒寧願雅各也抱怨我教得不好，然後讓他母親給我加薪……

小尤笑了，他說我真有趣。

"是真的，我有老公要養。"我一本正經地說。

羅宋還是學生，雖然偶爾幫人作畫有進賬，但學費及生活費，我多少還是得資助一下。

沒想到我無意間的一句話，讓小尤認了真，他問我還缺多少錢？他口袋有，可以先拿去用。

我趕緊拒絕，說我們尚可"自給自足"。

"那就好，不夠妳說。"

"好的。"

講到羅宋、講到我的經濟窘迫，我們的談話迅速冷場。

"天氣越來越冷了。"我講了雙關語。

"是冷，希望中午有熱湯喝。"他答。

我們很有默契地往廚房走去。

"馬老師，能問妳個問題嗎？"我正收拾東西準備離開，雅各開口了。

"問。"

他問我會和現在的男友結婚嗎？我答有此打算。

"中國女人結婚後可以有外遇嗎？"他又問。

"如果你問的是'可不可以'，那當然是'不可以'，但我知道有人婚內出軌。"

雅各咬著筆頭說："法國人就不一樣，他們對出軌很包容，甚至認爲偶爾出軌對家庭的穩定性有幫助。"

果然是"浪漫"之國，婚後勾三搭四，竟然還得到"鼓勵"。

"我鐵定不會包容我老公出軌。"我很確定。

"意思是結婚後妳也不會多看別的男人一眼。"

"那當然。"

"包括小尤？"

我表情嚴肅地説小尤不一樣。

"哪裏不一樣？"

"他……他是我閨蜜。"

話一說完，我終於幫小尤找到定位，原來……原來我把他視
爲"閨蜜"。

"謝謝，"雅各很滿意，"妳成功地解答我所有的疑惑。"

第二十章/柳暗花明

雅各曾說他的母親每晚都有約會，由於我很少到東翼，所以也無從得知，直到有一天……

"Guillaume爵士和華夫人是什麼關係？"吃完晚餐，小尤問我。

我答大概是某種合作關係，這城堡是爵士蓋的，但使用者卻是華夫人，具體我也不太清楚。

"據我的觀察，Guillaume爵士總在週末來，他的座車是林肯牌的加長型禮車；星期三則是個戴眼鏡的華人，他自己開車來，開的是紅色Maserati；其餘的日子，來的人都不固定，有一次我竟然看到政府高官，那架勢就像國家元首。"

"真的假的？"我笑了，"何以見得是高官？"

小尤答有保鏢，個個高頭大馬，戴墨鏡，穿深色西裝，就像電視上看到的一樣。

"我不信。"

"我有證據。"他說。

"這就是證據！"小尤把一大沓的照片丟在桌上。

我把它們一一拾起，果然看到Guillaume爵士還有一個戴眼鏡的華人及其他政商名流，我甚至還看到穿長袍的中東人。

"你好大膽，敢拍照。"我咋舌。

小尤說這是他的職業。

"No，你的職業是雅各的攝影老師，這些……"我指著照片，"還是銷毀吧！免得帶來麻煩。"

"我會的，別擔心。"

我坐在小尤的椅子上，他則躺在床上呈大字形，夜黑風高，是該離開的時候……

"依依～"小尤喚我。

"什麼？"

"羅宋湯對妳好嗎？"

我答好，羅宋很疼我。

"那就好，"他從床上坐起，"如果有一天他對妳不好，妳第一時間通知我。"

"怎麼，你要揍他？"

"差不多。"

我笑了："好，我答應你。"

然而好氣氛一眨眼就消失，小尤忽然臉色大變，他像箭似地衝向門口，用力將門打開。

"聽夠了沒？"小尤沒好氣地問。

"我……給你看我拍的照片，是用你教的多重曝光法。"

雅各將照片遞過去，小尤没接，非常拒人千里之外地說：“我明天看，你也該休息，小孩子的睡眠很重要。”

“我不是小孩子。”

“好吧！不是小孩子的小孩，現在趕緊回房睡覺！”

此時雅各的餘光掃到我，像看到救命稻草。

“馬老師，我有作文需要修飾，妳能指導我一下嗎？”

我正要回答，被小尤截了去：“馬老師累了，她哪裏也不去，小屁孩快走，是不是要我通知管叔？”

雅各很惱怒，扭頭就走。

“你對他太嚴厲了。”看雅各受傷的神情，我忍不住了。

小尤表示雅各偷聽已經不只一次、兩次，他都忍了下來，没想到今晚還是，讓他的脾氣一下子爆發出來。

“可是……雅各畢竟是雇主的兒子。”

“知道了，下次我會注意的。”

他信步走向窗口，望著窗外白茫茫的一片，喃喃自語：“下雪了，不知哈爾濱下没下？”

相較於他對大自然的感傷，我比較在意的是人。

“雅各那孩子怪怪的，我是指對你。”

“没錯，”小尤像抓到什麼把柄，“有次上課，我不小心弄斷指甲，那孩子竟然把它撿起，放進膠片盒裏。我問他幹嘛？他答留作紀念。媽的，他是不是有戀物癖？”

聽小尤這麼一說，我心如明鏡了。

“馬老師，請留步。”

這麼巧？管叔又在無花果樹下將我攔截，只是樹已剩枯枝。

"有事嗎？"外面正在下雪，我冷得打哆嗦。

"華夫人約妳喝下午茶。"

真是怪了，兩個多月過去後，她才想起跟我喝"第二次"下午茶。

"我……跟小尤有約。"

"馬老師，這不是問句，而是命令句。"管叔一臉寒霜。

看來我只能服從命令。

今天喝的是英式下午茶，三層點心瓷盤上已擺滿了垂涎欲滴的糕點，下層放黃瓜及火腿三明治、中層放司康及馬芬、上層放蛋糕及水果塔。

"馬老師，請用。"華夫人遞給我一杯芳香四溢的大吉嶺紅茶。

"謝謝。"我呷了一口，依然甘醇。

華夫人微笑看我，今天的她是天使。

"謝謝妳指導雅各學習中文，辛苦了。"她說。

"哪裏，應該的。"

"陳校長說得沒錯，妳是語言專家，讓妳教一對一，太大材小用了。"

"我不算專家，我也喜歡當雅各的家庭教師。"我慢慢地說，心裏犯嘀咕。

華夫人優雅地就著白玉瓷杯，小小地呡一口後，說她已請陳校長另派個合適的人過來，因為把人擺在不對的位置上，是用人大忌……

原來這是場鴻門宴，我被fired了。

此時華夫人的小天使形象也瞬間瓦解，成了面容猙獰的魔鬼。

放下瓷杯，我的聲音發乾：“我不知道雅各這麼不滿意我的教學。”

“他没不滿意，只是爵士和我商量了，我們另有要務交給妳。”她說。

什麼？！竟然又柳暗花明了。

我問是什麼要務？她答是至關重要的工作，必須藉重我的長才。

“什麼長才？”

華夫人的微笑加深了，意味深長地說：“今天就談到這裏，來日方長。”

她夾了塊脆皮蛋糕到我盤裏，和善得宛如御前的紅衣主教。

第二十一章/鳩佔鵲巢

華夫人說另有要務交給我，但一個禮拜過去了，全無動靜。我是說，太陽照樣升起；華夫人照樣神神秘秘；我照樣給雅各上課；而小尤……照樣像大哥哥似地照顧我。

"其實我可以載妳去火車站。"小尤說。

此時，我和小尤站在雪地裏，大雪紛飛，管叔正將鐵鏈加在老爺車的車輪上，以免行駛中打滑。

"沒事，你還得上課，雅各等著你呢！"我擡頭看雅各的窗口，可惜窗戶緊閉。

這是管叔的刻意安排，他讓我和小尤分開來休假，如此一來，雅各每天都有課上。

"到了巴黎，羅宋湯會去接妳嗎？"小尤問。

"會，他說會。"

"那就好，到了打個電話給我。"

"嗯！"

我上了車，小尤對我擺擺手，我又看到他略帶憂愁的酒窩。

我在火車站等了一個多小時，仍不見羅宋的身影，打他的手機卻得到已停機的語音提示，我的心情也由憤怒轉爲擔心，他該不會出了什麼事吧？！

“依……依依……”

羅宋一跨進火車站大廳，馬上向我飛奔而來，臉頰紅撲撲的，好像參加了馬拉松長跑。

“你該不會是跑來的吧？！”我努力壓抑心中怒火。

“嗯！從學校跑到這裏，跑死我了。”

我問他是否今天地鐵罷工兼電信故障了？

他想了想，答：“應該没有。”

“那你……”

我正準備大發雷霆，羅宋趕緊解釋他没錢買地鐵票，手機則是今天一早停機的。

“没錢？”我揚起聲，“我給了你€6000。”

羅宋要我別生氣，教授推薦他參加美國的 Alexander Rutsch Award and Exhibition，所以他把錢拿去買顏料了。

“€6000的顏料？”我不信。

“還有……雇模特兒的錢及教授私下的指導費。”

看羅宋一副做錯事的樣子，我把罵人的話硬生生地吞下肚，問：“還剩多少？”

他没回答我的問話，只說兩天没吃飯了。

我帶羅宋到就近的肯德基，看他一副狼吞虎咽的樣子，我感到鼻酸。

"學生畫展辦得怎樣？"我問。

"很好。"他邊大口吃著炸雞邊答。

我又問有人買畫没？他答有，但不是他的。

"一張都没賣掉？"我喉嚨發乾。

"一張都没賣掉。"

我一下子没了力氣。

"別擔心，會賣掉的，梵高生前才賣出一幅，我身強力壯，入土前一定賣出不止一幅。"他很樂觀地說。

哎呀！我的老祖宗，就算兩幅畫被賣掉好了，難道我們這輩子就靠那兩幅過活？

想到"錢"途茫茫，我的眼眶發熱，忍不住聳動一下鼻翼，免得鼻水流下來，就是這個動作，讓我聞到類似流浪漢身上的臭味。

"你多久没洗澡了？"我問羅宋。

"只有三天，因爲没錢交瓦斯費。"

我無力地問家裏有水電嗎？

"目前還有。"他答。

我在ATM機上又滙了€6000給他。

"謝謝！"羅宋頭低低的。

“一切都會好的。”

“没錯，一切都會好的。”他苦笑。

我 主 動 去 拉 羅 宋 的 手 ， 他 拖 著 我 的 行 李 ， 我 們 往地鐵站走去。

~

給了羅宋€6ооо，我只剩下不到€1ооо，下個月的房租怎麼辦？

在寸土寸金的巴黎獨立負擔一個開間，果真太過浪漫而不切實際。也罷，畢竟做過一場夢，雖然昂貴了些。

“還是把房退了吧！我可以到偏遠一點兒的地方租房。”羅宋說。

我不同意，這個想法我們以前就討論過，雖然便宜了租金，卻貴了交通，得不償失。

“那怎麼辦？哎……我不參加比賽就好了。”他很懊惱。

“去，去參加，”我像隻保護小雞的母雞，“能得到教授的推薦是至高無上的榮耀，錢的事……我來解決。”

~

錢的壓力實在太大了，以致於在巴黎的四天，我和羅宋深居簡出，就怕多花了一歐元。我們甚至無心做愛，因爲買不起保險套了。

“今天是妳的安全期嗎？”羅宋從後抱住我，親吻我耳朵。

“那個不準。”我知道他想幹嘛。

“應該不會那麼好運。”

"錯，那叫霉運，"我將他推開，"我們現在絕對、絕對不能有小孩。"

還好我的理智戰勝性慾，離開巴黎前，我們都沒有越雷池一步，躲過了我說的霉運。

回到華堡，感覺不一樣了，說不上為什麼，就是怪。

我把行李拖上二樓，找到那扇胡桃木門，再將鑰匙插進門孔。奇怪，竟然轉不開，這明明是我的房間啊！

"請問……"一個戴眼鏡的中國大媽開口了，"妳在幹嘛？"

我注意到她的懷裏有幾本漢語書。

"我……這是我的房間。"我答。

她說我一定是搞錯了，這才是她的房間，然後她將她的鑰匙插進門孔，三、兩下便打開了。

"請問……"我正想開口詢問，她卻關上房門，一副拒絕交談的樣子。

當我不知所措時，從某個房間走出來的Clara看到我，高興地嘰嘰喳喳起來："Bonjour.*€£+=%#>¥……"

"De quoi parlez-vous ？"我不明所以。

她見我一頭霧水，轉而去搶我的行李。

"Arrêtés."我趕緊追了上去。

第二十二章／猶豫不決

我走入紅色客廳，到處擺滿了鮮花，牆上掛著拿破崙的大型油畫像，沙發和茶几是成套的，都是乳白色鑲金邊的巴洛克式風格，座椅座面是紡織面料，上面繡了花卉及幾何圖案。

臥室在左側，以黃色爲基調。我走了進去，看到帶頂棚的大床緊靠著牆，床上覆蓋著紅色波斯繡花綢緞；角落有個路易十四的壁櫥，裏面掛滿了華麗的晚禮服；台桌上有各種珍品，如：小巧的西洋古董鐘、中國的青花瓷瓶及富麗堂皇的掐絲琺琅工藝品等。

我不知道爲什麼Clara要帶我來這裏，直到發現自己的私人用品正安靜地躺在大床旁邊的紙箱裏，這才恍然大悟，原來我"搬家"了，搬到東翼，與華夫人比鄰而居。

"扣、扣、"門開著，管叔還是禮貌性地敲門。

"管叔，你來的正好，爲什麼我搬家了？我不喜歡住這裏，我要搬回去。"

管叔一頭霧水，他以爲華夫人已經跟我談妥了。

我答她是談了一些，但沒談到搬家，也沒說這麼快就給雅各換老師。

"這……我想妳還是親自去問華夫人及貝律師吧！他們在會客室等妳。"管叔說。

我讀著用簡體中文打出來的契約書，手微微地顫抖著。

"薪水還可以商議，對於工作內容，妳有什麼疑問或要補充的？"貝律師推了推他厚重的眼鏡說。

"那個……接待華人政軍商是什麼意思？"我問。

貝律師解釋很多華人會來法國投資或與法國政府高層談話，白天他們奔波勞碌，到了晚上就需要休息、娛樂，我的工作就是讓他們徹底放鬆，以便隔天有更多的精力做事。

"徹底放鬆是什麼意思？"我鍥而不捨。

貝律師還想進一步說明，被華夫人截了去："就是說他們想聽的話、做他們想要妳做的事、不違背他們的意思、滿足他們的需求。換言之，妳是他們的忠僕。"

聽起來很詭異。

"我不習慣當僕人，我也做不好，你們找錯人了。"我板起臉孔。

"不會錯的，Guillaume爵士很有信心妳能擔任這個工作。"華夫人說。

"那個……"我看了一眼貝律師，不知該不該當著他的面問。

華夫人馬上心領神會，她請貝律師移駕到歐風閣，那裏已備好他要的雪茄和Whiskey……

貝律師一離開，華夫人馬上要我敞開來說，非常豪爽。

我深呼吸一口氣後，直白地表示自己不是天真無邪的小紅帽，這個工作不若表面堂皇，說白了，就是嫖客和妓女間的交易。

"我說對了嗎？"我問。

華夫人深深地看著我，答："爵士果真沒看錯人，妳的確聰明，但我不認同這是嫖客和妓女間的交易，我認爲妳做的是外交工作，是神聖的。讓我這樣說吧！有時要那些政客簽字或巨商掏錢，難如登天，但經過溫柔鄉的洗禮後，事情就順利多了。我們是在替國家辦事，跟一般的淫窟不一樣。"

話說得好聽，不過是換個包裝而已。

"華夫人，被妳和爵士看上，我不認爲是種榮譽，反而是恥辱，我是老師，不是站街女，今天的談話到此爲止，我會將它們通通忘掉。"我把契約書扔桌上。

"呵呵......呵呵呵......妳竟然以爲......以爲是妳上陣？呵呵呵......"華夫人非常沒有禮貌地大笑起來。

"什麼意思？"我很不悅。

"Je suis désolée.通常我不會這麼失態，但妳說了個笑話，"她停頓了一下，態度轉爲嚴肅，"不，不是妳上陣，妳不夠媚，也放不開，我們有個花名册，裏面環肥燕瘦，都是頂級的。"

這下子我迷糊了，既然這樣，何需有我？

華夫人解釋，華人對性這種原始需求比較道貌岸然，總要造作個幾天才會摘下面具，她沒這個時間耗，所以需要我。如果我接待時，發現對方守身如玉，那好，就做好我管家的工作；但凡對方有一點兒心猿意馬，我便幫他挑個合適的女孩......

原來，原來我成了老鴇。

"可是......爲什麼是我？"我很疑惑。

「因爲妳有書卷氣，能替我們的公關工作做很好的掩飾。」她答。

～

華夫人給我三天的時間考慮，我掙扎了很久，在做與不做之間徘徊。做，有違我長期的自我期許；不做，金錢的壓力如磐石般沈重，我該怎麼辦？

「依依，我找妳很久了，聽說妳搬到東翼。」小尤看見我，向我飛奔而來。

「嗯！」我低下頭去。

他問我爲什麼搬？連雅各也換老師了。

我答華夫人另外派了工作給我。

「什麼工作？」他問。

什麼工作？我想起自己簽了保密協議，不論接或不接這份工作，都不能向外吐露一個字，否則⋯⋯照華夫人的說法，她會下全球追殺令。

「秘書，當華夫人的秘書。」我答。

「這太好了，薪水一定不少。」

講到薪水，這也是讓我猶豫不決的原因，接下這份工作，我非但買得起昂貴的衣服和鞋包，還能在巴黎市中心給羅宋租個兩居。

「不多，還可以。」我又低下頭去。

「這麼說，妳已經決定接下新工作了？」小尤問。

「還沒決定，正在考慮。」

「那好，妳邊考慮，我邊帶妳去個好地方。」

我問哪裏？他答去了就知道。

第二十三章/見習生

小尤帶著我走出華堡，我有種"離家出走"的興奮感。

"你確定我們不需要向管叔報備一下？"我問。

小尤反問報備什麼？我腳下的地也是Guillaume爵士的，我們不過是從他家客廳走到陽台。

然而這個"陽台"老遠，走得我腳底板發凍，因爲沒穿襪子的緣故。

"妳怎麼不穿襪子？這麼冷的天。"小尤責備我。

我說我以爲只是到樓下吹吹風，沒想到出走。

"不行，"他彎腰脫下自己的襪子，並且將襪子由內往外翻，"我沒香港腳，但這樣穿比較衛生。"

我趕緊推辭，但小尤面對我跪了下來，將襪子套在我光裸的腳上，再將它們塞進雪靴裏。

"謝謝。"

"不用謝。"小尤站起身，拍拍身上的積雪，"走吧！"

一路上，我都能感受到小尤的羊毛襪帶來的暖意，像個小火爐似的。

" 這就是你說的好地方？"我仰頭望著這個約五層樓高的褐色建築物問。

"嗯！這是碉堡，原來作為軍事用途，戰爭結束後，一度成為水果倉庫，現在則空置著，走，進去看看。"

小尤口中的碉堡呈圓筒狀，由混凝土建成，裏面有兩座交叉而上的階梯。我和小尤拾級而上，空氣中飄浮著塵埃，我忍不住打了幾個噴嚏。

"快來看！"小尤走向炮口。

其實進入碉堡後，我已隱約聽到海濤聲，也聞到海風的氣息，但一旦看到那藍得像寶石一樣的海水時，還是得到不小的震撼。

"真美！"我說。

"是美，也唯有看到大自然的鬼斧神工，才會感覺人類的渺小，那些恩恩怨怨，不過是滄海一粟罷了。"

我說他好傷感，沒想到他繼續傷感："我來不及恨一個人，因為時間不多;我也來不及愛一個人太多，因為時間永遠不夠。"

"那麼你到底來得及做什麼？"我順著他的思路走。

小尤說他還來得及告訴那個人—我愛你。

"你說了嗎？"我問。

"我......"小尤深深地看著我，" 正在醞釀說的勇氣。"

" 那得趕緊了，人生苦短。對了，你是怎麼發現這個好地方？"我問。

他説有人帶他來，我問是誰？他答雅各。

雅各？竟然是雅各！

“那麼雅各有没有像你一樣，面對大海發表‘傷感宣言’？”我問。

“他……”小尤停頓了一下，“他說-我來不及恨一個人，因爲時間不多；我也來不及愛一個人太多，因爲時間永遠不夠，但願在有生之年，我有足夠的勇氣對他說—我愛你。”

華夫人給我三天的考慮時間，但在第二天的下午，事情便產生變化，因爲華堡迎來一位超重量級的貴賓，這可以從跟隨在後的車隊中看出，洋洋灑灑十多輛黑色奔馳車。

“馬老師，請移駕東瀛閣。”管叔說。

“爲什麼？”我問。

管叔回答他不清楚，是華夫人交待的，於是我跟隨他上到二樓，就在走廊盡頭，我看見那裏有個玄關桌，上面擺了一個紫砂花盆。管叔把最右邊的一朵藍色鳶尾花拿起，玄關桌便連同牆壁整個旋轉起來，留出一人寬的縫隙，讓我驚訝不已。

“馬老師，請。”管叔不忘“女士優先”。

我遲疑了一下，側身進入密道。

原來密道裏有四個房間，分別爲“明月閣”、“東瀛閣”、“歐風閣”以及“情色閣”，管叔帶我進入第二間。

“貝律師，你的客人到了。”管叔敲門後，自報身份。

“請進。”

我脫鞋走進這個和式房間，地面鋪上了用燈芯草做成的榻榻米，整個空間被拉窗及兩面紙糊的障子門所圍繞，竹製的燈飾散發出柔和的光芒，給人樸素典雅的感覺。

貝律師坐在矮几前品酩日本茶，看見我來，他指指對面的座位，我在一張繪有櫻花的座墊上坐了下來。

“我以爲是華夫人找我。”我說。

“華夫人正在接待楊將軍。”

“楊將軍？”

貝律師不想談論客人，他直接問我那件事考慮得怎樣？

我說華夫人給了我三天的考慮時間。

“看來妳多所猶豫，正如華夫人所想的，既然這樣，何不見習一下？”他說。

我問見習什麼？他答待會兒華夫人會把楊將軍帶到這裏，我的背後有一扇拉門，紙糊的，模模糊糊還能辨識，我就待在裏面觀摩華夫人是怎麼接待客人的，這有助我下決定。

我面露難色。

“先見習一下總比倉促上場來得好。”他繼續游說。

我思考片刻，覺得不無道理。

於是貝律師發了條短信，没多久，短信被回覆了。

“就現在，他們已經喝完下午茶，正往這邊走來。”貝律師說。

我的心跳得好快。

貝律師讓我躲進身後的小房間裏，對我做個“噤聲”的動作後，拉上紙糊門離去。

我……徹底被丟進黑暗之中。

第二十四章/新工作

大概等了十多分鐘，我才聽到唏唏嗖嗖的走路聲。

“這房間真清幽。”

“是的，特別爲您準備的。”華夫人說。

他們兩人坐了下來。

“您喝什麼茶？”華夫人柔聲問道。

楊將軍答不喝了，剛剛才吃完下午茶，喝的夠多了。

“那麼我幫您捏捏腳，讓腳透透氣。”

“也好。”

我看到華夫人跪在楊將軍面前，開始爲他足底按摩。

“我剛下飛機就急著來看妳。”將軍討好著說。

華夫人答那是她的榮幸。

“我老婆可惡得很，懷疑東懷疑西，就差没讓我穿上貞操帶。”

"那是她愛您的方式，如果不愛您，何苦找罪受？"

"還有......"

楊將軍光講他老婆的事就講了一個多小時。

"將軍，明天您跟誰會面？"華夫人問。

"國防部長Guy de Maupassant。"

"聽說他很固執、倔強。"

"何止固執、倔強？簡直是廁所裏的石頭，又臭又硬，每次跟他見面，講沒五分鐘就吵，想到就頭疼。"

"那麼別想了，我讓Sakula來服侍您。"

"Sakula？她不是回日本了？"

"想您，所以又回來了。"

"呵呵！想我？好，讓Sakula過來！"

可想而知，這將會是個怎樣的夜晚。我躲在紙糊門後面，看得口乾舌燥、熱血賁張，直到那兩人大戰方休，我才扶牆而出......

～

貝律師說見習一下有助我下決定，果真如此，我已下定決心說不。

"嘟......嘟嘟嘟......"手機響了，是羅宋。

"你怎麼想到給我打電話？"

羅宋說因爲他有心電感應，覺得我需要他。

"我的確需要你，我......"

本來想巧妙地告訴他，華夫人給我派了個噁心的工作，而我將大義凜然地拂袖而去，沒想到......

"依依，我也需要妳。"

需要我？

然後羅宋告訴我一個驚天動地的消息，原來他的學弟出了車禍，醫院告訴他查不到傷者的保險記錄，需要付現。羅宋想著同爲中國人，學校又替每位學生買了保險，以爲是系統出了問題，於是代墊了手術費，沒想到學弟是旁聽生，没有學籍的那一種，學校當然也不可能幫他買保險……

"還剩多少？"我咽下一口口水問。

" 不到€500，今天還……還收到了房東催繳房租的通知。"

我覺得自己像站在懸崖上，不知該不該往下跳？

"等學弟清醒了，我會跟他提錢的事。"羅宋很內疚，馬上做了彌補。

哎～那也遠水救不了近火呀！

我深呼吸一口氣，像個從容赴義的勇士："没事，我來解決。"

"依依～"

"什麼都別說，好好作畫就是。"

掛上手機，我已經決定接下那個噁心的工作。

華夫人說外交工作是講門面及內裏的，所謂門面就是外表及著裝，內里便是學識和談吐。針對後者，她幫我安排了課程，務必在短時間內拿得出手。

至於門面問題……她帶我上Rapha Perrier工作室剪髮，據說此人是國際頂級的美髮大師，連續四年獲得世界美髮大賽冠軍。

他摸了一下我略顯粗糙的髮，問清楚我的職業及意見後，刷刷刷地剪起來，彷彿剪刀手愛德華。

不出意料，他幫我剪了個時尚短髮，然後染上亞麻色。看著鏡中的自己，我一度認不出來，柔和中帶著幹練，不愧是高手。

"I like it."我對他比出thumbs up的手勢。

Rapha Perrier很欣然地接受了。

剪完頭髮，華夫人帶我上購物商場採買了大量的化妝品、護膚品以及香水。回到華堡後，她親自教我化妝。

"好了，"華夫人大功告成，"今天化的是裸妝，以後還會教妳根據不同的場合化出合宜的妝容。"

我再次凝視鏡中人，她像從畫報裏走出來，融合可愛、性感、知性於一身的女子，和印象中的馬依依有段距離。

"不像我。"我說。

"妳以爲妳應該是什麼模樣？這是條不歸路，一旦做了外交工作，妳就不可能是原來的妳。"華夫人意味深長地表示。

～

我跟在小尤及雅各身後有一段時間了，他們在拍教堂，從各個角度。

"加濾鏡，"小尤提醒學生，"陽光雖然不強，但雪會反射光線，爲避免曝光：你一定要加濾鏡。"

"知道了。"

雅各正蹲在教堂前，由下往上仰拍，非常專注。

小尤叉著腰，觀察學生的身體角度是否正確，我正想離開，一群麻雀突然從教堂後的樹林往我的方向飛過來，吱吱喳喳的聲音響徹雲霄。

小尤的眼光跟隨麻雀的身影移動，毫無意外地落在枯枝下的我，他兩眼發亮地向我奔來。

"妳怎麼來了？"小尤笑開了臉。

"來看看你……和雅各。"

"妳剪頭髮了，"他端詳我一會兒，"還塗眼影。"

"嗯！工作需要，會不會太豔？"我問。

"不會，剛剛好。"

此時雅各也跑過來，他責問我爲什麼不教了？

"我當你媽媽的秘書了。"我答。

雅各說他要跟他媽說去，讓我回來教他。

我苦笑著表示那是不可能的事，因為我已經收錢了。

提到錢，小尤對我投來奇怪的眼神。

"那麼……讓我幫妳拍張照，我要把它掛在房裏，沒事想妳一下。"雅各說。

"好的。"我微笑。

那孩子幫我拍了好幾張照片，足夠他想的了。

"現在幫我和馬老師拍張照，沒事我也想她一下。"小尤說完，把手環在我的肩膀上。

雅各看著我們好一會兒，遲遲不按快門。

"快拍啊！"小尤催促。

雅各無奈拿起相機，匆匆拍了一張後，轉身走人。

"也許底片用光了。"我找台階下。

"這個混小子！"小尤很氣憤，"他的眼裏只有妳。"

“只有我？”

“是啊！看我們兩人靠得這麼近，他不爽了。”

小尤，你是真不知還是假不知？那孩子喜歡的是你。

我終究沒說出口，自己的事已經夠煩人，還是保持表面的和諧吧！

“依依，明天起我休假四天。”小尤忽然提起。

“真的？恭喜了。”

他問我是否需要托帶什麼東西給男友？

我想了想，請他幫我帶句話給羅宋，就說……我滙了∈ɪ○，○○○給他。

第二十五章/撥雲見日

"€10，000？那妳身上還剩多少錢？"小尤問。

我答這是個人隱私，無需回答。

"依依，妳的經濟情況我大致了解，一下子給羅宋湯€10，000，妳打算喝西北風？"

"沒錯，我就打算喝西北風。"被人戳中痛處，我來氣。

小尤看我生氣，舉手投降："，妳打算喝西北風，請便！我會把話帶到，Au revoir。"

他轉身走了。

華夫人替我安排了法語、英語、政治、心理學、禮儀、馬術、茶道……等課程，這些都是硬課，我得絞盡腦汁學習，忙到好幾天沒到西翼，也不知華堡以外的世界，但這不表示我神經大條。

小尤回巴黎後，我以爲羅宋會在收到口信的第一時間打電話給我，結果没有。

第一天没有，第二天没有，到現在一個禮拜過去了，他一通電話也没打來。

“是不是太忙了？”我自問自答，“不可能，再怎麼忙也應該有時間打電話。”

趁著中午休息時間，我到樓梯間打電話給羅宋，電話響了好幾聲他才接，而且口氣很不對。

“你怎麼了？好幾天没打電話給我。”我問。

“我在生氣。”

生氣？我問爲什麼？

“小尤說我堂堂一個大男人，卻用女人的錢，讓女人喝西北風，這是件可恥的事。”

什麼？小尤竟然這麼說，太不可原諒了！

“羅宋，是這樣的……”我試著解釋。

“不跟妳說了，餐廳老闆看了我好幾眼，再不掛，工作恐怕保不住。放心，妳的錢我没用，很安全地躺在銀行裏。”

我還想說什麼，但羅宋已先一步掛了，讓我很錯愕，這不是我要的，再想到小尤的“好管閒事”，我一肚子火，立馬到西翼興師問罪。

我敲了門，無人回應，正想離開，看見不遠處的畫室，門虛掩著，遂走了過去。

“扣、扣、”

"Va T'en."雅各要我滾。

我推開門，把頭探進去："怎麼了？吃了炸藥？"

雅各看是我，又低頭作畫，臉色微慍。

我走了進去，Bruno一躍跳入我懷裏，我只好抱著它。

"好久不見，連Bruno也變重了。"我說。

"是好久不見，每天都度日如年，難受死了。"

"我以爲你至少喜歡上攝影課。"

雅各說他是喜歡，但沒老師怎麼上？

"沒老師？"

"小尤的眼睛受傷了，他已經一個星期沒來上課。"

有這事？我竟然完全不知情。

"他在哪裏？"我問。

"巴黎，打從休假到現在，小尤就沒回來過。"雅各答。

我打給小尤，他不接，我心很忐忑。

"怎麼了？馬老師。"華夫人關心地問。

我現在和華夫人同桌而食，她順便教我餐桌禮儀，有時Guillaume爵士或貝律師也會在場，他們輪番給我上課，意思是連吃飯時間，我也無法真正放鬆。

"沒什麼。"我低頭吃春雞，它的肚子被廚子塞滿蔬菜和香料，非常味美多汁。

"別忘了，識別客人的情緒是我的工作，妳肯定有事。"華夫人一語道破。

我用餐巾擦拭嘴角，並等嘴巴裏的雞肉完全咽下肚後，才緩慢地說小尤的眼睛受傷了，人在巴黎，我很擔心他。

華夫人表示她也聽說了，這樣吧！讓管叔載我去巴黎，別坐火車了，開往巴黎的火車經常誤點。

"這麼容易就放行？"我太吃驚了。

"我不讓妳去，妳也靜不下心學習，我何不做個順水人情？"她答。

"謝謝！"我笑了，"Thank you......Merci."

"呵呵！一連給我三種不同語言的感謝，真是受寵若驚啊！"華夫人也笑了。

我請管叔將車子停在小尤公寓的樓下。

老實說，我不確定他在家（尤其在不接我電話的情況下），但好運來時，擋都擋不住。我看見有個人從路口走過來，手裏抱著一個大紙袋，一條法棍從袋裏露出頭來。

"Bonjour.請問小尤先生是不是住這裏？"我問。

"小尤昨天病故，剛火化。"他答。

"何必自己咒自己？"

"何必大老遠跑來？"

我說來看看他，問他眼睛好點兒了沒？

他答好很多了，但是視力還沒完全恢復，開車有問題。

我又問他是怎麼摔的？他答沒摔跤，而是跟人打架。

打架？

想到羅宋的反常表現，該不會……

"羅宋的右鈎拳很厲害，直接將我打倒在地。"小尤主動掀開謎底。

我和羅宋約在太湖餐廳外見面，他上五點的班，我四點半就到，他晚了五分鐘。

"怎麼回事？"我劈頭就問。

他答心裏鬱悶，打了架。

"小尤的眼睛差點兒瞎了，你出手就這麼狠？"

"妳關心他？"

"我……我關心你，萬一他真瞎了，你不得坐牢？"

"坐牢總比戴綠帽好。"

什麼？！這是什麼話？我的心被撕成碎片。

"没想到你會不分青紅皂白地給人亂扣帽子。"我既憤怒又難過。

"我没有亂扣帽子，小尤指責我的神情就像在護衛自己的女友。我問他爲什麼在乎？他答妳是他生命的一部份，所以我給了他一記拳頭。"

不，不是這樣的，於是我把和小尤在暗房裏擁抱，他噙著淚水說没反應一事供出。

"如果真要界定我和他的關係，大概就是閨蜜或者哥哥對妹妹的愛護，他責備你用我的錢，也是因爲這個原因。"我補充說明。

羅宋聽完，很是懊惱："他怎麼不早說？我出拳也太重了。"

我說他應該道歉。

"那肯定要，對了，妳能待到明天嗎？明天中午我煮好吃的，妳請小尤過來，我鄭重向他道歉。"

眼看就要撥雲見日，哪有拒絕的道理？

"好，我馬上打電話給他！"我答。

第二十六章/賠禮飯

爲了準備賠禮飯，羅宋算是卯足了勁兒，五點不到就喊我起床，我們一起到市場街採購。

把大包小包的食材搬回家後，羅宋當大廚，我當下手，忙得不亦樂乎，終於在11:30前把幾道菜都端上桌。

“生鮮沙拉、奶油蘑菇、蘆筍鮮蝦球、清燉魚頭湯、炒扇貝、鐵板牛柳、紅燒肉，中西合璧，總有小尤喜歡的。”羅宋信心十足地說。

我忽然想到好菜得配好酒，剛剛怎麼就沒在市場街買上一瓶？

羅宋搖搖頭表示酒中的酒精極易刺激視神經，使傳導功能降低，小尤的眼睛已經受損，不宜再受刺激。

原來如此。

我和羅宋脫下圍裙，面對一桌子的好菜，坐等客人來到。

“你在中國餐廳打什麽工？”既然閒著也是閒著，我無話找話。

"我當二廚，其實我的廚藝比大廚好。"他答。

我說當二廚倒不如幫人畫像，既自由又不用納稅。

"大小姐，冬天到了，誰會在冰雪裏坐著讓你畫？"

對啊！已經冬天了。

"這樣太辛苦了，還是把重心放在課業上，€ＩＯ，ＯＯＯ你拿去用，別省著。"

"依依，"羅宋的聲音轉爲嚴肅，"我把小尤的話重新思考了一遍，他說得没錯，大男人總不能讓女人養著，妳有妳的日子要過，還好現在學校放聖誕長假，我若在餐廳打全職工，下學期來臨前，應該能解決所有的經濟問題。"

我很想告訴羅宋，我現在是有錢人，養得起他，但話終究太傷人，我選擇沈默以對。

"嘟......嘟嘟......"

是小尤打來的，我高興地下樓迎接。

"小尤，"羅宋起身，"我以果汁代酒，很誠心地向你道歉，你大人不記小人過，我先乾爲敬。"

他一飲而盡。

"快別這麼說，"小尤跟著起身，"我也有錯，越俎代疱，犯大忌了。"

羅宋拍拍小尤的肩膀："那麼我們一笑泯恩仇，嗯？"

這餐飯我們吃到下午四點，直到賓主盡歡，我才記起得回華堡。

"別，眼看就要天黑，還是明天再走吧！"羅宋對我説。

我答不行，華夫人已經額外給了我一天，不能再拖......

小尤接話，他說已經十多天沒給雅各上課，如果不是視力尚未恢復，他很想開車和我一道回去……

“那好，”羅宋放下筷子，“就這樣，你們兩人都打包好，我開小尤的車護送你們回華堡。”

我們三人在夜裏12點左右抵達華堡。

當羅宋想幫我把行李送上樓時，被我阻止。

“羅宋，我不住西翼，改住東翼了。”

“爲什麼？”

我告訴他，華夫人另派了秘書的工作給我……

對羅宋撒謊情非得已，我感到內疚。

“這麼說，你們兩人不住同一棟樓？”他問。

我無奈稱是。

不知爲什麼，羅宋喜形於色。

“兄弟，現在怎麼辦？你睡哪裏？”小尤問了迫切的問題。

不消說時間已經這麼晚，天氣又冷，羅宋即使硬著頭皮開回去，小尤的二手車也不幹，肯定在半路上熄火。再說了，那是小尤的車，羅宋把它開走，小尤怎麼用車？

“睡雅各的畫室吧！那裏有張小床。”我發號施令。

想起前陣子羅宋還曾因小尤晚歸而吃飛醋，殊不知後者就是在畫室裏度過一宿的。

“可是……我們不能留宿客人。”小尤提起華堡的“規定”。

“明天一早，我會向華夫人報備。”我把責任一肩扛起。

於是我們三人互道晚安，然後往各自的房間走去。

第二十七章／嗤之以鼻

"馬老師，妳回來了，小尤的眼睛好點兒了嗎？"華夫人在早餐桌上問我。

"好很多了，昨天夜裏他已經和我一起回來。"

"是嗎？他開車？"華夫人咬了口可頌問。

我回答小尤的視力還没完全恢復，是我男朋友開車送我們回來的，也因爲此事，我得向她滙報，當時很晚了，所以我自作主張讓男友睡在雅各的畫室裏，那裏有張床......

"雅各恐怕不會高興，妳問過他了嗎？"華夫人放下可頌，聲音像閃著寒光的匕首，"我也不高興，是誰給妳權利自作主張？"

"没人給我權利：我也不敢要求權利，"我把頭低得不能再低，"但已經夜裏12點了，我怕吵醒您或管叔。"

華夫人不置一語，專心吃起她的培根和香腸，我的心七上八下，全無胃口。

"他現在在哪裏？......我是說妳男友。"

我答可能起床了，他睡得淺。

"把他叫來。"

"什麼？"

"把妳男朋友叫來一起吃早餐。"華夫人用刀切開荷包蛋，濃稠的蛋黃溢了出來。

"你叫什麼名字？上回忘了問。"

"羅宋，羅馬的羅，宋朝的宋，二字名。"

"你是馬老師的男朋友，兩人認識多久了？"

"認識五年了。"

"五年？夠久的了。"

羅宋尷尬稱是。

然後華夫人一邊勸羅宋用餐，一邊把他從哇哇墜地以來的歷史全挖出來。

"原來你是巴黎美術學院的學生，中國老一輩的畫家，如：徐悲鴻、潘玉良就是從那裏畢業的。"

羅宋表示他聽說了。

華夫人又說她想讓人畫幅像，和真人一樣大小，問這樣一幅畫需要多久時間完成？

"真人大小？"羅宋思考一下，"那至少得200*150cm，作畫時間可長可短，達芬奇的《蒙娜麗莎的微笑》畫了4年才完成。"

"那麼現在就開始吧！雅各的畫室有材料，不夠的讓管叔買去。"華夫人說。

"現在？！"我和羅宋同時驚叫。

相對我們的慌張，華夫人倒是一臉淡定，她說羅宋正在放假，不正好？三樓有的是房間，隨便挑一間住下，準備好就到她房裏來。

說完，華夫人起身離座。

我和羅宋有好一陣子都說不出話來。

"別去，"還是我先開口，"待會兒我請管叔載你到火車站，你坐最早的那班回巴黎。"

"依依～"

聽羅宋喚我，我的心開始往下墜。

他說他需要養家活口，至少得養活他這張口。以華夫人的實力，她的出價肯定不低，動作快一點兒，開課前他可以把接下來兩年的學費和生活費都掙到。

"你不需要養家活口，你可以用我的錢。"

"我就是不想用妳的錢，妳還不明白嗎？我不是吃軟飯的！"

看他如此生氣，我反而弱了下來，問："你打算就這麼留下來？巴黎的公寓怎麼辦？中國餐廳的工作又怎麼辦？"

羅宋思考了一下，說他再去問個仔細，看價錢夠不夠讓他放棄這些。

～

"我没想到華夫人這麼慷慨，一平方尺給我€2，500，意即3平方米的畫，妳老公將賺€80，000，哈哈！五十多萬人民幣哪！我不致想像有朝一日自己也能賺這麼多！"羅宋一進門就大聲嚷嚷，然後躺在我床上，望著天花板傻笑。

我潑他冷水，說太容易得到的，一定有鬼！

羅宋不認同我的說法，他表示3平方米是大畫，不好畫，何況華夫人也說了，成品得讓她滿意才行，不滿意，她一分錢也不付。

"瞧！這就是陷阱。"我抓到把柄。

"不會的，妳老公還是有兩把刷子，我有信心賺到€8o，ooo。對了，"他翻身坐起，"爲什麼我提到要和妳住同一間房，華夫人說妳的工作會經常加夜班，爲了避免吵架，還是分開來住比較好？"

"這......因......因爲我要接待華夫人的客人，他們的夜生活比......比較精彩，所以......"我吞吞吐吐地答。

"也罷，我搬到三樓，有空我還是會偷偷下來找妳。"

羅宋用"偷偷"二字，讓人浮想聯翩。

我嘟著嘴說他不下來也行，我一個人挺好的。

"真的？"羅宋一把抱住我，"我以爲陰陽調和才會好。"

我又聞到羅宋身上濃郁的男性荷爾蒙味道，問他昨晚洗澡了沒？

"哪有時間洗？待會兒完事再洗。"

羅宋靠近我，我閉上了眼睛。

華夫人要羅宋馬上動筆，但等羅宋萬事具備，她卻飛去瑞士。

"也好，我回家拿換洗衣物及隨身用品，公寓就不退了，我的畫作及雜物太多......哎呀！還得上太湖餐廳把欠我的工資給要回來。"羅宋說。

我没發表太多意見，因爲自己的課程被安排得滿滿的，注意力一分散，我也難理羅宋的作息，還好我們同桌吃飯，可以不時見面。

華夫人從瑞士飛回來後，我聽說羅宋已經幫她畫過一次像了。

"馬老師，法語學得怎樣？"華夫人在餐桌上關心地問。

我答馬馬虎虎。

"￥+&@%t……"華夫人忽然操起優美流利的法語。

"Pardon？"我請她再講一次。

羅宋反而截足先登："+*^%#￥£€<……"

華夫人笑了，用英語說："Naughty boy."

這次我聽懂了，華夫人說羅宋是"淘氣男孩"。

可惡！那兩人欺負我不懂法語，當著我的面調情，是可忍孰不可忍？我暗自發誓，一定要把法語學好！

此時，那一男一女的笑聲又像狂浪般襲來，彷彿對我的誓言嗤之以鼻。

第二十八章/大事不妙

羅宋第一次進我房間時，也許急於告訴我那即將到手的巨額收入，所以沒留意到牆上掛著的女人胴體，讓我僥幸逃過一劫，但他說了，有空會"偷偷"下來找我，讓我警覺到該把自己的裸照隱藏起來，可是該藏哪裏呢？

我想破頭也找不到安全的地方，直到上三樓找羅宋，發現那些熟悉的瓶瓶罐罐時，靈光乍現，何不把相框上的透明亞克力板塗上顏料，不就看不出光身子的我了？

想到做到，我毫不費力地從羅宋那裏借來油彩，大手一揮，我的裸照頃刻間成了一幅日本國旗，和整個房間的氣質嚴重不符，但也只能這樣了，誰讓我眼高手低，畫不出更複雜的了。

～

華夫人說有些客人喜歡附庸風雅，爲了迎合這類需求，她爲我請來女茶師，上課地點就在東瀛閣，一個我死也忘不了的地方。

開課的第一天就讓我印象深刻，因爲女茶師竟然身穿和服，腳踩木屐前來。

“Ko ni chi wa.”她頷首向我打招呼。

“Ko ni chi wa.”我也向她鞠躬。

原來茶道有一個繁瑣的過程，不僅要求茶葉精細、茶具乾淨，連茶師的動作也有規範，既要掌握舞蹈般的節奏感，舉手投足間還得精準到位。

光是碾茶葉，我就學了三天，還總不能讓帶我的師傅滿意，她老要我再試一次。我覺得自己就像月亮上的玉兔，跪地不停地搗長生不老藥。

終於在一個禮拜後，我碾出令人滿意的茶葉。

“Sugoi.”我的師傅很難得地稱讚我。

正當我覺得可以大鬆一口氣時，她卻拿出一套精緻的茶具，囑咐我“洗乾淨”。根據我對日本人的了解，這個“洗乾淨”絕對是最高標準，尤其用在他們引以爲傲的茶道上。

果不其然，我又陷入周而復始的輪迴中……

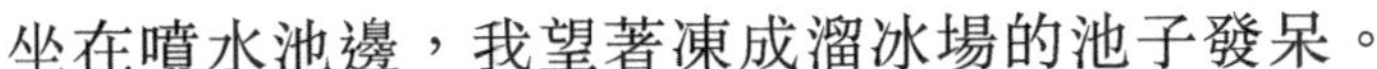

坐在噴水池邊，我望著凍成溜冰場的池子發呆。

“依依～”小尤小跑步過來，“好久不見。”

我覺得很不可思議，華堡上下遇見我，幾乎都會說聲“好久不見”，即使我們的住處就近在咫尺。也難怪，我的課程安排得太滿，就是學習、學習、再學習，像現在這樣“偷得浮生半日閒”的機會並不多見。

“嗯！好久不見。”我丟了顆石子進池裏，它彈跳了幾下，落到池子外面。

“最近忙什麼？”他問。

我說瞎忙。

他又問羅宋忙什麼？

我答忙著給華夫人作畫。

"給華夫人作畫？什麼時候的事？"他很驚訝。

我只好把故事從頭說起。

誰料小尤意有所指地說華夫人一點兒也看不出有個16歲大的兒子……她的皮膚吹彈可破，滿滿的膠原蛋白……沒有小女孩的羞澀，卻有熟女的魅力……

"你到底想說什麼？"我沒好氣地問。

"我想說別火燒屁股了，才想起要滅火。"他答。

其實我早注意到，剛開始的幾天，每當夜黑人靜，羅宋天天下來找我。

"你煩不煩？"

"不煩，在城堡裏做愛，讓我興致高漲。"

沒過幾天，大概新鮮感淡了，他來的次數越來越少，我也不以爲意，想著高燒的人總有退燒的時候，但今天聽小尤這麼一提，我開始有了危機感，馬上起身走人。

"妳去哪裏？"小尤對著我的背影喊。

"去滅火。"我頭也不回地答。

～

羅宋一向在華夫人的房間裏作畫，我當然不可能冒冒失失地闖進去，只好"守株待兔"，到他的房裏等人。

他曾給我一把鑰匙，囑咐我想他時可以進來，如今這把鑰匙起到了作用，我三兩下打開房門。

我的男友還是秉持處女座的性格，不僅東西擺放整齊：連床都鋪得平平整整，看不出有人睡過的痕跡。

"犯案現場"太乾淨可不是好事，因爲找不到把柄，還好在桌上的瓶瓶罐罐中，我發現嫌疑物 I 號—羅宋的素描本。

我慌忙打開，裏面都是針對華堡的寫生，有宏偉的建築、寬闊的園林、傭人們的表情動作……我甚至還看到華夫人的臉部特寫，在羅宋的畫筆下，她美得不可方物。

沒找到可疑的線索，讓我心情微快。

" 妳有病啊！難道希望羅宋和華夫人之間真有什麼 ？"我捶一下自己的笨腦袋。

正因爲這一捶，我記起我的馬術課，趕緊跳起往馬場奔去。

我曾問過華夫人為什麼要學騎馬？她答很多客人來到城堡就想做點兒原始的運動，如果我能陪著一起馬上馳騁，會讓客人很受用，因為單騎挺無趣的。

對於這項高級且昂貴的運動，我有不可救藥的遐想，內心祈禱上課教練是個又高又帥的男人，最好騎著白馬前來，沒想到……

Azzo是個矮個子的意大利人，據説他以前是賽馬騎師，而男騎師的身高一般不能超過 I60 公分，且體重得控制在 50 公斤以下，這是為了不給馬匹增添負擔，以便追求更快的速度。

既然我的馬術教練不高也不帥，騎的還是黑不溜秋且一臉凶相的馬，我很快收拾起浪漫情懷，將精力擺在學習上。

我已經上過幾堂課，包括上馬、下馬、右轉、左轉、後退……等。Azzo給我選的馬是匹上了年紀的淑女，動作慢吞吞的，確保我不會從馬上掉下來，然而今天的馬兒不一樣，活潑好動得很。

在肢體語言及少量英語的溝通下，我才知道原來淑女昨晚暴斃了。

"I am sorry."我表示哀悼。

"I am sorry，too.I guess you will have a hard time today."Azzo含蓄地表示我今天不好過了。

"嘶～嘿兒嘿兒……"那匹叫做Jason的馬兒忽然擡高前腿，對我嘶鳴起來。

我有了不妙的感覺。

第二十九章/失落

" Jason，good boy......good boy......"

Azzo撫著馬脖子安撫它，Jason這才稍微平靜下來，但仍然焦躁，不停地搖頭、頓足、掃尾巴。

我覺得不妥，提議取消上課，但Azzo不這麼想，只是一再重複"No problem"。既然專業騎師說沒問題，我還有什麼話好說？只能硬著頭皮上場。

" Jason，good boy......good boy."

我一上馬就不停地跟著說好話，竭盡諂媚之能事，但它不甩我也就罷了，竟然還原地打轉，讓人不明所以。

Azzo見狀只能拉著馬繩，讓馬圍繞著他做例行的小跑步。

一開始還不錯，跑得很有精神（我是說跟前任比），沒想到它越跑越帶勁，已經不是小跑了，簡直在做百米衝刺，連當圓心的Azzo都看得眼花繚亂。

" Stop......Stop......"Azzo喊停。

Jason果然慢了下來，誰知突來的割草機發動聲驚動了馬兒，它邊嘶鳴邊把前腿擡高120度，讓我結結實實地從馬背上摔下來，臉部朝下，頓時失去知覺。

我用力睜開雙眼，模模糊糊中看到好多張人臉，緊接著聽到嘰嘰喳喳的交談聲。

「依依，妳醒了？……太好了。」羅宋抓住我的手，很是激動。

「我……我怎麼了？」

「妳從馬背上摔下來。」管叔搶答。

於是我注意到站在羅宋身後的若干人馬：管叔、小尤、雅各、Azzo、還有一個穿白大褂的洋人。

此時洋醫生走上前來，他先檢查一下我的瞳孔，再輕輕擺動我的頭顱，然後口吐一連串的法語，在場者大概只有我這個當事人不知道他在說些什麼。

「Merci.」羅宋向醫生道謝。

洋醫生接著又發話，眾人聽了之後作鳥獸散，只剩羅宋。

「醫生說什麼？」我問。

「他說這幾天需要觀察一下，如果有嘔吐或其他不適，得到大醫院照CT。還有，他開了止疼藥，如果鼻子還疼，可以吃點兒。」

「鼻子？」

「嗯！縫了十多針。」

我下意識去摸鼻子，果然貼了大塊紗布。

「怎麼辦？破相了。」我很懊惱。

羅宋說破相算小事，還好我戴了頭盔，否則頭破個大洞，人可能就沒了。

"你擔心嗎？"我問。

他答當然擔心，而且擔心死了。

想起稍早前我還懷疑他和華夫人之間有曖昧發生，看來我錯了。

"華夫人和爵士也曾來看望妳，但妳在昏迷中，他們逗留一會兒後才走。"羅宋解釋。

原來他們兩人這麼有情有義，果然患難見真情，這包括我男友。

"依依，想吃點兒什麼或喝點兒什麼嗎？"男友柔聲問我。

"什麼都不要，只要你陪我。"

"那好，我陪妳。"

羅宋握著我的手，嘴巴講著瑣事，迷迷糊糊中，我又睡著了。

～

羅宋一連照顧了我好幾天，幫我餵食、更衣，還扶我上廁所，簡直是24小時看護。

"羅宋，我現在好多了，你去畫畫吧！假期所剩不多了。"

"的確不多了。"

我問他畫作完成多少？他答還在畫臉，我說那怎麼來得及？

他要我別擔心，如果沒畫完，週末他還可以來華堡繼續作畫，華夫人會派專車接送。

這麼說，華夫人是有心完成畫像，否則動也不動地坐上幾小時，那是很累人的事。

“這樣吧！，我這邊不需要你了，我可以自己照顧自己。”

“真的？”他問。

我用力點一下頭，他才放心離去。

我又開始上課了，當然，馬術課除外。

這一天上完心理學，我的老師離開前給我一個小盒子,說：“Merry Christmas.”

什麼？聖誕節到了？

我尷尬地表示自己没準備禮物，Sorry。

她要我別放在心上，我還受著傷，送我禮物，順便祝我早日康復。

我上前擁抱她，給了她無聲的祝福與感謝。

受傷後，我一直在房內單獨用餐。

其實我老早可以下樓，但因鼻子上還貼著紗布，我羞於見人。

今天洋醫生終於過來幫我拆線，讓我第一次看到浩劫後的鼻子。

“You have a new birthmark.”洋醫生很幽默地說我有個新胎記。

我聽了想哭，鼻子本來就不高，現在鼻頭上還留了個月牙形的疤痕，豈不更醜？

爲了參加聖誕節晚餐，我畫了宴會妝並在鼻子上大費周章，又是遮瑕膏，又是粉餅的，想把月牙給蓋住。

我的路易14壁廚裏有多件晚禮服，那是華夫人替我準備的工作服，此時正好派上用場。我選了件白色露肩曳地長裙，把頭髮高高挽起，總算有點兒貴婦人的樣子。

一進餐廳，我就感受到節日氣氛，除了一株閃著光芒的聖誕樹外，每個人都喜氣洋洋。

"給。"羅宋遞給我一頂紅色聖誕帽，順便盯著我的臉瞧，"妳的鼻子看起來很正常。"

我睨了他一眼，同時發現連一向高冷的華夫人和Guillaume爵士也戴上了應景的聖誕帽。

"馬老師終於下來跟我們一起用餐了，我以爲妳會錯過聖誕晚餐。"華夫人說。

"當然不。"

我戴上聖誕帽，並給在場的每個人一個微笑，給了華夫人，給了爵士，給了羅宋，給了……等等，雅各和小尤呢？

華夫人解釋那兩人去戛納取景了，本來她要雅各聖誕節後再去，他偏不聽。

噢! 原來取景去了，可是臨行前小尤怎麼不跟我說一聲？

我有些惆悵。

第三十章/減壓

吃完聖誕大餐，羅宋送我回房。一進房間，他就動手脫衣褲。

"你幹嘛？"我趴在床上斜眼看他。

"送妳聖誕禮物。"

我含糊不清地說自己很累，想睡覺。

"做了就不累。"他一絲不掛地趴在我身上。

我閉上眼睛，像條死魚似的，羅宋卻興致高昂，接連變了好幾個花樣。

我半夜驚醒，因爲排山倒海而來的噁心感。

跳下床，我衝向廁所，果然大吐特吐，一定是昨晚貪嘴又貪杯的結果。

就著水龍頭，我喝了好幾口水，才算舒坦些。

回到臥室，看見羅宋赤裸裸地趴在床上，我走過去幫他蓋好被子，然後坐在床上發呆……

皎潔的月光從窗口滲了進來，四周安靜無聲，我突然有些感傷，眼看一年又要過去，我仍一事無成，而男友的事業也不明朗，畢竟沒沒無名的畫家一大把。

幾年後，羅宋大概會娶我，我大概會嫁他，我們大概會有小孩和一個需要還貸三十年的家，然後呢？

我對羅宋沒了精神上的激情，羅宋也是，但他還有肉體上的激情，可是我卻沒了，每次都像打卡式的急就章，想起來就怕，我還得跟他過接下來的五十年或更久呢！

閉上雙眼，我突然想哭，爲什麼不呢？羅宋睡死了，即使我哭得再大聲，他也聽不見。

於是在白色的、莊嚴的聖誕夜裏，我就這麼讓自己淚流成河、肝腸寸斷……

"起來了，小懶豬。"羅宋給了我一個清晨之吻。

我揉揉雙眼，不確定昨晚的傷感是否存在，亦或是黃粱一夢？

"幾點了？"我問。

"八點，得下樓拆禮物。"

原來聖誕節拆禮物是當天一大早的事，拆完禮物再吃早餐。

"我不去，没給大家買禮物，尷尬死了。"我說。

羅宋表示他也没準備禮物，這華堡就像個封閉社會，他既沒車，也沒時間，上哪兒買去？但華夫人說她不介意，要我們趕緊下樓拆禮物。

我真不覺得這是公平的，但既然女主人開口了，不去反而無禮，我只好硬著頭皮和羅宋一起下樓。

"睡得好嗎？"華夫人問。

"很好。"我和羅宋齊答。

"你們昨晚一起睡？"

嗯……唉……這真令人難爲情。

華夫人說昨晚她輾轉難眠，因爲半夜聽到奇怪的聲音，問我們是否也聽到了？

"什……什麼聲音？"我問。

（做愛的聲音還是我的哭聲？兩者都讓人臉紅。）

華夫人想了想，搖頭表示大概自己聽錯了，也可能是迷迷糊糊睡著做的夢，never mind，還是去拆禮物吧！

我和羅宋一起走向聖誕樹，那裏已經擺滿大大小小的禮盒，我找到寫著我名字的盒子，打開一看，是條粉紅色的Gucci絲巾，署名Guillaume爵士。

我走過去給他一個親吻："Merci."

"I need 9 more kisses."爵士說他還需要另外9個吻，我一時無法意會。

"依依，"羅宋舉起盒子，"這裏還有妳的禮物。"

原來我總共得到20個禮物，10個來自爵士，另外10個來自華夫人。羅宋也一樣，他得到的禮物小山也似的高。

我一一將禮物拆開，不外衣服、鞋、包、首飾、小玩偶……足夠滿足一個小女孩的幻想。

於是我滿心歡喜地走向爵士，一連給他九個親吻，正想也走向華夫人向她致謝……

"喜歡嗎？特地爲你挑的。"那個柔情似水的女人邊耳語邊幫羅宋繫上一條愛馬仕領帶，紅得刺眼。

紅色愛馬仕事件後，我能感覺到我和羅宋之間出現了裂痕，他的"夜不歸宿"成了有力的證據。

"昨晚你沒來找我。"我坐在羅宋床上質問他。

"忙。"

"前晚你也沒來找我。"

"還是忙。"

"大前晚……"

"依依，"羅宋放下畫筆，"我趕畫，妳看不出來嗎？"

我紅著臉說我以爲……以爲那個之後，他會更畫思泉湧。

羅宋答那得天時、地利、人和才行，最近他的壓力大，只想靜靜作畫。

壓力大？什麼壓力？

羅宋告訴我，華夫人給他畫了個大餅，但是眼看快開課了，他的畫連1/4都沒完成，如何付學校的注冊費及其他？更糟糕的是，萬一畫像讓華夫人不滿意，他的努力和時間都將打水漂。

"沒事的，你一定能如期完成。"我安慰他。

"所以別再給我壓力了。"

"人家……人家還不是爲了給你減壓嘛！"我說。

然而羅宋看也不看我一眼，一門心思在畫上，我只好閉上嘴，默默走開。

第三十一章／你追我跑

羅宋忙著作畫。

雖然我也很忙，但停下來時，總想找個人說說話，偏偏不可得，於是我上網查"戛納"，想從蜘絲馬跡中臆想那對師生現在在做什麼？

"原來那麼好，難怪跑去那裏取景！"我讀著網頁上對戛納的介紹，有些醋意地想著。

此時熟悉的車聲傳來，由遠及近，我興奮地衝下樓，再從東翼跑向西翼。

"回來了。"我笑看那兩個大男生。

雅各下車，一臉欣喜，像吃了什麼神仙妙丹，亮得發光；小尤就不一樣了，人整個萎縮，像瞬間老了十歲。

"馬老師，Happy New Year."雅各說。

聖誕節過後，的確該說新年快樂，於是我也奉上祝福："Happy New Year."

反觀小尤，他只跟我道了聲Hi，然后默默拖上行李往二樓去。

"小尤老師怎麼了？"我問我的學生。

"他……"雅各看著遠去的背影，"重生了。"

雅各說小尤重生了，我以爲重生是歡喜的，怎麼反倒淒淒慘慘戚戚？

我決定問個明白。

"扣、扣、"

"Entrez."小尤說。

"Hi，是我。"

他看見我，很冷默的樣子。

我走了進去，在唯二的椅子上坐下來："聽說你們去戛納取景了，那邊好玩嗎？"

"還行。"小尤翻看攝影雜誌，心不在焉的。

我說雅各從戛納回來後，不一樣了。

他停止翻頁，問我哪裏不一樣？

我答好像……好像久旱逢甘霖。

"哈！"他嗤之以鼻，"久旱逢甘霖？！"

"你也不一樣了。"我說。

這次小尤對準我的臉，問哪裏不一樣？

我說好像……好像一夜白頭。

"一夜白頭？好個一夜白頭，真他媽的對極了。"

小尤是怎麼了？這裏面絕對有故事，我央求他告訴我。

"如果我能告訴別人，還煩惱什麼？"

"那就別煩惱，告訴我嘛！"

小尤嘆了口氣，說"道可道，非常道"，他有不能說的秘密。

看"閨蜜"如此消沈，我決定先改變氛圍再謀策略，遂提議到屋外堆雪人。

此刻雪停了，陽光初露，是堆雪人的好時機。

小尤答好幼稚，不去！

"我想去，你陪我，求你啦！"我像隻撒嬌的貓。

小尤看著我，像看到怪物，問我能不能正常點兒說話？

"不能，"我嘻皮笑臉，"除非你陪我堆雪人。"

我和小尤圍繞著雪人做各種的四連拍，從互動中，我能感覺到"我的小尤"回來了，不再是那個死氣沈沈的老頭兒。

"小尤，welcome home。"我說。

"說什麼傻話？我是回家了啊！"

我懶得解釋，抓起地上的雪便往他身上扔。

他没料到我會使陰招，很快也抓起雪，打算"以暴制暴"。

我們遂在冰天雪地中展開一場你追我跑的遊戲⋯⋯

第三十二章/逃課

日子在平淡中度過，羅宋仍然在趕畫，我仍然在學習，而小尤和雅各仍然……

說不清這對師生是怎麼回事，有時見兩人膩在一起討論攝影問題；又有時兩人打起冷戰，誰也不理誰。

這可不是好現象，所以當他們又陰陽怪氣時，我忍不住問緣由。

"因爲……"小尤看著我，慢慢地說，"因爲我不喜歡雅各……的眼睛。"

"不喜歡雅各的眼睛？雅各的眼睛怎麼了？"

"他總是無時無刻不盯著我瞧，好像一雙吃人的眼睛。"

吃人的眼睛？我試著回想雅各的眼睛，不覺得和常人的有什麼不同。

"那我的眼睛呢？吃人嗎？"我問。

小尤凝視我良久，我笑著推他一把："幹嘛啊！你在做雷射掃描？"

他收回目光，喃喃地說道："妳的眼睛也吃人，但我不介意被妳吃。"

～

我問小尤想怎麼慶祝他的生日？

"我曾答應請妳吃好吃的鰻魚飯，可惜一直沒成行，就讓我在生日這一天實現諾言吧！"他答。

於是我們坐進他的雪鐵龍，往巴黎五區開去。

"我帶妳去的這一家是米其林一顆星，主打鰻魚飯，妳吃了就知道，絕對比羅宋帶妳去的那家好。"

小尤提起羅宋，我忽然想到要不要外帶一份給他？但一想到他會盤問，所以……還是算了吧！

"想什麼？"大概我想得入神，小尤感到好奇。

"我在想……跑那麼一段長路，回到華堡幾點了？"

小尤答恐怕得晚上了，來回起碼八小時。

那真糟糕！我的政治課和茶道課怎麼辦？

小尤說打個電話改期就好。

他不了解上課老師和茶師都是外地請來的，現在肯定在路上，何況我也沒有他們的聯繫方式，現在若打給管叔或華夫人肯定挨一頓罵，不如……

我看了小尤一眼，他已經一掃這些日子以來的陰鬱，恢復陽光男子的風采。不行，今天是他的生日，我不能壞了壽星的興致，於是決定做一件非常衝動且不負責任的事—逃課。

"哈！逃課？這個我喜歡，在我三十歲生日的這一天，終於可以做點兒出格的事，哪～"他興奮地腳踩油門，雪鐵龍低吼一聲，像子彈似地飛了出去。

～

這家法式日料店坐落在巴黎五區，食物融合了法式和日式的美食風情，做出的料理非常特別，不過價格真是貴，鰻魚飯就要40歐元。

"我吃鰻魚飯就好，其他不要。"我得幫小尤省錢。

他睨了我一眼，喚來服務員，手指著菜單，點來點去。

"月底別向我借錢。"服務員走後，我趕緊聲明。

小尤很篤定地說他從不跟女人借錢。

話題冷了下來，我藉機觀察四周，看到了巧克力色的原木桌椅、棋盤式的地磚、紙糊的燈、美濃燒的餐具......

"怎麼發現這麼個好地方？"我問。

"我......男朋友帶我來的。"

小尤第一次提起他的男朋友。

"噢！人呢？"

"回中國結婚了，有個剛出生不久的兒子。"

"I am sorry."除了遺憾，我表達不出別的。

小尤很自棄地表示也許過幾年他也會飛回中國草草結婚。

"不可以，"我急了，"你一定要跟心愛的人結婚，婚姻不能草率馬虎。"

"心愛的人？"他想了一下，"心愛的人有心愛的人怎麼辦？"

"那你當面問他愛不愛你？願不願意走在一起？"

小尤低頭沈思後，突然擡頭："依依，妳......"

"Hi，Su Mi Ma Sen."

服務員操著日語說"打擾了"，然後把食物端上桌，有鰻魚飯、魚生、壽司、甜不辣、炸物、味噌湯、外加甜點和菓子。

我心算了一下，沒有€300，我們走不出餐廳大門。

"你這是跟錢過不去。"我說。

小尤把筷子伸向鰻魚："快樂這麼少，能夠用錢買快樂，怎麼算都便宜。"

他一口把€10吞下肚，還頻頻點頭說好吃。

看他大快朵頤的樣子，我也不客氣地下箸，天哪！原來和好吃的比，羅宋帶我去吃的那家，簡直是狗屎！

"好吃吧？"他問。

"嗯！太好吃了。"我嘴巴塞滿食物，含糊不清地答。

第三十三章/安全到家

吃完飯，我們馬不停蹄地開回華堡。

"這就是任性，來回開八個小時，就為了吃上一口飯。"我說。

"妳認為值嗎？"

"偶一為之還可以啦！"我不得不承認美食的魅力。

車外的雪越下越大，雪鐵龍的雨刷擺個不停，我開始擔心起這輛破車。

"沒事，我開慢一點兒。"小尤說。

然而我擔心的事還是發生了，雪鐵龍又大罷工，好死不死就停在路中央。

爲了安全起見，我們下車合力把車子挪到路旁，再重新回到車內。

"這下子麻煩了，"小尤嘀咕著，順便把暖氣開到最大，然而一点儿效果也沒有，"媽的，連暖氣也出問題。"

我思考了一下，決定還是打給管叔，他會有辦法的。

"別打，"小尤捂住我的手機，"我打給'道路救援'。"

道路救援說現在雪下得太大，等小一點兒，會派人過來。

"怎麼辦？乾等？"我問。

"也只能這樣了。"

我們嘴裏聊著瑣事，試圖淡化焦慮，但車內實在太冷了，我縮著身子，想把自己縮成最小。

小尤見狀，翻身到後座，然後對我喊："過來，一起取暖。"

"不用了，我……很好。"

"那……算妳可憐可憐我，我已經凍僵了。"

我轉頭看他，他果真有些臉色發青。

"可是……"

"没什麼可是，難道妳想要道路救援趕到時發現兩具凍屍？"

天那麼黑，雪又那麼大，汽車拋錨，暖氣還故障，偏偏小尤此時提到"凍屍"，害我毛骨悚然。

"啊～"小尤忽然指著窗外大叫。

我嚇得翻身到後座，躲進小尤懷裏："還在嗎？走了没？"

他語氣平淡地答走了。

我慢慢睜開眼往窗外望去，黑漆漆的，除了雪，什麼也没有。

"到底是什麼？"我問。

"北極熊，"小尤比出一個壯碩的身軀，"剛剛有一隻這麼大的北極熊，趴在我們的車體上。"

北極熊？巴黎郊區的公路上有北極熊？

我啐他一臉："你唬我？"

"就唬妳，否則妳怎麼會過來和我一起取暖？"他大手一攬，將我擁入懷裏。

人的體溫正常爲37度，在這麼寒冷的天氣下，小尤是我的小火爐，而我也是他的小火爐。

"還冷嗎？"他問。

我答冷，但是好多了。

我們就這樣相擁而眠，直到有人擊打車窗……

小尤下車和"道路救援"交涉，雪鐵龍很快被拖吊車帶走，我們也被救援人員安全護送回華堡。

第三十四章／禍從天降

遠遠的，我看見管叔裹著毛毯站在城堡門口，心中有了不祥的預感。

"管叔，對不起，車子路上拋錨了。"下了車，我急急跑向他。

管叔的臉就像撲克牌裏的老K，讓人望而生畏。

"馬老師，這裏不是大學生宿舍。"他冷冷地說。

"我知道。"我低下頭去。

"還有，華夫人對妳的惡意缺課很不滿意，妳最好想想怎麼逃過處罰。"

處罰？什麼處罰？

管叔不理會我，他轉向小尤："華夫人同樣不滿意你沒上課，讓雅各無所事事。"

"我會補課的。"

"補課是一定要的，但提前告知是禮貌，也是一個人的教養。”

管叔一句醜話也無，卻讓我和小尤面紅耳赤。

我忽然想到羅宋，在我和小尤消失的十幾個小時裏，他找過我嗎？

管叔答羅宋問過我的行踪，樣子很沮喪。

“羅宋很沮喪？爲什麼？”我問。

“這我不清楚，”管叔看看我，又看看小尤，“年輕人的世界，我是真心看不懂。”

他搖搖頭，轉身離開。

看著那身離去的背影，我有感而發：“任性的確需要付出代價。”

“而且妳還得好好安撫羅宋。”小尤提醒我。

想到這兒，我也沮喪了。

趁著吃早餐前的這段時間，我趕緊上三樓安撫羅宋。

“扣、扣、”

無人回應，我轉開門把，還好沒鎖。

羅宋躺在床上，看見我進來，用被子蓋住頭部。

我在床沿坐了下來，不知該從何說起。

“那個……管叔說你找我……我不知道……應該提早說的……其實也沒什麼……”

“沒什麼？！”羅宋掀開被子，“我花了那麼多那麼多的時間、費了那麼多那麼多的精力，還付了那麼多那麼多的錢，媽的連個入圍也沒有，我是怎麼了？呵呵！肯定是天份不夠，我看還是封筆算了，回家耕田去！」

這是什麼跟什麼？我一時迷糊了。

通過斷斷續續的談話，我終於明白羅宋講的是美國Alexander Rutsch Award and Exhibition 繪畫比賽，第一輪他就被刷下來。

對羅宋而言，這的確是一大打擊，但人生就是這樣，誰沒跌倒過？

「世界上的繪畫比賽多的是，這次沒入圍，不代表其他比賽也會敗北，只能說這次的評審不喜歡你的畫風而已。」我安慰他。

「妳呢？妳喜歡我的畫風嗎？」

我很快答喜歡，而且喜歡得不得了，他是我的偶像。

「那就好。」羅宋從床上坐起。

看他不那麼沮喪了，我趕緊催他起床梳洗，因爲吃早餐的時間到了。

很明顯，羅宋不知道我和小尤失蹤一整天的事，這讓我大鬆一口氣。

走進早餐室，華夫人已經就座，我和羅宋向她道過早安後，分別在自己的老位子上坐了下來，只是我的桌上空蕩蕩一片，沒有杯碗盤，更沒有刀叉，反觀羅宋和華夫人的桌上卻是一應俱全。

我感到迷惑。

「馬老師，幾點到的？」華夫人問我。

「那個……」我看了一眼羅宋，不知該坦白到什麼程度。

“管叔說車子拋錨了，妳和小尤是早上六點多到的。”華夫人直接點破。

哎～全毀了。

“讓政治學和茶道老師好等，完全沒有盡到提早告知的義務，兩人在外待了一整天，能告訴我，你們都上哪兒玩去了嗎？”她繼續捅刀。

羅宋對我投來凌厲的眼神，我瞬間被萬箭穿心。

“昨天是小尤的生日，我們上巴黎吃飯，然後就回來了，哪裏也沒去。”

我又看了羅宋一眼，他凌厲的眼神依舊，我壓低聲音說：“是真的。”

華夫人說真真假假，她沒興趣判斷，不過做錯事肯定得受處罰，從今天起十天，我沒早餐吃。說完，她轉向站在身旁的管叔，問：“雅各呢？都這個點了，怎麼還不下來吃早餐？”

管叔彎下身和華夫人耳語一番，她皺了一下眉頭後，很快克制住自己的情緒。

“看來早餐的約會只剩我和羅宋了。”華夫人舉起橙汁向羅宋做敬酒的動作。

羅宋也舉起杯子，兩人一飲而盡。

看此情景，我默默起身離開早餐室。

没吃早餐不算什麼，但羅宋凌厲的眼神殺得我體無完膚，我打算早餐結束後再向他負荊請罪。

走出東翼，我往西翼走去，不要問我爲什麼往西不往東？往東我會經過早餐室，而我不想讓裏面的兩人看到我孤獨的身影。

走著走著，我忽然看見前方雪地上有一灘血，嚇壞我了，趕緊飛奔過去，這才發現那不是血，而是紅色顔料水，可是誰會在雪地上灑顔料水呢？

我擡頭往上看，那是雅各的畫室窗口，難道是雅各灑的？

正當我大惑不解時，有人奕奕然走來。

“管叔，”我迎上前去，“雅各今天爲什麼没下來吃早餐？”

“他……心情不好。”

“那灘紅色顔料水，”我指著地上，“是雅各灑的嗎？”

看管叔支支吾吾的，我大概能猜出一二。

“哎～心情不好也不能亂灑東西，還好没灑到人。”

没料到管叔的臉上閃過一絲難堪，這麼說，灑到人了，是誰？

想到今晨和我一起到家的小尤，我撇下管叔，往二樓奔去……

第三十五章／州官和百姓

我敲打小尤的房門，無人回應，門又鎖著，我轉而往那扇有禿鷹雕刻的房門走去……

"扣、扣、"

還是無人回應，但門沒鎖，我直接開門進去。

"妳又一次沒經過允許就進入我的私人空間。"雅各說。

他正對著牆上射飛鏢。

"小尤呢？"我不理會雅各的抱怨，直接開口要人。

"大概在洗澡。"

他的語氣不急不徐，像日出日落一樣自然，我決定問個明白。

"雅各，外面的紅色顏料水是你灑的嗎？小尤是不是被灑中了？你是有意還是無意的？"

"我是灑他，但沒想到就灑中了，妳說是有意還是無意？"他反問我。

這個壞小子，真是不可理喻！

"爲什麼惡作劇？"我責問他。

"妳何不自己問他？"雅各瞄準靶心，使勁一射，正中紅心，"和妳的義憤填膺比，小尤淡定得很。"

等了一小會兒，終於見到小尤從公共洗澡間出來，我一路尾隨他進房。

"說，怎麼回事？"我關上房門問。

小尤拿著大浴巾搓弄他的頭髮，很不當一回事地說是小孩子開的玩笑。

正如雅各所言，小尤淡定得很。

"你們兩個一定有鬼。"我投去懷疑的眼神。

"好奇害死貓，妳還是關心妳的羅宋湯吧！"他面無表情地說。

提到羅宋，我忽然想起還沒負荊請罪呢！

"這件事還沒完，我回頭找你！"

說完，我往東翼走去。

羅宋的房門大開，他正在收拾瓶瓶罐罐。

我輕聲喊他，他不動聲色，沒有停下手中的動作。

"我說的是真的，我和小尤只是去吃個飯就回來了。"我重複早餐桌上說過的話。

"吃個飯吃到早上六點多？"

我再次解釋因爲車子在路上拋錨的緣故。

"幾點拋的錨？"他開始盤問。

"大概……"我試著回想，"昨夜十一、二點。"

"也就是說妳和他孤男寡女地待在車內至少六個小時。"

"也就待著，没什麼啊！"我說。

羅宋放下手中物，逼問我是不是和小尤衣冠整齊地大眼瞪小眼度過六個小時？

"不是大眼瞪小眼，我們還講了話。"

"呵呵～"他仰天大笑，"妳跟他還真有話聊……不跟妳說了，我趕著給華夫人畫像。"

他背著畫袋，兩手吃力地攜著畫布框，它足足有一人高。

"我幫你。"我伸出手。

"別踫！"羅宋嚴辭拒絕，氣沖沖地把畫送出一人寬的房門。

當他將畫傾斜時，我看到了華夫人美麗的臉龐和……一絲不掛的胴體。

華夫人没說畫裸像，我卻堅定地以爲她必定是把自己嚴嚴實實地包裹起來，然後正襟危坐，没想到……

羅宋也畫過我的裸像，他總說我的骨架小，但有黃金比例，是小號的維納斯，現在他找到大號的維納斯了！

我氣得拿不穩茶壺，讓茶水溢出杯外好幾次，連日本茶師都關心地問："大丈夫ですか？"

"大丈夫です"我對她笑了笑，把羅宋和華夫人恨得牙癢癢。

～

上完課我就在羅宋房裏等著，本來還有愧疚感，但現在的我卻是一副興師問罪的坦然。

羅宋開了門，看見我在床上，沒有驚喜，反而一臉不耐煩。

他把一人高的畫布框擡了進來，放在角落，正面朝裏，然後放下畫袋，把裏面的瓶瓶罐罐歸位。

"你没說華夫人畫的是裸像。"我丟出第一枚炸彈。

"妳没問。"

"面對如此佳人，你不心動？"

羅宋說他畫裸像又不是第一回，學校還幫他們請了人體模特兒，全裸的。

我答那是大課，不一樣，現在他和華夫人孤男寡女待在一間房……

"我不也幫妳畫過裸像，也是孤男寡女待在一間房？"

"可是……我們的第一次也是從那時開始的。"我紅著臉說。

當年在Z大，羅宋跟我打招呼，說想找個模特兒，而我非常符合他的要求。剛開始我是抗拒的，但他給我看他的畫作，畫得真是不錯。我是愛才之人，没考慮很久就答應了，一來二去，彼此有了好感，所以當他說想畫我的裸像時，基於對他的信任，我很快就點頭同意，也正因如此，羅宋把我從女孩變成了女人。

"那個……"羅宋也臉紅了，"妳答應了的。"

乖乖，是不是華夫人答應，他也可以上？

羅宋要我別想歪了，他们兩人純粹是雇傭關係，何況華夫人的年紀可以當他媽了。

"問題是她一點兒也不像媽。"

“依依，別無理取鬧好嗎？後天我得回學校，能不能離去前都別吵架？”

後天？這麼快？我問畫完成了嗎？

他答還沒，所以週末還得來。

“羅宋～”我走過去，跨坐在他的大腿上，把他的臉孔扳正，“我不許你對別的女人心猿意馬，只許看我，不許看別人，聽到沒？”

他笑了，說我只許州官放火，不許百姓點燈。

我耍起無賴：“没錯，我是官，你是百姓，官說的話，百姓都得聽。”

“這麼霸道？”羅宋邊說邊把頭埋入我兩乳之間，用牙齒拉開上衣的拉鏈。

我問他幹嘛？

“想知道是官聽百姓的話，還是百姓聽官的話？”他呢喃道。

最後……百姓還是點了燈，州官允許了。

第三十六章/失眠

我回頭找小尤，那對師生又恢復邦交，讓我這個局外人霧裏看花。

也罷，我還是把心思放在學習上吧！

羅宋今天走，他把隨身物放進管叔車內後，過來擁抱我："我會想妳的。"

"我也是。"我給了他一個離別之吻。

本來我打了個如意算盤，如果能提早休假，那麼今天我就可以和羅宋一起回巴黎，但是提議到了華夫人那裏被打回票，我猜想她還在爲我的惡意缺課而生氣。如此一來，下週五一早我去巴黎，羅宋當晚就得啓身來華堡替華夫人畫像，一直待到周日晚上，而周一下午我得趕回華堡，一個假期被切割得支離破碎，我心有不甘。

即使選擇待在華堡也無濟於事，羅宋畫起畫來六親不認，他

又是完美主義者，等於我陪在他身邊看他畫畫，怎麼算我都
虧，尤其平日的學習安排得太緊湊，休假對我來說如晨星般
珍貴，我才不想隨便浪費掉！

就這麼湊巧，雅各想到馬賽取景，時間訂在下週五，並且已
得到華夫人的首肯。

我一馬當先報上名，把被切割得支離破碎的假期告訴小尤，
可憐兮兮地請求他帶我上路，他很豪爽，一口答應。

羅宋這邊就不開心了，可是當我告訴他這是三人假期，包括
雅各時，他無可無不可地說：“妳開心就好。”

一件棘手的事被我完美地解決，不禁躊躇滿志，走路有風。

我沒料到小尤竟然出發前才告訴雅各，那個情緒起伏很大
的少年馬上垮下臉來，一副山雨欲來之勢。

“別吵，我不去了。”我把自己的行李從後車廂取出。

“我也不去了。”這次是小尤，他也把行李取出。

雅各叉著腰，威脅酒店已訂好了。

“那取消得了，要不然你自己去！”小尤答。

那孩子氣急敗壞地問爲什麼最後才通知他？能尊重
他一下嗎？

小尤承認自己做得不對，現在只剩兩條路可選，一條是取消
馬賽之行，他帶我四處逛逛；另一條按照原計劃進行。

“我尊重你，由你選擇。”小尤說。

雅各怒視我和小尤好一會兒，最後一語不發地上車。我和小
尤見狀，趕緊把行李塞回去，一路向南。

馬賽是法國的第二大城市和最大海港，同時也是最古老的城市。伊夫島、賈爾德聖母院、馬賽美術館、馬賽舊港……等，都是觀光景點，而小尤和雅各此行的目的地正是馬賽舊港。

車子左拐右繞後，我們很快來到 Sofitel 酒店，就在舊港中心。

華夫人訂了兩間客房給那對師生，我當然不在名單上。問了一下價錢，雖是淡季，依舊小貴，不過尚在我能負擔的範圍內，所以決定奢侈一下。

前台很貼心，給了我們相鄰的三間房，我選了中間那一間，另外兩位男士無異議。

安頓好行李，我們走出酒店直奔La Daurade，它位於St-Saens路上，是一家頗富盛名的餐廳，最有名的菜首推普羅旺斯魚湯。該料理是將海魚與根莖類蔬菜一起熬煮，然後加入黃油、橄欖油和香料，原本是漁民的妻子爲下海的丈夫所準備的暖身湯菜，現在已成了馬賽地區的招牌菜，雖然價格略貴，但份量很足，我們三人吃得熱汗淋漓、大呼痛快。

吃完晚餐，我們踩著月色回酒店，因爲那對師生隔天得早起拍"漁港的一天"。

～

早上九點醒來，發現小尤給我發來短信，原來他們已經出發取景了。

我又在床上賴了半小時，直到早餐快結束，才匆忙梳洗下樓，因爲房錢包括自助早餐，我可不想錯過。

吃完早餐，我信步走向碼頭，這裏有一長排的魚市場，熱鬧非常。魚販們紛紛用動聽且快速的語調慫恿主婦買魚，不遠處泊滿了小漁船及小艇，空氣中飄浮著海洋的氣息，走在人來人往的魚市場，非常接地氣。

我走走停停，像劉姥姥逛大觀園，處處新奇。看見有人賣水煮蝦，我也應景地買了一公斤，誰知那個北非小販誤以爲是一袋，給了我大號塑料袋大小的"一袋"，足足有五公斤重。

" No, No, Non, Non, one kilogram, un......"我伸出一根手指頭，並且英法語並用。

可惜那個貌似突尼斯人的小販硬是用他的母語和我對話，雞同鴨講，沒辦法，只能付錢走人。

正當我爲這一大袋的蝦子發愁時......

" 依依～"

聽到有人喚我，我轉過頭去，是小尤，他站在一條舢舨船上向我揮手。

"原來你們在這裏呀！"我跳上船。

" 妳沒看到清晨船進港的盛況，魚呀！蝦呀！蟹呀！一筐筐的，個頭都好肥大，沒想到地中海這麼好養人，在這裏光吃海鮮就足夠。"小尤興奮地說。

如果小尤是動的，那麼雅各就是靜的，沈默的如同啞巴。

" Hi，雅各，今天收獲如何？有沒有拍到好照片？"我轉而問他。

" 也就那樣，今天光線不太好。"他意興闌珊地答。

的確不太好，有點兒陰。

" 要不要休息一下？我買了水煮蝦。"我攤開袋子說。

有了食物當藉口，小尤下船買來飲用水和黑麥麵包，我們三人就著水煮蝦在舢舨船上野餐起來。

小船隨波蕩漾，海風輕拂，我們嘴裏吃著海鮮，人生呀！夫復何求？

吃完午飯，我成了那對師生的小跟班，因爲我一現身，久未露面的太陽就露臉了，可見我是個 lucky girl。

"大福星，跟著我們，晚上請妳吃好吃的。" 小尤補上幾句。

他沒有食言，晚上我們在馬賽唯一的三星米其林餐廳Le Petit Nice-Passadat用餐，它矗立在海灣的一隅，內部裝修一般，但簡潔明亮，看得出工作人員都經過專門的訓練，服務很到位。

酒足飯飽後，我們各自回房。

因爲在外溜達了一整天，我很早就上床，想必小尤和雅各也是，瞧他們睡眼惺忪的樣子。

半夜起床找水喝，想必是晚餐吃多了醬料的緣故。

我邊喝水邊凝視窗外，雖然拉上了窗簾，但月光皎潔，我還能依稀看到窗簾後婆娑的樹影。也正因如此，當一個高瘦的影子從右手邊像做賊似地偷偷摸摸走向左手邊時，我幾乎可以斷定那就是雅各。

我們住的是酒店頂層，三間房原本可以打通做爲三居室使用，現在各自上鎖分別住進三位房客，可想而知，陽台是互通的，也就是說我可以從陽台進入小尤或雅各的房內，如果他們打開落地窗的話。

我躡手躡腳地靠近陽台，聽到隔壁玻璃被敲打的聲音，然後……落地窗打開了，人進去了，落地窗又闔上了。

怪就怪在酒店隔音效果太好，即使我把耳朵貼緊牆壁，仍然聽不到任何聲音。

我的腦中開始出現各種妖精打架的畫面，爲了雅各和小尤，我……失眠了。

第三十七章/走馬上任

一夜無眠，我早早去吃早餐，喝到第三杯黑咖啡後，小尤和雅各一起進入餐廳。

我冷眼旁觀這兩人，想從一些蛛絲馬跡中印證我的猜測。

"妳怎麼了？好大的黑眼圈，"小尤坐了下來，"昨晚睡得好嗎？"

昨晚睡得好嗎？虧他問得出口，要不是他們兩人做出齷齪事，我何庸頂著黑眼圈？

"很好，"我微笑，"你……們昨晚睡得好嗎？"

"很好，一覺到天亮。"小尤答。

我望向雅各，他把嘴巴內的可頌嚼完後，說："跟小尤一樣，一覺到天亮。"

呵呵！好個"跟小尤一樣地一覺到天亮"，這分明是同處一室度春宵。

我用力撕下黑麵包的一角，憤怒地塞進嘴裏。

小尤說今天他們打算去卡朗格峽灣拍照，問我去不去？

我故意問雅各：“你希望我去嗎？”

他聳聳肩答隨便我，到山頂有一大段路要步行，他們需要人背攝影器材，讓我爲之氣結。

果然通往觀景台的路十分漫長，剛開始的一小段還是水泥路，到後面就全是石頭路了。

小尤算好心，只讓我提一袋膠片盒及其他小東西，饒是這樣，也夠累人的，更不用說那兩位背著攝像架及專業照相機的大男生了。

卡朗格峽灣介於馬賽和卡西斯之間，是一片小巧而秀美的天然岩石峽灣群，綿延起伏達數十公里。

想要欣賞這美麗的峽灣景色，可以選擇坐船或登山，沒想到他們選擇比較困難的那一個，害我大汗淋漓、氣喘吁吁。

好不容易登頂，從觀景台往下看，碧藍的海水讓我有往下跳的衝動，真是太……太美了！

“其實水不是藍色的，而是深淺不一的綠色，據說上面還飄浮著小水母。”小尤說。

小水母？我瞬間打消游泳的念頭（可不想被它蜇上一口呀！）。

看小尤和雅各又忙著取景拍攝，我索性坐在岩石上，打算和大自然深情對話。

“嘟……嘟嘟……”手機響了。

“依依，妳在哪裏？”原來是羅宋。

“在卡朗格峽灣。”

他問我好玩嗎？我答好玩，反問他在哪裏？

“在家。”他說。

今天星期日，他應該在華堡替華夫人作畫，怎麼會在家？

羅宋解釋華夫人重感冒了。

原來如此。

我們又聊了些瑣事才互道再見。

“嘟……嘟嘟……”

我剛掛上，手機又響。

“馬老師，妳在哪裏？”原來是管叔。

“在卡朗格峽灣。”

他問我好玩嗎？我答好玩，反問他在哪裏？

“在往卡朗格峽灣的路上。”

我问爲什麼。

“華夫人重感冒了，她要我馬上接妳回華堡，因爲楊將軍臨時更改行程，明天一早抵達巴黎。”

“楊將軍更改行程干我何事？”

“華夫人生病了，如何接待？當然由妳頂替。”

什麼？！我太驚訝了。

“我……我還是實習生。”我囁囁地答。

“在戰場上，有時年幼的孩子還得衝鋒陷陣，何況實習生？妳沒得選，只能往前衝！”

管叔說得對，我已經沒有選擇的餘地。

掛上電話，我望向平靜深邃的地中海，忽然很想縱身一跳，一了百了。

回到華堡，我馬上補眠，次日一早便緊鑼密鼓地準備，做了頭髮、畫好妝、穿上LV深藍色套裝，讓自己看起來幹練一點兒。

趁客人還未到，我翻看華夫人做的筆記，裏面有楊將軍的簡介、個人喜惡及對女人的品味。根據上一次的經驗，我知道他喜歡日本女人Sakula，這次也讓她來吧！省事。

“嗡嗡嗡......嗡嗡嗡......”

從天際傳來超大號蒼蠅飛來的聲音，由遠及近。我跑到窗口一看，乖乖，那不是直升機嗎？

“扣、扣、”

來者是管叔，他神色緊張地說：“馬老師，快，客人到了。”

我匆匆披上Burberry羊絨大衣，趕赴現場。

第三十八章/說得好

頭上好像有個巨大的電風扇在吹，我閉上眼睛，任憑髮絲啪啪啪地打在臉上，一早精心做的頭髮算白廢了。

楊將軍從綠色直升機上跨步下來，我馬上迎了上去。

"楊將軍好，我是馬依依，"我伸出手，"您的貼身管家。"

楊將軍打量我好一會兒，問："華夫人呢？"

我尷尬地把手收回："華夫人生病了，所以由我來接待您。"

"生病了？前幾天還好好的。"他一副懷疑的表情。

"是真的，"管叔上前，"華夫人得了重感冒，不想傳染給您，所以......"

"哎～不早說，害我興沖沖地來......"

我上前一步請他放心，說自己是華夫人的徒弟，服務還是一樣的。

"呵呵！服務還是一樣的，"他環顧四周圍的人群，"好，這個我喜歡！"

“那麼，楊將軍這邊請！”我做了個“請”的動作，然後隨侍在後。

～

楊將軍說想看部帶中文字幕的外國電影。

根據華夫人的筆記，楊將軍的學歷不高，爬到這個位置全憑小聰明及機運（包括娶了個家世顯赫的老婆），外語能力很差，有低級趣味……

學歷不高加低級趣味，這表示得選一部“好懂”的片子。

我到家庭影院的碟片室找片子，目標-喜劇片，因爲任誰都不會拒絕讓自己快樂的機會，所以當我看到憨豆系列時，笑開了臉。

雖然我不認爲片子是低級趣味，但楊將軍應該看得懂，並且會開懷大笑，於是我把《憨豆特工》取下，放進影碟機裏。

～

楊將軍坐在影院正中的位子，他的前後左右都坐了保鏢，我替他準備好果汁和輕食後，與管叔坐在靠近出入口的座位上。

影片一開始就吸人眼球，看楊將軍很投入的樣子，我遂放下心中石塊。沒想到二十分鐘後，他打了個大哈欠，五分鐘後，又接連打了好幾個小哈欠。

“馬老師，換片子。”管叔壓低聲音提醒我。

我大夢初醒，趕緊直奔碟片室。

“帶中文字幕……低級趣味……外國片……”我喃喃復誦。

誰知管叔從左上角的櫃子裏隨意抽了一張碟片放進影碟機裏。

“那個没有字幕……”

話没說完，屏幕上已經跳出畫面，伴隨著曖昧的音樂，我已經知道是什麼片子，這個……何需字幕？

我氣餒地走出家庭影院，原來這就是“低級趣味”？還真……低級啊！

管叔隨後也從影院裏走出來，我意氣消沈地問他：“你說我做的是什麼工作？”

他答每個人有每個人的品味，影碟室裏不也有品味高的得獎作品？不能以偏概全。

“這份工作應該由你來做，不是我。”我賭氣地說。

“妳剛試水，華夫人不放心，吩咐我照看一下，其實没有我，妳一樣做得好，而且……有些工作，女人做比較合適。”

過没幾分鐘，保鏢一一走出來，管叔看了我一眼，我馬上意會，撥通Sakula的手機，要她速速前來。

還好有Sakula，她陪楊將軍看片子，又和他在明月閣用了中式晚餐，然後是漫漫長夜……

我要做的是交待廚子準備可口的飯菜及整理完事後的現場（我現在終於明白管叔說“有些工作，女人做比較合適”的意思了）。

隔天一早，我俯首對即將離去的Sakula表達謝意，没想到那個可愛嬌小的女人也同樣俯首對我說“辛苦了”之類的客套話，讓人很受用。

日本女人離開後，我服侍將軍用早餐，又替他讀了會兒報紙。期間他接了通電話，通話完畢，他表示要寄快遞，我趕緊聯繫UPS，不到半小時，東西已寄出。

“妳幹得不錯！”楊將軍點頭。

“謝謝！是師傅教得好。”我趕緊把頂上的皇冠摘下，戴在華夫人頭上。

“待會兒我去開會，今晚……別讓Sakula來，我累了。”

這個嫖客竟然也會累？

“好的。”我低下頭去。

楊將軍直到近午夜才醉醺醺地回到華堡，我努力睜開疲憊到不行的眼皮，侍候他入寢。

“妳……妳是誰？怎……怎麼沒見過？”他指著我，站都站不穩。

“我是馬依依，您的貼身管家，早上見過的。”我面無表情地替將軍開床。

“別……別騙我，妳……妳是間諜。”他依舊指著我。

“我不是間諜，我是依依。”

然後我幫將軍脫下外衣，扶他上床。

床上的他還是不閉嘴，巨細靡遺地訴說他不幸的童年、凶悍的妻子以及曾經做過的缺德事，簡直把我當成告解的神父。

我想起華夫人的筆記上寫著：**對付楊將軍得柔軟地順著他的思路走。**

於是我開口：“你有不幸的童年和凶悍的妻子，真令人同情，至於那些……事，已經過去了，就別再想了。”

誰知楊將軍指責我跟華夫人一樣，不講真話。

“講真話不一定動聽，講了也沒多大意義。”我答。

“講，”他從床上坐起，“我命令妳講，不講我斃了妳！”

我不相信他會真斃了我，倒是眼前人處於醉酒狀態，隔天一早肯定忘了今晚发生的一切，遂大起膽子，將他罵得狗血淋頭。

“嗚嗚……嗚嗚嗚……就知道在你們眼中，我豬狗不如。”他一把鼻涕一把淚。

“的確豬狗不如，不，豬狗還比你高尚，你想過那些被你殘害的家庭嗎？因爲你的私慾，他們家破人亡、流離失所，人怎麼可以這樣？你不知道有輪迴嗎？……”

我洋洋灑灑地一吐爲快，直到鼾聲大作爲止。

哎！真是命好，作惡多端也睡得著。

拉來被子幫他蓋好後，我正想離去，背後傳來一句：“說得好。”

我趕緊回頭，楊將軍翻了個身又沈沈睡去。

他……真醉了嗎？

懷著忐忑不安的心情，我默默回到自己的房間。

第三十九章/忐忑不安

隔天一早，楊將軍飛往美國，連早餐都沒來得及吃。

"謝謝妳的招待。"上機前，他遞給我一個包裝精美的小盒子。

"不用客氣，這是我的工作。"我收下盒子。

待綠色直升機嗡嗡嗡地飛走，我舉起盒子問管叔："應該上繳給華夫人嗎？"

"這倒不必，楊將軍指名給妳，就是妳的了。"

我很雀躍，恨不得當著管叔的面拆開。

"馬老師，吃過早餐後，請到華夫人房間，她有話對妳說。"管叔交待。

我猜想必是工作順利完成，我的雇主想當面嘉獎我之故，所以爽快地答應了。

～

吃完早餐，我去敲華夫人的門。

“扣、扣、”

“Entrez.”濃重的鼻音傳來。

這是我第一次進入華夫人的香閨，因爲是羅宋“工作”的地方，所以特別仔細打量一番。

“我在這裏。”

聽女主人喚我，我趕緊走向睡房，此時的她坐在床上，身上裹著珊瑚絨被，床的一角露出床單顏色，紅色的。

原來這就是我偷窺華夫人做愛的房間。

我的眼光往左移，認出羅宋畫裏的那張金色貴妃躺椅。躺椅和床的距離就一個大跨步，這實在太危險了……

“坐。”華夫人說。

我走向正對著她的扶手椅上坐下。

“聽說楊將軍今早飛美國。”她問。

我答是，連早餐都沒來得及吃。

“妳也算是圓滿達成任務，bien fait.”她說我幹得好

“Merci.”我很不好意思地低下頭去。

“不過……不包括昨晚那一幕，咳、咳、”華夫人捂住嘴，“妳……不夠內斂，太表露內心情感會給自己帶來麻煩。”

看來華夫人的感冒還沒好，可是……昨晚？昨晚怎麼了？

看我一臉狐疑，華夫人開口了：“想不起來嗎？妳大罵楊將軍那一幕夠精彩的了。”

什麼？！華夫人竟然派人偷聽？

她大笑兩聲，說偷聽多費勁啊！

難道⋯⋯不是？

華夫人指示我按下牆上孔雀皮雕上的黑眼珠，我照做，然後一台液晶顯示屏從天而降，我隨即看到驚人的一幕，不僅有華堡各個角落的監控視頻，還有清晰的收音效果。

"這是違法的，妳侵犯個人的隱私權！"我怒視她。

"本來不該給妳看的，但既然妳是成員之一，有必要讓妳知道謹言慎行的重要性，至於違不違法？I don't care.妳不也偷窺過我？"

原來⋯⋯原來一切的一切都在華夫人的掌控之中，我以爲自己是孫行者，做得神不知鬼不覺，殊不知終究逃不過如來佛的手掌心。

這下子豈不是24小時被人監視著？

看我面露尷尬與不悅，華夫人說了："放心，妳、羅宋和小尤的房間是安全的，因爲你們對我不構成威脅。"

噓～我鬆了一口氣，總算可以擡頭做人了。

大概談話內容過於沈重，華夫人轉而問我楊將軍送了什麼好東西？我把手鐲遞上去。

她仔細觀察過後還給我："是Tiffany的手鐲，看樣子楊將軍挺喜歡妳的，好好加油，我會陸續把客戶帶給妳。"

我不知是否該道謝，所以只是點一下頭，表示知道了。

走出華夫人的房間，一時不知何去何從，想著小尤和雅各應該已經回來，所以信步走向西翼。

"咔嚓、咔嚓⋯⋯"小尤從窗口伸出照相機，用長鏡頭對準我，一連拍了好幾張照。

我以榮獲環球小姐冠軍的姿態，邊走邊揮手。

“妳等等，我下來。”小尤對著我喊。

他很快衝下樓來，興奮地說：“ Guess what ？”

“ What ？”

“ 得獎了，我替妳拍的那張照片得獎了，Can you believe it ？竟然得獎了，呵呵......”

小尤像忽然得到一屋子糖果的小男孩，激動不已。

“ 恭喜你！”我上前擁抱他。

孰料他捧起我的臉，說我是他的大福星，然後俯首和我接起吻來，嘴對嘴。

一、二、三、......十、十一、十二......

夠久的了，我用力推開他。

“ 依依，我......”

“ 得獎的這個比賽有名嗎 ？”我空中攔截。

小尤驕傲地答是攝影界的number one 。

這麼說，羅宋應該很快會知道，我忐忑不已。

第四十章／附合

今天星期五，一大早我就坐立不安，因爲男友今晚到，我不知他會作何反應。

我的裸照已經鋪天蓋地而來，對小尤的採訪也是一個接著一個，羅宋會不知道嗎？

當老爺車的引擎聲傳來，我趕緊下樓。

"依依，吃過飯沒？"羅宋一跨出車門，開朗地問我。

"還沒到七點，七點才開伙。"我答。

"那好，肚子餓得很。"

看到羅宋的笑容，我確定他還不知情，彷彿逃過一劫般，我開心地說："趕緊上樓把行李放下，我幫你。"

我和羅宋手牽手走向餐桌，今天我們吃法國菜，有我最喜歡的白汁燴小牛肉。

“羅宋你終於來了，我病了好幾天，你……想我嗎？”

剛吃了一口小牛肉，華夫人就來這一招，害我食不下咽。

“想，連做夢都想。”羅宋答。

這下子，已下肚的牛肉讓我反胃到想吐。

我惡狠狠地望向男友，他坦蕩蕩地又開口了：“華夫人就像我的母親，母親生病了，我當然會擔心。”

雅各聽了噗嗤一笑，華夫人則笑不出來，她說自己沒那麼好命當羅宋的媽，何況美容師幫她做過測試，她的肌膚年齡也就三十歲。

“您的確年輕，和雅各站在一起，就像一對姐弟，是我高攀了，如果上輩子拯救了全人類，這輩子大概能跟您沾上點兒關係。”

看得出羅宋在做危機處理，但聽進耳裏卻像打官腔，讓人很不舒服。

“你是和我沾上了點兒關係，你是我的畫師，不是嗎？”華夫人睨了他一眼。

“是，是，是……”羅宋點頭如搗蒜。

用完餐，我原本打算和羅宋到花園裏散散步、互訴衷情，誰知華夫人說上禮拜沒作畫，想盡快完成，早早把羅宋叫進房。想到那個女人又要對著羅宋輕解羅衫，我恨得將地上枯枝一一拾起，再啪啪啪地折斷好幾根。

“妳看起來很憤怒。”是雅各的聲音。

“沒有，”我把亂髮撫順，免得像個瘋婆子，“晚餐吃太多，練一下臂力減肥。”

那孩子說練臂力不會減肥，反而會使手臂粗壯。

"呵呵！"我笑得很勉强，"剛好讓我成爲女漢子。"

我的笑容還未褪去，雅各緊接著問："小尤喜歡妳嗎？"

啥？這是什麽爛問題？

"小尤當然喜歡我，我也喜歡他，不然我們怎麼成爲閨蜜？"我答得理所當然。

雅各要我告訴他，男閨蜜和男朋友的差別在哪裏？

我答差別可大了，很多事可以跟閨蜜說，男朋友卻不一定。

"爲什麼？"

"因爲閨蜜是心理治療師，而男朋友是……"

"肉體治療師。"他搶答。

這個小屁孩！太不懂規矩了。

"Well，那只是部份啦！"我強拗，"畢竟男朋友有可能成爲我未來的老公，然後我們合力創造宇宙繼起之生命。"

"說到底，男閨蜜不和妳生小孩，男朋友會跟妳生小孩。"

"哎！雖不中，亦不遠矣。"

"我知道了。"雅各轉身走人。

老實說，我對兩者的界限還模糊不清，他卻說他知道了，知道個啥？

"喂！雅各。"我對著他的背影喊。

他頭也不回地和我揮手道再見。

我躺在羅宋床上玩魔術方塊，最佳記錄是有兩個面同色，還花了我兩個小時。

"Hi，"羅宋開門進來，他在找筆。

我跳下床，問："還畫？"

羅宋答爵士感冒了，今晚没來，華夫人說她很寂寞，要他陪她。

"什麼？！陪她？"

"不，不，不，表達錯誤，一邊作畫一邊陪她。"

我心疼羅宋，人不是機器，總得休息。

"再一會兒就好，"他親吻我臉頰，"脫光衣服幫我暖被子，我馬上來。"

羅宋一走，我馬上把衣服脫了，鑽進被窩裏。

一個小時過去了，兩個小時過去了，三個小時……

我憤而把衣服一件件穿回去，然後甩門而出。

羅宋，你這個大話王，被子被我暖得像個小火爐似的，你卻連個鬼影子也没有，這是拿我當猴耍嗎？

睡到半夜，我聽到小小的敲門聲："扣、扣……扣、扣……扣、扣……"

我赤著腳去開門，發現是羅宋，他的樣子有點兒狼狽。我因心中有氣，下意識去關門，反被他推開。

"你幹嘛？"我没好氣地問。

"妳說我想幹嘛？"

然後他動手脫我衣褲，動作很粗暴，不像平常的他。

昨晚忘了拉窗簾，清晨的陽光毫無遮掩地灑落進來。

"該起床吃早餐了。"我親吻男友的裸背。

羅宋呢喃著說不吃。

想到昨天他作畫到很晚，便不再吵他。

我把窗簾拉上，梳洗一下後，安靜地下樓。

" 羅宋呢？怎麼不見他下來？……管叔，你去叫他。"華夫人吩咐。

我趕緊阻止，說羅宋昨天很晚才睡，讓他多睡會兒。

"他在妳房裏？"華夫人挑起眉梢問。

我有些難爲情地承認。

"行啊！都那麼晚了，還……"她慌忙住嘴，轉向雅各，"最近中文課上得怎麼樣？"

雅各說還行，不好不壞。

"攝影課呢？"華夫人接著問。

雅各答很好，學到不少東西。

"看來改天我得好好謝謝小尤老師……"

"別，"雅各憤而放下刀叉，惡狠狠地看著他母親，"誰都可以，小尤不行，絕對不可以！"

"呵……呵呵……"華夫人用笑聲掩飾尷尬，"今天的水煮蛋真好吃，昨天的煮得太老了，是不是？馬老師。"

我不記得昨天吃了水煮蛋，但還是附合著說："是呀！'

第四十一章/平民餐

我從早餐桌上順手抓了塊麵包。

"起床了，羅宋，"我打了一下他的屁股，"給你帶了塊麵包。"

羅宋挪動了一下身子，嘟囔著不吃。

我說不吃也得起床，他還得幫華夫人作畫呢！

"不畫。"

羅宋不起床、不吃早餐，我可以理解他工作太累，但他現在把工作也晾在一旁，加上昨晚的"粗暴"表現，我認爲事有蹊蹺，遂故意說："華夫人要你二十分鐘內到她的房間報到。"

他一聽，整個人跳了起來，像隻無頭蒼蠅似的，一邊抓頭一邊來回踱步，他抓頭的速度越來越快，腳步也越走越快……

"媽的！"

終於爆發了，他把我梳妝台上的瓶瓶罐罐通通掃到地上，連我喝到一半的水杯也不能倖免。

看著狼藉一片，我冷冷地問他發洩夠了沒？

這次他坐了下來，眼光看著地板，無語。

“怎麼了？”我幫他把一頭亂髮撫平，“昨晚你就怪怪的。”

“没什麼，壓力過大，依依，”他抓住我的手，“等這幅畫畫完，我們拿著€8o，ooo去瑞士隱居，什麼人都不理，什麼事都不做，只當閒雲野鶴，好不？”

我很想告訴他€8o，ooo在瑞士不到一年就會花光，但看羅宋如此興致勃勃，我不忍潑他冷水，遂用高昂的聲音說：“好啊！好啊！我想登少女峰、遊日內瓦湖、到班霍夫大街購物、觀萊茵瀑布、吃粘稠的起司火鍋、還有……買一個瑞士牛鈴。”

“瑞士牛鈴？”

我向他解釋每個國家都有自己的代表性標誌，瑞士也不例外，那就是牛鈴。在瑞士，牛被視為神的使者，每逢傳統節日，牛鈴必不可少，與其說是一種樂器，倒不如說是民族的象徵，他們甚至會聚集起來舉辦一場牛鈴比賽，以聲音是否悅耳清脆爲評判標準。

“好，我買個又大又重的牛鈴給妳！”

“神經！”我推他一把，“又不是越大越重的牛鈴聲音最響亮，再說了，誰家的牛會戴一個又大又重的鈴鐺？還讓牛走不走路？”

～

羅宋在我的鼓勵下又上工去了，我也重拾荒廢已久的馬術課，只是這次換了馬，也換了教練，多練幾次後，我的恐懼感消失不少，人也有了自信。

上完馬術課，我急著回房把騎馬裝卸下。

“依依，妳去哪裏？”小尤趕上我。

"剛上完馬術課，想把衣服卸下來。"我邊走邊說。

"妳等等，"他抓住我的手，"《La Gazettede France》想採訪我，同時會會照片中的女人……"

我鬆開他的手答不去，還想留張臉面做人呢！

"妳不能做人嗎？我把妳拍得那麼美……"他瞪大眼睛，很受傷的樣子。

我解釋不是這個意思，而是羅宋很大男人，我的父母也保守，事情若鬧得人盡皆知，我怕他們接受不了。

"哈！這個妳放心，首先，妳父母應該看不懂法文報，至於羅宋嘛……根據和我同住一個屋檐下的觀察，他也不看報，所以……妳安全了。"

我還是覺得不妥，但小尤說《La Gazettede France》是法國發行量最大的日報，這有助他在法國打開知名度，同時也替即將到來的攝影展做宣傳。

看他熱切的眼神，又想到父母連二十六個英文字母都認不全，遑論法文？羅宋也一樣，在國內就從不看報，很多新聞還是由我轉述的。

"那好吧！在哪兒採訪？什麼時候？"我問。

"明天早上11:00，地點在我的房間。"他答。

想著今天下午羅宋就會回巴黎，肯定遇不上，於是大事敲定，小尤放我回房換衣服。

《La Gazettede France》派了一個金髮碧眼的尤物來採訪，一進門她就脫下外套，露出裏面的白色緊身衣，胸口挖了個大洞，整個採訪過程，小尤的眼睛都不知往哪兒擱，煞是有趣。

"&$;@！？*%#……"尤物這次面對我。

啥？

"她說妳是歐洲男人票選最美的東方胴體。"小尤幫我翻譯。

"Merci."我道謝。

呵呵！最美的東方胴體？羅宋要是知道了，肯定樂得飛上天。

金髮碧眼又問了幾道問題，我都蜻蜓點水式地一語帶過。

採訪最後，報社派來的攝影師替我們仨拍了張合影做爲結束。

基於禮貌，我們護送那兩人離開，臨上車前，記者又拋來一個問題，這次小尤面有難色，三言兩語打發她走。

"剛剛她問你什麼？"看車子遠去，我問小尤。

"沒什麼。"他轉身回屋。

沒什麼就是有什麼，我打算打破砂鍋。

"到底她問你什麼？"回到小尤房內，我仍鍥而不捨。

"都跟妳說了沒什麼。"小尤躺回床上。

我也跟著上床，嗲聲嗲氣地問："就告訴我嘛！小尤哥哥。"

他提醒我還是下床吧！省得羅宋疑神疑鬼。

"我偏不，除非你告訴我那個有兩個巨大胸器的女人到底問了什麼？"

"得，"小尤從床上坐起，"就告訴妳，她問……面對東方最美的胴體，我是否蠢蠢欲動？"

哈！法國女人真的什麼都敢問。

"你答什麼？"我很好奇。

“我答-無可奉告。”

我問他幹嘛不告訴記者他是Gay，法國人可以接受同性戀。

小尤說法國人是可以接受同性戀，但他的家人不能，他得考慮他們的感受，況且是不是同性戀？現在他也迷糊了……

“迷糊？迷糊什麼？”

小尤看了我一眼，很不耐煩地答：“說了妳也不懂，妳走吧！都這個點了，該吃午餐了。”

我忽然想起廚房的“粗糙”美食，遂說：“今天就讓我當一回平民，跟你去吃平民餐。”

“的確是貧民啊！一簞食，一瓢飲，在陋巷，人不堪其憂，小尤也不改其樂，賢哉小尤也。”

哈！他真會苦中作樂。

“我的平民是平常的平，普通老百姓的意思，不是貧窮的貧。”我拉起小尤，“走！去吃平民餐。”

他無可無不可地跟著我進廚房。

第四十二章/笑中有淚

華夫人說會陸續把客戶帶給我，果然没錯。

今天她招待了美國某公司的執行官，無法分身，只好把馬來西亞的華裔拿督丢給我，爲此，我還特地上網查了"拿督"這個封號。

原來"拿督"是馬來西亞對一些有功人士所授與的頭銜，必須由皇室成員或政府推薦才行，它不具世襲和封邑的權力，是一種象徵性的終身榮譽身份。

話說華夫人到馬來西亞公幹時曾受到李拿督的熱情招待，所以投桃報李，邀請他到華堡作客，剛好拿督有私事要辦，所以接受了邀請。

下午四點，李拿督的座車開進華堡，我和管叔早已在大門口恭候。車子一駛近，我趕忙去開門，一個衣著非常體面的花白老人下了車，手裏拿著拐杖，氣宇軒昂，很有皇室派頭。

"李拿督，您好，我是負責接待您的貼身管家馬依依。一路辛苦了，容我帶您進會客室小憩一下。"

“好的，麻煩妳了。”李拿督操著閩南口音，很有禮地對我說。

～

我爲客人準備了水果，包括榴蓮、山竹、紅毛丹和荔枝。

李拿督看了很歡喜：“呵呵！哪裏來的好東西？從馬來西亞空運而來？”

“這倒不是，是我向地中海沿岸的水果市場預定的，一到岸就快馬加鞭送過來，幾個小時前，它們還在樹上活蹦亂跳呢！”

李拿督接過我剝好的山竹，說：“這麼有心，而且妳講話真趣味，我喜歡。”

這是我在課堂上學到的，老人外表雖老，但內心像個孩子，所以把自己變成孩童，才能跟他們做有效的溝通。

我同時還做了功課，對李拿督有了大概的了解，他本是福建人，三十年代跑船到馬來西亞後便留了下來，剛開始只是個割膠工人，憑著吃苦耐勞的精神當上工頭，攢了幾年錢，終於買下第一個橡膠廠，然後兩個、三個、四個……接著涉足酒店和房地產，從此事業一帆風順。

我比較感興趣的是李拿督終身未娶，膝下當然也無兒無女，那麼這麼大的產業將來要留給誰？

其實我是多慮了，很多富人開始裸捐，這沒什麼大不了的，可是……

“依依，妳幫我看看這相片上的人像不像我？”

李拿督遞過來一張老照片，上面有一個金髮女人，懷裏抱著個約三、四歲的孩童，混血兒模樣。

我端詳再端詳，除了鼻子有點兒像之外，其他看不出來。

“ 這個嘛......”我面有難色。

“ 那麼這一張呢？”他遞給我另一張比較新的照片，那是個大腹便便的中年男人，穿著很寒碜的西裝。

“ 我......我覺得不像，也許你再問問別人。”

“ 噓～”李拿督做出噤聲的動作，“ 別告訴別人，這件事要偷偷進行。”

“ 什麼事要偷偷進行？”我壓低聲音問。

“ 照片中的男人是我兒子。”他不急不徐地講了個八卦。

什麼？！我的資料竟然是錯的，人家明明有個兒子，而且還是知天命的年紀。

李拿督笑了，他說我的資料沒錯，讓他把故事從頭說起。

原來當李拿督還是割膠工人時，有一次在橡膠林裏聽到女人的慘叫聲，他飛奔過去，一個混賬東西正在欺負一位弱女子，他拿起膠刀和那個馬來人幹架，慌忙中捅了他一刀，那人哀嚎一聲逃走了。

他轉身面向那女子，她衣不蔽體，不停地抖著......

後來他們斷斷續續有聯繫，即使她回到故鄉-法國。

就在一年前，他收到一位名叫Leo的來信，信中附上兩張照片及一張訃文，訃文上是一位法國老婦去世的消息。

Leo在信上寫著母親從小告訴他，父親在馬來西亞，兩人因為某些原因無法在一起，她希望兒子不要打擾父親，因為父親現在是有名望的人，不能有私生子這類的醜聞發生......

“ 這次來法國是因為Leo？”我問。

“ 是的，我想看看Eva的孩子，也想到她墳前看看，妳能陪我去嗎？”

我答樂意之至。

～

Leo住在法國西北部的雷恩市，離華堡約四～五個小時，房子屬於排屋，處在正中，所以只有兩面採光。

我上前敲門，一個有紡錘體體型的矮胖女人來開門，我看到立在她背後的男人-Leo。

短暫的寒喧過後，我們在擁擠的客廳坐下，Leo拿出相簿，把他和母親相依爲命的記錄，一一拿出来與李拿督分享。我看到那個耄耋老人在拭淚，Leo和妻子也淚眼婆娑。

敍完舊，Leo夫婦帶著李拿督去看望Eva，就在步行範圍內的天主教墓園裏。

我把事先準備好的白色康乃馨交給李拿督，他把花擺在墓前，然後蹲下身撫摸著白色墓碑，口氣很溫柔地低語著。

離開墓園後，李拿督分別與Leo及他的妻子擁抱，然後坐車離去。

在我看來，這對五十多年未見的父子實在太"冷靜"了，雖然我不認爲他們會抱頭痛哭，但兒子邀請父親同住一宿並不過份，但Leo問都没問一聲，這親子關係也夠冷淡的了。

～

接下來的幾天，我基本是導遊的身份，帶著李拿督去了依雲小鎮、安納西、羅丹美術館、盧森堡……等景點。

"依依的世界是美好的，所以介紹起景點都是溢美之辭。"李拿督笑著說。

"本來就美，我怎麼可能把美的東西說成醜的？"我有些怪嗔地答。

～

隔天一早，李拿督就要飛回馬來西亞，今晚他把我叫進他房內。

“麻煩妳把這個交給Leo。”他說。

我低頭一看，是一張五百萬歐元的支票。

“妳想Leo會接受嗎？”他問

我可以理解，這是一位父親為了彌補五十多年來的缺席所做的補償。

“應該會。雖然在他的成長過程中缺乏您的陪伴，但至少他的父親是光榮的而不是罪犯，這點很重要。”

“依依，”李拿督嘆了一口氣，“我不是Leo的父親，我不知道為什麼Eva要這麼對兒子說，也許是給他一個希望吧！”

“那他的父親是……”我的心跳得好快。

“没錯，就是那個馬來人，當初我曾勸Eva把孩子打掉，但她於心不忍，所以……”

聽到這，“肅然起敬”是我對李拿督的評價，他不僅救了手無縛雞之力的女子，也没拆穿Eva的謊言，甚至還給毫無血緣關係的Leo五百萬歐元……

“依依，我没妳想的那麼好。”

“不，您就是那麼好，換作別人……”

他截斷我的話：“別人並没有殺死Leo的父親。”

什麼？！我有没有聽錯？

大概我的表情太過驚恐，他接著解釋：“當初我捅了那個馬來人一刀，他跑走了。過了幾天，我在樹林裏發現他的屍體，應該是流血過多致死。我挖了個坑把他埋了，這件事就這麼過去，我從未對任何人提起過。”

劇情急轉直下，我的腦筋一時没反應過來。

“所以我不是個好人。”他很消沈地說。

“不，也許法律上您有罪，但於情於理，您無罪，即使到了上帝那裏，我相信您依然不會受到審判。”

“謝謝妳，依依，”李拿督笑了，笑中有淚，“妳是上帝派來的天使。”

我是天使嗎？也許只有良善的人才能看到……天使。

第四十三章/忠心耿耿

又是星期五，羅宋今晚到。

"妳高興嗎？"雅各在早餐桌上問我。

我答没什麼高不高興，都老夫老妻了。

"難怪我媽不結婚，她得每天處在戀愛的亢奮中，否則就提不起勁來。像你們這樣一夫一妻地度過五年，對她來說很不可思議。"

不知道爲什麼，華夫人到現在還没下樓來，所以雅各可以如此大放厥詞。

"那你父親……"

糟糕！踩到地雷了。

"我父親？"他低頭玩起桌上的刀叉，"我也不知道我父親是誰，從小就是父不詳。"

"I am sorry."

他擡起頭問我爲什麼要說遺憾？沒父親的他還不是活得好好的？與其有個不入流的爹，倒不如只和他媽相依爲命。

"話說得沒錯，可是……"

"老實說，我懷疑自己是被領養的。"他拋來重磅炸彈，"因爲我媽最在乎的是她的美貌和身材，聽說生完小孩，女人的肚皮會鬆弛，乳房會下垂，這對她來說，不啻晴天霹靂。"

"不會的，雖然華夫人保養得很好，不像有你這麼大的兒子，但你們兩人的眼睛很像，如出一轍，肯定是母子關係。"

"謝謝，妳是天使。"雅各微笑。

想起李拿督也說我是天使，我是嗎？大概我撒旦的部份隱藏得太好，讓人看不出來。

"雅各，Bonjour."華夫人走了進來，她親吻雅各的臉頰後，對我點一下頭，"Bonjour，馬老師。"

"Bonjour."我回禮。

我注意到華夫人是一個人進來的，管叔呢？他一向在旁侍候我們用餐。

"管叔……今早受了點兒傷，我讓他在醫務室裏休息。"她打開餐巾宣佈。

"受傷了？怎麼受的傷？"我問。

"具體我也不清楚，小傷，沒什麼大礙，"華夫人喝了一口果汁，"今天的橙汁特別好喝，是不是？雅各。"

雅各沒回答他母親的問話，反而說出我想說的："吃完早餐，我去看望一下管叔。"

"那麼待會兒我們一起去！"我對雅各說。

華夫人小小嘆息一聲，不再說話。

"扣、扣、"

"Entrez."是管叔的聲音。

我們開門進去，管叔正在輸液。

"雅……少爺，坐。"他的眼睛閃著光芒，一動也不動地看著雅各。

管叔看不見我，讓我覺得自己是多餘的，不免有些快快。

"我和馬老師一起來看你。"還是雅各體貼。

"噢！"管叔終於注意到我，"馬老師，妳也坐。"

我和雅各分別坐下，終於能好好打量管叔了。

他的臉色蒼白，下嘴唇腫了、呈烏黑的顏色，其他看不出有何異常，但他卻在輸液。

"嘴唇怎麼了？"雅各問。

管叔摸了一下自己的嘴巴，苦笑著答沒什麼，被蜜蜂蜇的。

"肯定是大黃蜂，這種蜂很凶猛。"雅各說。

"是的，是大黃蜂。"管叔點頭。

被大黃蜂蜇的？這實在太奇怪了，現在是冬末初春，花都還沒開，哪來的大黃蜂？

趁雅各和管叔聊得正好，我藉機觀察整個醫務室。這是一個藥味十足的小房間，被兩張單人床、一張桌子、兩把椅子及整面的醫藥櫃給塞滿，角落有個小號垃圾桶，裏面有個被撕開的紙盒，上面寫著：**Facteur de coagulation**。

"是不是？馬老師。"雅各問我。

"什麼？"我大夢初醒。

"我說馬老師急著見男朋友，管叔這一受傷，最難過的莫過於馬老師，因爲見不著愛人了。"

這個小屁孩！

"見不著就見不著，我樂得一個人逍遙自在。"我口是心非。

管叔要我放心，他輸輸液，下午就能正常工作了。

"他在撒謊，根本沒有什麼大黃蜂。"一走出醫務室，雅各就戳破管叔的謊言。

"我也這麼認爲，他嘴唇的顏色太奇怪了，不像被蜂蜇的……對了，什麼是Facteur de coagulation ？"

"Facteur de coagulation ？"雅各皺起眉頭。

我說我在垃圾桶裏發現一個打開的紙盒，上面寫了這幾個字。

雅各聽完，臉色發青，噢！不，他在發抖。

我扶住他，问他怎麼了？

"馬老師，我不舒服，妳能扶我回房嗎？"

"當然。"

我不僅扶雅各回房，還通知了華堡的家庭醫生，他住在圖爾市，離華堡有一個小時的車程。我在電話中用不流利的英語描述雅各的症狀，醫生初步判斷是天氣變化引起的不適，他要我先讓雅各躺下，多喝開水，他馬上啓程。

"馬老師，我没事了，妳打電話要醫生別來。"躺在床上的雅各說。

"怎麼會没事？你的樣子嚇壞我了。"

"真没事，可能是中暑了。"

這也不無可能，一般人以爲中暑只發生在夏季，其實不然，這是體溫調節紊亂所帶來的不適，也就是說，室內溫度高或空氣流通性差也會引發"冬季中暑"。

"那我幫你刮痧。"我建議。

"算了，"他一副生無可戀的樣子，"我還是等醫生來吧！"

醫生檢查完雅各的身體後，說不出個所以然，只開了些營養劑和維生素給他。

"告訴過妳没事，白浪費我媽的錢。"雅各責怪我。

"寧願花小錢也不願花大錢，萬一你真有什麼，我得提著頭顱見你媽。"見雅各好多了，我也有心情開玩笑。

我又聽到老爺車的引擎聲，趿上麵包鞋，我興奮地往樓下衝。

"馬老師，我把妳愛人送到。"管叔笑嘻嘻地說。

"討厭！"我睨了他一眼，"什麼愛人？！"

經過半天的休養，管叔的氣色好多了，只是嘴唇還腫得屬害。

"管叔的嘴巴怎麼了？"羅宋一下車就問我。

我壓低聲音說是給大黄蜂蜇的。

"大黄蜂？"羅宋很狐疑。

我懶得解釋，轉而問正把行李取出來的管叔："你的嘴巴好點了嗎？"

"謝謝關心，好很多了。"

我答那就好，早上離開醫務室後，雅各臉色發青，我想是太擔心他的緣故。

"臉色發青？怎麼會這樣？看醫生了沒？"管叔很著急。

"醫生來過，說沒什麼，又回去了。"

"怎麼會沒什麼，這還是不是醫生？不行，我去看看他。"

管叔腳步飛快地往雅各房間走去。

"管叔太忠心了，根本不像僕役。"羅宋望著離去的背影說。

不是僕役是什麼？

我想起Facteur de coagulation，這到底是什麼藥？

第四十四章/對號入座

我倚著羅宋的臂膀，問他會愛我多久？

羅宋親吻我的髮，答：" 直到天荒地老。"

" 如果有一天我不再愛你，你還會愛我嗎？"

" 可能不會，因爲愛需要相互付出。"

我很洩氣，以爲他會說即使我不再愛他，他依然愛我。

晚餐過後，華夫人和羅宋又進房作畫。

我很無聊，尤其屋外風雪大作，就更覺得凄涼，所以決定到羅宋的房間等他，因爲這種天氣需要兩個人的體溫。

睡到半夜被凍醒，屋內黑漆漆的，好不容易才找到燈源。

" 搞什麼，誰把暖氣關了？"我問。

羅宋没回應，我這才發現他不在床上，而牆上掛鐘顯示○○:15。

這麼晚了還作畫？我越想越不對勁，越想越不安，越想越……對號入座。

羅宋，我還能相信你嗎？

關上門，我打開手機的照明燈，一步步往華夫人的房間走去……

東翼的地板不會吱吱作響，但我覺得自己的膝關節在吱吱作響。其實不止膝關節，我全身的骨頭都在吱吱作響，連心臟也噗通噗通地跳。

站在房外，我屏住呼吸，不想漏掉任何一點兒聲息，可惜傳到耳朵依舊是悄然無聲。

我靈光乍現，三步併作兩步地上樓。

用手機光源找到工作枱後，我毫不猶豫地趴了下去，可惜那個直徑約五公分的小洞已被水泥封住，想必是華夫人"亡羊補牢"的結果。

我失落極了，拿著手機照明上下左右晃動，藉以發洩沮喪的心情，等等，那是什麼？

沿著牆面有一排工具櫃，最上層擺放了廁紙，都是非常整齊地一卷一卷疊上去，唯獨最靠牆角的部份是胡亂放上去的，一副搖搖欲墜的樣子。

我不費吹灰之力就找到工作梯，架好後，一步步踩上去，接著把那堆不整齊的廁紙一卷卷取下，當我取下第五卷廁紙時，Bingo，一個新鑿開的洞赫然在目。

哈！"道高一尺，魔高一丈"，華夫人再怎麼"亡羊補牢"，仍抵擋不住偷窺狂的激進。

我墊起腳尖往洞口內望去，這次沒看到床頭櫃，也沒看到蒂凡尼的彩色玻璃燈座，但是暗黃色的光線依舊，同樣的曖昧。我開始移動頭部，想找出一個絕佳的角度，果然沒多久就讓我看到紅色床單上一雙毛茸茸的腿和一雙光滑細膩的腿，它們正交纏在一起……

是羅宋嗎？我想看個仔細，於是又往右移。

這次我看到男人的裸背和女人的臉部特寫，女人無疑是華夫人，她頂著個大濃妝，但沒像上回一樣畫得很怪異。

我好奇的是那個男的，儘管來回看著裸背，仍看不出個所以然，所以打算再往右移，只要看到男人的頭髮，我就能"抓奸在床"，因爲羅宋留平頭，整個華堡的男人，只有他是這種髮型。

就這麼不湊巧，當我一門心思在尋找奸夫上時，一腳不慎踩空，從梯子上跌下去，又那麼狗屎好運，倒下的梯子結結實實打在我頭上，我頓時失去知覺。

第四十五章/合理懷疑

睜開雙眼，我看到羅宋。

"依依，妳醒了？太好了，我以爲妳醒不過來了。"

"我怎麼了？"

"妳不知在工具室裏躺了多久，是Clara發現的，尖叫聲把整個華堡都喚醒了。"羅宋梳理一下我的亂髮，"半夜不睡覺，妳跑到工具室做什麼？"

我躺在工具室裏？……對了，我是去"抓奸"的。

"我……我去拿廁紙，廁所裏沒廁紙了。"我答。

"沒廁紙妳可以叫我，黑漆漆的，妳不害怕？"他問。

我當然怕，但我更怕看到自己的枕邊人出軌。

"你昨晚作畫到幾點？"我開始審問。

"十一、二點吧？！沒仔細看，因爲太累了，連畫具都沒收就到妳房裏……"

"到我房裏？"

“嗯！我倒頭就睡，也不知妳幾點起床拿廁紙，反正我是被Clara的尖叫聲給叫醒的。”

這麼說，昨晚我在羅宋房裏，而羅宋在我房裏，那麼華夫人房間裏的那個男人是誰？他有一雙毛茸茸的腿……

我翻身下床，把羅宋的褲腳往上提。

“妳幹嘛？”羅宋下意識往裏縮。

我越想看，他越不讓看，想著一不做二不休，便動手去解他的褲頭，然而羅宋卻誤會我的意思。

“大白天的……”他有些羞澀，但還是三兩下扒光自己的衣褲，接著動手扒我的。

“不，不是，不要……不要……”我拼命搖頭。

羅宋的嘴堵住我的嘴，我們滾進床單裏……

羅宋也有一雙毛茸茸的腿，我邊撫摸他的腿邊與凌晨的記憶相對照。

“有這麼長嗎？……好像有……毛色一樣嗎？密度一樣嗎？……看不出來……好像一樣……”

我在腦中做著各種問答題，怪就怪在那個洞口太小，屋內光線又昏暗，讓人看不真切。

“妳好像對我的腿很感興趣。”羅宋閉著眼睛問。

我說他有一雙毛茸茸的腿。

羅宋答很多男人的腿都是毛茸茸的。

對啊！很多男人的腿都是毛茸茸的，很難以此為判斷標準。

“轉過去，”我推他，“讓我看看你的背。”

羅宋動也不動地說他的背沒什麼特別的，除了腰際有個杯口大小的青色胎記外。

真的？認識五年，我竟然沒注意到。

"快轉過去讓我瞧瞧！"我催促。

他很無奈地翻身過去，我果然看到那個胎記，有一個馬克杯的杯口大。

那男人的腰際有胎記嗎？

當時光線不佳，又有大面積陰影，很可能胎記處在陰影下，也可能那個人根本就不是羅宋……

"想什麼？"羅宋翻身面對我，"妳今天怪怪的。"

我問哪裏怪？不過是對他的身體感到好奇。

"都五年了，還好奇？說妳怪還真怪。"他笑了。

"好了，鑒定完畢，今天還畫嗎？"我問。

"畫，估計再幾個工作天就完工了。"羅宋把頭埋入我胸前，"到時買個瑞士牛鈴給妳，嗯？"

～

大風雪過後，碧空如洗。

看著管叔將羅宋載走，我在屋外又佇足了一會兒。

"依依，妳還好嗎？"小尤忽然在我身後現身。

我答很好，問他為什麼這麼問？

"吃午餐時，Clara說今晨她去拿工具，看到妳暈倒在工具室裏。"

"噢！那個……"我很尷尬，"沒什麼，大概貧血了。"

"貧血了？妳經常這樣嗎？那可不行，得吃含鐵質的食物。"

我答沒什麼啦！習慣就好。

"我是說真的，妳得愛惜身體。"

"是的，遵命！"我向他行軍禮，"二等兵馬依依現在要去上馬術課，容我下課後再向將軍滙報！"

小尤笑著允許我離開。

上完馬術課，回房時看見房門外有個紙袋，裏面有葡萄、櫻桃和奇異果。

我把夾在裏面的紙條拿出來看，上面寫著："這些是我從廚房裏拿來的，含有豐富的鐵質，記得吃。"

沒有署名，但我知道是誰，心裏暖烘烘的。

"馬老師。"

聽見管叔喚我，我轉過頭去，他說華夫人有事找我。

"很重要嗎？"我問，因爲看他神色有異。

"嗯！華夫人現在想見妳。"

第四十六章／拂袖而去

華夫人眼神銳利地看著我，像要將我開腸破肚：“我知道妳爲什麼會暈倒在工具室裏，別告訴我，妳半夜想打掃衛生。”

糟糕！我忘記華夫人的房間裏有監控系統，她肯定發現我又偷偷摸摸上了工具室。

“我不是打掃衛生，只是去拿廁紙，不巧看到……”

我還想刺她一下（因爲依舊懷疑她和我的男人有染），没想到華夫人馬上拿出盾牌保護自己。

“和貝律師是個意外，妳別到處亂說。”

什麼？！原來是貝律師，我還以爲……

“貝律師的老婆是我閨蜜，後台很硬的。”她補充說明。

知道羅宋没說謊，我半吊著的心終於可以放下，趕緊給華夫人吃定心丸，說自己服膺“個人自掃門前雪，莫管他人床上事”這句名言，所以……請放心。

“那好，時間晚了，妳也該休息，À demain.” 華夫人下逐客令。

～

自從小尤知道我“貧血”後，經常從廚房裏“順”走一些東西，水果就不說了，有時還見水煮蛋或煮好的動物內臟，殊不知我的伙食比他的好，山珍海味是家常便飯。

“小尤，以後別再給我這些東西，與華夫人一起吃還會差嗎？”

“我知道妳餐桌上的好東西不少，但也得吃下肚才算數，”他從紙袋裏挑出三個杏子塞進我手裏，“吃，很少看到這麼大個兒的。”

望著手中黃澄澄的杏子，我突然感到厭煩，問他怎麼這麼囉嗦？他是我爸還是我媽？就算是我父母，我也有權利吃什麼、不吃什麼！

“依依，妳……”

我粗魯地把杏子塞回紙袋內：“謝謝你的好意，別再給我送吃的，我不習慣有個24小時看護，小尤媽媽。”

我以爲開了個無傷大雅的玩笑話，孰料卻落在小尤的禁區內。

“馬依依，妳聽好，我如果再關心妳，我他媽的就是條狗。妳愛暈倒就暈倒，別指望我背妳回家！”他氣呼呼地走了。

“小尤～”我心虛地喊著。

那個火冒三丈的人懶得理我，很快消失在走廊盡頭。

～

我們很安靜地吃著晚餐，太安靜了，只有刀叉踫撞的聲音。

"夫人，晚餐還合您的意嗎？"管叔問。

"很好，"華夫人動手切牛排，"爲什麼這麼問？"

管叔說因爲我們都不交談，他以爲是餐點出了問題。

"呵呵！我盡想著工作上的事，一時入了神，"華夫人分別看雅各和我一眼，"你們怎麼也不說話？"

"我……我也在想學習上的事。"我答，其實心裏想的是拂袖而去的小尤。

雅各卻直喇喇地說他在想小尤，因爲那個人已經兩天不吃飯了。

"不吃飯？爲什麼？"華夫人問出我想問的。

"這個……馬老師知道，妳問她。"

我？我怎麼會知道？

不，等等，小尤會不會還在生我的氣，所以……

我猛地站起身說自己這就去問緣由，待會兒回來跟大家報告，然後一溜煙跑了。

第四十七章／貝夫人駕到

春天來了，小草探出頭，花兒吐露著芬芳，連枯樹也開始長出新芽……

小尤架起攝像機，正捕捉春的氣息。

我站了約莫十幾分鐘，他依然自顧自的，彷彿看不見我似的。

"我說……矢車菊開得挺好的，你怎麼不照一張？"

"什麼矢車菊？這裏沒有矢車菊，而且妳是誰？我們認識嗎？"小尤背對著我說話，把我降爲路人甲。

"雅各說你兩天沒吃飯了。"我忝不知恥地粘上去。

"我吃不吃飯干他何事？又干妳何事？"

兩天了，他的火氣依舊沒有降下來。

"Sorry，我對自己的不當言行跟你道歉。"

"妳沒錯，是我熱臉貼冷屁股，咎由自取！"他繼續冷嘲熱諷。

我走上前去，很誠心地說：“你不原諒我，我能理解，只想告訴你，我錯了，不該忽視一個朋友對我的關心，失去你，是我這輩子最大的損失。”

看他還是無動於衷，我決定不再惹人厭，轉身想走……

“頭還暈不暈？”他問。

“不暈了，不暈了。”我急急地說。

“那麼陪我到廚房用餐，餓死我了。”

“好。”我像個丫鬟似地跟在他身後。

今天的午餐有法式魚捲、巴黎捲心菜及雞肉丸子湯。由於已近午餐結束時間，份量只剩少許，但小尤還是將它們一分爲二。

“我不吃，你吃。”我把盤子推給他。

其實我從午餐桌上溜出來時，肚子已經半飽了。

“吃，”小尤又把盤子推給我，“妳就是這樣，難怪會貧血。”

我不想又在自己的“謊言”中打轉，只好拿起刀叉。

“五月四日。”他說。

“什麼？”

“我的攝影展訂在五月四日，地點在巴黎大皇宮美術館。”

我答太好了，這是他揚名立萬的大好機會，我等不及要看他成爲大師級的人物。

“呵！大師？”小尤笑了，露出迷人的酒窩，“我不敢想像。妳沒看過真正攝影大師的作品，那才叫個精彩，在他們面前，我變得很低很低，低到塵埃裏。”

我問這是啥意思？

小尤解釋這原本出自張愛玲給胡蘭成的一張照片，其背面寫著：見了他，她變得很低很低，低到塵埃裏，但她心裏是歡喜的，從塵埃裏開出花來。

“作家就是不一樣，寫出來的東西好有意境。”

“我也這麼認爲……妳有變得很低很低的時候嗎？”他問。

我認真地想了想，還真有。初中時，我暗戀過我的數學老師，他有長長的腿和陽光般的笑臉，但我的數學成績實在太爛了，即使愛情的力量也無法力挽狂瀾，我因此變得很低很低，低到恨不得挖個地洞把自己給埋了……

“呵呵……呵呵呵……依依，妳真有趣。”小尤哈哈大笑。

我轉而問他有沒有很低很低的時候？

“我……”他止住笑，“有，低到很沒原則地當了一條狗。”

低到很沒原則地當了一條狗？我問這是啥意思？

“就是……哎！没什麼……我再去幫妳盛碗湯。”他站起身來。

華夫人允許我下個星期一至星期四休假（大概爲了賄賂我，好讓我心甘情願地保守她和貝律師亂來的秘密）。換言之，再熬個幾天，星期日下午我就能和羅宋一起回巴黎，有整整四天的假期，怎不令人雀躍？

所以當管叔告訴我明天有個客人需要我接待時，我以高昂的聲音回答No problem。

“我都還没說是誰，妳就答應下來？”管叔很吃驚。

“我答不答應有差別嗎？”

“也對，妳没得選。”

等我知道來者是貝律師的老婆時，嚇出一身冷汗，這是來興師問罪的嗎？眼前盡是刀光劍影、殺氣騰騰。

"華夫人呢？她怎麼不親自接待？"我問。

"說也奇怪，貝夫人和華夫人一向走得近，當貝夫人來華堡時，都是華夫人親自接待，可是這次她竟然臨時決定去巴黎小住兩天……"

也就是說，這週末羅宋不會來華堡了？

管叔作實我的猜測。

哎～好好的計劃又泡湯了。

"没事，貝夫人只待兩天，所以妳還來得及會愛人。"

"討厭，"我直跺腳，"管叔就會欺負我！"

"誰讓華堡的新鮮事太少，欺負妳成了生活中的調味品。"他樂呵呵地笑。

星期五，11:15AM，一輛黃色Lexus滑進華堡，我趕忙過去迎接。

下車的是個矮胖的中年婦女，什麼都是圓的，圓圓的臉、圓圓的眼鏡、圓圓的肚腩、圓圓的蘿蔔腿……

"貝夫人，您好，我是馬依依，您的貼身管家。"我對她鞠了個躬。

她上下打量我，問："妳就是馬依依？"

"是的。"

"哈！"她仰天失笑，"這老貝夠可以的了。"

貝夫人像風一樣地早我一步進入城堡，我隨後小跑步跟上。

第四十八章／咬牙切齒

貝夫人先是抱怨她的房間潮濕，我給她換了房，她又說光線不好。

"貝夫人，您看這間如何？朝南，陽光充足，當然也就不潮濕，還有，窗口正對著噴水池，潺潺流水聲能讓人心情平靜……"

貝夫人環顧一下四周，搖搖頭："我不喜歡，我喜歡華夫人住的那一間。"

果然是來找茬的，炮口對準華夫人。

"這個恐怕有困難，因爲那是華夫人的私人空間。"

"那怎麼辦？"貝夫人一副挑釁的模樣，"我就想睡別人的私人空間，否則睡不著覺。"

我心裏咒罵著，但仍耐著性子說："容我向華夫人請示一下。"

沒想到手機那端的華夫人想都不想就答應了，害我灰頭土臉的。

我把貝夫人的行李拿到華夫人的房間，並把一件件的華服整整齊齊地掛在衣櫃裏（華夫人的衣服只好暫時收進儲藏室）。

等一切都各就各位後，我請貝夫人稍作休息，再過一刻鐘就開飯了。

她坐在貴妃椅上，眼睛望著窗外，對我一揮手，像趕走一隻可惡的蒼蠅，我立馬討厭起眼前這個肥婆！

"什麼嘛！故作姿態，難怪貝律師要偷腥！"我憤恨地想。

和華夫人一比，貝夫人啥都不是，除了顯赫的家世。

據說貝夫人的曾祖父曾是民國時期的大軍閥，趁著戰亂，該刮的刮、該搜的搜，全給運到香港，再化整爲零分散到世界各個銀行，直到貝夫人的父親這一輩才結束東遷西徙，徹底在法國紮根。

可想而知，憑著雄厚的資本，她的家族既能在此地的華人圈子裏呼風喚雨，也能在法國政商界說得上話，黑白兩道通吃，没有辦不到的事。

和貝夫人的娘家一比，貝律師家顯然遜色不少。他是當年的中國公派留學生之一，被貝夫人的父親一眼相中納爲女婿，說是鳳凰男，一點兒也不爲過。

雖然貝律師本人有兩把刷子，但懸殊的背景是硬傷，女強男弱的結果，他的家庭地位不會太高，基本聽老婆的。也就是說，出軌事件是向老天爺借膽，在太歲頭上動土。

我開始擔心起華夫人，雖然她適時地逃離暴風圈，但逃得了一時，逃不了一輩子，況且貝夫人來勢凶凶，華夫人恐怕很難"全身而退"。

"這是什麼？"貝夫人用筷子指著一團油汪汪的肥肉。

"這是您最愛吃的東坡肉。"我答。

"拿走，不知道我膽固醇高嗎？還讓我吃高脂肪的食物，這是變相謀殺！"

我趕緊將東坡肉給撤了。

"這又是什麼？"貝夫人的筷子這次指向冒著熱氣的砂鍋。

"這是清燉鯽魚湯，燉了一上午，湯呈奶白色，可好喝了。"我做著廣告。

"鯽魚有刺嗎？"她問。

呃！我還不知道這世界上有沒刺的魚，即便是柔軟的鰻魚，除了脊柱那根大刺外，還有很多Y型刺。

"有的。"我據實以報。

"這麼説，刺有可能卡在我的喉嚨裏不上不下的？"

我答是有這個可能，但她都這麼大歲數了，又不是小孩子……

"妳到底會不會說話？什麼叫這麼大歲數了？我還比華夫人小兩歲呢！"

噢！還真沒看出來。

"那一團黑漆麻烏的東西是啥……炒飯的蛋炒得太老了……椒鹽蝦怎麼不剝殼……西瓜汁是兌水的……椰奶糕沒有椰奶味……"她喋喋不休地抱怨。

我告诉她，我們的廚子是拿過獎的，沒想到她這麼不滿意，現在怎麼辦？想吃蔬菜沙拉嗎？菜是華堡菜園自家種的，保證新鮮，若不加醬，那就更低卡無脂，絕對符合她養生的需求……

貝夫人聽完，慣而把筷子甩了："這就是你們的待客之道？

餵客人吃草？”

我還想說兩句，被管叔搶了先：“貝夫人，您消消氣，馬管家是新手，還不熟悉夫人的口味，要不，我讓廚子過來，您親自指導他做菜，如何？”

“管叔說話我愛聽，新人就得學著點兒，別眼睛長在頭頂上。”貝夫人睨了我一眼，然後拿起勺子喝了一口湯，“這味道還可以，咱們不好打擊廚子的信心，指導的事下回再說，我……勉爲其難將就這一餐吧！”

管叔忙點頭稱是。

我站在邊上，心裏堵得慌，這是怎麼回事？貝夫人找不到華夫人發洩，轉而把我當沙包使，我成了名副其實的出氣桶了。

～

吃完午餐，貝夫人說想小憩一下，我把白紗窗簾拉上，開了空氣浄化器，然後請她入睡。

我估計肥婆這一睡要到下午三、四點鐘，遂走到戶外呼吸新鮮空氣。

不知爲什麼，貝夫人身上有油膩的味道，讓我無法呼吸。

“原來妳在這兒，怎麼一副愁眉不展的樣子？”

看來者是雅各，我放下戒心：“嗯！今天的客人很難對付，頭疼。”

“久了就習慣了，不是每個客人都會給妳出難題。”

說的也是，尤其我是代罪羔羊，也許貝夫人對我本人並無惡意……

想到此，我釋然了。

“我媽去巴黎了。”雅各忽然提起。

我答我知道，她逃難去了。

"逃難？"

"噢！不是，說錯話了，華夫人大概購物去了。"我趕緊糾正。

雅各答没錯，他媽現在在Lafayette，買了很多東西，還幫羅宋買了一整套的Armani西裝。

"羅宋？"我揚起聲。

"没錯，我媽是這麼說的。"

我把雅各晾在一邊，匆忙撥打羅宋的手機號，響了十幾聲他才接。

"羅宋，你在哪裏？"我劈頭就問。

果然在Lafayette。

"你在那裏幹嘛？"

他答華夫人在試衣服，讓他幫著給意見。

給意見？給什麼意見？我聽見手機裏傳來細碎的聲音，羅宋講了Petits，意思是"小"。

"華夫人的什麼東西小了？"我問。

"她在買胸罩，我覺得尺寸小了點兒，憋得難受。"

什麼？！華夫人拉著羅宋去買胸罩？這麼私密的事，竟然抓我的男人當顧問？是可忍孰不可忍？

"羅宋，聽著，我要你馬上離開，聽見没？馬上！"我河東獅吼。

羅宋說他的手上都是華夫人的戰利品，還有一套他的西裝，根本走不開呀！

"我不管，你不走，我們......我們分手！"

他停頓了一下，說：" 依依，妳太歇斯底里了，等妳冷靜下來，我們再談。"

然後生平頭一遭，羅宋掛我手機。

好大的膽子，竟然掛我手機？！

我馬上回撥，手機那頭卻傳來關機的提示，我氣得咀咒羅宋的祖宗八代。

" 幹嘛這麼生氣？我媽好歹還穿了內衣，換作平時作畫，豈不是更糟？"

雅各竟然没走？

" 那不一樣，工作是工作，現在是非工作時間。"

" 非工作時間？"雅各皺緊眉頭，" 我明明看見一人高的畫布框被塞進七人座的別克轎車裏。"

什麼？！我以爲作畫取消，原來華夫人直接人肉速遞給羅宋了。

我氣得咬牙切齒。

第四十九章/情色

貝夫人在下午四點鐘醒來，我在花園的葡萄藤下擺上桌椅，爲她準備下午茶。

Twinings伯爵茶加上巧克力蛋糕是糕點師傅的點子，我相信即使心情欠佳的貝夫人也會莞爾一笑，沒想到她繼續給我出難題。

"我不喜歡巧克力，還有，家庭醫生建議我別喝含咖啡因的飲料，因為我有低血糖。"

"那太好了，巧克力蛋糕是我的大愛，而含咖啡因的伯爵茶是我的必備熱飲，我相信甜點師傅一定很高興有人把他的精心傑作吃光光！"

我坐了下來，毫不客氣地享用這彌漫一下午烘焙香味的蛋糕，真是太……太太好吃了。

"妳還真不矯情啊！"貝夫人出言諷刺。

我謝了她，說這是我的本色演出。

"我真服了你們這些女孩子，仗著年輕、有幾分姿色就到處勾引男人，"她俯下身，低語，"告訴妳，老貝離不開我，離開我代表他過去的努力都白費了，他不會想回到社會底層，做一個没没無名的小人物。"

這個肥婆有著強烈的不安全感，所以才會用財富、名望來捆綁貝律師。可憐的男人啊！年近半百仍是個扯線娃娃。

"妳怎麼不說話？默認了吧？"她挑釁。

"默認什麼？我又没勾引妳老公。"我說得理直氣壯。

貝夫人看了我好一會兒後，冷冷地丟出證據："上星期六晚上，華夫人十萬火急地把我老公叫來華堡，說什麼生意上的事要商量。隔天清晨老貝才到家，一上床就迫不及待和我做愛，還接連變了好多花樣，直覺告訴我，他出軌了，對像要嘛華夫人，要嘛新進人員，譬如……妳，因為他對洋人不感興趣，覺得她們身上有股騷味。"

這可怎麼辦？我不能出賣華夫人，但也不能兩肋插刀地幫雇主頂罪，所以打算先摸清對方底細再說。

"你們……房事和諧嗎？"我問。

"干妳何事？"貝夫人的口氣很沖，代表防備心很強。

我答當然干我事，她懷疑我，我得打消她的疑慮，如果她坦白告知，興許我可以找出問題癥結所在。

貝夫人忘了家庭醫生的忠告，端起我喝過的茶，一飲而盡，然後保持沈默，似乎琢磨著該不該對一個年輕女孩開誠佈公？

我得想法子讓她心安，遂說："貝夫人，我不是心理醫生，但專家有條條框框的限制，這個不能說，那個不能講，反倒没受過訓練的人，看事情更直接、更能一針見血。"

她還是不說話。

"那行，"我站起身，"我只是想幫忙，既然……那算了，您慢慢享用Twinings茶吧！那是英國皇室御用茶。"

“坐下。”貝夫人命令我。

我聽話地坐了下來。

“我從小在天主教女校就讀，守貞是信條。不瞞妳說，結婚前我還是處女之身。至於老貝……他從落後的鄉村走出來，所有的精力和時間都花在學習上，男女之事他也很懵懂，所以我們的房事一直很制式化。”

也就是說，他們還没享受過真正的魚水之歡？

貝夫人回答没有比較，她不知道快樂能達到什麼程度。

我想了想，說：“貝夫人，請跟我來。”

我把貝夫人帶到家庭影院，請她坐在正中央的位子，再到碟片室挑了幾張重口味的影碟。

這不是我第一次看黃片，卻是第一次將東西方黃片放在一起做比較。西方拍得比較原始，就是動物的本能，没什麼劇情；東方的就比較有故事性，有時還穿插一些亂七八糟、違反倫理的情節，反正怎麼離經叛道就怎麼來……

趁著男主角在偷窺女主角沐浴，我的眼光離開屏幕落在貝夫人身上，她很投入，目不轉睛的。

“太……太震撼了。”貝夫人走出家庭影院，連路都走不穩。

我過去扶她，她反而用力抓住我的手：“告訴我，妳是不是也像影片中那樣？”

那樣？哪樣？等我想起那些養眼鏡頭，頓時紅了臉。

“也……也不是經常那樣，偶一爲之啦！”

“難怪……難怪老貝像出了閘的猛獸，外面的誘惑實在太多了。”她喃喃自語。

"那麼您把誘惑留在家裏得了，府上也設個家庭影院，一邊看一邊做，活生生的教材，肯定事半功倍。"

"依依，"貝夫人停下腳步，語氣轉爲嚴肅，"妳沒跟我家老貝怎麼了吧？！"

什麼怎麼了？……噢！那個……

"沒有，絕對沒有，我可以對天發誓。"

"那麼華夫人……"她把矛頭指向另一個嫌疑犯。

"這個我就不清楚了，"我打起太極拳，"但是……為什麼您非認定貝律師與某人巫山雲雨不可？華堡的家庭影院24小時開放，什麼鹹濕口味的片子都有，貝律師進去觀摩一下也不無可能。"

貝夫人一聽，恍然大悟："是啊！"

"所以根本原因出在你們夫妻身上，床第之歡得互相配合才行，有好的性事，才會有好的生活品質……"我像個性學大師似地侃侃而談。

待我發表完畢，貝夫人笑了，她說我是天使。

我又成了天使？最近就沒做過魔鬼。

"能請妳幫個忙嗎？"貝夫人給糖吃後不忘索取回報。

"請說。"

她附在我耳邊講起悄悄話。

"沒問題。"我拍胸脯保證。

見我答應，她的眼角笑成彎月形。

呵呵！我不會告訴你，貝夫人要我拷貝華堡影院裏所有的色情影碟給她；當然更不會告訴你，她要我代購情趣用品，就像影片中看到的一模一樣……

第五十章／一夜無眠

貝夫人成了最好接待的客人，不僅對食物無一絲抱怨，甚至邀請我同桌共食。

"今天的晚餐真好吃。"她說。

"和昨天的廚子是同一人。"我答。

貝夫人很尷尬，我忍不住笑出聲來。

"討厭鬼！"她埋怨一句。

隔天一早，貝夫人邀我一起騎馬。

"我先聲明，我的騎術不好，只能算是幼兒園程度。"我說。

"那更好，我們慢慢騎，邊騎邊聊天。"

没想到貝夫人話匣子一打開，那真叫個没完没了。

"妳一定很寂寞。"我下結論，"平時肯定找不到說話的人，才會憋了這麼久。"

"一點兒也没錯，我和老貝是二十多年的夫妻，但兩人一直說不上話，加上我們没有孩子，連可以有的話題也腰斬了，我當然不可能抓著家裏的佣人猛嘮嗑，所以……"

哎～寂寞真是杯無味的白開水。

我問她有没有想過領養孩子？

" 想過，可惜一蹉跎就錯過當媽媽的最好時機。轉眼年紀大了，帶不了小小孩，如果領養個大的，又怕跟我不親。"

說的也是。

我和貝夫人騎馬環繞華堡一周，直到下午茶時間才回來。

" 怎麼辦？您是用正式的餐點還是輕食？"我問。

" 給我來壺茶加三明治吧！吃完我上巴黎轉轉。"

" 巴黎？！"我喊。

貝夫人問我怎麼了？我答我將坐晚上八點的火車到巴黎會男友。

" 坐什麼火車？待會兒吃完三明治，我們一起走！"她說。

星期日，20:10，司機將我載到羅宋公寓外。

" 就送到這兒，下回有機會，見見妳男友。"貝夫人說。

" 一定。"我答。

黃色Lexus呼嘯而去。

我没有告訴羅宋我提前到，除了他掛我手機讓我很不爽外，我還想看看他措手不及的樣子。

刷開房門，久違的小窩依舊，我的心很是歡喜，可是……羅宋在哪裏呢？

我看到玄關掛衣架上有一套新西裝，Armani的。往前走去，水槽裏有沒洗的杯盤，冰箱裏有紅燒肉及切開的哈密瓜，還有一瓶已開封的酒，瓶身鑲滿水晶，上面寫著Alizé，直覺告訴我，這酒不便宜。

將酒放回冰箱後，我的眼光重新回到未洗的碗盤上：**兩個碗、兩個盤子、兩個杯子、兩雙筷子……**

我頓時靈光乍現，華夫人來過這裏，她和羅宋共進晚餐過。

想到這，我怒火中燒，立馬跳上床，像獵犬般聞著床單和被褥，果然聞到羅宋的體味和……香奈兒5號（該香水的氣味香濃多變，被喻爲情婦香水）。

華夫人有多款香水，偏偏見羅宋就噴上情婦香水，簡直是司馬昭之心，路人皆知。

我急得在房間內來回踱步，都近九點了，羅宋還沒回來，他明知我今晚到，人呢？去了哪裏？

時間一分一秒地流逝，我的耐心也一點一滴地磨光，我一會兒咒罵那對奸夫淫婦，一會兒又怪罪自己想太多；一會兒抱怨遇人不叔，一會兒又相信羅宋只愛我一人，患得患失，簡直到了"精神分裂症"邊緣。

"妳來了。"羅宋開門進來。

我氣得拿起沙發上的靠墊扔向他，他挨了一記，很是憤怒，責問我怎麼了？有病嗎？

"爲什麼關機？爲什麼收華夫人的禮物？爲什麼帶她去買胸罩？爲什麼煮飯給她吃？爲什麼讓她躺在我床上？爲什麼？

爲什麼？爲什麼？羅宋你倒是給我說清楚！”我披頭散髮，像個瘋婆子似地嘶吼。

“坐下，坐下，”羅宋拉我坐在沙發上，又遞給我一杯水，“喝口水，冷靜冷靜。”

“冷靜個屁！”我搶過水，踫的一聲擱桌上。

“妳不需要冷靜，我需要。”他拿起水杯一飲而盡，停了十幾秒後，“好了，讓我告訴妳是怎麼回事？”

原來華夫人臨時上巴黎來，說想買件衣服，找羅宋當參謀。

“女爲悅己者容，我需要一個男人的眼光，確保自己買對東西了。”華夫人是這麼對羅宋說的。

買完裙子，經過Armani專櫃，華夫人執意給羅宋買套西裝，感謝他一天的陪伴。羅宋試著推辭，沒用，他被押著去試衣間……

買內衣也是純屬偶然，因爲不巧經過Victoria's Secret專櫃。

再說請吃飯，那就更躺槍了，羅宋剛煮好一人份的晚餐，華夫人就帶著酒和中國餐館的外賣上門，他只好把即將到口的紅燒肉擱在一旁。

“別告訴我，昨晚你們酒足飯飽後，雙雙滾到床上去了。”我雙手叉腰，惡狠狠地看著他。

“華夫人是上了床，但我睡在沙發上，把骨頭都給睡散了。”他解釋。

“誰信你？！”我把臉撇向一旁。

“妳不信也没辦法，我總不能把心挖出來給你看是紅的還是黑的吧？！”

老實說，我就想看看羅宋的心是紅的還是黑的？於是跳到他身上，動手扯他的襯衫。

“別，”他雙手護胸，“這是我最好的一件。”

"撕破了，給你買件新的。"

我加大撕扯的力道。

"我的心是紅的還是黑的？"羅宋躺在床上問我。

我答紫的。

"紫的？"

"嗯！紅加黑等於紫色。"

"呵呵！怎麼妳的腦袋瓜盡是這些異想天開？"他支起頭，饒富趣味地看著我。

測試一個男人的心，床上表現是項指標，剛剛羅宋有點兒力不從心，我不免懷疑起他的忠誠度。

"我愛妳，依依。"他給了我一個吻，輕輕的。

"我也愛你……"我翻了個身，不再看他。

羅宋擁著我，很快打起鼾來，我卻一夜無眠。

第五十一章／掃地出門

我睜開眼，看見羅宋赤裸裸地站在落地鏡前，手裏拿著Armani西裝上下左右比劃著。

" 你幹嘛？"我問。

" 今天我擔任奧塞博物館的解說員，它是我最喜歡的博物館之一，不像盧浮宮，巨大得有點兒欺負人的感覺。"

我半坐起，問了個現實的問題：" 有錢拿嗎？"

" 有，不多，但有免費早餐吃。"他邊穿衣邊回答我。

羅宋身上的Armani是灰色絲質面西裝加淺藍色襯衫，領帶則是去年聖誕節華夫人送的紅色愛馬仕。

" 你全身上下，除了內褲、襪子和皮鞋，全部都是華夫人買的。"我總結。

羅宋聽完悶不吭聲，樣子有點兒窘迫。

不會吧？！難不成……

我跳下床打開衣櫃，又衝向入口處的鞋櫃查看，驚訝不已。

"我說過不要的⋯⋯"他囁囁地說。

"什麼時候的事？"

"前天晚上，華夫人提著外賣過來，順便⋯⋯"

好個順便，誰"順便"會買CK男用內褲、Falke男襪和Berluti男鞋？

很明顯，華夫人正一步步蠶食鯨吞我的王國，而那個沒主見的國王眼看就要舉白旗⋯⋯

"都脫了。"我下令。

"什麼？！"

"我說都脫了，你一個學生幹嘛穿名牌？與身份嚴重不符。"

羅宋凝視鏡中的自己，最後同意的確太招搖，他是去當解說員，不是去參加高峰會議。

我很滿意他採納了我的意見，所以當他問我願不願意和他一起去奧塞博物館頂層的Cafe Des Hauteurs吃早餐時，我一口答應，然後奔向浴室梳洗。

CAFE DES HAUTEURS的視野絕佳，把塞納河、盧浮宮和杜伊勒里花園都納入眼底，雖然提供的是大陸早餐（不外麵包、果醬、水煮蛋加上冷熱飲），但藝術氛圍濃厚，讓人忽略了餐飲的不足。

我優雅地喝著熱可可，羅宋卻把麵包囫圇吞下肚，再把espresso一飲而盡。

"不早了，我得下去，妳今天有什麼計劃？"他問。

"隨便逛逛。"

"那好，我四點下班，妳來接我，嗯？"

說完，羅宋蜻蜓點水似地在我嘴上小啄一下，然後行色匆匆地下樓去。

我又在位子上發呆了半小時才起身。

" Pardonnez-moi."一個腰繫黑色圍裙的服務員叫住我，同時遞給我一本素描本。

我打開一看，果然是羅宋的，趕緊跟他道謝，他卻對我神秘一笑，很是奇怪。

下到底層，我剛好看到羅宋正對著一群小學生解釋羅丹的雕塑《地獄之門》。本來想把素描本還給他，但想想時間點不對，還是別打擾他吧！於是帶上素描本離開博物館。

法國真是浪漫之都，即便是最簡單的散步，也有閒適的心情，瞧！到處是叫得出年份的建築，每個陽台都綴滿了鮮花。我看到大街上接吻的戀人和溜狗的老奶奶，也看到偷閒坐在咖啡座上一邊看報一邊喝熱飲的人們……

信步經過書報攤、鮮花店、水果店……我终於來到商店林立的香榭麗舍大道。

作為世界上最著名的景點之一，它的街面雖舊，卻透出歷史的滄桑感，全長1800米，西段是購物天堂，充斥著大大小小的高端品牌店，價格都不便宜，但依舊人潮湧動、喧囂不已；東段則以自然風光為主，是城市中心不可多得的綠地。

我往西走，沒多久便發現排隊人群，上前一探，原來是著名的甜品店Ladurée，它是"馬卡龍"最早的發源地。

想當然爾，我也加入排隊大軍之中，十幾分鐘後，終於買到各種糖果色的馬卡龍。我興沖沖地拿起粉紅色輕咬一口，怎麼說呢？只覺得甜，沒有傳說中的味美，也許加上一杯咖啡會好些，於是我到星巴克外帶一杯熱拿鐵。

坐在樹蔭下，我喝著咖啡、吃著馬卡龍，果然咖啡的苦味沖淡了馬卡龍的甜膩，在味蕾上形成平衡，這才是正確吃法。

吃飽喝足後，我又看了會兒過往人群，直到感覺無聊才想起背包裏的素描本，既然閒著也是閒著……

羅宋有好幾本素描本，我手上的這一本大概是新近畫的，以前沒見過。

翻開本子，前幾頁是靜物，有蔬菜、水果、桌椅、文具……等，緊接著是動物，有小貓、小狗、魚、烏龜……我甚至還看到蜘蛛及蜥蜴。

再翻頁，終於看到我，羅宋把我的各種姿態和微表情一一捕捉到，連我生氣時的潑辣相也不放過。奇怪，我不記得曾乖乖坐下來給羅宋當模特兒，想必是憑記憶畫的，真是了得。

我翻頁再翻頁，洋洋灑灑十幾頁都是對我的素描，心裏美滋滋的，直到看到不想看到的人……

我一頁一頁地翻，越翻越快，越翻越惱火，華夫人擺弄了各種不雅姿勢、做出各種消魂表情，簡直堪比春宮圖。

現在我知道為什麼那個服務員會對我曖昧一笑了。

我把素描本用力摜下，心情跌到谷底。

畢卡索曾說過："在我的心中，誰也不會佔據真正重要的地位，對我來說，女人就像飄浮在陽光裏的塵粒，只需揮動一下掃帚，它們就得飛出門外。"

羅宋啊羅宋，你該不會沒有畢卡索的天份，卻學會他的風流吧？！

我心傷，就像飄浮在陽光裏的塵粒，害怕被人掃地出門。

第五十二章／洪水猛獸

羅宋跟奧塞博物館的工作人員道別，然後興沖沖走向我。

“工作結束了，妳想去哪裏玩？”他問。

我没回答，默默把素描本還給他。

“哈！原來在妳這裏，我還以爲搞丟了呢！是不是被我遺落在咖啡廳裏？”

我還是没回答，轉身就走。

羅宋默默跟著我，窒息的壓迫感壓著我，也壓著他，終於在一個小公園裏，我停下腳步。

“爲什麼不說話？”我轉頭問他。

“因爲妳在生氣。”

“我爲什麼生氣？”

“因爲……妳看了我的素描本。”

算他聰明！

我在公園內的長條椅上坐了下來，羅宋像個犯錯的小學生似地跟著坐下。

“我没想到你這麼齷齪！”我拉起弓，射中男友紅心。

“齷齪？”他搖頭失笑，“奧地利藝術家克里姆特一生畫過數千張的情色圖像，但這無損他在美術界的成就。他的《阿德勒.布羅赫-鮑爾夫人》於2004年以1.35億美元賣出，力壓畢卡索的《拿煙斗的男孩》，一度打破單幅繪畫售價的世界記錄。”

呵呵！羅宋想說什麼？難道爲了白花花的銀子，他要擠身情色畫家之列？我毫不留情地質問他。

“不是的，當達到一定的高度，財富自會降臨，我不會爲了金錢嘩眾取寵，只是想挑戰自己的極限，擴展自己的畫風，如此而已。”

“那些……是你臆想的，還是華夫人……”

“我把想法告訴她，她很支持，二話不說就照做了。”

原來不是憑空想像。

“其實……我也可以的。”我賭氣地說。

没想到他直言我不夠媚，也放不開，很多動作做不出來。

被羅宋一口否定，我轉爲挑剌兒：“你們……你們什麼時候開始的？這不是一天、兩天的事。”

“有時……華夫人想換個姿勢時，我會提醒她。”羅宋答。

也就是說，在華夫人的香閨裏，時不時上演著情慾大片。

“羅宋，別再去華堡了，”我捂住臉，“放棄吧！我怕尔會把持不住自己。”

“這是所有藝術創作者必經的關卡，況且快到尾聲了，£80,000很快就能入袋。”

如果我没記錯，克里姆特一生情人不斷，光私生子就有14名之多；再說畢卡索，結婚結了六次；連中國的張大千、徐悲鴻也有幾段情史……

“什麼必經的關卡？大師們都没能克制住自己的情慾，憑什麼你羅宋就是柳下惠？”

“我無法跟妳談這個，妳不了解我，也不了解我的夢想，我們是生活中的伴侶，卻是精神上的殊途者。我累了，能不能談點兒別的？”

看他如此消沈，我收起自己的任性，畢竟一切只是捕風捉影，没有實錘。

∼

“馬老師，妳回來了。”管叔看見我，很高興的樣子，“貝夫人送了個包裹給妳，就放在妳房外。”

貝夫人送東西給我？爲什麼？

我三、兩步上到二樓，果然看到房門外有個包裝精美的盒子，我把它抱進房內。

∼

這個身穿新疆傳統服飾的娃娃衣著華麗，紫色的薄紗罩頭，絳紅色的袍子上綴滿彩珠和各色亮片，臉色白裏透紅，眼睛炯炯有神，嘴唇是可口的果凍唇，彷彿下一秒就要吐出字句。

我翻開說明書，原來這是Enchanted Doll，翻譯成中文就是“被施了魔法的娃娃”，被譽爲奢侈娃娃品牌，可說是娃娃中的愛馬仕。

“貝夫人爲什麼要送娃娃給我？”我心想。

雖然眼前的娃娃非常華美精緻，但從小我就聽多了娃娃的鬼故事，對這類賦予神秘詭異色彩的玩意兒敬謝不敏，沒想到年近三十，還能收到小女孩才會收到的禮物。

"嘟……嘟嘟……"是貝夫人的來電，她問我收到禮物了沒？

"收到了，可是……爲什麼要送我禮物？"

"因爲……呵呵……說來真令人難爲情，我現在夜夜都得到高潮，老貝也是，我們覺得這都是妳的功勞，所以……"

噢！原來如此，可是爲什麼送娃娃？我好奇一問。

"一位法國僑領送我的，他是新疆人，可惜從小我就害怕娃娃，收到禮物後只能束之高閣，現在終於能讓它重見天日了。"

呃！這是什麼跟什麼？貝夫人竟然把她不要的禮物送我？！

"妳若喜歡最好，不喜歡的話，把它往ebay一送，最新的拍賣價是4萬歐元一個。"

什麼？！折合人民幣近三十萬元？貝夫人一出手果然大方。

"妳喜歡這個禮物嗎？"她接著問。

"喜歡，喜歡。"我忙不疊點頭。

"喜歡就好，只要妳一心一意對我，我還會給妳更多驚喜。"

一心一意對她？這是什麼意思？

貝夫人沒多做解釋，反而開始講起她養的小貓、偷懶的傭人以及未來的度假計劃……

我躺在床上擺了一個最舒服的姿勢，因爲我知道貝夫人一旦開講，必是洪水猛獸，止也止不住。

第五十三章/華諾

日子又回到尋常的軌道，我繼續學習各門課程、爲突然造訪的客人作準備。

華夫人還是很忙碌，尤其天氣漸漸回暖，停了一個冬天的派對又開始了，幾乎夜夜笙歌。

我不參加派對，除了有"人群恐懼症"外，自己蹩腳的法語才是主因。

這一天晚上，早已過了十一點，樓下還是像菜市場一樣鬧哄哄。奇怪，通常是曲終人散的時候，怎麼一點兒散場的意思也沒有？搞得我無法入眠，索性下樓來。

剛下到底層，一位手拿香檳的高大男士急急從宴會廳走出來，我倆呈90度撞上，他的香檳灑了我一身。

" Je suis désolé." 他說，然後恭恭敬敬地呈上西裝口袋內的手帕。

" Ce n'est pas grave." 我答，但仍接過手帕，擦拭被香檳弄濕的白裙子。

" *@& ：+¥%*......"那個有著東方臉孔的男人對我吐出一連串的法語。

真是糟糕，法語用時方恨少，我只能對著他傻笑。

" Can you speak Mandarin ？ "他轉而用英語問我會不會說普通話？

"Yes，Yes，會，會。"不知道爲什麼，我興奮非常。

" 對不起，灑了妳一身，我應該更小心點兒。"

" 没關係。"我又重申。

他提議賠我一條白裙子，問我穿幾號？

我答真的不用，待會兒回到樓上，將裙子打上肥皂就沒事。

" 回到樓上？妳住這裏？"他問。

" 是的，我替華夫人工作。"

" Nice to meet you."他遞上一張名片，" 我叫Bonnot，中文名華諾，請多多指教。"

我收下他的名片，同時歉然地表示自己没有名片。

" 怎麼稱呼 ？"

" 馬依依。"

" 馬-依-依-......嗯！我記住了。"

此時一位身穿華服的女子從宴會廳裏走了出來：" Bonnot，£ +%#¥> ？ +......"

" D'accord."華諾轉過頭來，" 馬小姐，我有事，先走一步。"

" 你去忙吧！"

叫華諾的人剛走，我才想起手中還握著人家的手帕。

" Pardonnez-moi."我喊。

可惜他已走遠。

我把手帕攤開，這是一條乳黃色的絲質手帕，上面有淡淡的栀子花香味，右下角有深藍色哥特式字體—B.H.

對照他名片上的名字Bonnot Hua，Hua？華？難道和華夫人有親戚關係？

我將名片翻面，上面有法、英、中三國文字，我直接跳到中文那一欄，上面寫著"股票經紀人"。

這是什麼玩意兒？

百度上對股票經紀人的描述是：**在證券交易中代理客戶買賣證券的個人或機構，當買價和賣價一致時，促成雙方買賣的成交，並向兩方收取傭金。**

原來如此。

我把白裙子脫下，用洗衣液浸泡起來，連同那條手帕（雖然我不認爲會再次遇見原主人，但還是洗了它），没想到……

"Bonjour，馬小姐。"我一進早餐室，華諾便用清亮的聲音向我道早安。

"Bon……Bonjour."我太驚訝了。

"看來你們早已認識。"華夫人饒富趣味地看著我們。

華諾解釋昨晚他不小心把我的裙子弄濕了。

"是這樣的嗎？馬老師。"華夫人轉頭問我。

我把餐巾打開，點頭承認。

"馬老師？妳是老師？教什麼的？"華諾問。

我解釋我原本是雅各的中文老師，現在則是華夫人的……秘書。

"這樣啊！有空能教我中文嗎？我想拓寬客户的層面，多一些中國買家。"他說。

雅各先我一步："我把蔣老師讓給你好了，她一板一眼的，絕對能讓你的中文水平很快得到提升，至於馬老師……還是回來教我吧！"

"不成，馬老師有另外的工作要做，"華夫人把方案否絕掉，轉而面向華諾，"你若想學中文，我讓蔣老師額外教你。"

"這倒不用，我不喜歡一板一眼的老師。"他答。

雅各噗嗤一笑，說只有他是可憐蟲。

華夫人忙著找台階下："一板一眼好，一板一眼才容易學到東西。"

～

從餐桌上的閒聊中，我了解到華諾是華夫人已去世姐姐的兒子，但爲什麼也姓華？原來華家兩位千金都未婚生子，孩子都隨母姓。

我還知道華諾住在法國東南部的尼斯，爲了準備今年六月的CFA考試，千里迢迢來到華堡閉關苦讀。

"什麼是CFA考試？"我問。

"它是全世界公認的金融證券業最高認證書。"

"那一定很難囉！"

"肯定是，不然我不會跑來這兒發憤圖強。"

此時雅各的嘴角浮現一抹難以解釋的笑容，被我捕捉到。

"你笑什麼？"我問雅各。

“……噢！因爲今天的早餐很可口。”他答。

“的確可口，”華諾拿起切片法棍輕咬一口，“馬小姐不這麼認爲？”

我很想說今天的早餐和昨天的没什麼兩樣，但話到嘴邊卻成了：“没錯，很可口。”

原來不知不覺中我已被訓練成“口是心非”了。

“那就多吃點兒，我喜歡好胃口的女人。”華諾說，順便對我俏皮一眨眼。

這是公然的調情，但華夫人和雅各卻無任何表示，反而專心吃起早餐，彷彿今天的餐點是無以倫比的美味……

第五十四章/晨跑

上完課回到房內，我聽到隔壁傳來《西貢小姐》音樂劇的歌聲，很是哀怨。

我已經猜出華諾搬到我隔壁，有個鄰居不是壞事，但是……

這是我偶然發現的，我房間的通風孔和隔壁相通，也許當初的設計是做成一個大房間，不知何故，後來改成兩個小房間，這也沒什麼，問題是隔音就差很多，幾乎是聲氣相通。好比現在，我彷彿置身杜比環繞音效當中，從《Revelation》聽到《Kim's nightmare》，再聽到隔壁的敲門聲，然後是管叔字正腔圓的聲音：" 華少爺，下午茶時間是4點到5點。"

我不想喝下午茶，因爲最近胖了想減肥；華諾似乎對喝茶也不感興趣，送走管叔後，他重新按下play，讓我把《西貢小姐》的後半場也給聽完了。

~

晚上又有派對，通常這時候華夫人是不吃晚餐的，因爲派對上有各種雞尾酒加小點心。

一杯葡萄酒的熱量相當於一塊蛋糕，而一品脫的啤酒則等同一個漢堡包，加上伴隨飲酒而來的食慾大增，很能讓人發胖，所以華夫人不吃晚餐，情有可原。

"今天又是我和妳進行晚餐的約會。"雅各說。

"是啊！"

"妳說我若把小尤叫來一起吃，我媽會不會發現？"他問。

我答大概不會，不過人多嘴雜，小尤也不見得好吃這一口，所以……還是別惹麻煩吧！

"小尤越來越瘦，我猜是食堂的伙食不好。"他用叉子玩弄著盤裏的食物，似乎沒有吃的慾望。

不會吧？！雖然和東翼的比，小尤的伙食是粗糙了點兒，但也很可口，法國菜錯不了的。

雅各答除了這個，他想不到別的。

"其實，你也瘦了。"我說。

"呵呵！我一直都很瘦呀！妳有沒有發現當今上流社會很少有胖子，但社會底層就經常有，尤其很胖很胖那一種。"

聽他這麼一提，好像的確如此。

"安全感，上流社會有安全感，什麼時候想吃都有熱騰騰的飯菜，但勞力階級不一樣，他們會擔心有這餐無那餐，加上澱粉類食物比較便宜，所以只要一開吃 就會吃很多，胖子自然就多了。"

我說他的觀點很有意思，這樣一來，我也得向上流社會看齊，保持苗條身材。

"不，我希望妳胖一點兒，小尤不喜歡胖子。"

我正想問他什麼意思，華諾走了進來："餓死我了，今天沒喝下午茶。"

他一坐下，Manon就遞上沙拉、海鮮湯和今天的主盤-西冷牛排。

"Merci."華諾對她微笑。

Manon紅了臉，快速離開。

"你待會兒參加派對嗎？"我問。

"當然參加，我阿姨是派對女王，我就是派對王子，很多客戶都是我從派對中拉來的。"

我又看到雅各那抹神秘的微笑，但這次我没問爲什麼。

看華諾狼吞虎咽的樣子，我提醒他派對上有吃的也有喝的。

"So what？光管住嘴是没用的，還得運動。我剛剛聽到你們的談話，如果不介意的話，馬小姐可以跟著我晨跑，能快速減肥。"

"晨跑？"

"是的，明天早上五點半，我去找妳！"他說。

～

"蹦！"有人甩門進房，然後是一對男女高亢的聲音。

我將被子蓋住頭，想趕快再次進入夢鄉，無奈隔壁的談話一聲高過一聲，還夾雜著爆笑，猶如魔音傳腦，把我的睡神都給嚇跑了。

我氣得衝到隔壁房門口，憤怒地舉起手又放下，放下又舉起，最後還是忍住没敲。

第一晚就鬧得不愉快，如何睦鄰？

軟弱的我重新躺回床上，睜眼到鄰居擺完龍門陣爲止。

～

“扣、扣、”

誰這麼早敲門？我睜著惺忪的雙眼去開門。

“馬小姐，晨跑時間到了。”

華諾一身運動服打扮，我認出他腳上穿的是今年Mizuno的火爆款，網上售價一萬多元人民幣一雙。

“我不去了，Sorry.”我有氣無力地說。

“妳昨晚幹什麼去了？一副無精打采的樣子，這可不行，我目測妳有……120斤。”

“胡說！”我嚇得魂都飛了，“沒有的事。”

華諾答肯定有，還問我多久沒量體重了？再這麼胖下去，沒人敢追我。

我老神在在地表示自己有男友了。

“那更糟糕，再不運動，妳就快失去他了。”華諾低頭看錶，“我在樓下等妳，妳有十分鐘。”

“神經病！”我嘴裏罵著，但動手去拿跑步鞋。

我們沿著華堡四周跑了兩圈。

“不，不行了。”我氣喘如牛、大汗淋漓。

“才兩圈而已，大姐。”華諾原地跑步。

“我是真的不行了，I give up。”

“成，妳看著我跑。”

他果真棄我而去。

我坐在草地上大喘氣，十幾分鐘後，他跑回來問我OK不OK？

“ Fine。”

又經過十幾分鐘……

“ Are you OK ？”他又問。

“ Fine，Fine.”我很不耐煩。

“ 都休息那麼久了，還不夠？看來妳不是大姐，而是老奶奶。”

太可氣了，竟然叫我老奶奶？！看來老虎不發威，他以為我是病貓。

我突地站起身：“ 就不信跑不贏你！”

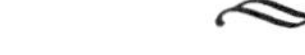

洗完澡，我進早餐室。

“ Bonjour，我的女友。”華諾樂不可支。

我睨了他一眼，悶不吭聲。

“ 你們去晨跑了 ？”雅各問。

華諾答沒錯，馬小姐還因此陣亡了。

“ 陣亡了 ？”華夫人很迷惑。

“ 她……”

我趕緊搶話：“ 華諾，我警告你，你斗膽講一句，我讓你生不如死。”

“ All right，”他舉手投降，“ I shut up.”

接下來他們三人邊用早餐邊話家常，只有我還沈浸在消早前的屈辱中……

當我們第二次跑步經過廚房時，食堂幫工Lena（一位滿頭銀髮的老太太）放下手中的蔬果，問我們介不介意讓她加入？

結果……華諾和她跑在前面，我在後面追趕，不可思議的是，他們竟然數度超越我，我跑兩圈時，他們已經跑了五圈。

" **€£#%～……"Lena對我嘰哩哇啦。

華諾點頭稱是。

待Lena走遠，我喘著氣問：" 她說什麼？"

" 她說我的女友需要鍛煉，不然生孩子時會很辛苦。"

什麼？！竟然亂點鴛鴦譜，還提到生產，簡直不像話！

華諾乘勝追擊："噢！對了，不能再稱呼妳爲老奶奶，那是侮辱老人，連老人都跑得比妳快……"

我憤而拿起地上石頭想扔他，他轉身一溜煙跑了，而我連追他的力氣也没有。

第五十五章/雅各的要求

雅各說得没錯，小尤越來越瘦了，他站在花園裏拍照，裸露的胳膊不比樹枝粗多少。

"你有没有吃飯？雅各懷疑食堂的伙食不好。"我站在小尤身後問。

"當然有吃飯，"他放下相機，轉身面對我，"只是吃的不多。"

我問原因，他答因爲攝影展的事，壓力過大，他害怕自己不夠優秀……

"你絕對不能這麼想，越是重要時刻，越要以平常心對待。老實說，我最近的壓力也很大，因爲體重直線上升。"

"呵呵！這也能構成壓力？況且妳一點兒也不胖。"

"那是因爲我開始控制飲食及晨跑的緣故。"

"晨跑？"

我把新進成員華諾介紹給他。

“我不知道雅各還有個表哥。”小尤說。

“誰說不是？而且這個表哥品味還挺高的，只聽歌劇，不聽靡靡之音。”

“我不聽歌劇，只聽靡靡之音，這算品味不高嗎？”

我正想回答，雅各跑了過來，很著急的樣子：“照片曝光了。”

小尤問他控制快門的時間和光圈值了嗎？

“都照你說的做了。”

“肯定哪裏出錯了，我看看……”

趁著他們師生在研究，我默默走開。

凡事堅持下去就是勝利，對於晨跑，我開始有倒吃甘蔗的感覺。

“不錯嘛！”華諾停下腳步，，“妳現在跑五圈沒問題了。”

我拿起脖子上的毛巾拭汗：“當然沒問題，我的目標是十圈。”

“我不行了，口渴，”他直起腰來，“我到廚房拿水喝，妳要嗎？”

“要。”

我邊做柔軟體操邊等華諾送水來，所在的位置恰巧能看到西翼以及雅各的窗口，所以當我發現小尤的頭從那個窗口伸出來時，著實嚇了一跳，他甚至……甚至赤裸著上身。

“妳在看什麼？”華諾遞給我一瓶水。

“沒什麼。”我趕緊轉身。

"那個人是誰？為什麼一直盯著我們瞧？"

"都說了沒什麼，快，再不跑，錯過早餐時間了。"

我開步往相反的方向跑，遠離小尤的視線。

早餐桌上一如往常，雅各沒有異樣，但我的鼻子很靈敏，聞出他身上男性荷爾蒙的味道。

"我覺得馬老師自從晨跑後，整個人容光煥發，看來我也該運動運動。"華夫人說。

"阿姨不運動也容光煥發，倒是雅各需要運動。"華諾將目標對準自己的表弟。

"我不運動，運動會增加我出血的機率。"

雅各不說，我差點兒忘了他是血友病患者。

"缺乏運動的人生多乏味呀！"華諾感慨。

"缺乏愛的人生才乏味，我寧願一天不運動，也不願一天無愛。"雅各答。

"說得好，"華諾鼓掌，"但對我而言，缺乏性的人生更乏味，我寧願一天無愛，也不願一天無性。"

乖乖，早餐桌上竟然談性說愛，法國人都這麼開放嗎？

"馬老師，妳同不同意我的觀點？"華諾抓我"群聊"。

"我不參加這個討論。"我表明立場。

華夫人趕緊轉話題，說她的好姐妹想買股票，問華諾可有什麼好建議？

"科技股不錯，有上揚的趨勢，我可以登門拜訪，做一個好的Plan……"

華夫人和華諾討論正烈，我拿起橙汁喝了一口，不巧發現雅各的嘴角上揚，讓我想起赤裸上身的小尤，心中隱隱感覺不妙。

今天星期五，羅宋晚上到。

"這個禮拜就能收工，華夫人的畫只需做最後的修飾。"男友在電話中告訴我。

我很高興長期以來的擔憂就要徹底結束，一旦拿到£8○，○○○，只要省著點兒花，羅宋回國前的學費和生活費都解決了，即使現在讓我離開華堡也雲淡風輕，無一絲壓力。

"妳怎麼了？很開心的樣子。"華諾邊跑邊問我。

"我是很開心，我男朋友今天到。"

"妳的男朋友是那一位嗎？"他指著前方雪松下瘦高的人影問。

"不，不是的，"我想了一下，"華諾，你繼續跑，別管我。"

他果然在雪松前拐了彎，我則跑向小尤。

"這麼早就起床？"我問。

"沒有妳早。"小尤看著遠去的背影，"他就是華夫人的侄子？"

"嗯！他叫華諾，告訴過你的。"

他轉而問我最近過得如何？

"不壞，你呢？"

"不太好......"

我問怎麼了？

“雅各對我的要求越來越多，我怕滿足不了。”

要求？什麼要求？

原來雅各說他的睡眠不好，需要摟著人睡覺才能入眠。小尤覺得怪，拒絕了幾次，後來看雅各的精神越來越不濟……

“我承認自己的立場不夠堅定，有婦人之仁，没想到有一就有二，有二就有三，我怕哪一天事情會失控。”他很懊惱。

原來如此，這可以解釋為什麼馬賽之行雅各會半夜進入小尤房間以及昨天早上小尤在雅各的窗口出現……

“那麼你對雅各……”

“没有，我對他没有特殊的情感。”

看他一副篤定的樣子，我大鬆一口氣,告訴他以後別再和那孩子摟著睡，早晚會出問題，他們是師生關係，親疏的度得掌握好，下次雅各若再提同樣的要求，就說不習慣和人摟著睡，正常人都能理解……

“知道了，”小尤微笑，“妳果然是可以談話的人，如果没有妳，我在華堡的日子會很灰暗。”

我正想答我也有同感時，華諾跑了過來：“馬小姐，還跑嗎？”

我看了小尤一眼，他對我點點頭。

“那拜了！”我笑著和他揮手，轉身隨華諾而去。

第五十六章/血染的窗口

今天上課老師遲到，下課時間因此往後延，回到房內時，羅宋已經在床上等我。

"你來了。"我把課本放下，"今天老師遲到四個小時，因爲她的孩子在學校惹禍，所以......"

"没事，我在妳房裏挺好的。"他答。

我忽然覺得空氣有點兒悶，遂走向窗口。

"別開窗戶，我不想我們的談話被別人聽見。"

看他表情凝重，我狐疑地坐下來，問他怎麼回事？

羅宋的眼光落在我身後，我轉過頭去，不知何時，那幅醜陋的日本國旗已被拭去油彩，我的大裸照毫無遮掩地示人。

"感謝妳的老師遲到得夠久，讓我無聊到把妳房間內所有的東西都偵察一遍。我早看那個狗皮膏藥不順眼，但一直没細察，今天才發現原來是某人在亞克力版上作畫。我把亞克力版取下，Bingo，阿里巴巴的寶藏赫然在目。"

羅宋講著笑話，在我聽來，卻像小刀劃過玻璃般的刺耳，尤其他的臉上無一絲笑容，讓人不寒而栗。

“那是藝術照，藝術……你懂的……”我小聲地說。

“我不懂，妳告訴我！”他的語氣很沖，彷彿搧了我一耳光。

我覺得不平，羅宋每天面對無數個裸露的胴體，我不過是做了回人體模特兒就十惡不赦？況且我和小尤之間，什麼事都沒發生……

羅宋憤恨地說果然是小尤，他早該想到，還責問我們眉來眼去、暗渡陳倉多久了？

“沒有，什麼都沒有，只是拍個照，你若不信，可以當面問他。”我急了。

“呵呵！妳不跟我說實話，他會跟我說？還有，妳拍照問過我同意沒？”

果然是大男人主義。

“我的身體我作主，干你羅宋何事？”我也來氣。

“既然這樣，那沒什麼好說的了。”羅宋甩門而去。

～

我以為這個禮拜是Happy Ending，沒想到男友和我鬧彆扭，我的心因此被壓上一塊大石頭。

“那天樹下的男人是誰？”早餐桌上華諾問我。

我心不在焉地答小尤，雅各的攝影老師。

“就是他啊～”華諾把尾音拉得老長。

“你認識？”

“不認識，但我知道妳今天為什麼不開心。”華諾對我眨眼睛，彷彿千言萬語。

“馬老師，”華夫人突然問，“羅宋怎麼没下來吃早餐？”

羅宋没下來吃早餐，讓我更確信他是真的生氣了。

“我……不知道，也許睡過頭了，我去叫他。”我站起來。

“不用，妳坐下，”華夫人用餐巾擦了嘴，“我去叫他。”

讓主人去叫實在過意不去，但既然她已起身，我只好又坐了下來。

華夫人走後，我依舊心事重重，而今天的雅各看起來也心情不佳，但華諾畢竟是公關老手，他很快就把場面炒熱，連我也不得不虛應一下，這有助我短暫離開陰鬱的氛圍，以致忘了華夫人離去後就没再回到早餐室，連同羅宋也没了影子。

～

今天星期六，有馬術課。

我在上課，華諾騎著駿馬在四周來回奔跑，很是煩人，趁著中場休息，我走了過去。

“你能不能別在這裏騎？華堡多的是地方。”我說。

他答他就愛在這裏騎，好看我出洋相。

“你真夠直接的了。”

“好說，還有多久下課？”他問。

我答還有半小時。

“那麼，待會兒見。”

說完，他騎著馬飛奔而去。

～

我們騎馬走了約王公里，直到華堡的影子在地球的那一端縮成一個小黑點。

" 看妳騎馬就知道是半路出家，我六歲就開始馬上馳騁了。" 華諾驕傲地說。

我悶悶不樂地答同人不同命，當他玩著樂高時，我玩著泥巴，但玩泥巴不見得就比較不快樂。

" Désolé，我沒別的意思。"

" 不用抱歉，我心情不好，不關你事。" 我把頭撇向一旁。

誰知華諾毫無預警地表示我的男友太小心眼了，如果他的女友拍藝術照，他一點兒都不介意。

" 你......" 我很吃驚。

" 我們的通風孔是相通的，連妳呼吸的聲音，我都聽得一清二楚。"

原來華諾也發現了。

" 你說我該怎麼做，羅宋才會原諒我？" 我想聽另一個男人的建議。

" 什麼都不用做，如果他愛妳，還會回頭找妳。"

我問如果不愛了呢？

" 如果不愛了，這就是個好藉口，可以趁機把妳給甩了。"

華諾不說還好，一說直接把我打入十八層地獄。

見我鬱鬱寡歡，他轉而安慰我：" 如果戀情這麼不堪一擊，那也沒什麼好留戀。"

" 你說的都對，但我還沒做好被甩的準備......" 我的眼淚滴了下來。

華諾見狀下馬，將左手遞給我。

我一下馬，他就將我擁入懷裏，我抱著他嚎啕大哭。

"噓～別哭，別哭了，好嗎？"

我又哭了一陣，直到口乾舌燥才擡起頭來。

没想到他一低頭給我荒漠甘泉，而我……没有拒絕。

我一直無法解釋爲什麼那麼容易就和一個不熟的男人接吻，難道只是一時頭昏腦熱？

而他呢？只因見不得女人掉眼淚？所以接吻是施捨也是安慰？

夜深了，我還在想念那個吻，和羅宋的粗魯不一樣，華諾的吻很柔、很輕，像薄紗掠過嘴唇……

没想到隔天一早見到華諾，他完全没事似的船過水無痕。

"妳今天没那麼有精神，估計跑五圈都有問題。"他邊跑邊說。

"誰說的？不到最後關頭，還不知鹿死誰手呢！"我賭氣地答。

我們跑步經過西翼，頭頂突然傳來一聲尖叫，一個女人緊接著出現在窗口，她歇斯底里地向外喊，我認出是Clara，她的手和白圍裙上滿是鮮血，而那個窗口是雅各的。

華諾撇下我，以跑百米的速度衝進西翼，華堡整個沸騰起來，只有我不明所以。

"這是怎麼回事？"我的心糾了起來。

第五十七章/遺書

雖然我很想知道是怎麼回事，但華堡上下已亂成一團，我不想成爲障礙物，所以站得遠遠的，作壁上觀。

没多久，我看見臉色蒼白的雅各被傭人擡了出來，他的身上滿是血跡，左手被管叔高高舉起，手腕處有個冰袋，並且用彈性繃帶固定住。

華夫人身穿睡衣，素顏，口中喚著："雅各，堅持住，媽媽在這裏……"

一行人很快進入麵包車內，管叔跳上駕駛座加速駛離。

待車遠去，我走向華諾，問："怎麼回事？"

"雅各割腕自殺了。"

雖然早已猜到，但真的落實了，還是很震驚。

"爲什麼？"

"我也想知道爲什麼？"華諾遞給我一張紙，"在雅各書桌上發現的，也許這就是原因。"

．．．

275

夜深了，

我等待你的敲門聲，

扣、扣兩聲，不會錯的。

後來，你不來了，

即使我哀求，你還是殘忍地拒絕。

你的眼裏看不到溫柔，你的聲音像鍘刀一樣鋒利，

你已不再是你，

對我只是陌生人的客氣。

我懷念你的味道還有激情過後均勻的呼吸聲。

唯有在你懷裏，我才能安詳入睡，像個襁褓中的嬰孩。

我想知道，

當我成爲一具冰冷的屍體時，

你會不會對我做最後一分鐘的擁抱？

讀完，我倒吸一口氣，没想到雅各的愛來得如此猛烈和偏執。

"看來，妳知道誰是始作俑者。"華諾意有所指。

"没有始作俑者，這是雅各一廂情願的想法。"

"没有始作俑者，這是雅各一廂情願的想法？"華諾揚起聲，把我手中的紙搶了去，指著其中一行，"妳唸唸，這是什麼？'……還有激情過後均勻的呼吸聲'，妳是漢語老師，告訴我什麼是激情？"

是啊！這分明已經是真槍實彈了。

"可是……小尤明明說……"

"雅各没有一廂情願，是妳的朋友對妳說了謊。一個17歲大的孩子，初戀就等於全世界，哎～"

相對於華諾的嘆息，我則是憤怒，而且憤怒到了極點，小尤竟然欺騙我？！

我感覺兩頰火辣辣地熱了起來。

"扣、扣、"

"Entrez."

羅宋開了門，但没進來，他站在房門口。

我看著他，等他出招。

"華夫人有事，今天不畫了，改成下禮拜。"我的男友像在做會報。

"噢！"

"我……想回巴黎。"

"現在？"

"嗯！今天沒人載我回家，我得坐火車，還是早點兒出發，學校還有功課要交。"

"噢！"

"那……我走了。"

"嗯！"

我以爲他會走過來給我一個吻別，然而他只是點個頭，轉身就走，還不忘帶上門。

難道正如華諾所言，羅宋不愛我了，正好拿裸照當藉口，趁機把我給甩了？

我趴在桌上，泣不成聲。

我仍然晨跑、學習、吃飯、睡覺⋯⋯做生活中所有有規律的事。

華諾還是聽歌劇，只是有時會加上新聞廣播，我聽不懂，但可以猜出是講嚴肅的事，一本正經的。

至於小尤⋯⋯他彷彿人間蒸發了，我不找他，他也沒來找我。

華夫人和管叔同樣消失好幾天，直到今天，我才在早餐桌上看到女主人。

"Bonjour，各位。"她坐了下來。

"Bonjour."我和華諾先後道早安。

"今天的早餐看起來很可口。"她拿起刀叉。

我因爲拿不準分寸，乖乖閉上嘴，倒是華夫人先戳破那層窗戶紙："雅各昨晚回家了，人還很虛弱，你們如果想探視，請控制好時間。"

雅各回來了？我等不及想見他。

" 扣、扣、"

"Entrez."我邊找上課用書邊答。

開門進來的是小尤，我立馬提高警覺。

"依依，我需要跟妳談談。"他說。

"談什麼？"我故作忙碌，" 我馬上要上課了。"

“能跟我一起去看雅各嗎？我不知該如何面對他。”

我說我不想介入，某人不跟我說實話，我爲什麼要像個傻子似地替他遮掩兼壯膽？

“妳在說什麼？我完全迷糊了。”

看小尤還在演戲，我把雅各的“遺書”找出來，塞進他手裏：“你自己慢慢看，我真的得走了。”

我像風一樣，趕著去上政治課。

第五十八章／視而不見

上完政治課，我直接上雅各房裏，不巧他正在如廁，管叔要我等等。

幾分鐘後，管叔小心翼翼地扶著雅各從廁所出來，再服侍他躺下，接著幫他打點滴。

看管叔熟門熟路的，我問他以前是不是醫護人員？

"不是，"他的眼光落在流量調節器上，邊看邊對照手錶上的秒針，"久病成良醫，久了就會了。"

久病成良醫？管叔看起來好好的呀！

"管叔，"雅各啞著嗓子，"這點滴大概能滴一、兩個小時，你能幫我到圖爾的美術用品店買稀釋劑和調色劑嗎？你知道我慣用的牌子。"

"好的，少爺，我這就去。"他很快答應。

待管叔離開，我問雅各是否又想畫畫了？

"現在不想，只是派個工作給他做，否則他會時常進房囉嗦，讓人不得安寧。"

沒想到管叔的盡忠職守竟換來"煩人"的標籤，我不由得同情起他來。

"你的氣色好多了。"我說。

"爲什麼你們都說這些有的沒的？什麼氣色好多了、看起來不錯、精神很好……只有我自己清楚，我現在是形如槁木、萬念俱灰。"

雅各說得沒錯，他的確看起來狀態不佳，但探病的人總不能說些不中聽的話，這豈不是雪上加霜？

那孩子聽了，默認我的說法。

"誰來探望過你？"我問。

"該來的來了，不該來的也來了……"

"小尤來過嗎？"

他的臉抽搐了一下，很受傷的樣子。

"你想見他嗎？"我柔聲地問。

雅各的眼光落到窗外，無力地說："我最想見的就是他，我以爲這輩子再也見不到他了……"

"雅各，"我握住他沒打針的那隻手，"告訴我，你們親密到什麼程度？"

"我們……"他遲疑了一下，"我們一起睡覺。"

"然後呢？有沒有……"我不知道該怎麼說才委婉。

"在夢裏，我和他數度纏綿。"

在夢裏？也就是說他們不曾"真槍實彈"過。

真是糟糕，我誤會小尤了。

～

“扣、扣、”小尤的門戶洞開，但我還是禮貌性地敲門。

他正在打包，房間裏一片狼藉，散落大大小小的紙箱。

“你這是準備逃難？”我問。

“準備離開傷心地。”他更正。

我在他的椅子上坐下：“我剛剛去看過雅各，他的精神還可以，需要我陪你去看他嗎？”

小尤搖頭表示看不看已不重要，看只爲了心安，不看是爲了給彼此重新出發的機會。

“雅各想見你。”我動之以情。

“我被開除了，華夫人命令我太陽下山前消失，妳說這時去看雅各合適嗎？”

消息來得太突然，讓人措手不及。

“小尤，我……”

“什麼都別說了，我會好好的。”

“不，我必須說，對不起，我誤會你了，你和雅各之間正如你所說，我已經求證過了。”

他回答很好，又繼續手中的動作。

“你……還在生氣嗎？”我問。

“沒有。”

“有。”

“沒有。”

“有，你明明還在生氣，所以冷淡對我。”我覺得委屈。

小尤無奈嘆息：“我還能怎麼重視妳？告訴我。”

我要他別陰陽怪氣的，我不喜歡。

“很抱歉，我也有自己的情緒要照顧，如果妳能幫我整理行李，也許壞情緒會早點兒消失。”

於是我動手幫他打包。

我們合力把最後一個紙箱塞進後車座。

“到了打個電話給我。”我說。

小尤向我點個頭，然後對華堡做最後一次的張望，似乎要在腦海中拍下照片。

“拜了。”他過來擁抱我，然後坐進駕駛座。

大概很久沒開，雪鐵龍又開始不合作。小尤試了幾次都熄火，就在束手無策之際，雅各穿著睡衣衝了下來，手上有白色膠帶，肯定是把針頭給拔了。

“你這是做什麼？”雅各質問。

小尤鐵青著臉，一句話也不說。

“小尤要回巴黎了。”我代答。

“爲什麼回去？我不允許，你下來，我有話跟你說。”

大概料到雅各會去扳車門，小尤的動作比他還快，馬上將車門上鎖。

那孩子急得出手捶打車體，這樣的大動作對剛從鬼門關走一遭的人很傷，尤其他是血友病患者，禁不起再一次出血，我趕緊上前制止。

“雅各，Stop，你母親把小尤開除了，他不得不走。”

“我母親？”雅各轉而朝屋內喊，“管叔～管叔～”

那個忠心的僕役馬上從屋裏衝了出來。

“你把小尤看好，不許他離開華堡半步，我這就去找我媽，問她還要折磨我多久？！”他氣沖沖地走了。

小尤見狀，又去發動車子，依然未果，他氣得捶打駕駛盤。

此時管叔走上前示意他開門，兩人走到角落談話。

都是管叔在講，小尤在聽，後者偶爾點一下頭，面色凝重。

没多久華諾從屋內走出來，跟管叔及小尤耳語一番後，管叔開始動手將雪鐵龍上的行李搬下來，小尤則灰頭土臉地跟在華諾身後，對我投來的詢問眼光視而不見。

第五十九章/採菊東籬下

"今天星期五。"華諾說。

"So？"

"上個星期五妳很開心。"

我加速跑過噴水池，華諾隨後趕上。

"怎麼不說話？"他問。

"没什麼好說的。對了，華夫人怎麼又讓小尤留下來？"

"還能是什麼，害怕雅各二度想不開唄！"

我說這可不好，會成習慣性自殺。

"依依，"華諾喘著氣，"妳能跟雅各談談嗎？他還年輕，對愛情很懵懂，需要有人引導。"

自從我和華諾接吻後，我就從"馬小姐"變成"馬依依"，親密度上升一級。

"好，今天找個時間。"我答。

～

我没有喝下午茶，直接上雅各房裏，他還在輸液。

“覺得如何？”我問。

“還活著。”他答。

“小尤留下來了。”

雅各說留得住人，留不住心，小尤現在對他避之唯恐不及。

“那又何必強求？強扭的瓜不甜。”

他緊抿著嘴，默不作聲。

我乘勝追擊：“也許你走出去，譬如上大學，會遇到很多好女孩，咳、咳、或者好男孩，眼界寬了，就不會執著在某個人身上。”

“天鵝一生一偶，總是出雙入對。當一隻死了，另一隻會鬱鬱寡歡，有的絕食殉情；有的撞牆自盡；有的溺斃而亡……這才是愛情的最高境界。”

看雅各還在做夢，我殘忍地告訴他也許小尤並不認爲他是那隻配偶天鵝。

雅各低下頭，喃喃道：“小尤以前有個男友，後來回中國結婚生子了，我看過他皮夾裏的相片。”

“這個我也知道，但畢竟都過去了……”

“我還看見皮夾裏有另外一張相片，我猜這就是小尤猶豫的原因，他打算在世俗面前低頭，去做所謂的正常人，而這恰恰不正常，所以我要把他扳回去，一旦他面對真實的自己，我才有可能被接納。”

雅各到底在說什麼？

“扣、扣、”

“ Entrez.”

進來的是管叔。

“ 馬老師，妳來了。”他說。

“ 嗯！來看看雅各。”

管叔逕自走到點滴架前，把袋子取下換上新的。

“ 這袋滴完，今天的任務就完成了。”

“ 天天打，天天打，有完沒完？”雅各抱怨，管叔聽而不聞。

我很好奇雅各打的是什麼？

管叔答凝血因子，是一種蛋白質，能在血管出血時與血小板一起填補血管上的漏口……

“ 管叔，你怎麼連這個也知道？好像醫生啊！”我說。

“ 我……噢！對了，待會兒我會去接妳男友，聽說這次是收官之作。”

“ 嗯！他也這麼說。”

管叔緊接著報料：原來華夫人的畫作完成後會送給Guillaume爵士。

我聽說過有人將自己的畫像送人，但沒聽說包括裸體像。

“ 難道Guillaume爵士的老婆不介意？”我問管叔。

“ 他沒老婆，第一任妻子去世後，再也沒娶。”

這麼說，男未娶、女未嫁，這倒是不錯的結合。

沒想到雅各斬釘截鐵地表示他媽不能嫁爵士，她若嫁，他第一個反對。

我看見管叔臉上有欣慰的表情，難道他也不贊同？

見時間不早，我起身告辭，因為待會兒還有課。

“既然這樣，你們都走吧！我想睡一下。”

雅各竟然連管叔也一併送出門。

不得不說管叔真是好脾氣，他不僅不以爲忤，反而催促我：“馬老師，我們一起走吧！讓雅各睡覺。”

今天下午老師準時下課，我以跑百米的速度回到房間，羅宋沒在那裏。

放下書本，我直接上樓找他，他果然在他房裏，正把隨身物一一歸位，像往常一樣地排放整齊。

“今天老師沒遲到，所以準時下課了。”我說。

“很好。”羅宋沒看我。

“這兩天就能把畫完成嗎？”

“是的。”他還是不看我。

“羅宋～”我上前拉他，“都一個禮拜了，還生氣？”

羅宋無奈放下手中物，把我拉向他。

“怎麼了？”我問。

“沒什麼，只想聞妳的味道。”

我罵他神經病！但沒有拒絕。

“我寧願不曾來華堡，不賺那£80，㎜㎜，這輩子只和妳採菊東籬下，悠然見南山。”

我要他別說傻話了，£80，㎜㎜是很多很多錢，有了那些錢，我們可以過得舒服點兒。

羅宋忽然態度嚴肅地說：“依依，我……原諒妳了，如果……妳可不可以也原諒我？”

原諒？原諒什麼？

"扣、扣、"在人敲門。

" Entrez."

來者是管叔，他說華夫人要羅宋馬上到她房裏作畫。

我答羅宋剛剛到，東西都還没歸位呢！

"没事，"我的男人嘆了口氣，"我去！"

"那麼……今晚我等你。"我小聲地說。

羅宋看了我好一會兒後，才弱弱地答："好。"

第六十章/趁虛而入

羅宋躡手躡腳地鑽進我被窩。

"幾點了？"我問。

"不知道，没看。"

他把我絲質睡袍的帶子解開，嘴湊了上來。

"不行，"我推開他，"今天不是安全期。

我的手伸向床頭櫃找東西，羅宋阻止我："別找了，咱們生個Baby。"

"開什麼玩笑？我父母還以爲我是純潔的小白兔。"

"小白兔乖乖，把門兒開開，我要進來......"

大半夜的，羅宋竟唱起兒歌，此情此景，那叫個挑逗。

"我不要。"

我的手又去拉床頭櫃的抽屜，但羅宋的動作比我還快，他進來了，讓我措手不及......

～

“好討厭！懷孕了怎麼辦？”我責怪他。

“那就生唄！早晚的事。”他的手還是不安份，到處遊走。

我問他能不能正經點兒說話？

“我是很正經，明天拿上£80，000，我們租個小教堂結婚。”

“真的假的？”我推開他，半坐起。

“當然是真的。”他將我撲倒，手移向我的胯下。

“羅宋，剛剛才……”

我的話還沒說完，羅宋又開始第二回合，而且非常奮力拼搏，似乎有用不完的精力。

～

早晨的陽光透了進來，我將腿縮了縮，曬得難受……

等等，太陽都曬屁股了，華諾怎麼還沒來敲門？

想起我和他的房間聲氣相通，昨晚他肯定聽到什麼，不好叫我起床晨跑，我不禁紅了臉。

“羅宋，起床了。’我推了他，他蠕動一下身子又繼續好眠。

我趴在他身上，嘴巴對準他的耳朵，喊著：“大野狼，趕緊起床了。”

他還是不起，我隨手弄亂他的頭髮，像看一個賴床的小孩，隨之而來的卻是一股香味飄散開來……

我把手往鼻子一送，皺起眉頭，再低頭聞羅宋的髮，沒錯，是香奈兒五號的香水味。

這不是我的味道，我一向不喜歡太濃郁的香氣，是……華夫人，她有這款香水。

我開始像偵探似地分析：即使作畫時，華夫人噴上香水，那味道不會一直緊跟著羅宋，尤其是頭髮，唯一的解釋是……他們有了肌膚之親。

"羅宋！"我嘶吼起来。

"知道了，這就起床。"他翻身面向我，睜開半眯的眼，"怎麼了？一副凶神惡煞的模樣，不過是多睡了幾分鐘，至於嗎？"

"你昨天睡了我，又睡了誰？"我虎著眼。

"誰？"羅宋睜大眼，睡意全無。

"華夫人，你睡了華夫人，Oh My God。"我跳下床，呼天喊地，"你怎能這樣？！你對得起我嗎？"

羅宋掀開被子向我奔來，一把抱住我："依依，冷靜，冷靜，冷靜一下……"

"我爲什麼要冷靜？"我推開他，"你的頭髮有華夫人的香水味，別想抵賴，說，你們背對著我做了幾次？"

"一次也沒有。"他弱弱地答。

"既然要說就說個徹底，大丈夫遮遮掩掩算什麼？你他媽的全給我招了！"我氣憤非常。

羅宋想了想，伸頭一刀，縮頭也是一刀，索性"誠實爲上策"。

原來上禮拜六早上，華夫人去喚羅宋吃早餐，羅宋躺在床上說不吃，語氣很消沈。

華夫人什麼都没說，手輕撫羅宋的額頭、眼睛、鼻子、嘴巴、喉結，接著撫摸前胸、小腹和私密之處……

"只是那樣，別的真的什麼都沒有。"羅宋一副無辜樣。

好的，就算只是撫摸，但接下來的一個禮拜，我猜想羅宋深深沈迷在華夫人的手指之間，否則昨晚的作畫時間裏，他不會一直心猿意馬而無法下筆。

"華夫人看我下不了筆，要我坐下，又給我一杯水。我没喝，將水灑向她赤裸的身體，然後伸出舌頭一一將水舔乾……"羅宋說得繪聲繪影，殊不知我的五臟六腑全被怒火給燒盡。

"這倒好，你成了吸水毛巾了。"我冷嘲熱諷。

"如果……如果不是懷疑妳背叛，或許我能克制住，但是……所以……況且我和她只是玩，沒有真槍實彈。"羅宋替自己的浪行找到藉口。

"原來，原來還是我的錯，是不？"我歇斯底里。

"不，不是的，我是說……我最在乎的還是妳。"

呵呵!最在乎的是我，卻跟徐娘半老"没有真槍實彈"地玩，你當我傻還是笨？

"行，你走，再去找那個不要臉的騷貨，我們……玩完了！"我用力把僅著內褲的羅宋推向房外，接著上鎖。

羅宋又敲了幾次門，見大勢已去，只能黯然離去。

我不想讓華夫人看見我的傷痕，還是如常地進入早餐室，然而直到東西都上齊了，還不見伊人的身影，連同羅宋也人間蒸發。

想起那如同彈棉花的手指，又想起羅宋伸出舌頭吸吮華夫人身上的瓊漿玉液，再想到昨晚羅宋超強的性能力，原來，原來我是華夫人的替身……

"你慢用。"我起身對華諾說。

"去哪裏？"

"回房，今天的早餐難以下咽。"

實際上我奔著華夫人的房間去，不將那兩人梟首示衆，誓不爲人。

～

我很快找到慾望之門。

站在房門口，我猶豫了一下，開了門等於徹底決裂，我不知道羅宋能不能拿到€80，○○○，反正我是不可能再待在華堡了……

我的手剛觸及門把就被華諾攬腰抱住給帶到樓梯間。

"幹什麼你！"我掙脫他。

"這話應該是我問妳。"

"我……我没幹嘛。"

"還說没幹嘛，一看就是打翻醋罈子的棄婦樣。"

我？棄婦？

華諾說不然呢？難道是捉拿雌雄大盜的女義士？

我没回嘴，轉身把即將溢出的眼淚給逼回去。

"想哭就哭，憋著幹嘛？會生病的。"他說。

我把眼淚拭去，逞強地說誰想哭來著？

華諾走過來將我擁入懷裏："不想哭也行，我的胸膛借妳靠一下。"

他不說則已，一說，我的淚水像決了堤的洪水，止也止不住。

“羅宋背叛我了，他怎麼可以這樣？嗚嗚嗚⋯⋯”

“噓～噓～噓～”

華諾用噓聲代替言語安慰我，我覺得自己像是受了欺負的三歲孩童，好半天才停止哭泣。

“我想去敲華夫人的門。”我說出心中所想。

“然後呢？如果他們什麼事都沒做，你就是因吃醋而亂使性子的人；如果他們做了，阻止這一次，還會有下一次，除非妳就想玉石俱焚，否則怎麼做都不對。”

我說他不是當事人，當然雲淡風輕。

“我也曾是當事人，當前女友在我房裏和別的男人滾床單時，我關上門，走到附近的Tabac買了包煙⋯⋯”

我說我不信他這麼淡定。

“她又不是我老婆，即使是我老婆，我也管不住她打野食的生理需求。當然，也沒有哪個女人管得住我，所以彼此彼此。”

果真法國人都浪漫成性。

“我做不到。”我搖頭。

“沒人強迫妳性解放，只是給妳一個思考的方向。這世界不是所有人都把性行為當神祇膜拜，人生苦短，何必作死自己？”

人生的確苦短，我也的確正在作死自己。

“那成，我不作死自己了，謝謝你的胸膛和⋯⋯有意思的談話。”

“依依～”華諾喊住我，“如果我說發洩心中不平的最好方式就是找個男人上床，妳能接受嗎？”

"這個男人有沒有包括你？"我慢慢地說，感覺心正在下沈。

"包括天地間所有的雄性動物……"

我直接賞給那個畜牲一巴掌："好個趁虛而入，滾，越遠越好！"

他捂住臉，沒有反駁。

"這個男人有沒有包括你？"我慢慢地說，感覺心正在下沈。

"包括天地間所有的雄性動物……"

第六十一章/互別苗頭

管叔說星期六下午他把羅宋送回巴黎了，因爲畫作提早完成。

"羅宋開心嗎？"我問。

"也就那樣，倒是華夫人很開心，因爲羅宋把她畫得美極了。"

原來世界並沒有因爲我傷心、難過、生氣而停止運轉，羅宋甚至離去前也没通知我一聲，我算哪門子女朋友？比普通朋友還不如。

雅各身體好多了，今晚他下來和我們一起用晚餐，廚子特別煮了他愛吃的法式烤魚和培根菠菜派。

"好吃嗎？雅各。"華夫人關心地問。

"嗯！"雅各低頭專心吃派。

"馬……小姐，喜歡吃烤魚嗎？"華諾問我。

我又從"馬依依"變回"馬小姐"。

"還行。"我答。

"馬老師,"雅各忽然轉頭問我,"小尤喜歡吃什麼?"

他在這個時間點問起小尤,讓人有些意外和無所適從。

我答不知道他喜歡吃什麼,不過他曾帶我去吃日本料理,所以我猜他對日本菜不排斥。

"那麼從明天起,餐桌上一週至少有一次日本料理,我要小尤和我們一起吃飯。"

"Chéri,"華夫人喚他親愛的,"這是不合規定的,況且今天夜裏Guillaume爵士到,他會待個幾天,若加個外人一起用餐......不方便。"

爵士會來?他好久没來了。

"那行,我去廚房和小尤一起吃飯,同樣的,一週至少有一次日本料理。"雅各退一步。

"你何必堅持和小尤一起吃飯?他未必樂意。"華諾說。

"我想過了,如果我一直高高在上,他吃糟粕,我吃牛排,如何同舟共濟?我要他和我一樣,要嘛他來我這個層面,要嘛我去他的層面。"

我不看好雅各的一廂情願,提醒他"欲速則不達"。

管叔也開口了:"是啊!有些事要慢慢做,有些人要慢慢等。"

"我等不及了,"雅各態度堅決,"我有病在身,什麼時候撒手人寰說不準。你們能理解最好,不能理解,我也管不了了。"

～

“ 扣、扣、”

我回覆請進，但門一直沒動靜，我只好過去開門。

“ Surprise!”好大一束花遮住來者的臉孔。

“ 你不用這樣，況且我對花過敏。”我冷冷地說。

華諾趕緊將花放下，狐疑地問是真是假？

我答是真的，我對某些花香過敏，會起疹子（其實是藉故拒收他的示好）。

“ 那可不妙，”他看著花，“ 這些都是野花，我邊晨跑邊摘的，都很美⋯⋯”

“ 是很美，可是⋯⋯”

“ 知道了。”他把花藏到身後，“ 待會兒我把花送給傭人們。”

話到這裏告一個段落，我問他還有事嗎？

“ 有，就想告訴妳，一個人晨跑很無趣。”

“ So ？”

“ 妳反正閒著也是閒著⋯⋯”

“ So what ？”我還是假裝聽不懂。

“ Je suis désolé.我不該對一位思想保守的東方女子講西方的放浪形骸，先聲明我是對交淺言深道歉，而非對我的言論觀點道歉。”

這個歉意給得真不夠誠懇。

“ Well，我收到你的道歉了，還有事嗎？”我問。

“ 有，妳也該道歉。”

我？爲什麼？

他答挨了我一巴掌，到現在牙關還疼。

呵呵！真夠誇張……行，我馬依依能伸能屈。

" Je suis désolée.我不該對一位思想和行爲都放蕩的法國人動粗，先聲明我是對動手打人道歉，而非對我的憤怒情緒道歉。"

" 說得好，我們是旗鼓相當啊！"華諾微笑，" 怎麼樣，繼續晨跑的約會？"

我想了想，既然我和他之間沒有深仇大恨……

" 明天早上同一時間，逾時不候。"我說。

" 一言爲定。"他伸出手和我握了握。

我一進早餐室就看到Guillaume爵士。

" Bonjour, young lady."他聲如洪鐘地跟我道早安。

" Bonjour……Bonjour……Bonjour."我給在座的爵士、華夫人、華諾各一個早安。

待我坐下，爵士笑著對我說：" Long time no see."

我同意好久不見，順便問他都忙些什麼？

他答去了一趟亞洲，並且買了個美麗的中國新娘回法國。

" Really ？"我太震驚了。

華夫人和華諾聽了大笑不已，我才知道自己上當受騙了。

" You are a bad boy."我控訴。

" Always."他笑了，不以爲意。

我數了餐桌上的人頭，少了雅各，正想問爲什麼，那人卻神情愉悅地走進早餐室，後面跟著小尤。

" Bonjour."雅各親吻他母親。

我目不轉睛地看著雅各身後的人，他很淡定地向我走來，並且很自然地坐在我的左手邊。如此一來，雅各要嘛坐在華諾和爵士之間，要嘛坐在我的右手邊，反正是不能和小尤比鄰而坐了。

“咳、咳、我換個位子吧！”我起身。

“妳坐下。”小尤低喝。

我轉頭看雅各，他一臉不高興地在我右手邊坐下，我也只好回到原來的位子上。

趁著雅各被爵士以“關心病情”留下，我和小尤吃完早餐趕緊溜。

“我以爲你不會爲美食而折腰，看來食堂的菜色越來越壞了。”我說。

小尤答菜色沒變，只是他想一天三餐加下午茶都能見到我。

我問爲什麼？

“爲什麼？”他笑了，很是無奈，“如果一個女的聽到男的說想每天都見到她，女的會問爲什麼嗎？”

我想了想，的確不會，但凡有點兒智商的女人，都不會問這麼白癡的問題，但是我和小尤不一樣，我們是鐵哥兒們，即使多日不見，情誼不變。

他苦笑著說也罷，鐵哥兒們就鐵哥兒們，能當鐵哥兒們總比什麼都不是要強得多，是吧？

第六十二章/女人的忌妒心

又過了一天。

早餐桌上，雅各問Guillaume爵士哪裏好拍照？

他答安納西，又附帶說明它是阿爾卑斯山區最美麗的小城，它的山是青的，水是綠的，不僅景色怡人，而且生活悠閒，尤其城中有個安納西湖，清澈的湖水來自阿爾卑斯山的冰雪，被認爲是全歐洲最乾淨的湖。

"小尤，我們去安納西拍照，今天就去。"雅各興致勃勃地說。

"今天恐怕不行。"

小尤藉機把攝影展的事說出來，強調時間緊迫，他得先把展覽用的相框全訂下來才行。

"攝影展是你的事，但我花錢雇你是爲了雅各的學習，請不要混淆了。"

看華夫人不高興，我只好把小尤獲得攝影界最高榮譽比賽首獎一事供出，包括他接受了大大小小報章雜誌的採訪。

"是嗎？"華夫人很是驚喜，"原來華堡人才濟濟、臥虎藏龍啊！"

小尤當然謙虛一番，又再三保證會把錯失的課時補上，華夫人這才勉爲其難地答應了。

"*€%#£¥......"爵士開口了。

"*<€£%#¥!～......"華諾也開口了。

他們兩人同時望向小尤，小尤卻看著我。

"What？"我問。

小尤答他們想看那幅得獎作品。

"不好吧？！"想起那是我的裸照，我皺起眉頭。

"該不會得獎一事是胡謅的吧？"華夫人投來懷疑的眼神。

我趕緊否認。

"那麼看一下又何妨？"華諾推波助瀾。

我囁囁地答照片在我房裏。

這真令人難爲情，十隻眼睛直盯著照片，我的頭低得不能再低。

"Tres belle."爵士第一個發出讚歎聲，兩眼珠動也不動。

華諾怕我聽不懂法語，直接用普通話讚美我："妳的肌膚吹彈可破，簡直是天生尤物。"

我不敢居功，說這得感謝小尤，是他把我美化了。

相較於那兩人的不吝讚賞，另外兩人就小氣多了。華夫人選擇沈默；雅各則一副不開心的樣子，像是心愛的玩具被搶了似的。

“€#+¥？!*……”爵士又說話了。

這次華夫人很快做出反應，她飛快地說著法語。

爵士兩手一攤，笑著回答華夫人的問話，又轉頭問小尤。

小尤搖搖頭，說：“Pas à vendre.”

然後爵士說了我恰好聽得懂的€I○○，○○○。

我看見小尤倒吸一口氣，停了幾秒鐘，他對爵士說：“Deal.”

我站在走廊窗口看著我的大裸照被擡進爵士的加長禮車內，在門關上的前一刻，我看到車內還有那幅羅宋替華夫人畫的像。

“看來Guillaume爵士把華堡最美的兩個女人都納入囊中了。”華諾站在我背後說。

“告訴我，早餐桌上發生了什麼？你知道我的法語不好。”我轉過頭去。

華諾很快接下翻譯的工作，原來爵士看了那張得獎作品後，表達了購買意願。華夫人急急表示自己已請人畫了像，正想找個時間送過去。爵士笑著說他不介意同時擁有世界上最美的兩個女人，然後問小尤開價多少？小尤答那是非賣品，但爵士一開口就是十萬歐元，利益當前，小尤拍板成交。

“這麼說，小尤十萬歐元就把我給賣了？”我不滿意。

“大小姐，那是照片好嗎？想洗多少張就有多少張，世界上那麼多傑出的相片都乏人問津，十萬歐元妳還埋怨，簡直天理何在？！”

我不是這個意思，再怎麼樣，小尤也該問問我的意見再賣，畢竟拍的是我。

没想到華諾站在小尤那一边，他說被拍者一旦同意被拍，照片便屬於拍攝者，想免費送人或高價出售，任憑處置。

果然和小尤的口徑一致，哎！早知道就該獅子大開口才是。

"說真的，小尤把妳拍得美極了，我都管不住自己的老二。"華諾又開始口無遮攔。

"華諾，我鄭重警告你……"

"All right. All right. 我收回，這年頭就是不能說實話。話說回來，我不相信那個老傢伙就管得住自己的老二，別看他現在歲數大了，年輕時曾被戲稱'行走的前列腺'，妳就知道他有多風流！"

不會吧？！他老得足夠當我爺爺了。

"再報個猛料給妳，我阿姨單身已久，最近想金盆洗手安定下來，Guillaume爵士是第一人選。今天鬧上這麼一齣，我認爲妳該擔心的不是我，也不是老傢伙，而是我阿姨。"華諾感嘆，"女人的忌妒心啊！可以殺掉整城人。"

看來我之前的猜測没錯，男未婚、女未嫁，華夫人把自己的裸像送給爵士，果真事出有因。

"那正好，她挑逗我男人，我就吊她男人的胃口，一報還一報。"我賭氣地說。

華諾很不可思議地看著我："依依，妳好可怕啊！"

"女人的忌妒心啊！可以殺掉整城人。"我模仿他說過的話，然後大笑著離開。

第六十三章/三人行

"馬老師，課上得怎麼樣？"華夫人問我。

"還行。"

今天午餐時間少了Guillaume爵士，他該不會上非洲買新娘去了吧？！

"茶道老師說妳進步緩慢，動作馬馬虎虎不夠細膩。"

是這樣的嗎？在我面前，她從未給過負面評價，頂多要我再做一次。

華夫人說爲師者當然不好當面打擊學生的信心，但她是出資人，老師得對她的錢負責。話說回來，差就是差，難道我不會察言觀色？

"對不起，我會加倍努力！"我低下頭去。

"這是批鬥大會嗎？"小尤開口護我，"如果妳要批評人，應該私下說，當著這麼多人面前很不合適。"

我阻止小尤說下去。

“管叔，”華夫人發話，那個忠心僕役立刻俯首站在她身側，“什麼時候家庭教師開始爬到我頭上？”

管叔隨即走向小尤和他低語幾句，小尤不高興地起身離去，雅各見狀也起身……

“你去哪裏？”華夫人問。

“去找小尤。”

現在餐桌上只剩華夫人、華諾和我，我們三人安靜地用著午餐。

沒多久，雅各回來了，他開始動手打包桌上食物。

“你這是幹什麼？”華夫人又問。

“我不能讓小尤餓肚子。”他邊說邊蓋上盒蓋，順便拿起小尤喝到一半的橙汁。

待雅各走遠，華諾開口了：“小尤真有魅力，把雅各迷得神魂顛倒。”

“別亂說話，”華夫人低喝，“他還小，分不清楚崇拜和愛，等大一點兒，自然就矯正過來。”

“呵！我不知道同性戀還可以矯正。”華諾不以爲然。

“當然能矯正，以前我就曾喜歡過班上女同學，她後來嫁給律師，身材也走樣了……”

“妳以前讀的學校是……”我問。

華夫人答天主教女校，保守得很。

我躺在床上，眼睛瞪著天花板，心想：“難道華夫人說的女同學是貝夫人？”

貝夫人的老公是律師，她說過她讀的是天主教女校。雖然如今的身材是五短加癡肥，但學生時期的她如果瘦下來，誰說不是嬌小玲瓏、小鳥依人？

當我還在做任何可能性的組合時，隔壁房間傳來敲門聲，華諾走過去開門，寒暄一下後，很快又關上門。

没多久，我聽到薩克斯風的聲音，吹奏的是爵士樂，在寂靜的夜裏，別有一番滋味。

華諾没有放他慣聽的歌劇，讓我頗感詫異，更讓人吃驚的是，音樂停止後，我聽到女人呻吟的聲音……

難道華諾正在使壞？

我只能透過聲音想像那些養眼畫面，整個身體無端燥熱起來。可想而知，當羅宋和我……那樣時，華諾肯定也坐立不安。

夜深了，性慾如脫繮野馬在我身體裏到處流竄，我決定出門夜跑，藉以分散注意力。

小尤說他拍照時不小心把相機磕壞了，修理費不低，而且也難保回復到原來的狀態，所以打算低價出售再買個新的，問我願不願意陪他去一趟巴黎。

“Sorry，我的休假還未到。”我表示惋惜。

“老實説，買機子迫在眉睫，但拍照也刻不容緩，我想利用這幾天將照片拍完，還想請妳客串當模特兒……怎麼辦？目前能夠左右華夫人的也只有雅各，而我實在不願求他。”小尤捂住臉。

“行，我去說。”

雅各知道小尤的煩惱後，二話不說地答應做母親的工作，只是附帶了條件。

“我不會影響你們拍照的。”他拍胸脯保證。

於是隔天一早，我們三人興沖沖地跳上雪鐵龍，往巴黎前進。

第六十四章/安納西之行

我對相機沒有研究，小尤說蓬皮杜有賣，我們三人便浩浩蕩蕩地往那裏奔去。

蓬皮杜位於巴黎拉丁區，其建築物本身就是一件藝術品，空調管是藍色的、水管是綠色的、電力管路是黃色的、自動扶梯是紅色的……就像一個正在建設中的工地，這在巴黎典雅秀美的古建築群中顯得格外突兀與怪異。

趁著小尤和雅各在看相機，我獨自一人參觀起這個被戲稱"煉油廠"和"文化工廠"的現代藝術殿堂。

逛了一圈後，發現裏面的展品並不珍奇，但與其他藝術氣息濃厚的博物館比，這裏更有趣，也有更多科技和抽象藝術的結合。當然，在藝術中心內見到商業行爲（譬如銷售相機、手工藝品、紀念T恤……等）還是讓人有些許失望，我以爲凡雅興的東西皆"不食人間煙火"。

走出蓬皮杜，那裏有個小型的噴泉廣場，右手邊是古典的教堂，左手邊是達利的俏皮表情，造成感官上的衝擊，也只有法國人會做這麼大膽的嘗試，讓人不禁莞爾。

“嘟……嘟嘟嘟……”手機響了，是小尤。

“没看到喜歡的，我們打算去Chemin vert的照相器材街看看。”他說。

“我也幫不上忙，你們去吧！我一個人没問題的。”

“那好，妳注意安全，對了，今晚……妳回羅宋湯那裏嗎？”

没想到小尤問了一個令我爲難的問題，他不知道羅宋背叛我了。

“回，你明天一早來接我。”

我還是決定把恥辱打落牙齒和血吞，打算和羅宋坐下來好好談談。

“那好，明天早上7點，我們在羅宋公寓樓下見。”

小尤掛上手機。

我來巴黎，羅宋並不知道。

開了門，一股煙酒味迎面而來，我捂住口鼻，快步走向窗口。把窗戶打開後，我轉頭環顧屋內，果然狼藉一片。

床上被褥亂成一團，衣服東一件、西一件，桌上有數個啤酒瓶，瓜果散落一地，而我心愛的陶瓷小碗被拿來充當煙灰缸。

我往廚房走去，水槽內的碗盤堆積如山，我甚至還看到兩隻小強的蹤跡，胃裏一陣翻騰。

推開衛浴室的門，大浴缸的水滿了，上面浮著些許泡沫；馬桶雖然沖了，但黃色污垢讓人寧願憋著；洗手台上方的鏡子佈滿水漬，讓我的影像在鏡前水跡斑斑；擦手巾像乾了的菜瓜布，皺巴巴地晾在架子上……

一轉身，我拉開淋浴房的簾布，儘管地漏積滿頭髮、洗髮水倒了、霉菌叢生，但都不及曬衣繩上的紅色胸罩來得震撼，它像榔頭似地給我沈重的一擊。

我把胸罩取下，它還濕漉漉的，前開式的設計，恰恰不是我喜歡的樣式，更不用說那是F罩杯，一個我撐死了也達不到的尺寸。

我憤而將胸罩往地上一摜，快步走向大床。床頭櫃裏的杜蕾絲還在，但搞不清楚數目是否有短少？我又去翻垃圾桶，將不相干的髒東西往外倒，果然在底部發現開了封的銀色包裝袋及用過的保險套……

腿一軟，我跌坐在地上，久久無法言語。

什麼時候羅宋已經墮落到這種程度，不再是那個愛乾淨、待人誠懇、對我忠心不二的實心漢子了？

我想不通是什麼改變了他，難道只爲了賭一口氣，不惜"一報還一報"？

如果他跟華夫人那一段是一時迷失，那麼跟大胸脯女人這一段又算什麼？是"刻意沈淪"還是"魔鬼上身"？

我再也無法相信那個曾經許諾我一生的男人，即使相識六年又如何？人心隔肚皮，他依然有我不認識的樣貌，像隻披著羊皮的狼。

我和羅宋的"愛之窩"已經徹底成了淫窟，骯髒到不忍直視。我毫不猶豫地走到不遠處的香格里拉酒店開房，又叫來Room service，點了最貴的餐點和€1，○○○一瓶的紅酒。

當我喝到兩眼無法聚焦，嘴巴唸唸有詞時，小尤來電話了。

"我和雅各想去吃宵夜，妳和羅宋湯來不來？"他問。

"羅宋湯？哪……哪個羅宋湯？噢！那個羅宋湯……我把它喝了……喝得精光，喝……喝得碗底朝天……"我含含糊糊地答。

"依依，妳還好嗎？我馬上去找妳。"他的聲音聽起來很著急。

"別……別來，我要，我要……睡……睡覺……"

近中午才被酒店前台的一通電話給叫醒，她問我是不是再續住一晚？我答不是，然後趕緊跳起洗個戰鬥澡，再衝向櫃檯結賬。

我的任性之舉換來一張€2587的賬單，真想當場一頭撞死，連安葬費也省了。

拿出手機，我才發現小尤打了23通電話給我，我是不是昏死過去了？竟然完全聽不見。

"依依，是妳嗎？我擔心死了……"

我一撥通，小尤急促的聲音便排山倒海而來，直到我向他保證自己沒事，不過是喝多了，他才放下心來，轉而問我在哪裏？

"香格里拉酒店。"我答。

"哇！妳和羅宋湯真豪氣，到那麼貴的酒店開房。"

我懶得解釋，問他今天還拍照嗎？

他答天氣陰陰的，不適合拍照，與其白白浪費一整天，倒不如開車到Guillaume爵士推薦的安納西，那里山、海、河、湖一應俱全，一定能拍出好照片……

"行。"我無異議。

一經敲定，我在酒店大堂點了杯黑咖啡提神，坐等小尤和雅各的到來。

第六十五章/島宮

如果一個女孩子被人稱爲恐龍，意思是長得很抱歉，有詆毀之意。

學生時代的我也曾當過恐龍，倒不是上述原因，而是因爲恐龍非常巨大，如果你踩了它一腳，恐怕要經過好幾分鐘，傳導神經才會傳到大腦，發出疼痛信息。

我現在就是，羅宋的墮落和背叛正一點一滴地上傳至大腦，疼痛也逐漸加劇。想起以前種種，雖然貧窮卻有貧窮的快樂，不像現在，手頭寬裕了，人心卻疏遠了。

"依依，怎麼了？從上車到現在，妳一直悶悶不樂。"小尤關心地問。

"没什麼，例假前的抑鬱，過一陣子就好。"

小尤邊駕駛邊看了我好幾眼，我假裝没看見，把頭轉向一旁。

我們進入安納西小鎮時正值傍晚時分，天邊有橘紅色的晚霞，太陽則成了深紅色的皮球，有一半已經沈入地平線以下。

隨意找了家花團錦簇的家庭旅館住下後，我們踩著青石小路往老城區走去，因爲雅各說晚餐想吃起司火鍋，而貫穿老城區的小河兩岸就有很多賣吃的。

逛了一圈後，發現這裏提供火鍋的餐廳有多家，雅各獨中意只提供法文菜單的店。

“提供他國文字菜單的，多半做遊客生意，爲顧及大衆口味，往往失去原始的風味。”他解釋。

我翻著猶如天書的菜單，很是氣餒，自然而然把決定大權交給那對師生。

小尤和雅各稍微討論一下後，很快達成共識。

待點餐完畢，我問這裏的起司火鍋和瑞士的一樣嗎？

“是一樣的，只是蒜味更重些，因爲法國人很喜歡吃大蒜。”雅各答。

沒多久，服務員捧來一個陶瓷做的小鍋和用白盤盛裝的食物，有麵包、水具、蔬菜、肉類等。

“吃法和中國火鍋相似，只是高湯換成了粘稠的起司，筷子換成了叉子。”小尤說。

用叉子吃火鍋？這倒新鮮。

我對小尤和雅各正談論的攝影話題不感興趣，加上心裏有事，便專心吃起來。老實說，用叉子吃火鍋沒有筷子順手，所以讓叉子上的麵包掉進火鍋也就不足爲奇了。

“Oh-Oh，妳的麵包掉了。”雅各壞壞地笑。

“我知道，對不起，叉子不好使。”我邊撈邊回答，麵包屑很快“弄髒”了鍋底。

“光道歉是不夠的，妳得接受處罰。”

原來這是吃起司火鍋的傳統，如果有人不小心讓麵包掉進火鍋，就得受到同桌人的處罰。

“處罰就處罰，放馬過來。”我放下叉子，大無畏地說。

“嗯……”小尤想了想，“妳自罰三杯葡萄酒。”

小意思，我二話不說，全乾了。

雅各可沒那麼簡單，他轉動著眼珠子，似乎不願放過這個絕佳機會，打算好好懲罰我。

“妳和這餐廳裏的所有男性接吻。”他說。

果然令人爲難。

“雅各，別胡鬧了。”小尤制止。

“沒關係。”我說，然後站起身，勇氣十足地走向第一張桌子……

被吻的男人一開始都很吃驚，但沒拒絕，尤其我的吻非常快速，短到只有一秒鐘。

然而美女投懷送抱也有失利的時候，一個七、八歲小男孩捂住嘴，硬是不肯交出初吻。我只好蠻橫地掰開他的手強行接吻，惹得小男孩嚎啕大哭，他的母親則氣急敗壞地用法語責罵我。

我充耳不聞地回到位子上繼續吃食，倒是那對師生受到很大程度的驚嚇，尷尬地彼此對望，久久無法言語。

～

吃完晚餐走出來，老城的夜晚正熱鬧著，廣場上有不同的表演節目，如：樂隊彈奏、詩歌演唱、小品表演、踩高蹺、現場作畫……等等。

走著走著，我看見前方有個奇怪的石頭屋，昏黃的燈光打上去別有一番風情。

“那就是島宮，今晚的拍攝地。”小尤說。

聽說島宮是以前的監獄，但真的看不出來，因爲太美了。

爲了拍攝，小尤走進島宮和那裏的工作人員交涉一番，得到的答覆是午夜12點過後才能拍，費用€500，這包括我們三人的入場費、燈光費以及清潔費。

交完錢，我們坐在附近的咖啡館喝咖啡及吃甜死人的糕點，靜等午夜的到來。

第六十六章/落荒而逃

小尤讓我穿上中世紀修道士的黑色袍子，赤腳，雙手戴上手銬。

"妳是有罪之人，給我懺悔的表情。"他說。

我在空蕩蕩的石頭屋裏來回踱步，腳底很冰涼，我不知道要如何表現出懺悔的表情，於是信步走向窗口，那是真正的鐵窗，上面有幾根鐵欄杆。

窗外的月亮很圓，街道上已了無人煙，家家戶戶也熄了燈，只有路燈還亮著……

我想起了羅宋，我們的第一次邂逅，他說我長得美，要幫我畫像；我也想起我們的第一次，事後他問我有沒有傷到我？如果有，我們馬上領證；我還想起他那一絲不苟的做事態度和愛乾淨、喜歡井然有序的個性。當然他也寵我，能容忍我的天馬行空和偶爾的壞脾氣，然而這一切的一切都已然變味。

很明顯，那個拿到€80，000的人開始過起紙醉金迷的生活，把一個叫"馬依依"的女人拋在腦後，就像丟開一仵穿膩的二手衣。

想到這兒，我的眼淚不由自主地滾落下來。

小尤咔嚓咔嚓地猛拍，殊不知我的內心起伏。

"好，休息一下。依依，妳的表現太好了。"

我聽不見、聽不見、聽不見……

悲傷的情緒一直籠罩著我，我站在窗口，保持同樣的姿勢不變。

"依依，妳到底怎麼了？"小尤還是走過來。

看到他關懷的眼神，我彷彿看見親人般，忍不住慟哭起來。

"能告訴我是怎麼回事嗎？我早發覺妳怪怪的。"他柔聲地問。

因為有第三者在場，我欲言又止，小尤只好把那個少年支開，雅各為此氣憤非常。

人一走，我把羅宋的背叛和大胸脯女人的事說出。

"這傢伙活得不耐煩了，看我饒不饒他！"小尤握緊拳頭。

我趕緊阻止，不想再看他們大動干戈。

"依依，羅宋……羅宋根本不值得妳付出這麼多。"

不值得嗎？想起從前他對我種種的好，那是千金不換的記憶。

"只要他回來，我願意重頭來過。"我消沈地說。

"妳……哎！我的容忍也是有限的，希望羅宋能配得上妳的好。"

閨蜜如此關心我，總算在衆多煩心事中還有暖心的事。

"我没事了，睡個覺，明天又是嶄新的一天。"我給他一個勉強的笑臉。

他摸摸我的頭，有些無可奈何的模樣。

我走進餐廳，已經有些許客人在用餐，這裏的早餐有熏肉、香腸、煎蛋、烤麵包、麥片、果汁和牛奶，唯獨沒有蔬菜。

房東的女兒走過來問我要什麼？我答能否給我來點兒煎西紅柿？她一口答應，讓我倍感溫馨。

本來雅各想住連鎖酒店，但我認爲來到特色小鎮就該住民宿，結果證明我是對的，這種平易近人的家居感和人情味才是旅行中的一大亮點。

吃飽喝足後，小尤和雅各帶上攝影器材拍照去，我則挽了個馬尾，穿上高腰喇叭裙，獨自往安納西湖走去。

大思想家盧梭在《懺悔錄》中曾經提到他和華倫夫人的戀情，據說安納西湖上的愛情橋就是當年他們約會的地方。直至今日，依然有很多情侶前來追悼或見證他們的愛情。

我走上愛情橋，幻想著盧梭和他的情婦會面的情景。如果有一天，我和另一半前來，愛情是否也能得到庇佑？

幾乎把安納西小鎮全走遍了，我才回到民宿。

那對師生仍然未歸，我獨自解決晚餐，然後早早上床睡覺。

没想到半夜被激烈的爭吵聲吵醒，講的是普通話，我怕別的房客投訴，只好去敲雅各的門。

是小尤開的門，因爲雅各已經哭倒在床上。

那孩子見我登門，彷彿洪水找到發洩口，憤怒地質問：“馬老師，妳愛小尤嗎？如果不愛，請當面告訴他。”

這是什麼跟什麼？我無端被波及，這誤會實在太大了。

“雅各，我和小尤只是很好很好的朋友，跟男女之間的情愛不一樣。你和他也能當很好很好的朋友，友誼是分享的，不是獨佔的。”我苦口婆心。

“友誼當然是分享的，但愛情不能，妳問小尤，他把妳當朋友還是愛人？”

聽他這麼一說，我把眼光落在另一人身上。

小尤避開我的詢問眼神，轉而對床上少年喊話：“你夠了，別胡鬧！”

“我怎麼胡鬧了？你不敢說，我替你說，你是雙性戀者，如果不是馬老師，你早愛上我了。”

小尤看情勢不對，忙抓住我的手：“依依，我們走，別聽雅各在這兒胡說八道。”

我甩開他的手，問了一個我也曾經懷疑過的問題：“你是雙性戀者？”

小尤很尷尬地表示自己也不清楚。

一明白他的心思，我突然退縮了。是呀！如果不幸被雅各言中，那麼我真得和小尤保持距離。

“我……我先回房了。”我轉身落荒而逃。

第六十七章/劍拔弩張

我和小尤之間客氣許多，也生份了許多，但該做的工作還是要做。

今天是假期的最後一天，小尤說他想拍我的"一天"。

這一天從盥洗開始，我有晨浴的習慣，也就三、五分鐘。換作以前，我不會介意在小尤面前袒胸露背（畢竟裸照都拍過），但自從……這個步驟便省了。

我刷牙、洗臉、梳頭、化妝……把Hello kitty的睡衣換下，穿上白襯衫及牛仔褲，然後背了個跨包來到餐廳用早餐。

房東女兒看到我，問我是否還要來點兒煎西紅柿？我笑著答Yes。

"你不吃嗎？"我問小尤。

從浴室開始，小尤就不停地拍我。

"吃。"他抓起croissant匆匆咬上一口。

"雅各呢？怎麼沒看見他？"我切下黑香腸往嘴裏送。

“我讓他閉門思過，因爲他滿嘴胡說八道。”

是胡說八道嗎？

“小尤～”我放下刀叉，還是問了，“雅各說的……對嗎？如果不是我，你早愛上他。”

“如果沒有妳，我也不會愛上他。”

我問的是“我”，小尤卻把重點擺在“雅各”，這下子我更霧裏看花了。

食不知味地吃了塊馬芬當甜點，又把剩下的黑咖啡喝完，我從容地走出民宿。

小尤要我忽視照相機的存在，想去哪裏、想做什麼，悉聽尊便。

於是解放廣場有我；遊艇俱樂部有我；歐洲公園有我；湖邊市場有我；古老的石板路有我；露天咖啡館有我；特產店有我……

經過這家瑞士特產店，我不由自主地停下脚步，櫥窗內有巧克力、瑞士軍刀、瓷盤、咕咕鐘、手錶……不一而足，但我的眼光落在一個海口碗大的牛鈴上。

大概過於投入，以致小尤走過來和我一同注視它。

“羅宋說等他拿到€80，000，他要帶我去瑞士玩，然後買一個最大的牛鈴送我，你看那個牛鈴是不是最大的？”我問。

他答不知道，也許是。

“現在我連一個小牛鈴也得不到了。”我自嘲，不知為什麼，心裏發酸。

“誰說妳得不到？”

小尤拉著我的手進店，指著櫥窗裏那個最大的牛鈴對店員說：“ Je vais acheter ce.”

拿著包裝好的禮物，我對小尤說：“ Merci.”

“光謝謝是不夠的，我要妳的笑，從這耳到那耳。”

從這耳到那耳？

於是小尤跟我講了個笑話，話說有對夫妻結婚十幾年依然沒有小孩，女人每天向上帝祈求，上帝最後決定賜給那對夫妻一個可愛的孩子。祂對女人說：“ 我賜給你們的孩子有捲曲的頭髮、圓圓的臉、清亮的眼睛和紅紅的嘴，from here to here。”可惜女人天生耳背，她聽成”from ear to ear”，嚇得痛哭流涕，而上帝還以爲她是喜極而泣……

“呵呵！太好笑了，哪有人的嘴巴這麼大，從這個耳朵裂到另一個耳朵？”

“對，就像這樣，我希望每天都能看到妳的笑容，from ear to ear。”

望著他，我的心被撩撥了一下，趕緊轉過頭去，好避開他深情且炙熱的眼神。就在那一煞那，我看到雅各了，他的倒影在玻璃窗上反射出來。

我慌忙轉身，那個粉紅色影子卻一閃而過。

“妳怎麼了？”小尤問我。

“我……我好像看到雅各了。”

“雅各？”他追隨我的目光，“ 在哪裏？”

“没什麼，也許我看走眼了。”

小尤又寬慰我幾句，說我太緊張了，所以草木皆兵。

我是緊張，因爲倒影中的雅各充滿戾氣，全身像著了火似的。

我們一直拍到下午三點左右才收攤，因爲回華堡的路程需要4-5小時，這時候結束，剛好能趕上晚餐時間。

一進民宿，我看見我們的行李箱全堆放在大廳，雅各就坐在自己的26寸Rimowa上，正在打遊戲。

"雅各，你動作真快。"小尤很訝異。

而我更訝異，因爲雅各身上穿的正是粉紅色襯衫，原來我沒看走眼。

那孩子輕巧地從行李箱上跳了下來，瀟灑地說："已經辦理退房了，現在就能走。"

"在走之前，你是否該對馬老師說些什麼？我們昨晚說好的。"小尤一臉嚴肅。

"說什麼？我不記得了。"

"你……"

我深知強求的道歉沒有任何意義，而且爲什麼要道歉？雅各不見得是"胡說八道"。

"我們快走吧！也許還來得及看少女峰的夕陽。"我阻止小尤往下說。

少女峰是阿爾卑斯山脈的最高峰，宛如一位少女披著長髮，恬靜地仰臥在白雲之間。聽說每當夕陽西下時，耀眼的霞光會籠罩著白雪，景色份外美麗。

然而我的提議並沒有起到作用，那兩人依舊你看著我，我看著你，劍拔弩張。

我受夠了這熱騰騰的殺氣，拿起行李便往外走，順手還拉了小尤："快，我可不想錯過美景。"

直到小尤發動雪鐵龍，雅各才心不甘情不願地回到車上。

第六十八章/禁臠

回到華堡後才發現華夫人去了瑞士日內瓦，和安納西不過相隔35公里。

"好可惜，與你媽失之交臂。"我對雅各說。

"不可惜，我一個人挺好的。"雅各意有所指。

"我也是，一個人挺好的。"小尤也來湊熱鬧。

這一路上，雅各和小尤簡直是絕緣體，連個眼神交會也沒有，還要靠我穿針引線，車內氛圍才不致於死氣沈沈，没想到晚餐桌上那兩人又講起雙關語，讓我疲於奔命。

" Me too, It's good to be alone."我投降了。

誰知管叔開口："馬老師，今晚妳不是一個人，Guillaume爵士晚些時候會到。"

Guillaume爵士？今天不是週末，他怎麼來了？"

管叔答不清楚，今天一早接到Guillaume爵士來訪的通知，中午華夫人就走了，走得很倉促，只理了個小皮箱。

這就更奇怪了，他們兩人是不是鬧彆扭？

我看到雅各嘴角有難以解釋的笑容。

"雅各，你笑什麼？"我問。

"因爲今天的食物很美味。"他答。

今天的菜單是洋蔥湯、凱撒沙拉、法式焗蝸牛、脆皮鵝肝配珍菌，甜點是烤布蕾。菜是做得不錯，但絕對和雅各的笑無關。

相對於雅各詭異的笑，華諾則一臉憂戚，彷彿天要塌下來的樣子。

"馬老師，今晚妳得做準備。"管叔提醒我。

"準備？準備什麼？"

"準備......"管叔看了一眼在場男士，"準備接待Guillaume爵士。"

Guillaume爵士還用我接待嗎？這華堡是他家，他比我還熟。

"以前是華夫人接待，現在她走了，所以換妳接待。"管叔耐著性子解釋。

"好啦！知道了。"

我老大不高興，才剛風塵僕僕地回來，馬上又要投入工作，真是没勁！

～

通常我不在飯後洗澡，因爲聽說容易有大肚腩，但是今天不同，晚點兒要接待客人，總不能一身汗臭吧？！

洗完澡，果然舒服多了。我緊接著換上LV紫色露肩小禮服，跂上銀色高跟鞋；臉上化了大濃妝。

真不知爲什麼要這麼大費周章，很可能待會兒我只是去開個車門，說聲"Nice to meet you."，然後Guillaume爵士大手一揮，讓我回房睡覺。

如果真能那樣就好了，因爲我真的好想，好想睡覺啊！

"扣、扣、"

不會吧？！說曹操，曹操就到？

一開門，我看到華諾。

"妳今晚接待Guillaume爵士？"他問。

"是啊！"我答。

華諾怎麼了？管叔說話時，他不也在場？

"今晚爵士睡哪裏？"他接著問。

"可能是客房，也可能是'明月閣'、'東瀛閣'、'歐風閣'或'情色閣'。"

話一說完，果然好奇寶寶又有問題要問，爲了解開華諾的疑惑，我不得不把房間的具體位置告訴他，包括二樓走廊盡頭、玄關桌、紫砂花盆、藍色鳶尾花等。

就在華諾提出更多問題前，我們同時聽到車子駛入華堡的聲音，談話不得不戛然而止。

爵士一腳跨出車外，臉上油亮亮的，看見我，很高興地說："Bonsoir."

"Bonsoir."我也道晚安。

今晚的爵士一身全白，脖子上還繫了個金色蝴蝶結，更顯年輕、有朝氣。

"Where is that old lady？"爵士問華夫人在哪裏，用的卻是"老淑女"一詞。

我答她在瑞士。

爵士俯首和我低語：" I hope she won't come back too early."

他竟然希望華夫人別回來得太早，我只好哈哈兩聲回應。

" Well, let's go to the erotic room."爵士下令。

Erotic room ？那是啥玩意？

管叔用普通話跟我通風報信，我才知道指的是情色閣，一個我從來沒去過的房間。

這麼說，爵士打算趁華夫人不在，今晚做個Playboy？

我想起了花名冊，這可怎麼辦？華夫人沒移交給我，

" Are you coming?"爵士問我來不來？

" Oh, yes."我趕緊小跑步跟上。

這就是情色閣啊！

燈光是紫紅色的，牆壁上有投影片，正在放映A片，叫聲非常消魂、曖昧。

我往前走，由於燈光昏暗，害我差點兒撞上從天花板垂掛下來的皮製鞦韆。

床是圓的，也許還有振動功能，床頭櫃上則放置了枷鎖口罩、手銬、蠟燭、潤滑油、果味保險套以及各種型號的皮鞭。

浴缸已經放好水，溫度剛好，上面還浮著玫瑰花瓣……

這一切的一切，在在顯示有人比我早先一步準備好，做了本該屬於我的工作。

既然萬事具備，那麼只欠東風了。

爵士看我掏出手機，問我想打給誰？

" Sakula, She is number one."我比出"第一"的手勢讓他安心。

" No.No.No."爵士將我的手機取下，" I don't want Sakula, I want you."

" No.No.No."我倒退好幾步，表明自己是貼身管家，不是性工作者。

" Come on, *&*+£#¥～€......"

關鍵時刻，爵士竟然說起法語，讓我一頭霧水。

想必他也覺察與其"雞同鴨講"，不如馬上行動，嘴立即湊了上來。

我巧妙地躲開他的吻，轉身就跑，天哪！是誰把門上鎖了？

" Open the door! Open the door!......"我邊喊邊捶打門板。

爵士從後一把抱住我，Oh！No.誰來救救我？Please～

那個色慾薰心的男人聽不到我的呼救聲，用力一撕，我的露肩小禮服便成了塊破布，我邊去拉拼命往下掉的衣服，邊給了他一巴掌，他不但不生氣，反而更帶勁。

我跑向浴室，想躲到裏面去，孰料這個浴室門竟然不帶鎖，即使我使盡吃奶的力氣，一點兒用處也沒有，男人一下子便撞開了。

我嚇得往後退，一個不小心，跌進浴缸裏，破碎的衣服在水中立馬散開來，我遮無可遮。

爵士見狀，開始動手脫衣服，我一次次想從浴缸裏爬出來，都被他的大手一推，又回到水裏去。

難道今晚注定我將成為爵士的禁臠？

我想起了羅宋、想起了小尤、想起了華諾，想喊卻喊不出來，因為脖子正被爵士掐住，他的髒嘴向我襲來......

第六十九章/肝腸寸斷

華諾一把抓住爵士，將他摔倒在地。

"*%>¥#}!+……"爵士氣急敗壞。

"*€%#£¥+=……"華諾正氣凜然。

當那位正義使者將我從水中撈起時，我已經分不清臉上是水還是淚，抱住華諾就像抓住了救命稻草，久久不放……

我洗完熱水澡走出來，華諾已經不在。

坐在床上，我把今晚的事件重新倒帶一遍。

爵士早上說來訪：華夫人中午就走，而且走得很倉促……雅各詭異的笑和華諾的憂戚……華諾問我爵士睡哪裏……有人事先將情色閣佈置好……

這麼說，這是個事先安排好的陷阱，就等著我自投羅網？

我感到無比憤怒，我答應當管家，可沒答應做妓！更可氣的是華夫人把我當塊肉送給他人食用，直到被端上桌，我還渾然不知！

華諾？對，華諾一定知道什麼，否則他不會憂心忡忡，更不會巴巴地趕來救我……

哼！君子報仇，一天都嫌晚，我等不及明天一早去“大鬧天宮”，誓把所有涉案人員通通緝捕歸案。

我特意晚了十多分鐘才進早餐室，讓該來的人都到齊。

打過招呼後，我從容入座。

爵士一臉平靜，彷彿什麼事都沒發生，只是話多得讓人厭煩。

“ Could you be quiet? I have a headache.”我請他安靜點兒，因爲我感到頭疼。

爵士乾笑兩聲，不再說話。

我們安靜地用著餐，直到……

“睡過一覺果然不一樣，敢叫爵士閉嘴，別以爲自己是華堡的女主人，我媽才是！”

我老早懷疑雅各是嫌疑犯之一，聽他這麼一說，Bingo，罪犯I號浮出水面。

“睡過一覺怎能一樣？我現在的地位和你媽齊平，都是老傢伙的妍頭。”

“少侮辱我媽！”

“是她侮辱自己也侮辱了別人！”

此時雅各祭出優越感，強調他們是上流社會的上等人，跟賤民是不能相提並論的。

“上流社會？呵呵！上流社會藏污納垢的還會少嗎？好比眼前這一位，”我指著Guillaume爵士，“他就是個人面獸心的衣冠禽獸，還有，指不定你就是哪個骯髒交易下的產物......”

“馬老師！”管叔面色鐵青地大喝一聲，“請注意一下妳的言行！”

我把餐巾往桌上一扔，站起來：“我注意什麼言行？這華堡該注意言行的多了去，偏偏就不包括我，少在這裏道貌岸然，昨晚情色閣是誰去佈置的？肯定是你這條看門狗......”

“夠了！”華諾站起身，“還嫌不夠丟臉？！”

他拖著我離開早餐室。

華諾和我騎著馬奔向一望無際的草原，在天工織就的綠色巨毯上奔跑，那種柔軟而富彈性的感覺非常美妙。

“好美啊！”我讚歎。

“看到大自然的鬼斧神工，才感覺自身的渺小，所有生活中的磕磕碰碰，不過是滄海一粟而已。”華諾有感而發，讓我想起小尤帶我去碉堡時，他也曾經說過類似的話。

“我但願有你的豁達，但我做不到，想到被人設計陷害，我就一肚子火。”

“雅各是不對......其實我阿姨也不願意，畢竟她對爵士是有感情的。”

我等著華諾告訴我這個長故事......

“Well，既然妳想聽，我就說給妳聽。”

原來兩天前華夫人接到雅各的來電，她在電話中說了十幾個不，仍沒有打消雅各的念頭，那個熊孩子最後使出殺手鐧，華夫人爲了不“白髮送黑髮人”，勉強答應雅各的要求。

“憑良心講，爵士没什麽大過錯，他以爲妳的反抗是節目的一部份。”

“雅各……雅各爲什麽這麽對我？我還是他的老師，不看在師生情誼，也不用趕盡殺絕啊！”我心傷。

“這我就不清楚了，也許妳私下問問。”

我根本不打算再和雅各有任何交集，連華堡我也不願再待下去，再待下去，我會發瘋！

“不待在華堡，妳打算投奔妳男友？”

華諾提起羅宋，讓我不勝唏噓。自從發現他不忠的事實，羅宋彷彿人間蒸發，一個電話也無，我心中有氣，自然拉不下臉來，兩人就這麽僵著。

一聽說還有個大胸脯女人，華諾很興奮：“看來羅宋這小子走桃花運了。”

我默默下馬，牽起馬繩往山下走去。

華諾也下馬和我並肩而行。

“怎麽了？生氣了？”他問。

“没有……有。”

“這樣吧！我的手機借妳，妳打給羅宋，一聽到聲音馬上掛，他也猜不出是妳打的。”

華諾把他的手機遞過來，我選擇不看它。

“都一個多月不聯繫了，也許羅宋出了車禍或生重病，也可能被劫財劫色，妳就不擔心？”

他用激將法，我順著台階下。

“好吧！看他没有我，日子過得有多凄慘！”

我接過華諾的手機撥打，電話那頭卻傳來語音提示，說的是法語，華諾翻譯給我聽，原來對方的手機已停機。

停機了？！這麼說，羅宋壓根兒不想再和我有任何聯繫，而我還做著春秋大夢。

“也許……”華諾試著緩和。

“別再替他找藉口了，他做錯事反而跑得比任何人還快，男人呀！都不是好東西。”

我快速上馬，往馬腹一踢，它便風馳電掣地跑了起來，把羅宋和華諾都遺留在腦後。

離開馬房，我看見小尤正把大大小小的紙箱搬進雪鐵龍的後車廂。

“這是幹嘛？”我問。

“我跟華夫人請了假，打算回巴黎忙攝影展的事，照片也得手洗出來，妳知道我的公寓內有暗房。”

連小尤也要走了，這華堡還有什麼可留戀之處？

“我真想和你一起回巴黎。”這是我發自內心的念想。

“依依，妳……”小尤低下頭去，停了幾秒鐘，他擡起頭來，“妳真的和爵士上床？或者這麼問，妳的工作就是充當華堡貴客的玩伴嗎？”

這問話像把利刃，直接捅在我的心口上，如果連小尤也不相信我，我還有什麼臉面苟活在天地間？

“是雅各告訴你的？”我困難地問。

“是誰告訴我的重要嗎？問題是妳做了没？”他上前一步，“告訴我，妳和妓女是有差別的。”

“呵呵……呵呵呵……”我笑得眼淚都出來了，”我和妓女當然有差別，我琴棋書畫都得學，算是高級妓女，不是幾百歐元能打發的。"

小尤没說話，正是那幾秒鐘的無聲，讓我確信他相信了雅各，也相信了我的反話。此時天際傳來幾聲低沈的雷吼，烏雲壓境，像梵高的畫作《麥田裏的烏鴉》一樣，那麼的沈悶與不安。

"你快走吧！恐怕要下暴雨了。"

說完，我轉身跑回屋內，即使小尤那一聲"依依～"，聽得我肝腸寸斷。

第七十章／貝公館

我向華夫人遞出辭呈，她笑了笑，問我這是不是深思熟慮的結果？

"是的。"我答。

"那好，妳盡快打包，我讓管叔載妳去火車站。"

這麼爽快？太不真實了。

我渾渾噩噩地起身走向房門口，背後傳來華夫人冷冰冰的聲音："別忘了把€I00,000打入我賬戶。"

€I00,000？我問什麼€I00,000？

"妳該不會忘了吧？！工作做不滿一年解約，得賠償我€I00,000，合同上寫得清清楚楚，妳還簽了名。"

是有這麼一條，佀是華夫人違約在先，我有權單方面終止契約，不是嗎？

"馬老師，看來妳的記憶力真的不行，"她走向紅木書桌，從抽屜裏抽出本子遞給我，"第十三項第二條，妳唸唸。"

我很快找到那一項那一條：**甲方若與客人有身體上的接觸，純屬個人行為，乙方不介入。**

甲方是我，乙方是華夫人。

" 如果乙方刻意誤導客人與甲方有身體上的接觸，又作何解釋？"我反問。

華夫人答那得看如何誤導，有時說者無心，聽者有意，客人怎麼解讀，不是她能左右。我若認為客人違反了我的意願，那麼討說法的對像應該是客人，而非乙方⋯⋯

好呀！竟然把責任推得一乾二淨。

我說我沒有€100,000，她給的薪水我已花去大半。

" 這我不管，在妳身上花的錢、精力和時間還會少嗎？€100,000只能算打平。"

我心情鬱悶地走出華夫人的辦公室,來到草木茂盛的庭院。

"怎麼了？是妳吃了我阿姨，還是我阿姨吃了妳？"華諾在我背後問。

"呵呵！華夫人道行如此之高，怎麼可能被我吃？"

" 那麼就是她把妳給吃了，是不是連骨頭也一塊兒啃了？"

" 没錯，啃得乾乾淨淨的。"

我邊唉聲嘆氣邊走向榆樹，不僅爲了樹大好乘涼，還因爲那裏有個鞦韆，我想做回小孩，好忘記大人世界裏的煩憂。

" 其實妳早知道這工作是裹了糖衣的砒霜，爵士是老紳士，我一阻止，他便停下來，換作他人，妳被輪奸都有可能。"

華諾講得露骨，我卻無法反駁，因爲那的確是事實。

“怎麼辦？”我下了鞦韆，“華諾，你救救我。”

華諾藉機把鞦韆搶了去，他蕩得老高老高，幾乎是180度的弧度，看得我眼花繚亂。

我忽然覺得把希望放在這個花花公子兼有赤子之心的人身上，非常可笑，他能幫我什麼？什麼也幫不了：我絕望地轉身。

“別走！”華諾的鞦韆漸行漸慢，覰了空，他從鞦韆上跳下，“我想到了，我可以借妳€100，000。”

果然讓我從這坑跳到那坑。

“不用了，人情債我背不起。”我仰天長嘆，“哎～即使賣了貝夫人送我的Enchanted Doll，也頂多值四萬歐元，想贖身，真的好難好難。”

“貝夫人？妳認識貝夫人？”華諾揚起聲。

當他知道我和貝夫人的關係後，建議讓後者去說情，因為貝夫人和華夫人是蜜蜜，貝夫人的老公又是華夫人的御用律師，兩家走得這麼近，多少會賣點兒面子。

想起貝夫人曾經說過，只要我一心一意對她，她會給我驚喜。

我不知道什麼是“一心一意對她”，但我太需要驚喜了。

我的工作合同中有一項“保密條款”，不得將工作內容外洩，所以在電話中，我簡單交待在華堡工作不開心，想提前解約，能否請她去關說一下，讓華夫人把違約金降到最低……

貝夫人聽完，問我違約金是多少？我答€100，000。

她在電話那頭沈默良久，讓我感覺不妙，懷疑自己是不是太"交淺言深"了？

"呵呵! 如果不方便就算了，我自己搞定，很抱歉給妳帶來麻煩，Bonne journée."我不忘祝她今天過得愉快。

没想到貝夫人說她很高興我求助於她，這樣她就有理由把我留在身邊。

"找不到說話的人度日如年啊！妳若搬過來和我一起住，日子就不無聊了。"她又說。

本來我和貝夫人彼此看對方不順眼，但自從那次"深入"的談話，產生了革命情感後，感覺就不一樣了。

我不討厭她，一點兒也不，她大概也欣賞我，所以當她說一切都包在她身上時，我如釋重負，因爲終於可以擺脫不光彩的工作重新做人了。

華夫人果然没有爲難我，不僅爽快放人，還交待管叔載我到貝公館，一個離華堡有一個小時車程遠的莊園。

我把打包好的行李搬上車，華諾過來和我道別。

"女朋友離開我，我要心傷了。"他裝作一副可憐樣。

我把他的領帶擺正，拍拍他肩膀上的灰塵："這下子我們不用擔心會吵到彼此了。"

話一說完，他忽然抓住我的手，抓得那樣急，讓我有些錯愕。

"依依，反正我現在單著，妳也没男友，要不，我們湊成一對？"

"開什麽玩笑？"我把手抽回，"我没男友，不見得就得跟你湊成雙。"

"妳就那麼傻？看不出我是妳的護身符？有我在，誰都傷不到妳。"

華諾說的什麼話，誰會傷我？

管叔按了兩聲喇叭催促我，我匆匆和華諾擁抱一下便上車。

直到車子開出華堡大門，那人還待在原地對我行注目禮，一副很不放心的模樣。

第七十一章／雞蛋踫石頭

莊園指的是鄉村的田園房舍，包括住所、園林和農田，中世紀英、法等國的莊園宅邸甚至帶有防禦設施。

貝夫人的莊園位於里昂以北，是由赭黃石塊建造而成的典型村莊，這種顏色與陽光相映成趣，一眼望去，非常富有活力。

"180公頃的葡萄園加住所，花了我500萬歐元。"貝夫人邊帶我參觀莊園邊說。

我心算了一下，也就三千多萬人民幣，真的一點兒也不貴。等聽到這椿買賣的附加價值時，我倒吸一口氣，實在太值了，貝夫人簡直是花小錢撿了個大便宜。

她告訴我，這裏原是一個法國貴族的莊園，這個貴族比國王還有錢，所以國王就經常向貴族借錢，借的次數太多，國王還不起了，就假藉叛亂的名義，想殺了這個貴族。貴族聽到風聲後，連夜掩埋大批的稀世珍寶，然後逃得無影無蹤。

幾百年過去了，這批財寶到底埋在莊園何處，無人知曉。

"我就是聽說這個傳說，才把莊園買下，而且請了勘探隊尋寶。如果真能找到傳說中的寶藏，我就大發特發了。"貝夫人興奮地說。

除了傳說，原主人還把酒窖裏陳年的葡萄酒、屋內的幾幅名畫和雕塑，都白送給了貝夫人，當然，如果再把葡萄園中高品質的葡萄算進去，價值就更無可限量了。

"我家的葡萄顆顆飽滿，酚類比重達到A級，被用來做波爾多瑪格麗紅酒再適合不過，連原來的釀酒師都被我重金留下。"她說。

"看來，我得在貝公館多喝幾瓶好酒。"

"那有什麼問題？"她挽起我的手，"我們現在就喝，晚餐已經準備好了。"

～

今天的晚餐是小牛肉配蘑菇汁、法式薯泥、芥末醬燒雞、香料羊排以及鄉村麵包，甜點是貝殼小蛋糕。

我吃了牛肉、嚐了薯泥、啃了燒雞、切了羊排、咬了麵包，也享受了蛋糕。

"依依，別光顧著吃飯，嚐嚐我家的紅酒，絕對讓妳回味無窮，"貝夫人替我的高腳杯注入紅色的瓊漿玉液，"Cheers!"

她一飲而盡。

我也小呡一口："哇！太好喝了，入口香、落口甜，我的舌頭不禁跳起舞來。"

"哈！說得太妙了，不僅舌頭，我的身體也想跳舞。"貝夫人抖動一下身子。

"那等什麼？妳想跳恰恰、吉魯巴還是快三步？我陪妳！"我說。

貝夫人一聽，趕緊讓傭人搬來留聲機，放上七十年代的抒情老歌。

仗著微微的酒意，我和貝夫人舉著酒杯，在餐桌旁恣意扭動身軀……

我們笑著、跳著、唱著、舞著，然後喝著美酒，一杯接著一杯，直到我不小心將酒灑在貝夫人的黑色蕾絲裙上。

“對……對不起……”我從餐桌抓來紙巾拼命擦拭。

“別……別擦……脫……脫了就好……”

貝夫人真的把裙子脫下，露出粗粗壯壯的蘿蔔腿，我忍不住大笑。

這笑聲激怒了她，她憤而把手中的酒也灑向我，我的白色短裙瞬間開滿了紅色小花。

“哎呀！這……這是我最……最喜歡的裙……裙子……”我很不滿。

“買！給妳買十件……二十件……一百件……一千件……”貝夫人眼神迷離地指著我，“脫，妳也脫……馬上……”

我醉得躺在地毯上，不理會貝夫人的瘋言瘋語。

誰知她竟較起真來，過來扒我的裙子。

我的裙子是鬆緊腰，被她用力一扯便掉了下來，偏偏我還穿著丁字褲，大半個屁股露了出來。

“哈……哈哈哈……”這次換貝夫人樂不可支。

“瘋……瘋婆子！”我邊罵邊掙扎著起身，“還我！”

貝夫人高舉著戰利品，挑釁地說：“來啊！搶……搶到就是妳的。”

我伸手去搶，落了個空，她索性玩起“貓捉老鼠”的遊戲，害我疲於奔命。繞了幾圈後，那个明顯玩High的人開始轉移陣地，我也只好匍匐著跟過去一上二樓，貝夫人溜進走廊盡頭房間的這一幕，恰巧被我捕捉到。

"看妳還能躲到哪裏去？！"我邊想邊跌跌撞撞地進入那扇白色門。

"還我！"我動手去搶裙子。

貝夫人沒反抗，她躺在床上呈大字形，仰天打起呼來。

我草草地穿上裙子，看貝夫人下身僅著內褲，又費了九牛二虎之力，拉來毯子替她蓋好。

"貝……貝夫人……晚……晚安……"

說完，我視線模糊地往外走去，不巧和匆匆推門進來的人撞個正著，像雞蛋砸在石頭上，流了一地的蛋液。

"妳怎麼了？醒醒啊！"

我聽到極富磁性的低沈聲音，由遠而近，由近而遠，飄忽不定。

第七十二章／枷鎖

我用力睜開雙眼，看見天花板的四個角有葡萄藤的石膏雕飾，向左望去，牆紙是粉色的，窗簾是藍色的，牆腳有個精緻的化妝台，上面有不同形狀的瓶瓶罐罐；向右望去，波斯地毯上有張大理石面獅子爪矮桌，配上兩人座褐色皮製沙發，算是小型會客室，邊上則有個步入式衣帽間……

這是誰的房間？

我從床上坐起，看見自己的兩個大行李箱被堆放在床邊。

噢！想起來了，這是貝公館，昨天我從華堡搬出來，轉而投奔貝夫人，那麼貝夫人呢？

又花了我幾秒鐘才憶起昨晚和貝夫人喝多了，兩人發起酒瘋玩追逐，最後跑進走廊盡頭的房間內……

這麼說是有人將我抱回床上，誰呢？

我記起那極富磁性的低沈男聲，說的是普通話，但絕不是貝律師。貝律師的聲音很細高，像開了叉的黃莺啼叫聲。

～

"Bonjour."貝夫人樂呵呵地向我打招呼，"我還想著要不要差個人去叫醒妳，昨晚妳喝多了。"

"Bonjour."我的早安給了貝夫人，同時也給貝律師，後者西裝革履的。

我坐了下來，赫然發現桌上竟是中式早餐，有燒餅、油條、包子、花卷、豆漿、粥和醬菜。

"我做夢都想吃這些東西，貝夫人、貝律師，你們實在太幸福了！"我興奮地說，口水都快滴下來。

"我們的廚子是台灣來的，除了喜歡勾芡和加糖外，做的菜真心好吃，來，多吃點兒。"貝夫人幫我盛了一碗粥。

"謝謝！"我雙手接過碗，關心地問，"貝夫人，妳昨晚睡得好嗎？"

"很好，"她忽然淹面而笑，"我竟然跑到小朱床上睡，這孩子沒吵醒我，留了張紙條給老貝，自己則跑去跟勘探隊的人擠，真是不好意思。"

小豬？怎麼有人會取這個名字？

貝律師解釋不是那個小豬，是朱元璋的朱，全名是朱翊安，貝家的釀酒師。

"朱-翊-安-，釀酒師是中國人？"我問。

"他是法籍華裔，曾在羅納河谷的酒莊Jaboulet工作過，後來被這莊園的前主人雇用，一直做到現在。"貝夫人解釋。

原來如此。

"馬老師，我很高興妳搬過來和我們一起住，我太太很需要人陪。"

這是第一次我感受到貝律師的真情流露，以前交談的內容都是硬梆梆的法律條文，他一向給人"高冷"的印象。

"這是我的榮幸。"我害羞地低下頭去。

“既然妳開始在我家工作，合同還是得簽，規範好彼此的權利義務，將來才不容易有糾紛。”

原來貝律師還是“那個”貝律師，沒變。

“好的。”我答。

吃完早餐，我被叫到貝律師的書房。

我的工作從華夫人的秘書變成貝夫人的秘書，內容也從華堡客人的貼身管家，變成陪吃、陪喝、陪玩的“三陪”女。

“給妳安插秘書的職稱是爲了申請工作簽證，和實際工作內容無關。說白了，妳的工作就是確保我太太每天開開心心，不要胡思亂想。”

為了讓我更快了解貝家現狀，貝律師緊接著告訴我，自從他的夫人邁入五十歲大關，情緒大起大落，給他帶來很多困擾。他的工作一向很忙，最近華僑團體運作讓他參加半年後的參議員選舉，勢必會比以前更忙，那麼家的和諧及穩定就顯得格外重要，他需要我安撫他太太，別扯他後腿。

“沒問題，我會和她秤不離砣，砣不離秤，直到您高票當選。”我說。

貝律師難得地露出笑容：“但願如妳吉言，對了，妳對薪水有意見嗎？”

貝家給的薪水和華家一樣，當初擬合同時，貝律師也在場。

“沒意見。”我很快地答。

“妳的違約金，我們貝家已經代付了，所以如果妳再次違約，那麼代價將是雙倍，也就是€200,000，這一點我必須提醒妳。”

什麼？！原來我不是解了枷鎖，而是上了兩道鎖。

見我臉色鬱鬱，貝律師寬慰我：" 以前妳得應付華堡來訪的各路人馬，現在只要應付一個五十多歲的寂寞女人，何難之有？"

說得一點兒也沒錯，何況我和貝夫人如此投緣，這次應該不會出差錯。

" 對不起，我太杞人憂天了。"

我大手一揮，在合同上簽了名。

我一走出貝律師的書房，貝夫人便迎了上來，樣子很心急。

" 妳怎麼才出來？簽個合同要那麼久？都一個多小時了。"她抱怨。

" 嗯！貝律師是比較嚴謹的人，所以我們多談了會兒……"

" 別說了，"她阻止我，" 快，馬車在等我們，我們坐馬車逛葡萄園去。"

"逛"葡萄園？這太有趣了。

貝夫人高興地牽起我的手，我們向屋外走去。

第七十三章／佞臣

這是一輛歐式復古四輪馬車，黑楠木的車身，鮮黃色的車軸，內有白色皮製座椅，很是漂亮。

兩匹馬的形體也俊美而健壯，看見我們來，頗爲急躁，發出長長的嘶鳴聲。

" Bon garçon."我輕輕撫摸它們的額頭，說些討好的話，馬逐漸安靜下來。

"還是妳有辦法，小麗和小花看見我，就像過動兒似的，恨不得馬蹄一踩，揚長而去。"貝夫人埋怨。

小麗和小花？呵呵！好可愛的名字。

我告訴貝夫人，自己曾經從馬背上摔下來，所以有段時間對馬感到恐懼，後來學到"面對恐懼才能不再恐懼"的道理，現在已經能處之泰然。

"那好，就由妳駕馬車，我來當一回英國女王。"

貝夫人率先上馬，我也跳上駕駛座，吆喝一聲，馬蹄便嘚嘚嘚地擊打著地面，掀起陣陣沙塵。

小麗和小花邁著優雅的小方步，穩穩地拉著馬車往葡萄園前進。

馬車"格拉格拉"地響著，聲音寂寥而單調，很快便被貝夫人響亮的聲音給蓋過。

"以前我和老貝住在里昂沿羅納河的大房子裏，要不是這莊園的前主人得了怪病，想到南歐休養，我們壓根兒沒那麼好運買下這寶貝兒。妳知道的，五百萬歐元算是賤賣，前兩年我們買的遊艇差不多就這個數。"

我發現有錢人講起"幾百萬歐元"像到菜市場買斤豬肉一樣尋常，不過我的注意力不在數字上，而在……

"怪病？什麼怪病？"我問。

"我也說不上來，好像原本身體健壯的中年人，某天開始口齒不清、步履蹣跚，接著面癱、手腳麻痹，然後是酣睡，可以連續睡好幾天都不醒。他的家人看不行了，決定賣了莊園給他治病，聽說後來搬到希臘雅典，那裏的天氣四季如春，物價也低。"

真是奇怪，好好的人竟然患上怪病？！

"那麼你們是何時搬來的？"我又問。

她答有大半年了，順便提及她家釀酒師的食言而肥。原來爲了慶祝貝家入住莊園，釀酒師曾答應要用來自La Lagune的赤霞珠和來自Jaboulet的西哈做一個混釀，製造出一款新酒，命名爲"貝中國"，將對外公開銷售，每個年份大約 1 萬瓶，可是大半年過去了，連個影子也沒見著，看來是難產了。

"妳是說朱翊安答應製造新酒？"

"就是小朱！"貝夫人的神情轉爲嚴肅，"待會兒要是遇見他，我得跟他催一催。"

馬車慢慢駛過黃土地，天藍得像被水洗過，上面有幾朵白雲。四周圍雖然偶有幾株大樹或灌木，但了無人煙，很難想像這是某人的產業，因爲跟鄉間小路無異，還好過了河便是葡萄園，景觀也變得不一樣。

下了馬車，我和貝夫人走在藤架之間，那香味如此誘人，像把人浸在水果酒當中。

"吃，可甜了。"貝夫人從架上隨意摘取一串垂涎欲滴的紫色葡萄遞給我。

我撥開紫色外皮，青色的果肉碩大無比，眼看汁水就要溢出來，我趕緊塞進嘴裏。

"甜，真甜，像吃了蜜似的。"我開心極了。

有個聲音突然在背後響起……

"我剛測過，那株葡萄的酚類比重很高，成熟度剛剛好。"

我認出這聲音，趕緊轉頭過去，一個頭戴草帽，身著工裝背帶褲的男人正睜著小眼睛看我們。

"小朱，"貝夫人叫嚷起來，"怎麼成了工人了？"

"今天我來看看葡萄是否適合採摘，我不信任工人的判斷能力。"他答。

"這是什麼？"貝夫人指著他手上一個電水壺狀的東西問。

小朱解釋那是多重監測槍，可以在幾秒鐘之內檢測出葡萄的成熟度，比重越高代表葡萄越成熟。

"呵呵！又長知識了，"貝夫人突然想起什麼，"對了，趕緊找出最成熟的葡萄，我還等著我的'貝中國'呢！"

"我想釀出最佳的紅酒，不想一出手就搞砸，您能等等嗎？"小朱注視著貝夫人，像要通過瞳孔鑽進她的身體裏。

"咳、咳、"那個嬌羞的女人假裝咳嗽，好避開他炙熱的眼神，"那……也只能這樣了。"

“妳還好吧？”小朱轉頭向我，“那晚把我嚇壞了，以爲自己是金鋼不敗之軀，讓妳應聲倒下。”

“我喝醉了，撞上任何東西都會不醒人事。”

“那麼下次少喝點兒。”他說。

奇怪，明明是關心的話語，在我聽來卻缺乏誠意，像是虛應了事。還有，我也不喜歡他的小眼睛，飄忽飄忽的，好像怕人將他一眼望穿。

“小朱可厲害了，很小就學習釀酒技術，後來還到波爾多的 Universite de Bordeaux 2 Victor Segalen 進修，師從釀造學家 Denis Dubourdieu，並且在香檳獲得法國國家釀酒師文憑。”貝夫人開口讚美。

法國有句名言“酒是釀酒師的孩子”，意思是有了優秀的釀酒師，才能製造出高品質的酒，其地位在法國不可小覷。

看來我的第一印象並不準，小朱不是不學無術之人。

“貝夫人過獎了，我不過是做好份內的工作，和貝律師比，我的貢獻微乎其微。”

好個佞臣！我剛對小朱改觀，他的狐狸尾巴又露出來，油嘴滑舌的。

“我和依依想逛逛葡萄園，你能當導遊嗎？”貝夫人問。

“樂意之至。”

說完，他自然而然地和貝夫人並肩而行，毫不客氣地把我甩在身後，讓人爲之氣結。

第七十四章／物歸原主

中午吃過飯，我想和貝夫人出去散散步，這才發現天空下起了毛毛雨。

來到貝公館的這幾天，各種雨不知下了有多少回，奇怪的是，天氣並沒有因爲這些雨而濕潤，反而依舊乾燥。

“怎麼辦？下雨了。”我很懊惱。

“ 没事，到家庭房來，我幫妳織件毛衣。”貝夫人笑嘻嘻地說。

織毛衣？貝夫人會織毛衣？

原來當年在天主教女校就讀時，有位修女教她織毛衣，現在不管羅紋織還是繞挑織、綿線還是中粗線、單根針還是五根針……全難不倒她。

“ 我對一個人表達喜歡的方式就是幫他織毛衣。”貝夫人完全不掩飾對我的喜歡。

“ 那好，記得幫我織件美美的毛衣，天冷時，我要天天穿著它。”我無限欣喜地說。

我的雙手被圈上粉紅色的毛線，線的另一端，貝夫人正忙不疊用兩枝棒針杻互交錯著。

"我原本有個妹妹，兩人感情甚篤，後來她因病過世，我成了獨生女，老貝也是單傳，"她邊織毛衣，嘴巴也沒閒著，"妳說，我們膝下無一兒半女，諾大的產業將來要傳給誰？"

我答現在流行裸捐，他們可以把財產捐給公益團體或慈善機構。

貝夫人說她可沒那個心胸去幫助路人甲乙丙丁......

"那......"

"實話告訴妳，為了保住貝家財產，我們曾嘗試做試管嬰兒，可惜老貝的精蟲數過少，取精失敗。當時沒太在意，覺得做丁克族也挺不錯的，沒想到年紀漸長，世代傳承的念頭也越發強烈。我想了想，反正這輩子是不可能有自己的孩子，倒不如領養個大的，不用把屎把尿，將來也能替我們養老送終。"

說的也是，我問可有人選？

"是有啦！"貝夫人把已織成方巾大小的毛衣高高舉起審視一番，然後放下，繼續手中的動作，"我還沒試探，不知他作何反應？"

在我的軟磨硬泡下，貝夫人終於鬆口："我問過，他父母很早就過世，他是叔叔帶大的，前兩年叔叔也離世了，現在孑然一身......他有一技之長，能把我家的葡萄園打理好......雖然未婚，但我相信過兩年找個好姑娘，一定能爲我們貝家開枝散葉......"

等我知道貝夫人的養子人選竟然是朱翊安時，心開始往下沈......

"妳怎麼了？眉頭皺得能夾死蚊子。"

在這個節骨眼上，貝夫人竟然還有心情說笑？！

"沒什麼，我想上廁所。"我需要短暫獨處一下。

"那快去，就用一樓的客用洗手間。"

我把毛線從手腕處取下，快步離開家庭房。

我的第六感一向準得嚇人，在我看來，小朱並非善類，一副獐頭鼠目的樣子，兩隻眼珠骨碌骨碌地轉，更別提表裏不一的舉止了。

我該如何向貝夫人點明這一切？

望著鏡中的自己，我沒有答案。

我回到家庭房，眼前的一幕讓我驚呆了，小朱坐在我的位子上，雙手被圈上粉紅色的毛線，線的另一頭，貝夫人正織著毛衣。

"依依，妳上完廁所了？快過來坐，小朱剛送新釀好的酒給我。"貝夫人解釋。

我望向那個猥瑣男。

"我看貝夫人手忙腳亂的，便越俎代庖地做了妳的工作。"姓朱的難得把眼光落在我身上，卻是一副向主人邀功的姿態。

"現在我回來了，你可以回去做你的工作了，咱們各司其職。"我下逐客令。

這次小朱不看我，轉而看貝夫人："夫人，我們談得正盡興，要不……我走了。"

"別，別走，難得人多，我們三人一起聊天。"貝夫人開心地說，順便讓傭人準備茶點。

小朱話匣子一打開，和貝夫人可說是短兵相接、勢均力敵，大有"相見恨晚"之意。

我冷眼旁觀，更確定來者不善，他的每一句問話都帶有目的性，而且一環扣著一環，不把答案挖出來誓不甘休，偏偏貝夫人聽不出來，隨著魔杖起舞。

此時，貝夫人已經把她家財產多少交待完畢，順便也把家庭狀況一一理清。

"這麼說，百年之後，貝家財產不知要花落何處了。"小朱下結論。

"說來真是不勝唏噓，我才剛和依依提起，想收養......"

"停～"我大喊，把在場的兩位給嚇住了，"對......對不起，我想說......說......噢！對了，貝夫人喜歡的電視節目就要開始了。"

貝夫人擡頭看牆上掛鐘，同意她喜歡的肥皂劇就快開播了。

"朱翊安先生，如果不介意的話，能否讓我們這兩個女生看不動腦筋的愛情片？"我問。

小朱看看我，又看看貝夫人，無所謂地說："請隨意，我也有事要忙。"

他站起身，就在貝夫人轉身去拿電視遙控器的當口，惡狠狠地瞪我一眼。

我問貝夫人，收養小朱一事是否跟貝律師商量過？

她答還没，目前只是她單方面的想法。

"我認爲妳最好跟老公商量一下，畢竟這是家庭大事，況且貝律師見多識廣，一定有真知灼見。"我建議。

貝律師果然不是省油的燈，一聽說自己的老婆想收養小朱，馬上下禁令，理由是他有更好的人選。

"誰？"我太好奇了。

貝夫人欲言又止："這個先保密，我們還需要時間觀察對方，畢竟才剛接觸不久。"

Well，我不管那個人是誰，只要不是小朱，豬八戒也無所謂。

～

趁著貝夫人午睡，我信步走向花園，沿途有幾個工作人員跟我打招呼，我一一微笑答禮。

走進花木扶疏的花園，各種爭奇鬥豔的花卉映入眼簾，這麽美的景觀，偏偏夾雜著吵鬧聲，真是大煞風景。

就在梧桐樹下，我看到小朱和台灣廚子起了爭執，前者推後者一把，讓他踉蹌倒地。

"別欺負人，行嗎？"我走過去仗義直言。

小朱看見我，很是驚慌，但馬上克制住："誰欺負人了？我是跟蕭師傅玩，是不？老蕭。"

老蕭不置一語，他站起來拍拍衣褲上的灰塵後，默默走開。

廚子老蕭一看就是老實人，年紀大到可以當小朱的父親，他怎能這樣對待一位長輩？

"聽著，你若欺負人，我肯定會告訴貝夫人！"

"切，別以為自己是正義使者，凡事總有個先來後到......"

話不投機，我轉身想走，卻被叫住。

"喂！貝夫人想收養誰繼承家產？"他問。

收養誰？反正不是收養你！

" 我不知道，錢財乃身外之物，我正鼓吹貝氏六婦裸捐。"我答。

"這世界就是有妳這種笨人！"小朱邊搖頭邊離開梧桐樹。

"渣男！"我對著他的背影罵道。

當我想返回花園繼續我的視覺饗宴時，不巧看到一支體溫計，就躺在廚子跌倒的地方，我把它撿起來。

這隻體溫計上覆蓋些許灰塵，但看得出不是二手貨，上面的刻度很簇新。

我又凝視它好一會兒，仍看不出個所以然，決定晚餐過後將它還給老蕭。

第七十五章／暴風雨前的寧靜

我和貝夫人、貝律師一起吃飯。

今天的晚餐有三杯雞、五更腸旺、蒜苗臘肉、螞蟻上樹以及清炒苦瓜。

貝夫人把一勺苦瓜放入我盤裏：" 天氣熱，多吃點兒苦瓜，去火。"

" 哪裏來的苦瓜？"貝律師問，順便吃了幾片。

" 台灣來的白玉苦瓜，我告訴蕭師傅想吃，他特地從台灣進口的，一點兒都不苦，對吧？"

貝律師點頭同意。

啧啧！苦瓜不苦還能叫"苦"瓜嗎？真是奇怪！反正我對苦的東西一概敬謝不敏，遂把盤子往外推了推。

" 對了，馬老師，雅各說有妳的明信片，請妳去取。"貝律師忽然提起。

" 明信片？誰會寄明信片給我？"

“這就不清楚了，另外……華諾說他想妳了。”

“哈！”貝夫人拍手，“這就對了，我還在想這法國華人圈子裏，有哪個小伙子到了適婚年紀？想來想去，竟然漏掉華夫人的侄子。華諾好，名牌大學畢業生、家境優、工作佳、人也帥，配咱家依依正好。”

貝夫人說“咱家依依”，我的心被撩撥了一下，很是感動。

“華諾就愛嘴上風流，根本不是那麼回事，況且……我有男友了。”我解釋。

“還是畫畫那一個？”貝夫人挑起眉梢問。

我擡起頭來，不知該答是或否？我和羅宋沒有正式分手，他卻把我拉黑……

没想到我的欲言又止讓貝夫人誤會了。

“華夫人告訴我，她請了個美術學院的學生畫像，還是妳男友，我就覺得不妥，華夫人那個人啊……”

貝律師大力咳嗽兩聲，貝夫人馬上閉嘴。

“不是，”我立刻撇清，“他不是我男友，我們已經分手了。”

“分手就對了，老貝～”貝夫人轉向自己的老公，“你也幫依依留意一下，你的律師事務所不是剛來了幾名實習生？”

我到廚房找老蕭，他正把腳翹在長桌上喝酒，嘴裏哼著歌，花生殼散了一地。

“是鄧麗君的《綠島小夜曲》，我聽過。”我說。

他看見我來，趕緊收了腿，樣子有些錯愕。

“這是什麼？”我拿起桌上的咖啡色瓶子，上面貼了粉紅色標籤。

"那是紅標米酒，不論生老病死或婚喪喜慶，台灣人都少不了它。"

這麼好？我問我可以喝看看嗎？

"可以。"老蕭像在找什麼，"杯子呢？我習慣用碗喝。"

我也注意到桌上只有碗，没有杯子。

從廚房拿來小杯子後，老蕭替我斟了半杯，我一飲而盡。

該怎麼說呢？這米酒聞著很香，入口時有種清新的感覺，但馬上會感覺苦，到了喉嚨轉爲辣。

"形容得太對了，的確如此。"老蕭捧起碗又喝。

我提醒他米酒的酒精含量不高，但喝多了也會醉。

"没事，我把它當水喝，天天喝，醉不死人。"

此時老蕭的臉頰和鼻子紅通通，雙眼像加菲貓，永遠没睡飽的樣子，他卻說没事？

我忽然想起此行的目的，趕緊把體溫計放在桌上："你走後，我在地上發現這個，我猜是你的。"

他死盯著體溫計，像跟它有仇似的："不，不是我的，快拿走！"

"不是？明明在你跌倒的地方發現的，不是你的，會是誰的？"

那個反覆無常的廚子忽然奮力把酒瓶掃到地上，發出"哐啷"一聲，玻璃碎了一地。

"都說不是我的，妳……妳還囉嗦什麼……滾，快滾！"

這老人是怎麼回事？翻臉像翻書似的，不是就不是，發什麼火？！

我拿起體溫計，扭頭就走。

老蕭說體溫計不是他的，那麼唯一的可能性就是朱翊安的，我回頭找小朱去。

相對於老蕭的"死不認賬"，小朱爽快多了，第一時間就承認是他的，然後把體溫計塞進褲袋內。

"你發燒了嗎？用得上體溫計。"我問。

"偶爾，人不是鋼鐵，總會生病，我這是未雨綢繆。"

原來真的是小朱的。

"我還以爲是老蕭的，難怪死不承認！"

"是嗎？老蕭不承認這體溫計是他的？"

不知爲什麼，小朱神情怪異，似笑非笑。

想著貝夫人正等著我，我得盡快結束談話。

"拜了。"我說。

小朱攔住我的去路："等等，我很早就想問，妳……爲什麼討厭我？"

呃！這叫我如何回答？

"大概磁場不對吧？！"我說。

"貝夫人很喜歡我，雖然我不高、不壯、顏值也一般，但有一顆柔軟的心，希望有一天妳會發現我沒那麼令人討厭。"

那人說得誠意十足，我也不好直接否定，暫將他列入"觀察名單"內。

爲了拿我的明信片，貝夫人不惜開一個多小時的車去華堡。

“其實不是很緊急的事……”

“怎麼不緊急？華諾也說想妳。”她說完，特地看我一眼。

完了，有錢有閒兼上了年紀的女人就是喜歡亂點鴛鴦譜，這下子我有苦頭吃了。

到了華堡，貝夫人很快被華夫人迎進門，兩人很熱絡地交談，像多年未見的老友，看不出不久前才剛見過面。

我逕自走向西翼二樓，去敲房門上帶有禿鷹雕刻的房門。

“扣扣……扣扣……扣扣扣……”還是無人回應。

會不會在畫室裏？我踩著吱吱作響的樓梯上到三樓，圓拱門半開著，我禮貌性地敲了敲。

“Entrez.”是雅各的聲音。

我一推開門，Bruno就跳入我懷裏，讓我頗爲吃驚。

抱著它沈重的身軀，我說：“Bruno重了，它吃得多嗎？”

“不知道，我把我的食物都給它吃了。”

“難道你什麼都沒吃？”

他答他不太感覺餓，偶爾吃點兒水果。

我這才注意到畫架後的雅各瘦得嚇人，兩頰凹陷，顯得眼睛大，手腕和腳踝像在骨頭上糊了一層皮，皮膚也不好，既粗糙又暗黃。

“雅各，再這麼瘦下去，你成了行走的木乃伊了。”

雅各冷漠的臉上忽然有了笑容：“這是對我的讚美，我以爲我已經瘦成一道閃電。”

看昔日學生形如槁木，我忍不住要他愛惜自己和……身邊人，不是每個人都那麼大度，能容忍他的任性。

我指的是這陣子他對我的惡意中傷。

"這世界是我的，我想活成什麼樣，別人無權干涉。"雅各又回到他的冰冷世界。

那好吧！你過你的橋，我走我的路，咱們互不相干。

"聽說有我的明信片……"我没忘了此行目的。

雅各遂放下畫筆走向牆角的書櫃，從一堆畫册裏找出石田徹也那一本，翻開來，裏面有數十張明信片。

"怎麼現在才給我？"我問。

"想看妳著急的樣子。"他毫無羞愧地答。

媽的，真想抽他兩下。

"你怎能這樣？如果是緊急情況，豈不錯過了？"

"怎麼可能是緊急情況？除了收件地址和收件人外，什麼都没寫。"

我也注意到了，但……

"這不能成為偷人信件的藉口。"我表情嚴肅地說。

"我知道妳在等我的道歉，但我不會道歉，除非小尤回到華堡，否則我就要過這樣的生活，既傷害自己也傷害別人，直到世界末日！"

看著眼前這個越走越偏的幼稚少年，真不知說什麼好。

"小尤還是會回到華堡，他不過是忙攝影展的事。"我耐著性子解釋。

雅各說那只是緩兵之計，攝影展結束後，小尤會找個藉口不回華堡。

"告訴我，你覺得小尤愛你嗎？"我問。

"他是愛我的，如果没有妳的話……"

"呵呵！你把我的名聲搞臭了，小尤恐怕今生都不會想再和我有任何瓜葛。"

"那最好，"雅各重新拿起畫筆，"省得我費盡心思。"

那孩子的冷漠無情讓我心寒，連小猴子Bruno也感受到了。它跳離我的懷抱，爬到桌上，睜著大眼睛注視著我和雅各，彷彿看穿我們之間的暗濤洶湧，一時不知該向誰靠攏。

我默默開門離去，即使是暴風雨前的寧靜，也足以讓人窒息。

第七十六章／意外

我在噴水池旁坐下，然後把明信片拿出來，它們來自德國、瑞士、意大利、西班牙、捷克、瑞典、丹麥……幾乎涵蓋整個歐洲。

如同雅各所說，除了收件人和收件地址外，就只有郵戳了。

然而字是騙不了人的，明信片上的每個字母和數字都向右傾斜45度，憑著這一點，我認出羅宋的字跡。

也就是說，羅宋環遊歐洲有一陣子了，這是從什麼時候開始的？

我把郵戳都翻出來依先後順序排列，發現羅宋在完成華夫人畫像後的一個禮拜，人已經在德國慕尼黑了。

那麼大胸脯女人又是怎麼回事？難不成他有分身？

想來想去，唯一的解釋是男友把房子出租出去，而且租給生活一團混亂的人，這個傻羅宋！

我一方面罵他傻，卻忘了自己更傻，白白生氣了這麼多天。

知道羅宋無恙後，我放下心來，但很快憂鬱又爬上心頭，這個時間點，羅宋竟然背起行囊去旅行，課業怎麼辦？他是休學還是輟學？羅宋啊羅宋，我該如何說你？

我還在感傷，冷不防華諾從背後出現。

"幹什麼？好像天要塌下來了。"他坐在我身旁。

"没什麼……羅宋給我寄明信片了。"

他把我手中的明信片接了過去："啧啧啧！這小子遊山玩水，日子過得挺滋潤的嘛！不過，妳怎麼知道這是羅宋寄的？上面沒有署名。"

我答看字跡。

"真屬害，果然是老夫老妻，"他接著問，"既然羅宋寄明信片給妳了，爲什麼妳還是一副愁雲慘霧的模樣？"

我把我的臆測和擔憂告訴他，他認爲我杞人憂天，只要人還在，錢還有，萬事就OK了，多想只是自尋煩惱。

哎～說的對極了。羅宋目前居無定所，手機也停了，我想聯繫也聯繫不上，多想的確是自尋煩惱。

"告訴妳，我阿姨新買了兩匹馬，一公一母。公的叫亞當，母的叫夏娃，想不想會一會這對情侶？"華諾忽然提起。

亞當和夏娃？天地間的第一對男女。華夫人取這兩個名，真有意思！

"好呀！"我爽快地答應。

～

亞當和夏娃是兩匹成年馬，精力正充沛，跑起步來可說是大步流星、風馳電掣。

我和華諾就這麼一路無語地騎馬跑過平原、越過山丘、涉過河流、穿過樹林……最後竟然來到臨海的碉堡。

"我來過這裏，是小尤帶我來的。"我說。

華諾擡頭看著這棟五層樓高的褐色建築，有些迷惑："是嗎？這麼隱秘的地方也找得到？"

我告訴他這是碉堡，原來作為軍事用途，戰爭結束後，一度成為水果倉庫，現在則空置著。

"那麼進去看看！"他說。

我們把馬拴在龍柏樹幹上，然後沿著螺旋狀階梯拾級而上，當看到洞口外碧藍如洗的天空及海水時，華諾很是震撼！

"這麼好的地方怎麼沒有遊客？我應該把它拍照下來發到網上，然後在碉堡入口處賣入場券，一張一歐元，少說一天也能掙個幾百歐。"

"我以爲你不把那些小錢看在眼裏。"我離開面海的洞口，走向另一個洞口。

"妳以爲不見得是我以爲，妳以爲我很風流，我以爲我只取一瓢飲。"

華諾的一席話，讓我想起惠子和莊子的對話：

惠子曰："子非魚，安知魚之樂？"

莊子曰："子非我，安知我不知魚之樂？"

"你不是我，怎麼知道我以爲你很風流？"我照本宣科，同時俯視洞口外的亞當和夏娃，它們正耳鬢廝磨著。

"重點不在這兒，而在我只取一瓢飲，這一瓢我正等著某人賜與我。"華諾向我走來。

"呵呵！還說不……不風流！"

我的結巴是因爲看到亞當正騎在夏娃身上，前後抽搐、氣喘吁吁。

華諾想必也看到了，他用力將我往回扳，此時，我和他已經靠得很近很近……

"依依，妳走後，我每天每夜地想妳。"

"我有男友了……"

"噓～別說話，"他吻了我耳垂，又吻了我脖子及肩膀。

"他叫羅宋，正在旅行……"我提醒他。

華諾全然聽不見，他將我抱起放在洞口的石台上，然後隔著衣服吸吮我的乳頭。

"華諾……這是不對的，人要做對的事……"我呢喃著。

"我正在做對的事，如果哪裏不對，妳告訴我……"

華諾脫下他的長褲。

~

從碉堡回來，不巧踫上正在花園裏散步的華夫人和貝夫人，後者興奮非常，開起我和華諾的玩笑。

"別亂說，没有的事。"我扳起臉孔。

"我們只是聊會兒天而已。"華諾和我同聲相應。

"聊著聊著就聊出感情了，我和老貝就是這樣……"貝夫人一副過來人的口吻。

~

"常來坐坐，我每天都惦記著妳。"華夫人對貝夫人說。

"會的，爲了華諾，我和依依會常來。"貝夫人很開心地望向坐在副駕駛座上的我。

即使上了路，貝夫人還絮絮叨叨著華諾各種的好。我轉頭看窗外，想避開干擾，不料卻看到華諾站在二樓窗口俯視我，似有千言萬語。

啊！我又被他柔情似水的眼神帶回碉堡，那令人血脈僨張的時刻......

第七十七章／不是意外

回到貝公館，我陷入深深的自責當中，不敢相信自己這麼容易就跟羅宋以外的男人做愛，雖然那滋味是如此美妙，以致在腦中不斷回鍋，久久不能平息……

是誰說報復男友的最佳方式就是找個人上床？難道潛意識裏，我利用華諾來報復羅宋？或者因爲華諾是華夫人的侄子，她搶了我東西，我就去搶她的？

想來想去，還得怪亞當和夏娃，如果它們不在光天化日之下行苟且之事，怎麼會勾起我和華諾的熊熊慾火？

不行，這件事得到此爲止，讓日子重新回到正常的軌道。

" 聽華夫人說，華諾已經通過CFA考試，它是全世界公認的金融證券業最高認證書，很不好考啊！華諾的頭腦是一等一的好……股票經紀人的工作爲華諾帶來每年七位數的佣金，那可是金牌仲介才會有的收入……華諾的母親是有錢人的小三，到死都沒有名份，但從華諾父親那裏搜刮到

不少，光房地產就十幾處，股票也没少要，妳若嫁過去，就是現成的少奶奶，一輩子錦衣玉食、不愁吃穿……”

我的雙手被藍色毛線圈住，貝夫人正把藍色小花加在粉紅色毛衣上，已經織了兩個多小時，我也聽了兩個多小時她對華諾的溢美之詞。

“我……我已經有男友了……”我聽得耳朵生繭，想趕快制止這類無意義的談話。

“男友？新的？”她睜大眼睛問。

“不是，還是原來那個，畫畫的。”

“怎麼還是畫畫的？！”

貝夫人很生氣，然後細數所有未成名畫家的罪狀：一輩子窮酸、邋遢、私生活不檢點、孤芳自賞、頂多是個教書匠……

我不苟同，把最近蘇富比拍出的天價畫作羅列出來。

貝夫人笑了，說我活在象牙塔裏，畫家能成名的幾何？況且大部份都是死後成名，因爲不會再有畫作，留世的等於限量版。

“難道妳想等到垂垂老矣？”她問。

我無法反駁她的觀點，因爲那的確真實得可怕，但……

“我的羅宋不一樣，他是有才氣的。”

“才氣？”貝夫人嗤之以鼻，“才氣在柴米油鹽的壓力下，很快就會消耗怠盡，妳若打算以微薄的薪水去供養有才氣的老公，然後期望有一天他在人才濟濟的藝術界中殺出一條血路，那不啻癡人說夢。妳呀！不爲自己想，也得爲下一代想，結婚是第二次投胎，得慎重啊！”

我完全理解她的想法，也感激她的直言，但貝夫人忘了一點，不是只有我選人家，人家也得看得上我才行。我雖是重點大學畢業生，但可不是北大、清華、復旦這類的名校，況且家境一般，也無沈魚落雁之姿，像華諾這種背景的家庭最注重門第，我恐怕早已被摒棄在名單之外。

貝夫人聽完，放下手中的棒針：「妳說的不無道理……放心，這事交給我。」

她又重新拾起棒針，一勾一拉，織出一朵藍色蝴蝶蘭，像張開翅膀的藍色蝴蝶，翩翩起舞。

貝律師到巴黎忙活，今晚的餐桌上只有我和貝夫人。

「老貝東奔西走，競選真是天底下最能減肥的工作。」貝夫人邊說邊吃了幾片苦瓜。

今天的廚子煮了苦瓜雞蛋。

我注意到貝夫人很喜歡吃苦瓜，不光餐餐有，還讓廚子打上汁當水喝，說是養顏美容。

貝律師偶爾也會在貝夫人的督促下吃上幾片，但看樣子不是他的菜；我則拒之千里外，連聞到氣味都感到難受。

「貝律師這次離家多久？」我夾了一筷子的蠔油牛肉，這才是美味。

「難說，他已經在巴黎第六區租了公寓，日夜和競選團隊商議如何在排外的法國政壇佔上一席之位。」

「這麼說，貝公館只剩下老弱婦孺囉！」我以開玩笑的口吻說，內心卻有些擔憂。

與華堡不同，貝公館完全沒有警衛。貝律師在還好，因為參加競選，身邊多了兩個貼身保鏢，平常也人來人往，頗有人氣。現在貝律師一走，保鏢、訪客跟著沒了，貝公館上下除了傭人就是工人，而且住所分得很開，即使大叫也不見得聽得見。

"的確只剩老弱婦孺，"貝夫人深有同感，"所以我很高興有妳陪在身邊，以前真是寂寞難耐。"

那好，從現在起，保護貝夫人成了我責無旁貸的工作，我不會讓任何人欺負她！

我把羅宋寄給我的明信片全舖在床上，手裏拿著銅板，被我扔中的那一張會被我百度一下，然後從陳述中臆想羅宋去過的地方。

這次我扔中的是意大利威尼斯，趕緊坐下來啪啪啪地打起字來。

"嘟……嘟嘟嘟……"

我正徜徉在水城威尼斯之中，突來的手機聲嚇了我一跳。

"Allo."

"依依，是我。"

竟然是華諾，我按兵不動，看他出什麼招。

"我……今天天氣很好。"他說。

我往外一看，是個大陰天。

"是很好。"我言不由衷。

"妳……能出來一下嗎？我講會兒話。"

有什麼話不能電話裏講？真是愛折騰！

"貝夫人午睡通常不超過兩小時……"我間接拒絕。

"我已經在貝公館外的銀杏樹下。"

什麼？！我衝向窗口，果然橙黃色的樹葉下停了輛VOLVO。

“你待在車裏別出來，我馬上過去。”我急急地說。

“快，把車開到隱秘點兒的地方。”我一上車就吩咐。

華諾有些困惑，但没多問，發動車子便往樹多的地方去。

“幹嘛鬼鬼祟祟的？”一把車子停妥，他轉身問我。

我把貝夫人擔任媒婆的高度熱情告訴他，表明不想推波助瀾。

“貝夫人說得没錯，我是很優秀，妳打燈籠都找不到。”華諾不忘臉上貼金。

我無法嗆聲，因爲在衆多女人眼中，他的確優秀。

“我没說你不優秀，和你比起來，我太平凡了，放在人群裏馬上被淹没……”

“可是我喜歡，”他抓住我的手，“遇見我的女人，總是想方設法把我帶進婚姻的殿堂，只有妳不一樣，敢和我平起平坐，我就喜歡這種舒服的感覺，還有……前天……我們很契合，連最後一道關卡也通過了，表示我們有繼續走下去的可能。”

我掙脫他的手，告訴他殘酷的事實。

“妳是說妳利用我來報復男友？”他睜大眼睛，難以置信。

“是有這個可能性，否則無法解釋爲什麼……爲什麼我那麼容易就和你……和你那樣。”我紅了臉。

“Oh，Tu m'as fait mal au coeur.”他捂住胸口，一副痛苦的樣子。

“What？”我不明所以。

華諾干脆中英文並用：“You break my heart.妳傷了我的心。”

“對不起，désolée.”我低下頭去。

“沒關係，我內心強大得很，”他苦笑，“離別前，能讓我們做最後的擁抱嗎？”

沒想到華諾如此大度，我想都不想，轉身給他一個Hug。

可是華諾要的不只是擁抱，他用力將我從座位上拔起，此時我上他下，我正壓著他。

“你幹嘛？”我沒好氣地問。

“做最後的擁抱。”

他邊說邊把手伸進我的波西米亞長裙裏，我很吃驚，同時也氣自己穿著細肩帶的無袖上衣，華諾只需輕輕一扯，它便整個滑落下來……

“妳有性感的肩胛骨和堅挺的乳房……”華諾在我耳邊呢喃著小尤說過的話。

此時此刻，我應該用力推開他，甚至甩他一巴掌，以華諾的紳士教養，他絕對不會強迫我，但我卻什麼也沒做，反而在他去解褲頭時，還有心思去想小尤說過的話，全文應該是：“妳有性感的肩胛骨和堅挺的乳房，裏面充滿了乳汁。”

第七十八章/小尤的攝影展

我走進家庭房，貝夫人已經坐在那裏看電視，手裏揣著一把瓜子。

"妳去哪裏了？我午睡起來找不著妳。"貝夫人説。

"我⋯⋯我去散步了。"

貝夫人忽然直挺挺地盯著我瞧，讓人很不舒服，我趕緊摸摸頭髮又扯扯裙子，深怕敗露一點兒蛛絲馬跡。

"妳的臉部潮紅，頭髮有些凌亂，脖子上有草莓⋯⋯"

什麼？！華諾竟然在我的脖子上留下吻痕？我下意識用手去遮掩。

"呵呵！騙妳的。"

"貝夫人，妳怎能這樣？這玩笑開得太過份了！"我很生氣。

貝夫人慢慢地又啃起瓜子，一顆、兩顆、三顆⋯⋯啃瓜子的聲音聽起來很刺耳。

我不知該說些什麼或做些什麼，只好拿起茶几下的時裝雜誌隨意翻了翻，終於找到話題。

"今年春夏流行的服裝款式是針織衫搭配喇叭褲……"

"那輛VOLVO是誰的？"貝夫人忽然一問。

"VOLVO？什麼VOLVO？"我還在做困獸之鬥。

"VOLVO XC90，SUV車型，銀色四門，開天窗。"她提示。

"呃……那個……那個……"一時真找不到替死鬼。

見我辭窮，貝夫人體貼地回到原來的話題，問我今年的流行色是什麼？

"流行色……流行色……"我趕緊翻雜誌，"是……是黑色和白色條紋。"

貝夫人嘟嚷著怎麼會是斑馬線？我趕緊打哈哈，把表面危機給應付過去。

貝夫人知道我和華諾間的私情，只是没當面點破。

躺在床上，我鬱悶得要死，再一次接受華諾已經不是"報復"一說能解釋得通，我是怎麼了？真想甩自己兩耳光。

"嘟……嘟嘟嘟……"

我拿起手機一看，是華諾，啪的一聲給掛斷，没想到兩分鐘後他又打來。

"別再打了，我睏了，明天、後天、大後天也別打，我想連睡三天三夜！"我没好氣地說。

"抱歉，我不知道妳想睡了。"

是小尤的聲音，我馬上坐起："没關係，我以爲……算了，有什麼事？"

“没什麼重要的事，只是通知妳，明天早上十點，我的攝影展開幕，妳是模特兒，也許想看看展出。”

啊！這麼快？！小尤竟然不動聲色地給辦起來。

“我來，給你加油打氣！”我說。

小尤特別叮嚀我別送花或花圈，法國不時興這個，人來了就好。

我答知道了。

“沒事我掛了，妳有話要說嗎？”他問。

自從他懷疑我做妓，我倆之間就劃開了一道鴻溝。

“沒有，你呢？你有什麼話要說？”我反問。

“我……也没有。”

“那好。”

然後是一段長時間的沈默，我們誰也没開口，誰也没掛斷，直到……

“你打給誰？”電話那頭是雅各的聲音。

“我掛了。”小尤匆匆掛上手機。

雅各和小尤在一起？我轉頭看床頭櫃上的電子鐘，21:36。

都晚上九點多了，他們兩人同在一個屋檐下？

我知道小尤肯定不在華堡，除非他想凌晨五點起床，趕明天一早的展覽。這麼說，他和雅各現在在巴黎的公寓內？

我搖搖頭，自己的麻煩事已夠多，管不了誰上誰的床，何況我都管不住自己，豈能苛求別人？

早餐桌上，我跟貝夫人請假，說想去看小尤的攝影展。

“小尤？誰是小尤？”貝夫人問。

“他是雅各的攝影老師。”

“那正好，我今天沒事，我們一起去。”說完，貝夫人拿起苦瓜汁一飲而盡。

哈！再好不過，有個現成的司機，不用坐火車了，哪～

我正興奮著，忽看見貝夫人的眉頭皺了一下，遂問怎麼了？

“今天的苦瓜有點兒苦。”她答。

我笑著告訴她，苦瓜當然苦，否則就不叫“苦”瓜了。

“也對，我是怎麼了？苦瓜當然是苦的，哈哈！”她又恢復往日神采。

大皇宮國家美術館坐落於香榭麗舍大道上，是爲了迎接1900年巴黎的國際博覽會而建，以其高大的柱廊、豐富的雕塑聞名於世。

如今的大皇宮經常被用來舉辦各種藝術展覽，比如繪畫展、攝影展、雕塑展……等。

小尤的攝影展被安排在二樓，一樓入口處有張廣告海報，那是我佇足在一家瑞士特產店前的照片，眼睛看著櫥窗內的東西，樣子很失落。也只有我和小尤知道，我望著的是牛鈴，想著的是一個無法兌現的承諾。

“那不是妳嗎？依依。”貝夫人指著海報問。

我點頭承認。

她又問我櫥窗上的倒影是誰？我猛一瞧，那是個穿粉紅色襯衫的少年，小尤竟然把雅各也拍進去了。

“我……不認識。”

“不認識的人也拍？太不協調了，應該找華諾拍。”她的眼光飄向遠方，“……咦！那不是華諾嗎？Hi，華諾，這裏，我們在這裏。”

貝夫人高興地揮舞雙手。

我看到停車場上那輛熟悉的老爺車，原來不只華諾，華夫人和管叔也來了。

兩個老閨蜜一見面，熱絡得不得了，管叔則心事重重，點個頭後，匆匆進入大皇宮內。

“妳來了。”華諾說著廢話。

“嗯！捧老朋友的場。”

華諾說他不一樣，他是來看小尤有没有把我拍成AV女優。

“你就非得褻瀆藝術不可嗎？”我問。

“藝術和色情只在一線間，我今天就是來鑑定的。”

我告訴他這世界有個工作很適合他，那就是“鑑黃師”，每天都能觀看辦案單位送來的淫穢光碟，然後根據內容開具鑑定報告。

華諾聽完哈哈大笑，說這是他聽過最有意思的工作。

“你們這對鴛鴦的情話說夠了没？可以進去了嗎？”貝夫人笑盈盈地問。

“來了。”我瞪了華諾一眼，小跑步跟上。

第七十九章/撒旦起舞

上到二樓，我看見小尤被很多閃光燈和各路記者圍繞，華夫人与貝夫人也擠上前湊熱鬧，我識相地走開，後面跟著一個甩不掉的影子-華諾。

小尤的攝影展分爲四個區域：一區爲過去的作品、二區爲大自然風景、三區爲建築、四區爲人物。

"小尤拍得不錯。"華諾在我身後點評。

"當然不錯，他是我知道的，最好的攝影師。"

"誰說的？這張就不怎麼樣。"他指著右手邊那一幅，"什麼意思嘛？！一堆衣服有什麼好拍的？"

我的視線落在這張看似生活照的照片上，車外大雪紛飛，車內冬衣下有兩個交纏在一起的軀體。我認出駕駛盤上雪鐵龍的logo，也認出小尤的青色大衣和我的白色羽絨服……

"也許那對男女在取暖。"我喃喃道。

"男女？誰？妳和小尤？"

"說什麼？我只是瞎猜。"我快速轉身，不想讓華諾看見我說謊的樣子。

我當然記得，為了慶祝小尤的三十歲生日，我和他不惜"逃課"，到巴黎五區吃日式鰻魚飯，回程途中遇上大風雪，偏不巧雪鐵龍拋錨，車內暖氣也故障，逼得我和小尤相互取暖……

真不知這張照片是何時拍下的？我一點兒感覺也沒有。

" Oh my God! 快看那張得獎作品！"華諾喊道。

沒想到小尤把那張教堂前的裸照洗成無數張一百厘米見方的小照片，然後像拼圖似地高掛在四區的盡頭。

" 呵呵！這一區全是妳，看來妳就要大大出名了！"華諾環顧四周，很興奮地說。

展廳挑高一層半，寬約十米，洗那麼多張小照片得花多少功夫呀？！

我慢慢地走，一張張地看，遊艇俱樂部有我、歐洲公園有我、湖邊市場有我、古老的石板路有我、露天咖啡館有我、特色小店有我……到處都有我的身影，小尤將我拍得美極了。

" 妳為什麼哭？"

此時，華諾佇足在一張黑白色調的照片前，照片中的我穿上修道士的袍子，雙手戴上手銬面向鐵窗，眼眶裏淌著淚水……

" 小尤說我是有罪之人，得給他懺悔的表情。"

" 這人有病啊？！"華諾很生氣。

我說我的確是有罪之人，背叛了羅宋，腳踏兩條船……

" 聽妳這麼一說，我豈不是更有罪？當了小三，還拼命勾引妳。”華諾搖頭，“妳的負疚感太沈重，男未婚、女未嫁，何來束縛之有？”

我懶得反駁，法國人天性浪漫，沒“一對一”的概念。

“ Pardonnez-moi.”

華諾忽然喚來工作人員，耳提面命一番後，工作人員在那張我流淚的照片右下角貼上紅紙條。

“這是幹嘛？”我問。

“我把這張照片買下來了，這樣別人就看不到妳流淚。”

說完，他隨著工作人員離開，大概繳費去了。

我又在四區逗留了一會兒，才到樓梯間休息，那裏有投幣式熱飲，我點了杯熱可可，坐在台階上慢慢啜飲。

這裏很安靜，大概剛開幕，人潮都湧入展廳內。

“你昨晚在哪裏睡？”是管叔的聲音，來自樓上。

“不關你的事。”

“雅各，這是不對的，我和……你媽，擔心了一個晚上。”

“你是誰？我還輪得到你管？不過是隻鞠躬哈腰的哈巴狗……”

“啪！”

好大的巴掌聲，我緊張地幾乎握不住紙杯，然而接下來發生的，那才叫個“觸目驚心”，因爲我看見一個笨重的軀體從樓上滾落下來，發出“蹬、蹬、蹬、”的聲音。

“管叔！”我扔下紙杯爬上樓。

管叔的額頭開了個口子，血湧了出來，我拿出紙巾擦拭，很快便染紅，再抽出一張，依舊，直到紙巾全用光，血仍不斷地往外湧。

怎麼辦？止不住血呀！

我擡頭往上看，雅各站在那裏像個木頭人似的。

"雅各，快，叫救護車！"我哀求。

那小子這才慢吞吞地從褲袋內掏出手機來……

救護車一到，看到管叔的慘狀，馬上就地爲他輸液，我又看到輸液包裝盒上那個熟悉的字眼 "FACTEUR de coagulationon"，這到底是什麼？

"依依，妳怎麼了？"華諾衝向我。

大概我的"血人"模樣嚇壞了他，趕緊交待自己沒事，是管叔，他摔破頭了。

此時華諾也留意到另外一個"血人"。

"好端端的，管叔怎麼會摔破頭？不行，我得告訴阿姨，她還不知情。"

"那快去，"他走出樓梯間，我才想起重要的事，趕緊追上，" 華諾，什麼是Facteur de coagulationon？"

" Facteur de coagulationon？中文應該翻譯爲'凝血因子'，其作用是在血管出血時和血小板粘連在一起，藉以補塞血管上的漏口，多用在血友病患者身上。"

這麼說，管叔也是血友病患者？難怪出血像擰開的水龍頭，止也止不住。

"爲什麼問這個？"華諾問。

"沒什麼，你快去通知華夫人吧！"我催促他。

坐在台階上，我拿出手機百度：

血友病爲遺傳性凝血功能障礙的出血性疾病，其特徵是活性凝血活酶産生障礙，凝血時間延長，終身具有輕微創傷後出血傾向，重症患者沒有明顯外傷也可發生"自發性"出血。

遺傳性凝血功能障礙？……遺傳性？

我靈光一閃，難不成……難不成管叔是雅各的父親？

"不是，"雅各突然出現，"管叔不是我推的，他自己不小心跌倒。"

雅各不知我內心的猜測，一昧撇清自己的罪狀，我打了個寒顫，彷彿正和魔鬼對上話了。

第八十章/飲酒歌

管叔的回答和雅各如出一轍，他說是自己不小心跌倒的。

"怎麼這麼不小心，還好雅各和馬老師在場，否則......"華夫人握緊他的手，憂心忡忡。

"没事，額頭縫了幾針，休息幾天就好。"管叔說。

然而一個小動作還是被我捕捉到，管叔回握華夫人的手，輕輕的。

從頭到尾，那個惹事精一直悶不吭聲地坐在椅子上玩手機，槍炮射擊的聲音讓人好不心煩。

"雅各，"華夫人喚他，"待會兒管叔輸完液，你跟我們一起回家。"

雅各說他不回，小尤的攝影展還有兩個禮拜，他得留下來幫忙。

"雅各～"管叔蒼老的聲音顯得無力。

"別說了，再說我就消失，讓你們永遠都找不著！"

雅各憤然闔上手機離開病房，我也跟著出去。

我没有和雅各說話，反而奔向大皇宮美術館，已近閉館時間，我希望小尤還在那裏。

很幸運的，一上二樓我就看見他，他正和工作人員一起，看見我來，很快結束談話。

"抱歉，今天太忙了，没招呼到妳。"

"快別這麼說，攝影展很成功，來了不少人，我看見記者了，大概明後天人會更多，恭喜你！"

"謝謝！這幾天忙壞了，還好首日成績不錯，賣了十五張，都是妳的照片。"

我笑說他該請客。

"當然請，現在就請，我忙了一整天，正想坐下來好好吃頓飯。"他答。

連最後一盞燈也滅了之後，小尤帶我到大皇宮附近的河馬餐廳用餐。

河馬餐廳是巴黎的連鎖牛排餐廳，經濟實惠，光在巴黎就有44家分店，招牌菜是牛排和鵝肝麵包。

我點了牛肉蘑菇漢堡，小尤點了七分熟的西冷牛排，另外又叫了份鵝肝麵包一起食用。

待侍者走後，我把管叔在樓梯間摔破頭一事告訴小尤，又說華夫人很擔心雅各，希望他馬上回家。

小尤解釋雅各昨天到大皇宮幫忙佈置場地，他很感激，他們一直忙到夜裏十點，後來他送雅各到附近酒店住宿，情況就是如此。

原來他們沒睡在同一張床上，看來管叔多慮了。

我告訴小尤，雅各打算待在巴黎直到攝影展結束。

"放心，我不會讓他待在巴黎，今晚他會回華堡，I promise。"

有了小尤的保證，我安心了。

"嘟……嘟嘟……"

是貝夫人，她問我在哪裏，我答大皇宮附近的河馬餐廳。

"依依，我不舒服，想回家。"

我答自己快吃完了，馬上能走。

掛上電話，小尤說好可惜，他本來想邀我飯後坐船夜遊塞納河。

的確可惜，好幾次我曾看到夜晚的塞納河上有燈火通明的遊船，想著有朝一日也要登船夜遊，沒想到機會擦身而過。

"下次吧！"我說。

我沒想到司機是華諾。

"貝夫人不舒服，開車回去很危險，阿姨讓我當一回司機。"他解釋。

我看了一眼後座的貝夫人，她的臉色有些蒼白，正沈沈睡去。真是奇怪，今天一早她還生龍活虎著。

"我猜是中暑，剛剛阿姨已經幫她刮痧了。"華諾說。

我猜也是，天氣越來越熱了。

上了車，華諾將頭探出車窗外對小尤說：“照片拍得不錯，除了凌亂衣服在車內的那一張外。”

“噢！那是我很喜歡的一張，它讓我感覺幸福。”小尤答。

華諾笑了笑，發動車子。

直到上了高速公路，他才說：“神經病！一堆衣服也能讓他感覺幸福？！”

貝夫人服下阿斯匹林後，没兩分鐘，鼾聲大作。

華諾和我躡手躡腳地走出房間，再將房門輕輕閤上。

“很晚了，回去的路上小心。”我叮嚀。

“什麼？！妳讓我現在回華堡？！這也太不人道了，何況我是開貝夫人的車子來，難不成又把她的車子開回華堡？”

這也是問題，我陷入兩難。

“我到客廳睡吧！”華諾提出解決方案，“只是不知客廳在哪裏，這是我第一次到貝公館。”

於是我帶他下樓。

客廳在入口處的左手邊，華諾一進門就能看到，他卻說不知客廳在哪裏，我無法理解。

扭開燈，昏黃的燈光一下子照亮以冷色為主調的客廳，瞧！灰色牆面、黑白色棋盤式地磚、月白色地毯、淺綠色沙發、灰藍色窗簾……

華諾走過去把窗簾都拉上。

“窗外的月光皎潔，有光我睡不著。”他解釋。

我微笑，的確有人見光就睡不著。

華諾接著走向客廳隔斷門，用力拉上後，上鎖。

"有風我也睡不著。"他又解釋。

我提醒他，得等我離開後再上鎖。

"爲什麼要離開？三人座沙發剛剛好，"他附在我耳邊說悄悄話，"比VOLVO的車座椅寬敞。"

這語言上的挑逗聽起來很逆耳，我憤而推開他，果斷走向隔斷門，卻被華諾從背後一攬："去哪兒？"

"我回房睡，貝夫人不舒服，我没心情……"

没等我說完，華諾擁著我跳起舞來，嘴裏哼著歌，是歌劇。

他唱得很動聽，我的心慢慢沈靜下來。

"你唱的是什麼？"我問。

"《茶花女》中的飲酒歌。"

"我不懂意大利語，歌詞是什麼意思？"

於是華諾像唸詩般，將歌詞娓娓道來。

等他唸完，我也醉了。

"我真的得走了。"我舊話重提。

華諾没挽留，眼睜睜地讓我走。

"記得將門帶上。"他提醒。

我走到隔斷門處，只需向右扳90度就能開鎖，我卻開不了。

"怎麼了？"他問。

"門鎖壞了。"我答。

華諾走過來，輕輕一扭，門開了。

“謝謝！”

我來不及拉開門，華諾重新又將門鎖上。

“怎麼了？”

“我知道妳不想走。”

他將我輕輕抱起，走向沙發……

第八十一章/貝夫人病了

華諾說得對，在性的方面我們非常契合，正因如此，我的身心被迫分離。

我不是個朝三暮四的人，也不享受生張熟魏帶來的樂趣，但遇上華諾後，我卻像脫韁野馬似的，怎麼都把持不住自己。道德和理智告訴我要離他遠一點兒，但身體卻不由自主地向他靠攏，以致我一方面享受身體的快樂，一方面又內疚到不行……

"怎麼了？寶貝。"華諾問。

他側著身體好讓我能平躺著，手卻沒閒著，他在玩我的頭髮。

"我是個壞女人，你心裏一定這麼想。"我賭氣地說。

"怎麼會是壞女人？"他輕點我鼻頭，"妳哪裏壞？"

"劈腿、没一點兒矜持，這還不算壞？"

華諾聽了哈哈大笑，他說我是他見過最有趣的女人。

"不行，我得回房睡了，免得被抓現行。"

我坐起身來，順便撿起地上的胸罩，華諾幫我將背部鈎子勾上。

一覺到天亮。

我下樓吃早餐，樓下客廳的窗簾已經拉開，傢俱擺放得整整齊齊，看不出有何異樣。

華諾已經走了，好個"不告而別"。

" Bonjour."我道早安。

" Bonjour."貝夫人有氣無力。

睡了一覺，貝夫人的精神好一些，但仍看得出"大病初癒"的樣子。

"昨天妳嚇壞我們了，說倒就倒，要不是華諾，恐怕我們得留在巴黎過夜。"我說。

貝夫人答她也不知道是怎麼回事，忽然就覺得胸口悶、喘不過氣來，順便指責我懶，不去考駕照，萬一有事發生，只能"叫天天不應，叫地地不靈"。

我解釋不是我懶，而是十八歲學開車時，不慎壓死了一隻狗，看狗主人傷心的模樣，我內疚到不行，深怕某天又撞上甲乙丙丁……

"我知道了，妳也不用太自責，大不了我另外請人。"

貝夫人體貼我，讓我的心和她又靠近許多。

"來，貝夫人，這是妳最喜歡的苦瓜汁，趕緊喝了吧！"我將杯子往她的方向挪，又將豆瓣苦瓜擺在她面前，"廚子一定知道妳無苦瓜不歡，連早餐吃粥也不忘這一味。"

" 我是應該多吃，華夫人說我中暑了，苦瓜去火，正好。"她答。

～

吃完早餐，我和貝夫人到花園散步，没一會兒，她說太陽太大，曬得難受，很快就進屋。

我記得貝夫人很喜歡陽光，她說小麥的膚色最健康……

進到屋裏，貝夫人說織毛衣吧！我把羊毛線拿出來，棒針也準備好，她又說眼睛痛，不想織了，還是看電視吧！

我打開電視機，一個女人在唱歌，貝夫人馬上摀住耳朵：“太大聲了，我頭痛。”

嚇得我趕緊又把電視給關了。

“我看還是躺躺吧！”貝夫人很洩氣。

我扶著貝夫人上二樓，不巧和朱翊安打上照面，他正從房裏走出來。

“貝夫人，妳怎麼了？”小朱一副關心的模樣。

“大概中暑了，躺躺就好。”貝夫人答。

小朱說天氣熱，的確很容易中暑，又問貝夫人有没有想吃的？他交待老蕭煮給她吃。

“真是個好孩子，我没什麼想吃的，只想睡個覺。”

“那麼我讓老蕭打苦瓜汁給妳喝，苦瓜退火。”他說。

“好，好。”

貝夫人邊點頭邊往自己的房門走去，大概是真的累了。我尾隨其後，把小朱撇在一旁。

～

午餐又是苦瓜大餐，搞得我只有紅燒肉及西蘭花可以吃，但爲了貝夫人，我忍了，然而貝夫人依舊沒胃口，飯扒兩口就不吃了。

"貝夫人，妳還好吧？"我問。

"不好，越來越不好。"她放下碗筷。

看來，我得找家庭醫生了。

貝家的家庭醫生是馬來西亞裔，會說一口怪聲怪調的普通話。

他放下聽筒，面色凝重地說："得到里昂市做個全身檢查，看表徵很像某種慢性病。"

什麼慢性病？醫生說不出個所以然，只答他會做好明天早上的預約，叮嚀貝夫人得空腹做檢查。

送走醫生，我憂心忡忡。

"傻孩子，醫生總往壞裏想，没什麼大不了的，估計是我太好動所引起的過勞。"她安慰我。

我請朱翊安開車送我和貝夫人上醫院，他卻說明天一早葡萄酒要進桶密封，是大事，他得在場監督……

不止他，貝公館的佣人我一個也叫不動。是這樣的，法國的家政服務分工很細，廚房幫工不能做園丁，園丁不能去吸地板；吸地板的不能開車……否則就是侵犯他人的工作機會，有可能被工會除名。

看來只能另外雇個司機，但臨時上哪裏找？

我腦筋一轉，想到華諾，他肯不肯幫這個忙呢？

～

"我就來，晚上十點前到。"華諾很講義氣。

貝夫人一聽說華諾今晚到，馬上吩咐傭人把我隔壁那間客房給打掃乾淨。

"近水樓台先得月，我得替你們搭好平台。"她笑了，樣子有點兒瘆人，大概病得不輕。

"貝夫人，妳躺好，晚餐我送上來給妳吃。"我輕聲細語，然後把毯子嚴嚴實實地蓋在她身上。

貝夫人閉上雙眼，一副難受的樣子，我的心也壓上了一塊大石頭。

第八十二章/富過三代

華諾果然在十點前報到，看到他的 VOLVO，我趕緊下樓來。

"真準時。"我說。

"準時是股票經紀人的第一守則。"他答。

我低頭一看，華諾帶了一隻大號行李箱，讓人很不解，只住一個晚上，不需要那麼多行李呀！

"貝夫人說她需要司機，我便毛遂自薦了。"

不會吧？！司機能賺多少錢？一個月的薪水恐怕還不夠他上一次高級餐廳。

"當然，貝夫人還承諾給我介紹幾名好顧客，他們都住在里昂附近。"華諾進一步解釋。

這才是主因！

我帶華諾上樓，我們的房間緊挨著，都朝南，光線充足。

"爲什麼貝夫人的房間反而朝北？"他問。

我也曾經問過貝夫人同樣的問題，她答貝律師是夜貓子，白天喜歡睡懶覺，有光睡不著……

"像你一樣。"我說。

"那是騙妳的，我是藉機拉上窗簾。"華諾對我俏皮一眨眼，讓人連生氣都覺得小題大作。

"Well，大騙子，你的房間到了，"我扭開門把，"七點吃早餐，和醫院約了十點，最晚九點得出發。"

"七點吃早餐？"華諾想了想，"那麼五點起來晨跑正好，我可不想和妳一樣變胖。"

我胖了嗎？這簡直比原子彈爆炸還可怕。

華諾像施恩般："我不介意妳加入我的慢跑隊，反正我肯定是要跑的，妳……隨意。"

哈！這叫"欲擒故縱"。

回到房間，我馬上打開衣櫃，很快便決定明早穿Adidas的粉色慢跑服及Puma的氣墊鞋。

夜深了，本該是萬籟俱寂的時候，可是……

華諾沒隨身攜帶他的留聲機，只好清唱，他唱的是歌劇卡門中的一段：《愛情像一隻自由的小鳥》。

雖然我不懂唱的究竟是什麼，但感覺實在好。

"嘟……嘟嘟嘟……"是華諾，我接聽了。

他問我想不想聽歌詞翻譯？我答隨便，於是他開始唸，我才知道蕩婦卡門唱的是：**……愛情是消遣的東西，沒什麼了不起。**

聽他這麼一翻譯，我的心喀噔了一下，這也是我必須面對的問題。顯然，這個浪蕩子對"性"很開放，愛情對他而言無非也是消遣的東西，没什麼了不起。

"你會結婚嗎？或者……你打算結婚嗎？"我問。

"没打算結婚，但不知最後會不會結，"他打起太極拳，"我媽和我爸也没結：還不是過得好好的？"

這真是非常、非常不負責任的說法，不管時代如何變遷，我認為愛情必須是忠貞的，也應該有個結果，而不是像大自然的動物世界，逮到一個就做繁延下一代的事……

華諾聽完呵呵笑，他說我好像是從中國舊社會裏走出來的裹小腳女人，是有那麼點兒異國風情在，但多了可受不了。

"我準備好了，妳來不來？"他忝不知恥地加了句。

這擺明是召妓，而且不打算付費。

"不了，裹小腳的女人現在要就寢，還有，別再唱歌，聽了頭疼。"我没道晚安就掛機。

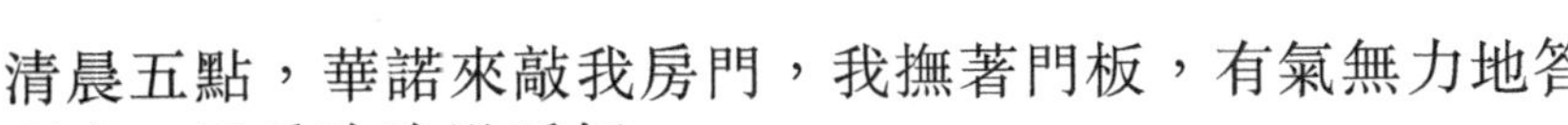

清晨五點，華諾來敲我房門，我撫著門板，有氣無力地答不去，因爲昨晚没睡好。

"就因爲我不娶妳，害妳整夜失眠？"

"對，就因爲你不娶我，所以我失眠了，怎樣？"我豁出去了。

"那走，"他拉著我的手往外，"現在就去結婚！"

我甩了他的手說他瘋了，應該看醫生。

"我是瘋了，昨晚妳有没有失眠，我不知道，但我失眠了，因爲妳没來……"

他將我往房內一推，腳一勾，門關上了。

原本應該華諾去慢跑，我繼續睡回籠覺，然而我們卻幹了那件事，而且比前幾次還要好。

"人每天都該有性生活，研究顯示，良好的性生活能使人減少焦慮、增強免疫力，最重要的，還能延年益壽。"華諾大放厥詞。

"意思是多做一次愛就能多活一天。"我揶揄。

"呵呵！差不多，所以我們每天都應該來上一次。"

我現在已經分不清是非了，現實是華諾不想娶我，只想和我做愛，而我卻像個傻子似的，次次回應他的需求。

"喀呲……喀呲……"我聽到屋外割草機發動的聲音，知道七點了，趕緊提醒枕邊人。

他站起身來穿衣，裸露的身軀像大衛雕像，充滿力與美。

貝夫人必須空腹做檢查，我没叫醒她，讓她多睡會兒。

因爲只有兩人用餐，考慮到華諾的喜好，昨晚我已經吩咐廚子準備西式早點，所以今晨的桌上有了久違的麵包、蛋、培根、香腸、……

"和華夫人家吃的差不多，不過貝家廚子好像是亞洲人。"華諾說。

我問何以見得？

"他不用奶油而用食用油。"

我咬了一口香腸，分辨不出有何不同，一樣的美味。

"富過三代，方懂穿衣吃飯。"他下結論。

也許說者無意，我卻聽者有心，華諾的優越感處處彰顯，我這株狗尾巴草只能相形見絀。

正因如此，我能預想得到Mrs.Hua一定不會是我，而是另一個"富三代"，不僅能分辨吃的，還能分辨身上的衣服來自哪個工作室。

"快吃吧！待會兒要上里昂。"我悶悶不樂地說。

華諾替我斟上咖啡、加上奶，再對我微微一笑。啊！他的笑那樣溫柔，像風吹過荒漠，帶來陣陣涼意……

我又燃起希望，也許華諾對我是認真的，我如是想。

第八十三章/神奇的中藥

吃早餐時，我隱約聞到一股中藥味，上到二樓，味道愈發濃烈。

"扣、扣、"我敲貝夫人的房門。

"Entrez."竟然是朱翊安的聲音。

我開門進去，沒好氣地質問他為什麼在這裏？

"我來服侍貝夫人。"他大言不慚地答。

明眼人都看得出，小朱正坐在床邊一勺一勺地餵貝夫人吃藥，黑糊糊的汁液，看了讓人反胃，貝夫人卻一口接著一口地喝。

"慢點兒。"他提醒，然後拿起手帕擦拭病人嘴邊的殘留液。

"小朱真有心，從台灣給我抓藥來，聽說還是個有名的老中醫。"貝夫人一邊解釋一邊讚揚。

接下来，那個不要臉的東西開始闡述自己有多擔心貝夫人，還好老蕭認識人，通過各種關係拿到了救命藥。

"好厲害的中醫呀！不用望診就知道是什麽病。"我揶揄。

誰知小朱竟然順著竿子往上爬："没錯，他就是這麽厲害，只要描述病情就能抓藥，很多東南亞的政商名流都指名找他呢！"

我懶得理油嘴滑舌的人，轉身提醒貝夫人該起身到醫院做檢查。

没想到貝夫人說她不去，因爲做檢查難免紮針，針若没消毒好，可能會染病，尤其是愛滋病。

什麽亂七八糟的東西？！現在的針頭都是拋棄式的，哪來的消毒不消毒的問題？

小朱說這我就不懂了，很多針頭丟棄後又被回收重新包裝，有些人莫名其妙得病，就是這樣來的，所以能少上醫院就少上。

說完，他面對貝夫人："還是中藥好，雖然苦了點兒，但没有副作用。"

後者點頭如搗蒜：像著了魔似的。

我試著扳回劣勢：卻被貝夫人打了回票。

"如果中藥不管用，我一定上醫院檢查。"她說。

事已至此，我只能垂頭喪氣地離開貝夫人的房間，背後傳來那兩人的談笑聲，聽起來很刺耳。

～

"怎麽了？"華諾問。

他正在房間內對著鏡子打領帶，即使只是去趟醫院，他也力求西裝筆挺。

"貝夫人不去醫院做檢查了。"我洩氣地坐在華諾房內的椅子上。

“為什麼？”

於是我把小朱的煽風點火及貝夫人的軟耳根告訴他，没想到他說吃中藥也行，很多西方醫學没辦法治癒的疑難雜症，中醫卻解決了，中國老祖宗的智慧還是不容小覷。

完了，完了，連華諾也站在小朱那一邊，看來我孤掌難鳴，只能讓“小人當道”。

“反正貝夫人也說了，如果中藥不管用，她一定上醫院檢查，妳何不多等兩天？”他說。

哎！也只能這樣了，我無奈低下頭。

“給。”華諾突然遞給我幾張明信片。

“這是……”我喃喃自語但其實已經知道寄件人是誰。

“我交待管叔，以後妳的信件一律轉寄貝公館。”他進一步說明。

那些明信片像一張張起訴書，無言地控訴著我，我找了個藉口，快速離開華諾的房間。

隔了兩個禮拜，羅宋飄洋過海到英國去了，我看到大笨鐘、劍橋大學、愛丁堡……

和前幾張不同，上面雖然依舊没有隻字片語，但有我的肖像，喜、怒、哀、樂。

這就是羅宋，他以含蓄的方式表達對我的思念。

我如何對得起他？我已不再是我。

一連好幾天，我特意和華諾保持距離，對於他的明兆暗逗視若無睹，打算在羅宋回來前過起修女式的生活。

“我哪裏得罪妳了？”華諾邊跑步邊問我。

“你没得罪我，是我自己在做深刻反省。”

“反省什麼？”

反省……反省爲什麼沈迷在他的溫柔鄉，把羅宋抛到九霄雲外？但我不能這麼說。

“反省我這些日子以來的好逸惡勞、虛度光陰。”我答。

没想到華諾正經八百地表示，他也認爲我在荳蔻年華當某人的貼身丫鬟很不合適，錯過了提升自己的機會。

“再怎麼樣，我也得做滿一年，否則€200，000的罰款正等著我呢！”

我把“簽了合同”一事告訴他。

華諾說即使那樣，我依然能找出時間進修。

不用他提醒，我也知道學習的重要性，只是懶病發作，就這麼荒廢度日多時。

“你說得對，我是真的得發奮圖強，尤其學習那拗口的法語，至少回國後，我還能將‘法語專長’寫進履歷裏。”

“Très bien.”華諾氣喘吁吁，“對了，那些人是幹嘛的？”

我轉頭望去，一群工人模樣的人正拿著金屬探測器沿著泥土地踽踽前行。

“他們是勘探隊。”我答，順便把貝公館的傳奇故事告訴他，包括那可能會有的稀世珍寶。

“呵呵！貝夫人連這個也信？”華諾笑不可抑。

剛開始我也不信，但看過勘探隊找到的殘缺陶瓷及一枚鑲有七粒珍珠的美麗胸針後，我開始相信傳說並不全然空穴來風。

華諾投降，他說愛信者信，女人天生愛做夢。

一轉彎，我們不僅看到貝公館的黑欅木大門，還看到佇立在大門前的女人……

"看來，中藥發揮神奇的功效了。"華諾說。

我没接話，快步跑向貝夫人。

第八十四章/小尤的告白

今天的貝夫人除了神采飛揚，還有些許不同，不僅難得地穿上褲裝，頭上還紮了條大絲巾，把自己的頭髮嚴嚴實實地包住。

"Bonjour, 貝夫人。"我喊道，"真高興見到妳，妳已經趴床好幾天了。"

"Bonjour. 我的確賴床好久，也高興自己終於康復了。"她滿面春風。

華諾開口："看來中藥奏效了。"

貝夫人馬上同意，而且言談之中對朱翊安多所肯定與依賴。

眼看伊人的心已經向小朱靠攏，這可不是好現象。

"早餐時間到了，我們進去吧！"我說。

"不了，今天小朱載我到海邊玩，我和他路上吃。"

話一說完，我們同時聽到排氣管排放廢氣的聲音，由遠及近。

貝夫人一看見機車，興奮得像個小女孩，跳著蹦著，奔向小朱。

"貝夫人剛剛大病初癒，你就帶她去兜風，這合適嗎？"我質問那個一身皮衣的男人。

"有什麼不合適？人生得意須盡歡，莫使金樽空對月。"他繼而問我，"杜甫說的？"

我懶得糾正是李白說的，仍試著扭轉大局："貝夫人，如果妳想兜風，我們坐華諾的車去，妳、我、華諾，三個人多熱鬧！"

"我們的三人行還是留到下次吧！今天是我和小朱的約會。"

看著賤人得意洋洋地載著貝夫人揚長而去，我氣得七竅生煙。

"生什麼氣？貝夫人又不是不回來。"華諾笑著進屋。

貝夫人是會回來，但她的心回不來了。

小尤說攝影展結束了，他想"順路"過來看我。原來雅各多慮了，小尤最後還是選擇回到華堡。

"好呀！我敞開雙手歡迎你。"我說。

小尤下午四點左右到，我正和貝夫人喝著下午茶，華諾不在，因為貝夫人給他介紹個客戶，就在貝公館往南十公里處。

"快進來，我們正喝下午茶呢！"我對小尤說。

貝家的下午茶很特別，喝的是廣東潮汕地區一帶盛行的工夫茶，桌上的茶點也不一樣，有腐乳餅、冬瓜條、雲片糕及糖皮花生。

"攝影展結束了，你的下一步計劃是什麼？"貝夫人問。

"我已經接受意大利設計學院的聘書，去接替一位臨時到美國擔任客座教授的缺。"他答。

什麼？！竟然不回華堡，而是去意大利？

面對我狐疑的眼光，小尤解釋人總要往前行，才能看到以前沒看過的風景……

我心疼小尤一路上的情感波折，貝夫人卻聽不出個中含義，反而拼命點頭："意大利好，風景美得很。"

已近黃昏，小尤被貝夫人留下來過夜，他的房緊挨著貝夫人，朝北。

"我以為你會回華堡。"我說。

從小尤的房間望出去，我看到花團錦簇，原來朝北的風景那樣美，我再也不惋惜貝夫人的房間不夠亮敞。

"我不能再待在華堡，它就像隻張開嘴巴的巨獸，除非我不想活，否則腳底抹油才是明智之舉。"

我了解他所說的，雅各的偏執的確是顆隱形炸彈，說不准哪天就炸開，波及周邊人。

"我也不應該來貝公館看妳，太沒臉面了。"

"為什麼？"我問。

他接著解釋不該聽信雅各的話而懷疑我人盡可夫，因為從認識我到現在，我一直忠於羅宋，由此可證。

這無疑甩了我一巴掌，我羞愧地拿起桌上的書，佯裝很感興趣的樣子。

"什麼時候妳可以看法文原文書了？而且還是笛卡爾的《形而上學的沈思》。"

噢！老天，誰是笛卡爾？

"那個……那個……偶爾翻翻啦……不是真懂。"我心虛地答。

"依依，"他把我的書取下，放回桌上，很掏心掏肺的，"妳能原諒我嗎？我不分青紅皂白地誤會妳。"

"快別這麼說，誤會講開了就好。"

"既然羅宋湯不忠於妳，我們何不……"

我答那個也是誤會，然後把羅宋離開美術學院到歐洲旅行，公寓轉租給他人，以致誤會他和大胸脯女人有關係一事說出。

"他每到一處就寄當地的明信片給我，到現在已有三、四十張了。"我接著說。

"那好，雨過天晴了。"小尤笑了，給人一種很不明朗的感覺。

～

華諾很訝異地發現小尤也在晚餐桌上。

"意大利設計學院對小尤伸出橄欖枝，他明天就要啟身去米蘭了。"我說。

"雅各知道這事嗎？"華諾問了一個敏感的問題。

小尤沒有正面回答，只說華夫人和管叔知道他辭職一事。

"這下子華堡豈不亂成一團？"華諾邊說邊去開紅酒，給每個人都斟上紅色液體，"Cheers！祝你一路順風。"

我和貝夫人也舉起酒杯。

小尤很豪爽，一連乾了三杯。

～

晚餐很像聯誼晚會，華諾不知從哪裏借來一把吉他，他彈我們唱，一直鬧到午夜。

貝夫人的病剛好：我一直克制她飲酒的量，所以自己喝的也不多，反倒華諾和小尤就像兩個酒鬼似的，一杯接著一杯。

" 不行，我得睡了，明天一早有appointment。"華諾首先投降，並且踉蹌地爬上樓。

" You……"小尤指著華諾的背影，" You are a……a chicken. 我……我還沒喝夠呢！"

我扶住走路不穩的小尤，說：" 別喝了，你也該上床。"

他用力推開我，反身又去找酒喝。我想著是否需要找人幫忙？轉頭一望，貝夫人竟然趴在桌上呼呼大睡。

奇怪，她喝的不多呀！

我沒來得及深究，因爲小尤明顯喝高了，嘴巴唸唸有詞，在他做出更出格的事之前，我得趕緊將他塞回房間。

好不容易把一米七的小尤送回房，我已氣弱如絲。

"依依，別走，我想吐。"他皺緊眉頭。

想吐？想吐怎麼辦？我看到字紙簍，忙抓過來充當嘔吐袋。

小尤試了幾次，還是没能吐出來。

" 這樣吧！我幫你泡杯蜂蜜水，聽說蜂蜜水解酒。"我放下字紙簍。

" 別去，我……胃痛。"

胃痛？胃痛怎麼辦？我捂住他的腹部來回撫摸，希望能減輕他的疼痛。

誰知小尤突然抓住我的手，將它擱在臉龐，閉著眼一字一句地述說對我的愛慕。

我擔心的事還是發生了，小尤不再滿足閨蜜的角色，他要的更多。

"謝謝你一路的支持和愛護，但⋯⋯我們是不可能的，蝴蝶再怎麼美麗，鮮花也不能和蝴蝶結連理，因爲它們是供需關係，不是情侶關係⋯⋯"我講了很多，半天卻得不到回應，原來小尤睡著了。

我慢慢抽出手，把涼被拉過來蓋住他身體，再輕輕閣上門。

走出房外，我忽然想起貝夫人，她還在樓下。

"得把她送回房，"我搖頭，"今晚夠折騰的了。"

我邊抱怨邊下樓去，足步聲此起彼落。

第八十五章/飛舞的蝴蝶

進入餐廳，到處杯盤狼藉，貝夫人不在那裏。

真奇怪，醉酒的人跑哪裏去了？

我又搜尋一遍，確認貝夫人不在餐廳內。

"難不成她自己回房了？"我心想。

回到二樓，手剛觸及門把就聽到熟悉的聲音，我僵住了，是朱翊安。

" Oui.Oui. 就 知 道 妳 喜 歡 。 " 小朱低沈而富磁性的聲音潑灑開來

" Non.Non.Oh……Oui.Oui.別停～ "是貝夫人。

"我來了，這次會很久很久……"

剛聽到貝夫人喊No，我有開門進去的衝動，但後來她又喊Yes，還要小朱別停，我便猶豫了。

看多了法國人的浪漫行徑，我已經百毒不侵，但是小朱和貝

夫人……他們的年紀相差不止一輪啊！貝夫人甚至想過收養小朱，這豈不是亂倫？

我頹然地回到自己的床上，睜眼到天明。

某些方面，華諾非常自制，比如知道隔天有約，再怎麼high，他也會早早回房睡覺；又比如昨晚醉酒，今晨五點，他照樣來敲我房門。

"妳怎麼了？頂著熊貓眼。"

"没什麼，"我關上房門，"今天我想往葡萄園的方向跑。"

葡萄園有180公頃，我没把握在吃早餐前能跑完，但看看也好，我想從一些蛛絲馬跡中證明朱翊安非善類。

華諾不明所以，只是不斷地讚歎架上垂涎欲滴的葡萄，它們顆顆飽滿、晶瑩剔透。

"妳說我們把這排架上的葡萄全吃完再走，没人會發現吧？！"華諾佇立在葡萄架前。

"大概不會，你想吃就吃。"

我心不在焉地答，因爲看到小朱正在前方約兩百米處和勘探隊交頭接耳，一副鬼鬼祟祟的模樣。

"那我不客氣了。"華諾摘下一串紫得發亮的果子，就地吃了起來。

"勘探隊爲什麼清一色是亞洲人臉孔？歐羅巴人都上哪兒去了？"我自言自語。

華諾代答："歐羅巴人都領社會救濟金去了，這種勞力活，跪下來請人幹，人家還不樂意呢！"

昨晚的失眠不是白失眠，因爲小朱和貝夫人那樣了，讓我如臨大敵，把前因後果想了數遍，發現勘探隊很可疑。

小朱是釀酒師，和"尋寶"根本不搭嘎，他卻和他們走得近，我甚至聽過他們用土話交談，非常滑稽古怪！

華諾說我想多了，不過是交個朋友，哪有什麼高低貴賤之分？

"不是這樣的，絕不是交朋友那樣簡單的事，雖然我不知道小朱的真正用意：但野心肯定是有的，否則以貝夫人的五短身材，加上徐娘半老，一點兒也引不起男人的'性趣'，何以小朱會鞍前馬後，甚至做起男妾？"

"他奶奶的，没想到貝夫人臨老入花叢……"

"別使壞了，貝夫人又没惹你。"

法國人很少談論別人的床上事，我一擺臉色，華諾便結束這個話題，轉而催促我快走，因為吃完早餐，他還得拜訪客戶呢！

早餐桌上沒看到小尤，讓我心情鬱悶，他怎能不告而別？

"他留了紙條，說學校催得緊，他又不識路，還是早點兒上路爲佳。"貝夫人解釋。

因爲昨晚的放浪形骸，貝夫人今晨風情萬種，彷彿吃了神仙妙丹，皮膚好得掐得出水來。

"昨晚睡得好嗎？"華諾問那個春情蕩漾的女人。

我在桌面下踢了他一腳，深怕他說出什麼不得體的話來。

"睡得很好，謝謝，你呢？"貝夫人反問。

"也好，只是依依睡得不好。"

没想到華諾打了我一記回馬槍。

貝夫人看著我，等我解釋。

"那個……晚上有蚊子，所以没睡好。"

"不應該呀！有紗窗。"

我只好佯稱自己忘了拉上。

"下次記得拉上，夏天的蚊子很凶猛，妳別染上登革熱才好。"貝夫人關心地說。

回到房內，我聞到一縷花香，那是來自樓下花園的三色堇，此刻被放進一個注了水的空酒瓶裏。

我走向書桌，酒瓶底下壓著一張紙條，原來小尤不只給貝夫人留言。

看完紙條，我走向窗口，雪鐵龍早已不知去向，我還天真地以爲起碼能看到一個小黑點。

別問我小尤寫了什麼，因爲他什麼也没寫，只是畫了兩隻蝴蝶，在繁花似錦中翩翩起舞……

第八十六章/聲東擊西

我和貝夫人在家庭房織毛衣，她正給粉紅色毛衣加上白色荷葉邊領，應該很快就能大功告成。

"這件毛衣織完，是不是也該爲小朱織一件？"我存心問。

"小朱？"貝夫人擡頭看我，"爲什麼是小朱？"

爲什麼是小朱？這還用問嗎？你們夜夜笙歌。

"我覺得妳喜歡小朱勝過我。"我改打苦情牌。

"呵呵！連這個也忌妒。"貝夫人笑了，像從春天裏走出來的小姑娘。

華諾說得没錯，人每天都該有性生活，不僅能改善身心狀態還能延年益壽。瞧！貝夫人的臉色紅潤、眼睛發亮、精神抖擻……當然，左側脖子上那個不大不小的吻痕也多少做了貢獻，它讓年過半百的她顯得風情萬種。

"依依呀！妳最近的狀況不太好，皮膚粗糙，整個人看起來很消沈，這是怎麼回事？妳也二十好幾，該重視保養了。"貝夫人把矛頭指向我。

真是的，我缺的是男人，又不是缺保養。

我没回答"保養論"，反而問起貝律師何時回家？"

" 不知道，"她的眼神有些閃躲，" 競選的行程說不準的。"

貝夫人每晚都和朱翊安亂來，我總能聽見床撞擊牆壁的聲音，要不就是在房間內大玩追逐遊戲，小朱想啃貝夫人的脖子。

我的心因此煩躁不安，偏偏華諾在隔壁房間大唱歌劇，越唱越起勁，把貝公館當成歌劇院。

這是個陷阱，他就等著我去敲門，好藉機共赴巫山雲雨……

我偏不上當！

拿上鑰匙，我衝出貝公館，打算等裏面的戰役都結束再進屋。

聽見有人唱鄧麗君的《小城故事》，我尋聲找到在大樹下納涼的老蕭。他坐在板凳上，手裏搖著蒲扇，正喝著米酒配花生。

" 我發現你很喜歡鄧麗君的歌曲。"

" 她和我同年，我從小聽她的歌聲長大，台灣人都愛她。"他答。

我說我也喜歡鄧麗君，她的嗓音富有磁性，聲音很純淨，時而醇厚，時而溫婉。

" 說得好極了，給，"他抓起一把花生：" 獎賞妳！"

我收下花生，邊剝邊和他嘮嗑，從天氣談到國家大事，再從台灣美食談到中藥。

"聽說你認識一位台灣老中醫，厲害得不得了，貝夫人前陣子病倒就是靠他的藥帖子活過來的。"

"什麼老中醫？"老蕭喝了一大口米酒，抱怨，"我已經很久沒和家裏聯繫了，每次聯繫就是要錢，錢、錢、錢，除了錢，什麼都不是。"

那麼黑色湯藥是怎麼回事？總不會是天上掉下來的吧？！

老蕭答有一天小朱拿來幾包中藥要他煎，搞得廚房都是中藥味，三天三夜都去不掉……

這麼說，中藥是小朱拿來的，沒有所謂的"神奇老中醫"，他爲什麼要說謊？

我又想起小朱說過的土話，哪裏來的方言？

老蕭聽完呵呵呵地笑，我才知道小朱和勘探隊都是越南華僑，他們說的是越南話，不是土話。

呵！真出乎意料。

"那麼他是法籍、在香檳獲得法國國家釀酒師文憑，這總沒錯吧？！"我問。

"即使不是法籍，也肯定有居留卡，否則無法在法國待那麼長的時間，至於有沒有釀酒師文憑？我不清楚，會釀酒倒是不假。"

噓～總算還有一些真實的地方。

沒想到老蕭馬上給我沈重的一擊："小朱的壓力不輕，越南的父母、老婆、孩子都指望他。"

"什麼？！他不是孑然一身的孤兒嗎？怎麼跑出來這麼一大家子？"

“五個，”老蕭伸出五個指頭，“ 他有五個小孩。”

呵！這小朱太太還真是頭母豬。

知道這個天大的秘密後，我迫不及待想將此事稟告貝夫人，免得她上當受騙（即使成為我最痛恨的“告密者”也在所不惜）。

回到二樓，不巧蹴見小朱正從貝夫人房裏走出來。

“我幫貝夫人按摩，她全身酸痛。”小朱解釋。

我瞪他一眼，話懶得說一句。

“ 妳怎麼了？最近怪怪的，是不是哪裏得罪妳了？”他接著問。

我答不是得罪我，而是得罪貝夫人，雖然她的年紀大到能當他媽，但半夜三更的，他也得避避嫌。

“ 我可不是主動請纓，而是呼應貝夫人的需求，體力活也是很累人的。”他往前跨一步，“ 如果妳也想按摩，我兩肋插刀，在所不辭。”

怎麼聽小朱說話就像聽到污言穢語，全身髒得難受？

“ 不用了，把你的精力留給越南的家人吧！”我轉身回房。

早餐又回到苦瓜，還好有豆漿、油條可吃。

“ 貝夫人，我能吃塊烤麵包嗎？這早餐……很不合我胃口。”華諾可憐兮兮地說。

真難爲他了，吃了好幾個禮拜的中式早餐，其中有 3/4 還是苦瓜料理。

“我也要，加草莓果醬。”我支持華諾。

貝夫人不以爲忤，反而叫來廚子，叮嚀他以後也得替兩個年輕人準備合宜的菜色。

老蕭唯唯稱是。

“老蕭，你還好吧？！”我問。

之所以這麼問是因為他的嘴角及鼻頭有大片烏青，奇怪，貝夫人和華諾好似看不見。

老蕭臭著臉答好，然後快速閃人。

我的毛衣織好了，粉紅色底加藍色小花，領子是白色荷葉邊。

穿上後，我原地打轉：“怎樣？好看嗎？！”

“真好看，很有少女氣息。”貝夫人邊說邊拿出墨綠色毛線。

“這是……”

她笑了：“我也給小朱織一件。”

啥？貝夫人沒替貝律師織、沒替華諾織、沒替華夫人織……反替自己的男妾織，這是哪門子道理？

我決定掀開謊言：“小朱太太會幫他織，不勞妳費心。”

“什麼小朱太太？他還沒娶親呢！”貝夫人笑答。

我把老蕭說過的話原原本本道出，原以為她會暴跳如雷，沒想到她氣定神閒地表示小朱早告訴她，老蕭和他有過節，一定會黑他，這不，撒了個彌天大謊。

“何以見得是謊言？”

“我有證據，老蕭不是說小朱有五個孩子？呵呵！怎麼可能？連續生也要生五年，那時小朱還在學校學習，難不成每次都算好老婆的排卵日再飛回越南行房？”

我答這也不無可能啊！但是貝夫人聽不進去，反而言語當中透露想炒了老蕭。

“不，不，不，”我把頭搖得像波浪鼓，“我喜歡吃台灣料理，再說了，老蕭一走，誰煮那麼好吃的苦瓜給妳吃。”

貝夫人想了想，不無道理，遂放下炒人的念頭。

這次風波就這麼讓小朱全身而退，而我……一敗塗地。

我已經陸續收到羅宋的明信片，管叔果然把我的信件都轉寄到貝公館。

這一天，傭人又遞給我郵件，只是這次不是明信片而是掛號信。

我三兩下拆開信封，深怕是羅宋的緊急通知，沒想到它來自小尤。

讀完信，我發呆好久，原來“意大利設計學院”子虛烏有，是小尤特意製造的煙霧彈，目的是聲東擊西。

當雅各追到意大利時，小尤已經坐上法航飛回中國了。

“……和妳約好了下輩子，如果有一天妳看見一個酒窩男孩衝著妳笑，那一定是我，請不要吝惜給他一個擁抱。”小尤在信末寫道。

我的心像被無數輛坦克車碾壓過……

“怎麼了？是中國淪陷還是法國投降了？看妳一副憂國憂民的樣子。”華諾一進門就看到我的慘狀。

“小尤寄信給我了，他……不太開心。”

“他有什麼不開心？我阿姨才不開心呢！”

華夫人爲什麼不開心？没等華諾給出答案，我們同時聽到雅各的聲音，他在屋外粗聲粗氣地喊著：“小尤，你他媽的給我滾出來！”

我趕緊往外走，華諾尾隨在後。

第八十七章/雅各的葬禮

雖然我再三表示小尤不在貝公館內，雅各仍執意進屋檢查，我只好讓開身來。

把上下兩層都翻了個遍後，雅各沒好氣地質問："你們把他藏哪裏去了？"

"你不也看到了，小尤不在貝公館內。"我答。

華諾也支持我的說法，並且指出一條明路："小尤到意大利設計學院任教了。"

"我剛從那裏回來，該學院沒有一個中國籍教師。"雅各篤定地說。

我本想告訴他小尤回國了，但轉念一想，搞不好那孩子會立即啓身去中國，所以話到嘴邊又咽下。

"小尤，你去哪裏了？"雅各頹喪地坐下來，雙手捂住臉，我不知他哭了沒？

雖然這時說教並不討喜，但我還是告訴他《伊索寓言》中"北風和太陽"的故事。

"妳說的沒道理，北風除了吹還能怎樣？它不是南風，南風還帶熱氣，北風是冷的，再怎麼吹，路人還是不可能脫衣服。"雅各說。

"所以北風只能接受失敗的命運。"

"不對，如果北風更使勁地吹，吹開路人衣服上的鈕扣，還是有可能吹掉整件衣服。"

這就是雅各的邏輯，我無語了。

華諾不參與我們的"雞同鴨講"，他轉而問雅各是怎麼來的？

"我開母親的車子過來。"他答。

"你有駕照嗎？"

"沒。"

華諾皺了皺眉頭，說："等我一下，我去換件衣服，待會兒載你回華堡。"

他一上樓，雅各馬上跟我討水喝。我從冰箱拿來Evian礦泉水時，他已不在客廳。

"雅各呢？"華諾問。

"跑了。"

華諾抱怨幾句，跳上他的VOLVO一路追趕。

華諾一直開到華堡還是沒趕上雅各，因爲雅各根本沒回家。

華夫人急得像熱鍋上的螞蟻，出動華堡上下尋人。

雅各早關機了，唯一的聯繫管道也斷了。

"昨天他打電話回家，說人在米蘭，管叔馬上飛過去，現在雅各已經回到法國，爲什麼還不回家？"華夫人很擔心。

華諾安慰她，也許雅各散心去了，因爲小尤不在米蘭，讓他很失望。

"再怎麼說，也應該來個電話，天色那麼晚了，他一個人在外面，我很不放心。"

華夫人接著說她的眼皮在跳，心瘮得慌。

華諾把所有能想到的積極面都掏空了，仍無法讓她釋懷，還好此時管叔進門了，華夫人彷彿抓住救命稻草，轉向管叔絮叨著她的恐慌。

莫泊桑說："埃特爾塔海岸像一隻大象把鼻子伸進了大海。"

誰也没料到雅各就從這隻大象的頭頂一頭栽進大西洋裏。

當打撈隊把老爺車從海裏打撈上來時，華夫人已經泣不成聲。

"雅各，我的兒啊～"華夫人哭喊著去擁抱那具冰冷的屍體。

雅各的身體弓起來，已經僵硬了。

當救護車哇嗚哇嗚地開走後，華夫人早已哭倒在管叔懷裏。

"爲什麼？爲什麼那孩子要自殺？我給他創造那麼好的環境，要什麼有什麼？他還有哪裏不滿意？若不是爲了他，我何必強顏歡笑，做自己不想做的事？早知如此，還不如待在窮鄉僻壤過平淡的日子。"

管叔抱著華夫人，在她耳邊低語……

夕陽西下，埃特爾塔海岸被橘紅色的彩光籠罩著，單調的海濤聲不絕於耳，更顯孤寂。

與華夫人所說的自殺不同，我認爲是道路不熟加上駕駛不當導致雅各的死亡，因爲言談之中，雅各打算作長期的困獸之鬥，没道理尋短見。

"哎！真相再真也挽回不了性命，没必要再深究下去。"華諾低頭找車鑰匙，'我先把阿姨載回家再去殯儀館，妳能陪我去嗎？"

"嗯！"我用力點一下頭。

~

"我阿姨問妳能不能轉告小尤，讓他參加雅各的葬禮？"華諾說。

我也想啊！但小尤給了我一個假地址：**中國黑龍江省哈爾濱市依依區思念路永久街1314號520室**，叫我如何聯繫？

手機早停了，郵箱、QQ也關了，真是決絕得徹底。

~

華堡的小教堂擠滿了參加葬禮的人，華夫人頭戴黑色帶紗禮帽，身著同色斗篷裙坐在前排。她的左手邊坐著GUILLAUME爵士，右手邊竟然坐著管叔。按理說，僕役在這種場合是沒有位置的，更不用說坐在前排。

我看見貝氏夫婦被安排坐在第二排，貝律師逢人就遞上名片，拉票的意圖很明顯，讓人說不上哪裏不對勁。

當人員都到齊後，神父開始做告別式，雅各的棺材就擱在祭壇前，棺口打開，他像睡著了似，非常安詳。

儀式一結束，我們依序上前和死者道別。我握了一下雅各的手，很冰涼。

"你冷嗎？雅各。"我和他陰陽對話。

“冷死了，”華諾在我耳邊低語，“這冷氣不要錢的嗎？”

我睨了他一眼，快步走開。

跟中國葬禮的呼天喊地不一樣，雅各的葬禮很莊重，這是出於對死者的尊重與懷念，即使最傷心的華夫人，也頂多拿著白手絹不停地拭淚。

“如果有一天我死了，妳會不會哭？”華諾問。

“也許我會像莊子一樣鼓盆而歌。”我答。

“那麼記得唱歌劇《羅密歐與茱麗葉》，我挺喜歡那一首的。即使不會唱，用留聲機放給我聽也行。”

我笑說“好人不長命，禍害遺千年”，他一定能長命百歲。

華諾不苟同，他說他的家族都活不長，華夫人算異數，活到五十一歲。

我靜下心一想，的確，華諾的爸是遺腹子，代表他爺爺早逝，至於華爸華媽也在四十幾歲時撒手人寰，再說雅各，他連十八歲生日都沒來得及過。

“放心，你不一樣。”我安慰他。

“哪裏不一樣？”

“你有我呀！我是福星，我們馬家個個都很長壽，奶奶甚至活到九十幾歲，我不介意分點兒福氣給你。”

“謝謝，”他笑了，“謝謝，謝謝。”

一連道了三次謝，我笑他是個傻子，他不以爲忤，反而笑得很開心。

第八十八章╱懷孕疑雲

因爲參加雅各葬禮的緣故，貝律師難得地回到家，我以爲這將會是溫馨時刻，沒想到卻爆發前所未有的戰火。

貝夫人歇斯底里地咆哮著，把所有能砸的東西全給砸了，貝律師則鐵青著臉，丟下一句：＂競選後再談！＂，揚長而去。

＂怎麼了？貝夫人。＂我小心將她扶起。

＂白眼狼，沒有我家的資助，他還是山溝裏的窮小子！＂貝夫人憤恨地說。

＂快別生氣了，貝律師競選壓力大，脾氣難免不好。＂我讓貝夫人在沙發上坐好，＂我倒杯水給妳喝。＂

貝夫人忽然抓住我的手，問：＂依依，妳說雅各會不會是老貝的兒子？＂

天哪！貝夫人怎會這麼想？

＂不會的，他倆長得不像。＂我寬慰她。

＂那麼憑什麼華夫人跟老貝要一百萬歐元？說是以雅各的名義捐給法國血友病基金會。＂

呃！爲什麼？這倒很可疑。

我問貝律師怎麼說？

"他說我目光如豆，又說婦人之見不可取。"

我趕緊滅火："貝律師這麼做一定有他的道理。"

此時朱翊安走了進來，看見客廳一片狼藉。

"這是怎麼回事？"話是對兩個人說，他卻把眼光投向我，大有"男主人"的架勢。

"你没長眼睛嗎？剛打完架。"我答。

他問誰那麼大膽，敢和貝夫人對打？

"還會有誰？當然是這家的男主人，男—主—人—"我特別強調。

朱翊安撇開臉，不屑與我交談。

"貝夫人，"他蹲在那個怨婦跟前，"我看妳的精神不佳，小朱朱幫妳按摩一下，可好？"

真是噁心透了，自己喊自己"小朱朱"。

貝夫人没回答，反倒擡起頭來看著我。

"我到花園採幾朵花進來。"我藉故離開。

我採了風信子、紫羅蘭、栀子花、月季、迷迭香……抱著滿懷的鮮花，像在身上灑滿了香水。

回到客廳，小朱和貝夫人早已不知去向，倒是傭人忙著收拾地上碎片及做吸塵的工作。

我把花分別放進景德鎮變裂紋紅花瓶及歐式浮雕玻璃花器內，手裏還剩下兩朵白色栀子花。

該放哪兒呢？對了，送給華諾吧！他應該會喜歡這種淡雅的香氣。

“扣、扣、”。

没人應門，我正想走開，門卻咿呀地打開了。

“我以爲没人，送……送你，”我把花遞上去，“放……放在衣櫃裏，比芳香劑好用。”

“謝謝。”華諾收下花。

我之所以說話不利索是因爲注意到華諾不僅雙眼紅腫，連鼻子和嘴唇也紅了，說話帶有嚴重的鼻音，顯然哭過。

“還好嗎？”我問。

“好。”

“那我走了。”

華諾叫住我，問：“如果我答不好，妳是否會留下來陪我？”

～

“雅各死了，爲什麼我的親人都一一離我而去？如果連小姨也……華家就只剩下我一人了。”

華諾趴在我的小腹上娓娓述說，我邊安慰邊試圖將他的一頭捲髮捋平。

“以前我認爲結不結婚無所謂，但看到雅各冰冷的屍體，我想到了家族榮譽，不能讓華家到我這一代戛然而止，我得承先啓後。”

我說他的責任重大，但我愛莫能助。

“可以的，妳完全可以，只要懷上寶寶，我們華家就有後了。”

“什麼？！”我用力推開他，“我可不是你們華家的生子機器。”

華諾一把將我撲倒，問我知不知道貝夫人天天和小朱做愛？難道不覺得全身慾火難耐？

“這是兩碼子事，他們做他們的，我……紋風不動。”我答。

好死不死，貝夫人的房間此刻傳來床撞擊牆壁的聲音，一次大過一次，而且頻率加快。

“依依～”華諾的語氣轉爲溫柔，“好不好？”

“不……”

他很快堵住我的嘴，手也不安份起來。

我的反抗意識在愛撫中逐漸減弱，當華諾脫下我衣物時，我已不再掙扎。

不久，華諾的房間也傳出床撞擊牆壁的聲音。

我們三人安靜地用著晚餐，貝夫人的脖子上有了新的吻痕，但我假裝看不見。

今天的餐點除了苦瓜大餐外，還有英式炸魚和薯條，讓人頗感驚喜，看來老蕭很上心。

“年輕孩子就喜歡油炸食品，我不喜歡，我喜歡清淡。”貝夫人說。

“那太好了，各取所需。”華諾將雪白的魚肉納入口中。

我用叉子叉起薯條，撲鼻的油炸味讓我一陣噁心，忽然覺得想吐。

“妳怎麼了？”華諾問。

“没什麼。”我捂住嘴。

“該不會是懷孕了吧？”

我好不容易才將胃裏冒出的酸氣壓下去，誰知貝夫人的一句問話讓我又想吐了，趕緊離座衝向洗手間。

貝夫人的猜測很合理，華諾和羅宋不一樣，他從不戴套，覺得那像是戴上手套打遊戲，非常的不舒服。

“那麼我懷孕的事分分鐘都有可能發生，怎麼辦？”望著鏡中的自己，我沒了主意。

第八十九章/華諾的軟肋

我的雙手被圈上墨綠色毛線，貝夫人正在織毛衣，她織的是男式高領羊毛衫。

“華夫人是不可能再生育了，雅各這一走，諾大的產業交給誰？還不是華諾？別再三心二意了，集中火力將他拿下才是正道。”貝夫人將織好的部份舉起來審視，“再說，妳不也懷孕了？這是個很好的機會，奉子成婚。”

她不知道當天夜裏華諾就拿來驗孕棒（也不知是從哪裏買來的），我們死盯著那根白色的棒子，當檢測結果爲陰性時，我鬆了一口氣，華諾則不然，他很失望，垂頭喪氣的。

“那個……没懷孕。”我小聲地說。

貝夫人放下棒針，直挺挺地看著我，讓人很不舒服。

“我希望某個人娶我是因爲愛我，而不是因爲家族使命或其他。”我辯解。

貝夫人聽了搖頭，她說我稚嫩、還說我滿腦子不切實際的想法，有一天會後悔云云。

"華諾不是不好：只是目的性太強，想做愛是因爲身體需要；想結婚是因爲家族得承先啓後，況且……況且他從未說愛我，即使是兩情繾綣時……"

貝夫人重新拿起棒針，若有所指地說結了婚還是可以找樂子，什麼情啊愛啊，通通可以獲得，別傻傻分不清……

她這是在說自己嗎？一邊擁有拿得出手的老公，一邊還有個唯命是從的性奴。

我可不想和貝夫人一樣粗鄙！

～

夜深人靜，我躺在床上，隔壁傳來暗號聲："扣……扣扣……扣……扣扣……"

華諾說了，如果他想做愛會敲擊牆壁，一長聲兩短聲。我若回覆一長兩短，代表我去他那裏，如果我想要他來我這裏，那便是一長三短。

"如果兩者都不想呢？"我問。

"抱歉，沒有這個選項。"他答。

此時一長兩短聲不絕於耳，我用枕頭捂住耳朵，又鑽進被子裏，它依舊穿牆而入。

"Tais-toi！"我把枕頭扔向牆壁大喊"閉嘴！"。

華諾停了一會兒，又開始擊牆："扣……扣扣……扣……扣扣……"

老天！我憤而推開棉被，赤足跑去敲華諾的門。

"妳忘了暗號，想來我這兒是一長兩短聲。"他撫著門板厚顏無恥地說。

"誰跟你說這個？我要你別再敲牆壁了，半夜三更的，還讓人睡覺不？"我怒火衝天。

華諾没回答，反倒一直往我的胸口盯，我低頭一看，天啊！剛才翻來覆去，扣子鬆了，我又没穿內衣，兩個月球呼之欲出。

我慌忙捂住胸口，罵道：“華諾，你這個色……”

没等我説完，華諾一把將我抱起，腳一勾，我被華諾的房間吞進肚裏去。

“妳怎麽不哭？我以爲女生被強迫後，會嗚嗚嗚地哭泣。”華諾問。

“你説的是清末民初嗎？現在都什麽時候了？我還没付你男公關的費用呢！”我離開他的懷抱，“再説，哪次不是你強迫我？”

華諾嘿嘿嘿地笑，他要我別逞強了，哪次我不是積極配合？

這也是我痛恨自己的地方。

“没錯，明知道你不夠愛我，我卻次次投懷送抱，真他媽的賤！你的心裏一定是這麽想的，対吧？”

“別糟蹋自己了，我怎麽不愛妳？”他吻了我額頭，“我只是故作瀟灑，這樣才能在失去時不那麽痛。”

然後他告訴我，從小到大，只要他在乎的，很快就會失去，譬如牧羊犬、烏龜、畫眉鳥、小兔子、金魚……要嘛走失，要嘛一命嗚呼。

我説那些都是小動物。

“也包括人啊！爺爺奶奶就不説了，近的譬如：我爸、我媽、我的歷史老師、雅各，還有……Celia。”

“Celia？”

"我的前女友，"華諾苦笑，"我們一行人去爬聖米歇爾山，她被雷擊中了，好笑不？這麼多人，偏偏擊中她？"

一點兒也不好笑，我沒想到華諾的命運這麼悲慘！

"放心吧！說過了我是福星。"我指著大腿上一個約二十公分長的疤痕，"看到没？被藏獒咬的，藏獒是什麼猛獸你也知道，很多人都說我性命難保，還不是照樣活下來？"

"這麼說，我可以放心大膽地愛妳了？"華諾稚氣地問。

"放馬過來！"

他一聽，興奮地往我身上撲，一連給了我幾十個吻，遍及所有裸露的地方……

"我愛妳，依依～"他呢喃著。

我從華諾房間走出來，不巧遇見朱翊安，他剛離開具夫人的房間。

" Bonne nuit."他向我道晚安。

我不動聲色，只想快點兒回房。

"没想到妳的動作也挺快的。"他說。

"什麼意思？"

"床上功夫啊！"說完，他做了個猥褻動作，讓人作嘔。

我答我們怎能一樣呢？我和華諾男未娶女未嫁，正正當當地交往，不像他，都五個孩子的爹了，還出賣皮肉。

"具夫人今天寵你，明天指不定就將你束之高閣，你永遠見不得光。"我繼續落井下石。

"呵呵！馬依依：我記住妳了，給我等著！"他笑著離開，連空氣都帶有令人窒息的氣味。

貝夫人怎會看上這樣的人？

我邊搖頭邊走回自己的房間。

貝夫人怎會看上這樣的人？

我邊搖頭邊走回自己的房間。

第九十章/最毒婦人心

貝夫人給華諾介紹一位法籍韓裔客戶，就住在索恩河的盡頭。他回來時吹著口哨，神情很愉悅。

"恭喜！"我說。

"恭喜什麼？"

"成交了不是嗎？"我反問。

華諾說我鼻子靈，成功的氣味也聞得出來。

"給。"他遞給我一個約1公升的塑料罐，"韓國媽媽做的，外面買不到。"

我低頭一瞧，這不是韓國辣白菜嗎？太好了，就好這一口。我立馬打開蓋子，一股辛辣的味道撲面而來，華諾馬上捂住口鼻。

哎！真不懂得欣賞，這是韓國的至尊國食，韓國人頓頓少不了它。

我套上塑料手套，抓起一條色白帶紅的辣白菜入口，果真辣、脆、酸、爽，美味得不得了。

看我吃得痛快，華諾傳話：“韓國媽媽說了，她每年都要做上好幾十斤的辣白菜，在異鄉，沒有什麼比這道涼菜更能撫慰遊子的心。”

我笑答自己雖然不是韓國人，但韓國辣白菜也能撫慰我的心靈。

“那妳吃吧！我不吃辣。”華諾坐下來，隨手拿起《Les Echos》，那是法國著名的財經報紙。

“什麼味道？”貝夫人皺著眉頭走進來。

“韓國辣白菜，”我把一條辣白菜舉在貝夫人面前，“張嘴，可好吃了。”

和我想像的不一樣，貝夫人看到辣白菜非但沒有驚喜，反而作噁。

“拿開，”她推開我的手，“聞著難受。”

我趕緊蓋上塑料罐，但為時已晚，貝夫人捂住嘴往洗手間跑。

不會吧？！反應這麼激烈？

“聽說有些孕婦不能聞泡菜的味道，一聞就想吐。”華諾翻了一頁報紙說。

孕婦……不能聞……想吐……孕婦……孕婦……難不成……

我衝向洗手間，貝夫人正蹲在馬桶邊，樣子有些狼狽。

“貝夫人，那個……妳停經了嗎？”我問。

“我也不清楚，”貝夫人按下馬桶沖水鈕，站了起來，“已經兩個月沒來月經了。”

糟了，該不會……

她望著鏡中人，慢條斯理地摸摸自己的魚尾紋，又順了順頭髮：“中獎也好，我們貝家總算有後了。”

“可是……貝律師會怎麼想？我不認爲他會心甘情願地撫養別人的孩子。”

“誰說是別人的孩子？當然是老貝的，”貝夫人忽然發現一根白頭髮，對著鏡子拔了下來，“現在也只能賴他了。”

~

貝夫人坐上自己的座駕，風塵僕僕地開往巴黎，打算和貝律師纏綿數日，好順理成章地賴上他。

“嘖嘖嘖！最毒婦人心。”華諾躺在床上有感而發。

我翻了個身，問：“你想，小朱知不知道自己又當爹了？”

“我不關心他，”華諾膩了上來，“我只關心自己能不能當爹。”

貝夫人這一去，三、五日都不會回來，華諾當上山大王，逮到我就做愛做的事，每天變著花樣做。

“羅宋回來怎麼辦？”我問了個煞風景的問題。

華諾頓時沒了力氣，草草了事。

“能怎麼辦？看妳的選擇囉！”他好似事不關己。

我們沈默了一會兒，還是我先開的口：“聽說愛爾蘭人多是橙紅色的頭髮、灰綠色的眼睛，加上滿臉的雀斑。”

“沒研究，不過聽起來很像動畫片裏的人物，爲什麼突然提這個？”他問。

爲什麼提這個？當然是因爲我又收到羅宋的明信片，知道他到了愛爾蘭。

“沒什麼。”我翻身仰面，裸露的乳房，小山也似的高。

“妳不應該引誘我，這是不對的，每次都這樣……”

我動手去拉毯子，華諾粗魯地將毯子扔到地上，人也爬了上來。

華諾見客户去了，我無聊地坐在門前的台階上玩路上撿到的狼尾草。

"貝夫人去哪裏了？"朱翊安没好氣地問。

"能去哪裏？找老公去了唄！"我看都不看他一眼。

"馬依依，少在這裏給我擺架子，不過是個臭婊子，還扮清純，切！"

"說什麼你？！"我猛地站起身。

"說的就是妳，爛婊子！等我當了家，第一個轟的就是妳。"

我和小朱積怨已深，早看對方不順眼，但他那麼毫無忌憚地羞辱我，倒是頭一回，感覺像是被黃袍加身了。

"你當什麼家？旁邊納涼去！"我嗤之以鼻。

"嘿嘿！當什麼家？當然是貝公館這個家，貝夫人已經口頭承諾收養我，我將會是貝家唯一合法繼承人。"

什麼？！貝夫人昏頭了嗎？竟然收養小朱？！

等等，我想起貝夫人懷孕一事，當時的允諾肯定是在没有孩子的前提下，現在貝夫人就要當媽了，小朱的美夢無疑竹籃子打水一場空。

"噢！是嗎？那恭喜你了，"我把狼尾草往地上一扔，"希望貝夫人的巴黎之行不要太浪漫，否則懷上Baby，到時不知該誰當家了，你說是吧？！"

在小朱錯愕的表情下，我昂首進屋。

第九十一章/生父和養父

這天下午，貝夫人和貝律師手拉著手進門，樣子很甜蜜。

"貝律師，好久不見。"我說。

他推了推鼻樑上厚重的眼鏡，承認的確好久不見，還說了些客套話，不外因為競選一事，疏忽了家庭，還好有我陪伴他老婆，很是感謝云云。

"哪裏，這是我應該做的……二位想喝茶還是咖啡？"我的職業病發作，把在華堡當貼身管家的那一套挪過來用。

貝律師答咖啡，貝夫人則說兩者都不要，給她來杯牛奶。

我忽然想起孕婦要遠離咖啡因的飲品，忙說没問題。

晚餐桌上，我們四人其樂融融。

貝律師講著競選其間發生的趣事；華諾也描述所遇見過的各種奇葩客戶；貝夫人則把方圓五百里內哪家母豬生了小豬仔，哪家傭人最偷懶，一一交待。

我没什麼話好說，隨意問起家裏的葡萄都賣給了誰？

“ 我們不賣葡萄，而是把葡萄釀成酒，一部份自飲，另一部份會有酒商前來收購。”貝夫人解釋。

那麼那輛貨車是怎麼回事？

我和華諾晨跑時，曾經看到一輛橙色貨車從葡萄園駛離，上面有成箱的葡萄，其中幾串還因爲行駛顛簸滾了出來，皮開肉綻的，讓人好生惋惜。

華諾證實我的說法。

“ 老貝～”貝夫人喊。

貝律師又推了推他厚重的眼鏡，說：“ 没事，我來處理。”

晚飯過後，貝律師把小朱叫進書房裏。

聽說貝律師給朱翊安小鞋穿，因爲葡萄收成及釀酒的量嚴重不符，若不是貝夫人在旁說好話，小朱早被炒了

這兩天就見那個倒霉鬼臭著一張臉，彷彿跟誰都有仇似的。

貝律師在家待了兩天又走，臨行前和貝夫人有講不完的情話、做不完的親昵動作，連空氣都彌漫著蜜糖的味道。

我心想，如果遲暮之年，我和另一半也能像貝家夫婦一樣你儂我儂，該有多好？！

“ 九次，”貝夫人送走老公，一進門就嚷嚷，“ 我和老貝幹了九次，次次工夫做足，老貝這回跑不掉，一定得認賬。”

幻想從空中刷地回到現實，像張愛玲說的，華美的袍子上爬滿了虱子。

貝夫人正織著毛衣。

"怎麼腰酸背痛的？"她放下棒針，揉揉脖子又動動自己的身子骨，"真想找人按摩按摩。"

我自告奮勇，卻被貝夫人一口回絕，她說女人力道弱，揑著不舒服。

"要不……我叫小朱來？"我試探性地問。

"也好，這貝公館的男人，就他比較清閒。"她答。

知道貝律師前腳剛走，貝夫人後腳就喚他，小朱彷彿從挫敗中站了起來："嘿嘿！告訴妳，貝夫人不能沒有我。"

然後的然後，又是乾柴烈火、巫山雲雨、魚水之歡……

今天的下午茶喝的是大吉嶺紅茶，吃的是瑪德琳、火腿黃油三明治及栗子蛋糕，都是上乘之選，然而我和華諾卻食不知味，因爲……

" Oh, Oui.Oui……啊～嗯～……Oui.Oui……Vite……Vite……"

貝夫人的行徑越來越大膽，以前還會刻意小聲，現在卻是不顧顏面的恣意喊叫，如入無人之境。

"不行，"我站起身來，"貝夫人懷有身孕，她這樣放浪形骸，很容易流產，我得提醒她。"

"坐下，"華諾低喝，"這時妳上去，想挨揍嗎？做母親的不在乎，妳著什麼急？"

也對，我又坐了下來。

我們沈默了一會兒後，華諾問："那事是真的嗎？懷孕不能放浪形骸？"

我答懷孕前期子宮比較敏感，同房會使子宮收縮，容易引起流產。

華諾聽完仰天長嘆，說他沒辦法忍那麼久，要不，找個代孕媽媽代替我？

我將桌上的紙巾揉成團扔向他：" 有病啊你！"

他揉揉被擊中的腦殼，笑得很無辜。

貝律師捐錢給法國血友病基金會一事被炒得沸沸揚揚，他被形容成悲天憫人的慈善家，因爲朋友孩子的亡故，愛屋及烏，把愛心捐獻給同樣受此病折磨的可憐人……

原來這就是貝律師佈的線，區區一百萬歐元就買下數家報社的頭條，真心便宜。

" 還是老貝聰明，"貝夫人放下報紙，" 既讓華夫人欠下人情債，又上了報紙頭條。"

這次的選舉，華裔只有一人參選，加上報紙的大肆宣傳，貝律師入主參議院無疑勝券在握。

沒想到貝律師還是落敗了，樹倒猢猻散，他灰頭土臉地回到家中。

貝夫人難掩失望的神情，但仍打起精神強顏歡笑。

由於對手的深扒，貝律師曾經"教唆證人做僞證"也被起底。大選過後，律師公會停了他的牌照，聲明在調查結果出爐前，不得從事律師工作，可說是雪上加霜。

" 沒事的，貝律師已經忙了這麼久，該休息一下，你們老倆口正好利用這段時間去外頭轉轉，享受甜蜜時光。"我說。

“我也想啊！”她撫著微突的小腹，“可是最近吐得厲害，怕禁不起路上折騰。”

我目測貝夫人已有三、四個月身孕，但她本來就胖，腰腹一直自帶游泳圈，懷孕反而不易察覺。

“貝律師知道妳懷孕了嗎？”我問。

“不知道，老蕭說台灣有個習俗，懷孕不滿三個月不能講，否則容易流產。”

這麼說，“生父”和“養父”都還矇在鼓裏？

“貝律師很消沈，如果妳告訴他這個好消息，他肯定會振作起來。”我提議。

貝夫人說不用我提醒，她早有打算。

貝律師還不知情，小朱卻已收到消息，他興沖沖地奔向貝夫人。

“親愛的，聽說我當爹了。”朱翊安當著我的面問情人，一點兒也不避諱，反倒有互別苗頭的意味。

“不是妳的，是老貝的。”貝夫人斬釘截鐵地答。

“怎麼可能是他的？你們在一起那麼久，要有早有了。”

小朱的“死纏爛打”讓我不得不介入，當然話就說得不那麼好聽，把他氣得吹鬍子瞪眼睛。

“綠茶婊滾一邊去！這是我和貝夫人之間的事，妳插什麼嘴？”

我想反擊，被貝夫人的眼神制止住，她要我去廚房拿些核桃給她。

核桃含有亞油酸，能促進胎兒血管生長和發育，所以最近貝夫人把它當零食吃。

"好，這就去。"

臨走前，我瞪了小朱一眼，轉身把諾大的客廳留給他們。

第九十二章/幸福來得太快

"老蕭，核桃在哪裏？"我一進門就嚷嚷。

老蕭正在洗手做羹湯，兩個爐灶齊開，烤箱裏有一隻雞，水槽裏還有條魚。

聽見我的聲音，老蕭拉開廚房中島的抽屜，從裏面拿出一個玻璃罐遞給我，同時叮嚀核桃中的脂肪含量很高，吃多容易發胖，間接影響孕婦的血糖、血脂和血壓，所以每天三、四個足矣……

"你怎麼知道是給孕婦吃的？"我問。

老蕭答前兩天貝夫人問起他老婆懷孕時的徵兆，他一瞄她的小腹就知道懷的是男孩。

"什麼？！這也看得出來？"

"懷男孩，肚子是尖的；懷女孩，肚子是圓的。"他說。

敢情小朱就是從老蕭這裏得到的情報？

"你没告訴小朱，貝夫人懷的是男孩吧？！"我邊問邊將小刀插進核桃縫裏，用力一旋轉，核桃被撬開了。

"我告訴他了，他很高興，因爲越南那一個生的全是女孩。"

核桃仁很硬，簡直在考驗我的牙齒功力，一咀嚼完畢，我趕緊扼止流言："孩子跟小朱一點兒關係也没有，他高興個啥？"

"不是他的？"老蕭抓抓半禿的頭，"這就奇怪了，小朱一直吹噓他和貝夫人之間的親密關係......"

"有些人就愛往臉上貼金，貝夫人是什麼身份？你說可能嗎？"我拿起核桃罐，冷冷地丟下一句。

回到客廳，朱翊安已經走了，貝夫人撫著肚皮，樣子很落寞。

"給，"我把核桃遞給她，順便傳達老蕭的叮嚀，"頂多一天吃四個，吃多容易胖，到時就不好生了。"

貝夫人收下罐子，卻没有吃的打算。

"怎麼了？談判破裂？"

貝夫人說没破裂，小朱答應閉上嘴。

"這不是很好嗎？"

"不好。他要葡萄園、一張無上限的信用卡副卡以及對孩子的探視權，這叫我如何向老貝開口？"

小朱果然獅子大開口。

我思考了一下，說："在法國，任何人都能對親子檢測說不，意即只要一口咬定孩子是貝律師的，小朱根本提不出有利的證據去證明自己是孩子的生父，要考慮的是如何讓他安靜地、平和地走開。"

貝夫人同意我的看法，也知道不可能輕易打發掉小朱，所以一開價就是一百萬歐元，只要他離開貝公館。

一百萬歐元相當於七百五十萬元人民幣，夠小朱、小朱太太以及五名子女在低消費的越南過上優渥的生活，只可惜貝夫人還是太低估朱翊安的胃口。

“依依，我該怎麼辦？”她把臉埋入手掌心，很無助地問。

當貝夫人縱容自己時，早該想到天下沒有白吃的午餐（或許她也曾經想過，只是沒想到午餐會如此昂貴）。

“没事，我去談判。”我把貝夫人的麻煩一肩扛起，誰讓我是她的智囊團？

“真的？”她興奮地抓住我臂膀，“妳真的願意？”

這不是個好差事，尤其對像是我的死對頭，但我依舊用力地點一下頭，大有“風蕭蕭兮易水寒，壯士一去兮不復還”的氣概與魄力。

葡萄採摘工人說釀酒師在地窖裏。

依著工人的指示，我很快找到洞口，外觀有點兒像山西窯洞，不同的是它不是由土、石、磚砌成，而是由木頭加上水泥所建造的現代化建築。

進到地窖內，首先映入眼簾的是平躺著的橡木桶，它們被高高堆起，像疊羅漢似地一字排開。空氣中既有酒香，還有香草，可可和咖啡混合的味道。

我徘徊在橡木桶之間，開始懷疑自己是否迷了路？

“妳在找我嗎？”

原來小朱就站在編號為G的盡頭，我走了過去。

“要不要品嚐G11o桶的新酒？”他搖晃著高腳杯問。

換作平日，我會損他一、兩句，但今天我是帶著目的前來，不說胯下之辱，區區一杯酒算得了什麼？我拿起杯子一飲而盡。

"新酒比較酸澀、生硬，爲了使它的口味變得柔和、順口，幾乎所有高品質的紅酒都得經過橡木桶的培養。"他解釋。

雖然我不認同朱翊安的人品，但他的專業知識的確讓我折服。

"那麼你現在在做什麼？"我問。

"上個月剛做第二次發酵，我來確定是否發酵完畢。"他轉而問我，"妳找我有事？"

我們談話時，身邊不時有幾名法國工人在走動，人多嘴雜，我不認爲這是談話的好地方，即使說的是普通話。

見我欲言又止，他說："到我辦公室來吧！"

朱翊安的辦公室在地窖外，我們往外走，還没走出地窖，經過編號F，那裏有一扇門，我差點兒以爲那是辦公室。

"那是冰凍室，爲了將香氣和風味最大化，葡萄酒都要經過冰鎮的過程，通常喝之前先凍個10-20分鐘最佳。"他答。

小朱的辦公室約二十平米大，裏面像極了七十年代的領導辦公室，我甚至還看到越南總理的肖像。

"坐。"他指著紅皮沙發，上面的廉價皮革早褪了色，感覺血跡斑斑。

我小心地坐下來，也小心地把來意表達清楚。

"我不要貝夫人的錢。"他答。

"一百萬歐元可以了，很多人一輩子也賺不到。你開的條件，貝夫人不是做不到，而是無法跟貝律師交代。"我仍試著游說。

朱翊安說我誤會他的意思了，他不僅不要錢，連其他的條件也取消了。

情勢急轉直下，讓人摸不著頭緒。

他接著解釋，之所以獅子大開口是因為貝夫人的絕情，讓他的自尊心受損，但冷靜過後，他想通了，孩子跟著貝家夫婦總比跟他好，沒必要打破這種平衡。

"那⋯⋯那個⋯⋯小朱⋯⋯謝謝你。"我的心情因突來的變化，一時無法轉換。

"不用謝，應該的。"

幸福來得太快，讓人感覺很不真實。

我渾渾噩噩地走出辦公室，一時竟分不清東西南北。

第九十三章／趕鴨子上架

貝夫人也覺得匪夷所思，但她沒我想的深，反而自責錯看了情人。

"我得趕緊把毛衣織出來，它代表我的一份心意。"

此時的貝夫人像個孩子似的，單純得可愛，但有時……我不得不說，邪惡得可怕。

什麼？！要我舉例？好吧!就說說"懷孕"這件事。

"無後"一直是貝氏夫婦的心病，加上醫生說男主人的精蟲數過少，等於給"傳宗接代"判了死刑。

没錯，貝夫人後來是放浪形骸、淫亂無度兼岙不知恥，然而這何嘗不是"死馬當活馬醫"、"置死地而後生"的無奈之舉？

朱翊安無疑成了貝夫人手中的一枚棋子，他的"獅子大開口"在我看來也情有可原，反倒他的"一分不取"讓我心生警惕：**他該不會有更大的陰謀吧？！**

"依依，妳怎麼還在這裏？快去拿毛線。"貝夫人喊。

"噢！好。"我跳起來，往雜物間跑去。

“真的？妳真的懷孕了？”貝律師很驚喜。

貝夫人不停地點頭，眼眶泛著淚水。

這真是個溫馨時刻，兩個年近半百的中年人因小生命的來到而喜極而泣，如果不是因爲知道隱情，我或許也會跟著胡亂感動一把。

“貝律師、貝夫人，恭喜你們喜得貴子。”我不忘說場面話。

貝律師走過來握緊我的手，說我是貝家的福星，不僅貝夫人不再抑鬱，連他們貝家也有後了……

“哪裏，這是你們的福氣。”我不敢居功。

貝律師接著表示得把這個大好消息跟貝公館上下分享，不僅每位工作人員都能分到一打的自製葡萄酒，還額外收到一個特大紅包。

“太好了，我代表全體工作人員向你們致謝，希望好事成雙，明年再添個寶寶！”

說完，我看見貝夫人的神情有異，這才發現自己說錯話了，難道要貝夫人“再度”紅杏出牆？真想甩自己兩耳光。

還好貝律師不疑有他，依然呵呵呵地笑得很開心。

華諾拎著酒到我房裏開派對，他的酒加上我的酒，總共24瓶。

“今天就讓我們醉死在酒精裏。”說完，他剝的一聲開了瓶，一邊就著嘴喝，一邊將酒倒進浴缸裏。

“幹嘛呀這是？”我問。

“洗—鴛—鴦—浴—”

接著他猛力喝了一大口酒，含住，在我還没搞清楚狀況前，噴得我一身都是。

"你有病是不？"我怒火中燒。

"別氣，"他的嘴巴冒出葡萄酒的氣味，"我幫妳換。"

他動作輕柔地拉開我連身裙的拉鏈，解開胸扣，又脫下我的蕾絲丁字褲......

大功告成後，他坐在浴缸邊緣，色咪咪地看著我："妳......是上帝的傑作，上下身比例爲5：8，符合黃金分割定律。身高雖不高，但三圍勻稱，尤其是乳房，啧啧啧！既堅挺又有彈性，讓男人無法自拔。"

"謝謝你的點評，鑒定完畢了嗎？"我反問。

華諾一身筆挺，我卻光著身子，這畫面真的很滑稽、可笑。

"還没，"他站起身，開始解襯衫上的扣子，"現在換妳鑒定我。"

華諾的性感來自於他優渥的生活以及無以倫比的自信，他從未流露過一絲自卑情緒，即使是困難時刻，也會被他無可救藥的樂觀態度一筆帶過。

我和他沐完浴，身上仍帶著濃濃的酒味，誰叫我們浸在酒缸裏近一個小時？

"待會兒用餐，貝律師或貝夫人若問起，看你怎麼回答？"我睨了他一眼。

"實話實說唄！就說我們洗了鴛鴦浴，用的是他們送的葡萄酒。"

“怎麼一股葡萄酒的味道？”貝夫人像狗一樣聳動她的鼻翼。

我看著華諾，等他出醜。

“我和依依喝了點兒酒，慶祝貝家有喜，不小心讓酒濺到身上，已經換了衣服，沒想到酒味還是那麼濃。”華諾給了不同版本的解釋。

“沒事，酒的香氣很好聞，”貝律師手持著酒瓶問，“你們還要來點兒餐酒嗎？”

華諾說他還能喝點兒，我答不了，自己沒那麼大的酒量。

於是那兩個人把酒言歡去，我則和貝夫人說起悄悄話。

“妳和華諾剛剛做完壞事，我聞到了。”貝夫人壓低聲音說，“有非常強烈的荷爾蒙味道。”

我趕緊低頭聞自己的衣服和手臂，奇怪，除了酒味，什麼也聞不出來，貝夫人的鼻子也太靈了吧？

“你們兩位在說什麼？神神秘秘的。”貝律師好奇一問。

我正想答“沒什麼”，貝夫人卻搶先一步，她說我有恨嫁之心，抱怨華諾不主動求婚……

“沒想到你們已經發展到這種程度，華諾，這就是你的不對，難道要依依先開口？”貝律師責問。

對於貝夫人的瞎起哄，我早司空見慣，然而華諾卻小題大作，不僅承認自己的不是，還發話這週末就帶我回華堡，正式向華夫人稟告此事。

“太好了，依依。”貝夫人很欣喜。

貝律師則拍拍華諾的肩膀，給予肯定和鼓勵。

我看著華諾，呆若木雞，他卻舉起酒杯，隔空敬了我一杯。

第九十四章／小倩

車子一直開到華堡，我還是臭著一張臉。

"妳確定不進去？"華諾再一次問我。

我索性趴在車門上，看著窗外的風景發呆。

華諾下了車，感覺得到他的不悅，關門的聲音帶著怒氣。

我在車裏等了約兩小時，華諾才重新回到車內發動引擎。

"華夫人說什麼？"我問。

"能說什麼？"華諾來個九十度轉彎，"她說會幫我介紹個好女孩。"

"真的？"我問。

華諾不吱一聲，很專心地開車。

～

貝夫人知道我爽約，氣不打一處來，說好好的一件喜事被我攪黃了。

“妳該不會還在等那個窮酸畫家吧？！”

貝夫人提起羅宋，讓我很心虛，他現在在維京海盜的故鄉—北歐。

見我沈默，貝夫人甩擔子不挑了，她要我好自爲之。

貝夫人不理我、華諾也不理我，這個家只有貝律師對我還算和顏悅色，但他最近的氣色很不好，蠟黃蠟黃的，而且說話有氣無力。

“貝律師，你還好吧？！”我關心地問。

“不太好，頭痛，吃不下飯。”他答。

自從參選失敗加上被律師公會凍結執照，貝律師每天除了打打高爾夫球外，算是閒賦在家。有時見他無聊至極，竟然蹲在地上看螞蟻搬食物。

“我把麵包撕成小塊，不一會兒螞蟻大隊便全員出動，很是浩大……”他笑對我說。

那麼貝律師的“病”是不是太閒所致？聽說有種“退休病”就是因爲工作強度下降，壓力減輕，一時無法適應所造成的。

爲了“救”貝律師，我建議他參加我和華諾的晨跑隊，他無可無不可地答應了。

隔天一早，我去敲他房門，是貝夫人開的門，她壓低聲音說貝律師不去了，想多睡會兒。

我笑笑表示理解，剛開始晨跑的人總有一大堆藉口拖延，貝律師的行徑不算離譜。

“你也太離譜了，都這麼多天了，一句話都不吭。’我邊跑邊問。

華諾已經和我冷戰多日，雖然他依舊敲我房門與我一同跑步，但一切都變得不一樣了。

貝夫人生我氣，好歹對我的問話還做簡短回答，華諾則不同，他像個瞎子、聾子兼啞巴，不僅對我的發問充耳不聞，而且索性當我是空氣。即使我死皮賴臉地主動敲擊牆壁給暗號，一長三短，他也不會猴急地跑來與我溫存，十足的柳下惠。

"華諾～"我擋住他去路，害他煞車不及一頭撞上。

"妳有病是不？"華諾坐在地上撫著膝蓋問。

我也好不到哪裏去，跌跤時，擦傷了左手臂。

"我流血了。"我可憐兮兮地說。

華諾忘了他的膝蓋，爬著過來。

"得上藥，最好是碘酒。"他說。

"啊～啊～你能輕點兒嗎？"華諾幫我擦碘酒，我痛得眼淚直流。

他搖搖頭："女人因爲愚蠢而善良……"

"什麼意思？"我問。

"我說妳很善良。"

這豈不是繞個彎說我愚蠢？

"我的確是笨女人，你該慶幸沒娶我。"我賭氣地說。

華諾同意我笨，毫不客氣地數落我，說我再也遇不到像他這樣優秀又愛我的男人……

挨了罵，但我找不到話反擊。

"這禮拜六，小姨幫我安排相親，妳若沒事，歡迎到場觀禮。”華諾扔給我重磅炸彈。

貝夫人喋喋不休地介紹華諾的新歡，殊不知我這廂已忌妒到不行。

“華夫人介紹的是華人商會白會長的女兒，學的是時裝設計，身材卻不輸模特兒，現在在CHARLES FREDERICK WORTH工作室工作，年薪五十萬歐元……”她說。

“富家女都難侍候，我看華諾這回有苦頭吃了。”我的酸葡萄心理開始作祟。

沒想到貝夫人的回答直接打我臉，她說白小倩是個性情好的姑娘，上得了廳堂，下得了廚房，她兒子若有這等福氣，她鐵定要了這個兒媳婦。

貝夫人照過超音波，如同老蕭所說，懷的是男孩。

“那好，恭喜華諾！”我言不由衷。

貝夫人看了我一眼，沒說什麼，又低下頭織準備送給小朱的毛衣。

星期六吃完早餐，我一直魂不守舍，耳朵豎起來聽華諾的一舉一動，當他下樓發動VOLVO時，我適時出現。

“你去哪裏？”我問。

“華堡，和我小姨吃飯。”

果然是和女鬼小倩相親去了。

我問他什麼時候回來？他答不知道，反倒問我想不想和他一塊兒去，順便給點兒意見？

給什麼意見？意見就是這女人是狐狸精兼掃把星，華諾能滾多遠是多遠。

"我很忙，没空。"我高傲地拒絕。

他笑著踩上油門揚長而去，連再見也没說。

我很受挫，把地上的石子踢得老遠，還差點兒擊中VOLVO的車屁股......

第九十五章/貝律師病了

華諾直到第二天清晨才進門，我剛跑完兩圈就看到他的 VOLVO停在貝公館前，引擎蓋還冒著熱氣。

忘了我還得跑八圈，直接進屋，華諾就坐在客廳裏，翹起二郎腿看報。

"這麼快就跑完了？"他問。

我没回答他的問話，像抓到夜不歸宿的孩子："你昨晚没回來睡。"

華諾問我爲什麼要告訴他已經知道的事實？他自己有没有回來睡能不清楚嗎？

"你在哪裏睡？"我轉個方向問。

"床上。"他翻了一頁報紙，很悠哉地回答。

"你犯傻了嗎？我問的是你睡小倩的床還是小倩睡你的床？"

華諾索性閣上報紙，站起身來："馬小姐，會不會覺得自己管太多了？"

在我還没來得及反應前，他已經上樓去了。

今天早餐我們喝粥，有肉鬆、醬菜、花生米、油條、荷包蛋加上兩樣炒青菜。

貝夫人不再吃苦瓜，因爲苦瓜已經不是當季蔬菜。

"來，老貝，這是你最喜歡的莧菜。"

她挾了一筷子的蒜蓉炒莧菜到貝律師碗裏，貝律師吃得津津有味，他已經連續吃了十幾天。

我以爲貝夫人也愛吃莧菜，沒想到她踫都不踫。

"莧菜的莖部纖維很粗，咀嚼時會有渣，怪不舒服的。"她解釋。

不只莧菜讓人不舒服，我覺得所有的蔬菜都讓人不舒服，其中還分等級，貝夫人喜歡的苦瓜及貝律師喜歡的莧菜都被我列入"巨難吃"之首，連聞到氣味都難受。

在食物的選擇上，華諾和我同出一轍，我們都是無肉不歡的"肉肉家族"。

"好想吃肉啊！"華諾道出我的心聲。

貝夫人把肉鬆往我們的方向挪，我和華諾只好噤聲。

討論完今年貝公館的葡萄收成及市政府的新稅收政策後，貝夫人突然問起小倩這女孩如何？

華諾答不清楚，因爲沒見著面。

原來小倩在往華堡的路上，車子不知怎的滑進山溝裏，額頭破了相。

"這也太晦氣了，人還沒見著就有血光之災，實在不吉利。"貝夫人搖頭。

也就是說，華諾壓根兒就沒見到小倩，我心中暗自竊喜。

"我小姨也說不吉利，直接把小倩除名，不過沒關係，她已經放出消息，估計所有的法國單身華裔女子都會前仆後繼而來……"

聽華諾這麼一說，我像剛上岸的小狗又被一腳踢進水裏。

"依依，妳怎麼了？很不開心的樣子。"貝夫人問，聽起來有些虛情假意。

"哪有？"我拿起筷子夾了顆花生米，"我在想華諾大概覺得相親很煩。"

哪知那個沒心沒肺的人馬上否認，他說能過一把"帝王選妃"的癮，何樂而不爲？

我悶不吭聲地把花生米丟進嘴裏，一顆、兩顆、三顆……直到盤底朝天爲止。

~

貝夫人終於織完情夫的羊毛衫，她讓我送去給朱翊安。

"告訴他，這是我的一份心意。"貝夫人叮囑。

我把墨綠色套頭羊毛衫折疊好，放入一個漂亮的紙袋內。

~

"給，"我把袋子遞過去，"貝夫人特地爲你織的，大熱天的，看她織得很辛苦。"

朱翊安打開袋子，把衣服拎起來，很輕蔑地說了一個字："切！"，然後扔到椅背上。

我感覺受到極大的侮辱，雖然那個"切"字未必針對我。

"我以爲即使不喜歡，你也可以表現得不那麼低俗。"我說。

“低俗？”他揚起聲，“妳以為誰低俗？貝家的財產是怎麼來的？不過是大發國難財，把當時黨部的錢捲走一大半，什麼是低俗？這個才是真低俗！”

都那麼久遠的事了，還拿出來論是非？

我懶得爭辯，加上話不投機，很快拍拍屁股走人。

“小朱喜歡那件羊毛衫嗎？”貝夫人問。

“還……還行。”

我的雙手被藍色毛線圈住，貝夫人這次要替娃兒織，織上藍色小帽、藍色手套加上藍色襪子。

“藍色讓我聯想到大海，海納百川，我希望兒子有像海一樣的偉大胸襟……”她說。

啊！每個母親都一樣，對子女有深切的期盼與祝願。

“她姓藍。”

“什麼？”我一時丈二和尚摸不著頭腦。

“這禮拜的相親對像姓藍，單名星。”

藍星？藍色的星星？

貝夫人話匣子一打開，怎麼可能只八卦一點點兒？於是我知道藍星是個歌劇家，在歌劇界闖蕩多年，最近剛在《西貢小姐》中獲得一個小角色，初露光芒。

“別小看她現在是個小演員，父親可是大名鼎鼎的法國投行Benoit & Associés的合夥人。”

噢！又一位富家千金，不過這次倒是投華諾所好，他喜歡歌劇，自己也能唱上幾句。

"華夫人給了華諾《西貢小姐》的入場券，今晚七點那一場，看完歌劇剛好可以吃宵夜。"貝夫人繼續報料。

晚餐桌上果然不見華諾，我的心蒙上一層陰影。

老蕭今晚難得煮了酸菜魚，湯鮮味美、酸辣可口，尤其他選用的是黃花魚，肉質緊密且嫩滑，用來做酸菜魚再適合不過。

"老蕭說他用的是台灣酸菜，帶點兒甜味，但我覺得酸菜魚還是得用四川泡菜才夠味，對不對？老貝。"

貝律師沒說話，低頭扒飯，面前有一盤水煮莧菜，湯竟然是血色，看著嚇人。

爲了炒熱場面，我馬上找話："還吐得厲害不？"

貝夫人答早不吐了，最近胃口大開，把以前吐的全吃回來……

我轉向一旁無聲的男主人，開玩笑地說："貝律師，看來你的兒子是個大胃王。"

貝律師還是不吱聲，但樣子有些怪異，他將筷子伸向莧菜，好像電影裏的慢動作，不是一氣呵成。

"貝律師，你還好吧？！"我問。

"好……好……好……"貝律師竟然口吃。

我和貝夫人面面相覷，在還沒反應過來前，貝律師手中的碗筷掉了，發出"哐啷"一聲，人也像洩了氣的皮球似地癱在椅子上……

第九十六章/過山車

就這麼巧，當我和貝夫人慌了手腳，不知該如何是好時，朱翊安一腳跨進來，手裏拎著一瓶酒。

"怎麼了？"他將酒往桌上一擱，人走到貝律師跟前。

"不知道，忽然就這樣了。"我急急地答。

小朱觀察一下眼前人，然後用拇指壓在他的鼻唇溝$1/3$處往頂推了幾下，又走到貝律師身後按摩他的頭部，這樣來回數十次後，貝律師終於回過神來。

"老貝，你還好吧？"貝夫人很著急。

"不知怎的，腦子忽然一片空白。"貝律師答。

小朱解釋這是氣虛，用中藥調理一下就好。

貝夫人馬上同意，她說前陣子自己大病一場，就是靠台灣老中醫的神奇妙方給冶好的。

"沒問題，我馬上讓老蕭聯繫。"這時的小朱和善得不得了，是天使的化身。

面對恩人，貝氏夫婦稱謝連連。

小朱大手一揮說：「小事一樁，不足掛齒。對了，拿來的酒是靈芝酒，它是由靈芝和白酒浸泡而成，適當喝些靈芝酒有補肝腎、益精血的功效，同時讓膚色和氣色更好，也能抗衰老。」

送走朱翊安，貝律師和貝夫人都爲逃過一劫而慶幸，只有我憂心忡忡，總覺得有哪裏不對勁。

華諾哼著歌劇開門又關門，聽不出心情好壞。

我望向床頭櫃上的電子鐘，23:15，他大概和藍星吃過宵夜了，吃了什麼？

此時牆壁傳來一長兩短的敲擊聲，代表華諾想和我做愛。我回覆一長三短，沒多久他來敲我房門。

「今晚的宵夜你吃了什麼？」我好奇一問。

「宵夜？沒吃宵夜。」華諾躺在我床上。

「沒吃宵夜怎麼近午夜才進門？看完歌劇和藍星上哪兒去？牽手了嗎？親嘴了沒？……」

「要不要我打份報告給妳？」他問。

我噤聲了。

華諾看我可憐，拍拍他旁邊的空位，我柔順地靠過去。

「我想娶妳，妳不願意；看我和別的女人約會，妳又不樂意。不帶這樣玩的，妳太孩子氣了。」他摸摸我的頭。

華諾說得沒錯，我的確太孩子氣了。

「我想和羅宋說清楚後再決定，況且……我不認爲華夫人會同意我們的婚事，兩家背景太懸殊了。"我是弱勢方，考慮的當然會比較多。

華諾答他會給我時間讓我和羅宋說清楚，至於他小姨同不同意我們的婚事……她只有建議權，沒有決定權，畢竟要結婚的人不是她。

雖然華諾給我吃定心丸，但我還是不放心，

"給我從實招来！"我比出槍的手勢，抵住他的胸口。

"什麼也沒做。"

見我不相信，他接著解釋，原來藍星的角色是一名妓女，那麼多妓女在跳著舞著，偏偏就她一人從舞台上摔下來……

華諾後來還跟著去了趟醫院，劇團經理問起他和藍星的關係，他一時答不上來，結果被當成粉絲給轟出去了。

"我總覺得是妳施了魔法，讓我的選妃之路困難重重，"他壓著我，"說，是不是這樣？"

我答不是，他不相信。

"古代女巫身上都帶有標誌，我需要驗明正身。"

說完，他脫下我的鵝黃色絲質睡衣，緊接著又脫下紅色半透明胸罩……

"我是不是女巫？"我問。

"不知道，還沒檢查完畢。"

他的雙手沿著我的臀部曲線往下滑，我的蕾絲丁字褲被退至腳踝……

"這一次，我會讓妳快樂到極致……"他說。

貝公館又彌漫著揮之不去的中藥味。

儘管我告訴貝夫人“台灣老中醫”完全不存在，老蕭已經作實小朱的謊言，但她卻嗤之以鼻，認爲應該讓事實說話，事實就是貝律師的身體越來越好了。

的確如此，服了幾帖中藥後，貝律師的氣色好多了，人也有了精神。

“這不就好了嗎？不管是台灣老中醫還是非洲巫醫，只要能治好病就是硬道理。”貝夫人篤定地說。

可惜沒高興幾天，貝律師眼瞅著又不行了，他傴僂著背，連走路都困難。

“這如何是好？還是得找個家庭醫生看看。”我說。

自從那位馬來西亞裔醫生失去貝夫人的信任後，已不再上門。貝夫人對找新醫生也興趣缺缺，尤其中醫治好她的病而非西醫，後者便被她打入冷宮，這下子我連打給誰都沒了主意。

“小朱已經在聯繫了，馬上會有消息。”貝夫人很有信心。

老中醫這次開了新藥方，換上更難聞的中藥，現在貝律師每天都要喝上五大碗“墨汁”，看他皺起眉頭的樣子，很是辛苦。

這一天侍候完貝律師吃中藥，我問他苦不苦？他面無表情。

此時一隻綠頭蒼蠅正嗡嗡嗡地到處亂飛，我打了幾次都沒打著，最後它竟然停在貝律師的臉頰上。

“貝律師別動。”我說。

沒想到他等不及我動手，自己打了自己一巴掌，輕輕的，這怎麼可能擊中？

看蒼蠅得意洋洋地飛走了，我只能說笑：“看來今天是蒼蠅的Lucky Day。”

貝律師沒笑，臉上像戴了面具似的。

我也注意到當蒼蠅停在他臉上時，他的臉部肌肉完全沒反應。

"貝律師，來，笑一個給我看。"我說。

他仍是冷默表情。

我輕輕拍打他臉頰，他定如泰山，我再加重力道，他依舊紋風不動。

天哪！貝律師竟然面癱了！

"妳……妳……打……打……我……不……不……像……話……"貝律師口齒不清地指控我。

我嚇傻了，轉身跑去找貝夫人。

第九十七章/竇娥冤

貝律師的病情已經不是幾帖中藥能搞得定，我告訴貝夫人一定得送醫院，而且還是大醫院。

"没用的，"貝夫人哭喪著臉，"這是咀咒，誰也逃不過。"

原來前幾天朱翊安告訴她這莊園的秘密:當年國王還不起債務，打算藉叛亂的名義殺了貴族，貴族聽到風聲後連夜逃跑，臨走前下了咀咒，誰擁有這莊園，將承受身體的疼痛直至死去……

"這是什麼跟什麼？無聊的傳說也信？"我揚起聲。

"不，不是空穴來風，這莊園的前擁有者不也得了怪病？"

我想起貝夫人曾經說過的可憐人，某天開始口齒不清、步履蹣跚，接著面癱、手腳麻痹，然後是酣睡，可以連續睡好幾天都不醒……

把他拿來和貝律師對比，症狀相似得驚人，我的心喀噔了一下。

"妳現在想怎樣？難道把莊園賣了逃到希臘，像前屋主一樣？"我問。

貝夫人摀住臉，拼命搖頭："我也不知道，這事我得和小朱商量。"

和小朱商量？小朱是什麼人？何德何能？

看貝夫人手撫著圓滾滾的肚皮，我恍然大悟，她是想跟孩子的爹商量，貝律師已經這樣了，她能依靠的也只剩下小朱了。

"怎麼辦？貝律師一定得送醫院。"羅宋不在身邊，我只能找華諾商量。

華諾思考了一下，果斷地說："我們送他上醫院吧！"

意思是"先斬後奏"。

我趕忙換上外出服，然後下樓找貝律師，然而即使我把整個房子給掀了，還是遍尋不著一個行動不便的人。

貝律師上哪兒去了？我和華諾面面相覷。

是急促的敲門聲打破沈默。

華諾開門，外面站著一位亞裔人士，我認出是勘探隊其中一員。他操著生硬的法語，話說得很慢，大意是有人死了……

華諾問在哪裏？那人手指著葡萄園的方向。

貝夫人不停地用手絹拭淚，樣子很傷心，朱翊安則站在窗口，臉朝外，看不出內心起伏。

目光回到小朱辦公室，貝律師坐在輪椅上，雙手自然下垂，頭側向一邊，眼鏡就快滑落。他睡得很沈，我喊了幾聲，他完全没反應。

“別喊了，”朱翊安轉過身來，表情很冷默，“他死了。”

“怎麼會？兩個小時前還好好的。”

“‘閻王要你三更死，絕不留人到五更’，別說兩小時了，就是兩分鐘也會要人命。”小朱答。

我不否認人的性命猶如風中之燭，但貝律師不在貝公館內好好待著，反而死在小朱的辦公室，怎麼說都說不通。

還是貝夫人解開謎團：“小朱說百年老宅難免有鬼魂，做個法事就没事，没想到道士才把法器拿出來，老貝……老貝就不行了。”

她梨花帶雨。

真不知說什麼好：貝夫人好歹也是大學畢業生，這種江湖術士的把戲，她也信？

還是華諾機警，他說這件事很離奇得報警，最好做個屍檢。

“不，不要屍檢，死了還讓他挨刀子，太殘忍了！”貝夫人雙手護住貝律師的身體嚎啕大哭起來。

小朱見狀把華諾帶到一旁耳語，没想到一切逆轉。

華諾打電話給殯儀館，没有通知警察。

“你不覺得奇怪？貝律師竟然就没了？”回到華諾房內，我迫不及待地質問他，因爲他的不作爲。

華諾答他也覺得事有蹊蹺，但是……

原來道士作法前，照例要了被施法者的生辰八字及親屬名單，道士隨口問起貝夫人肚裏的孩子是不是也是親屬？貝夫人答是。於是道士要求她離場，因爲怕作法時誤傷了未出世的親屬，没想到貝夫人想待在現場想瘋了，竟改口稱肚裏的孩子不是貝律師的。貝律師一聽，急怒攻心，加上他口齒不清，旁人不知他要表達什麼，結果活活給氣死了……

原來背後還有這麼一段故事，簡直太嚇人了！

"事情一旦追究起來，貝夫人肯定有過失，兩害相權取其輕，以目前看，'保持沈默'的傷害最輕。"他說。

我還是覺得不妥。

華諾轉而說服我："這世界有一半的人活在假相裏，爲什麼？因爲真相太可怕，活在謊言裏不見得全是壞事。"

我想起羅宋，如果當時他死咬著跟華夫人無半點兒關係，我不也信了？也許現在我們早已步入婚姻殿堂……

"死亡證明怎麼開？又不是壽終正寢。"我忽然想起重要的事。

華諾要我別擔心，貝夫人有認識的人可以幫忙。

真替貝律師感到難過，他死得不明不白，死前還得知自己被戴綠帽，簡直比竇娥還冤！

我望向窗外，夏天的木棉花花絮正在空中飛舞，不細看，還真以爲下了一場"六月雪"呢！

第九十八章/越南廚子

這莊園的前任主人M.Mollet現住在希臘雅典面海的大公寓裏，我決定去拜訪他，唯有如此才能解開怪病疑雲。

"非親非故的，妳就這麼飛過去找他，不被當成神經病才怪！"華諾潑我冷水。

"我可不是冒冒失失就上門的野蠻人，我已經和M.Mollet聯繫上，他歡迎我隨時拜訪他。"我答。

這都得感謝貝夫人把前朝遺臣全留下，我稍微一打聽便拿到電子郵箱地址。靠著翻譯機的幫助，我寫下至少"達意"的法文信，因爲M.Mollet顯然看懂了。

華諾說我是"行動派"，他趕不上我的速度，然而當我上飛機時，他也遞上了登機牌。

"這是怎麼回事？"我問。

"就憑妳那蹩腳的法語，想把老先生給急死嗎？"他對我一眨眼，"妳需要個翻譯先生。"

∽

479

詩人荷馬曾經形容愛琴海醇厚得像藍色的酒。

藍色的酒？多美呀！

偏湊巧，M.Mollet居住的那普良小鎮就浸在藍色的酒裏，瞧！海是湛藍的，天是湛藍的，連遠方島嶼的住宅門窗也被漆成一色的藍，害我和華諾一路微醺地開往目的地。

那普良小鎮分為新城區與老城區，新城區是商業購物區，老城區則相對無華些，它位於突向愛琴海的半島上，我們要拜訪的M.Mollet正居於此。

踩著青石板砌成的小徑，我們蜿蜒來到這棟藍白相間的豪華公寓外。

按下門鈴，一位有著紡錘體體形的希臘婦女前來應門，顯然她早已獲知我們會到訪，微笑著請我們入內。

客廳很大，延伸出去有個陽台，陽台外是無垠的海景，主人翁就坐在陽台的藤椅上，看見我們來，他起身歡迎。

此時陽光正好，海濤聲不斷，遠處的海鳥嘎嘎嘎地叫，在這麼靜謐的時刻，我們卻談論著嚴肅的話題。

M.Mollet聽說貝律師死了，很是難過，他說當時的他也很迷惑，一向健朗的身體爲什麼一天天地衰弱下去？彷彿體內住著寄生蟲，每天啃他一點兒肉、吸他一點兒血……

華諾問他的身體是何時變差的？之前有無異樣？譬如生活習慣的改變等等。

M.Mollet答買下莊園不到一年，他便開始覺得喘不過氣來，人也特別容易疲倦，至於生活習慣的改變……不知道中藥算不算？他有過敏性鼻炎，Julian說中藥能治好，可惜他吃了三個月的中藥，不僅鼻炎沒改善，人反而越加虛弱。

Julian？誰是Julian？

這位有著貴族氣質的男人答Julian是他雇用的釀酒師。

原來Julian就是朱翊安，難怪，除了他還有誰會提供"中藥"呢？

" *+£%¥<!......"M.Mollet飛快地說著法語。

我望向華諾，等他翻譯。

" M.Mollet說後來雖然停了藥，可是他的病情依舊加劇，到了必須坐輪椅的程度，人也迷迷糊糊，呈半昏迷狀態。"華諾解釋。

" 不對，一定還有別的，譬如食物......他都吃了些什麼？"我鍥而不捨。

M.Mollet又是一長串的法語，他說没吃什麼特別的，只是每天固定要吃蔬菜沙拉，又因愛吃洋蔥，總愛在沙拉裏拌入洋蔥，這和家人的喜好不同，所以沙拉一向由他獨享。

" 趕緊問他廚子是誰？"我著急問，因爲只剩下一層窗戶紙了。

" Lucie."M.Mollet答。

Lucie？這顯然是女人的名字。

我很氣餒，原以爲答案會是老蕭，那麼就可以斷定怪病的禍源來自小朱和老蕭，是他們聯手讓前後任屋主染病，但現實卻成膠著狀態，一切又回到撲朔迷離當中。

華諾轉而問M.Mollet搬來希臘後身體可好？他答好得不能再好，不僅能騎自行車，偶爾還能駕船出航......

我爲他感到慶幸，如果貝律師早一步搬離貝公館，也許就能避開咀咒、逃離厄運。

M.Mollet表示他也聽過這個傳聞，不過他一笑而過，倒是Lucie深信不疑，害怕得不得了，他只好把她帶到希臘，畢竟她的法國菜做得好。

這麼說Lucie就在這棟公寓裏？我把眼光投向屋內廚房。

男主人答她不在廚房裏，今天鎮上有市集，她採買去了，應該很快會回來。

我和華諾站在公寓外，沒多久，一位皮膚黝黑的瘦小女子提著菜籃子走過來，嘴裏哼著歌。

她有長及腰際的髮，眼睛很小，鼻樑不高且顴骨突出，猛一看，像是女生版的朱翊安。

" Pardonnez-moi......"

聽到有人說法語，那女子嚇了一大跳，菜籃子沒拿好，蔬果滾了一地，我和華諾趕緊蹲下身幫忙撿。

" Merci."她答，然後快速轉身開門。

" 等等，"華諾阻止她關門，" 能和妳談談嗎？我們從里昂來，有些事想請教妳。"

沒想到她直挺挺地看著我們，彷彿聽不懂似的，華諾只好把剛才的話用法語再複述一遍，誰知那女子竟說起越南話，並且在我們做出反應前，匆匆關上大門。

" 看著像是朱翊安的妹妹或表妹。"我緩過神後說。

" 她爲什麼害怕？"華諾不解。

我也想知道答案。

" Well，"華諾攤開雙手，" 這就是我們希臘之行的結果—無功而返。"

我不認同"無功而返"一說，至少我們知道M.Mollet在離開莊園後壯得像頭牛，還意外得知朱翊安的親屬曾是莊園的廚子......

“說到廚子，我餓了，趕緊走吧！也許還來得及吃下午兩點的午餐。”華諾伸出手，我把手遞給他。

我們手牽著手踩著青石板路往新城區走去，踏踏踏的腳步聲在空曠的小徑上回蕩，顯得既孤單又響亮……

第九十九章/抉擇

我們一回到貝公館，華諾便拿上車鑰匙。

"去哪兒？"我問。

"有新客戶，在Chambéry。"

Chambéry？它離貝公館有一個小時遠，而現在已經夜裏九點多了。

華諾答沒辦法，Mlle de Gaulle明早飛美國，等她回來，變數可多了，今晚他得將她拿下......

"Mlle de Gaulle？戴高樂小姐？是個女的？"

華諾没回答我，匆匆離去。

他一離開，我把行李放下後便去敲女主人的門。

"C'est qui？"貝夫人問。

"是我，依依。"

"依依，我睏了，有什麼事明天再說。"

貝夫人懷著孕，老公又撒手人寰，我剛出了一趟門，回來就想確定她安好。

"那妳睡吧！我不吵妳，晚安。"

我對著門說話，貝夫人沒回應，讓我有些失落，再怎麼累也可以回覆"晚安"才是。

我躺在床上，把收集到的資料在腦中做歸納：

1、**M.MOLLET**在買下莊園約一年後開始發病；貝夫人稍早，約七、八個月的時候；貝律師和**M.MOLLET**一樣，也是一年左右。

2、三人都吃過中藥。

3、三人都有特別愛吃而旁人不喜歡的食物，如：**M.Mollet**的蔬菜洋蔥沙拉、貝夫人的苦瓜、貝律師的莧菜。

4、發病症狀都類似。

5、**M.Mollet**離開莊園後，所有不適也跟著消失。

6、中藥是朱翊安拿來的，前後任廚子也和他有關係。

箭頭指向朱翊安、老蕭以及Lucie這三人。

我不可能去問朱翊安，他道行太高，怕沒問出個所以然反而打草驚蛇；我也不可能去問Lucie，她的拒人千里之外，早已說明她內心的恐懼。

看來只剩下老蕭了，想解開謎團只能從他下手。

"扣、扣、"

這麼晚了，誰敲我房門？

門一打開，竟然是朱翊安。

"有什麼事？現在很晚了。"我没好氣地說。

"貝夫人不舒服，妳去看一下。"

貝夫人哪裏不舒服？我撇下小朱，往她的房間奔去。

貝夫人躺在床上，胸部很大，肚子也很大，我問她可好？

"腰酸背痛，很累卻睡不著。"

"寶寶長得真快，妳肯定不舒服，我幫妳揉揉背吧！"

貝夫人轉過身去，我動作輕柔地幫她按摩。

"舒服多了。"她說。

"那就好。"我繼續手中的動作。

"依依，"她停頓了一會兒，"能不能幫我擦藥？"

擦藥？我問她哪裏受傷了？

"我……我有痔瘡。"貝夫人很尷尬地答。

我以為擦痔瘡有專門的藥，她卻遞給我一管挫傷軟膏，讓我很迷惑。等到貝夫人脫下內褲，我才恍然大悟，不禁怒火中燒。

"依依，我太對不起老貝了，有時管不住自己啊！"她流下眼淚，不知是因傷口疼痛還是真的懺悔。

我怒氣沖沖地走向小朱的房間，剛把手舉起來，有個聲音

叫我別衝動。是呀！一個巴掌拍不響，貝夫人若不願意，小朱也無法強求。

放下手，我像隻戰敗的公雞，垂頭喪氣地回到自己的房間。

01:00 華諾還没回來

02:45 貓頭鷹咕嗚咕嗚地叫

03:18 我起床上廁所

04:50 載肉類蔬果的貨車從貝公館駛過，開向廚房

05:05 VOLVO 駛入

05:10 華諾進房間

05:12 華諾晨浴

05:30 華諾敲我房門

" 準備好了嗎？"他身著慢跑服，渾身是勁。

"把Mlle de Gaulle拿下了？"我撫著門，一語雙關地問。

"拿下了，還花了我好大的功夫。"

"恭喜了。"我言不由衷，順便將門關上。

"扣、扣、"華諾又敲門。

隔著門，我告訴他自己來例假了，今天不晨跑。

没多久，我聽見足音遠去的聲音。

吃早餐前，我特意又去了趟貝夫人的房間，幫她再上一次藥。

“懷孕期間得留意，那樣大動作，對寶寶不好。”我說。

貝夫人穿好衣褲，斜躺在床上，樣子很憔悴。

“我幫妳化化妝吧！人精神了，看什麼都順眼。”我提議。

“依依，小朱……小朱跟我求婚了。”一大清早的，貝夫人就丟來重磅炸彈。

我問她怎麼想？

“我也不知道，好像太快了，老貝才去世沒多久，”她看了我一眼，琢磨該坦白到什麼程度，“小……小朱說希望孩子出生後能名正言順地喊他爸爸。”

呵呵！什麼叫做“名正言順”？難不成貝公館得改成“朱”公館了？

我表明這不是我能決定的，不過婚前協議肯定得簽，在雙方財產如此懸殊的情況下，採取財產分割制對貝夫人最有利。

“什麼是財產分割制？”

“說白了就是AA制，妳的是妳的，他的是他的。”

“好是好，可是小朱會同意嗎？”貝夫人問。

小朱當然不同意，他說協議可以簽，但得採取全部財產共有制。

這可萬萬使不得，哪天離了婚，財產立分為二，又若不幸貝夫人先撒手人寰，貝公館可真的成了“朱”公館了。

當兩人正為財產問題爭論不休時，我忽然想到一個重要的問題。

“小朱先生，結婚得有單身證明，你有嗎？”我問。

朱翊安惡狠狠地看著我：“我會有的，等著瞧！”

他走後，貝夫人心力交瘁地癱在椅子上，我說了很不中立的話：“這婚還能結嗎？還没結他就惦記著妳的財產。”

“依依呀！”貝夫人很無奈，“老貝走了，我太害怕孤單一人，只要小朱一心跟著我，我不介意用錢買他。”

好個用錢買他，這得花多少錢啊？！怕就怕肉包子打狗，有去無回。

“例假結束了嗎？”我在花園裏採花，華諾在我背後發問。

“還没，也許永遠也不會結束。”

“那怎麼辦？我等不及了。”

華諾是我見過最不會掩飾自己生理需求的男人，講起自己的饑渴像口渴了想喝水、肚子餓了想吃飯一樣自然。

“也許再找一位女性客戶，她能解決你的問題。”我出口諷刺。

華諾問這可是我這幾天陰陽怪氣的原因？我没回答，反問他做了没？

“做了。”

我没想到華諾那麼快就承認，而且理直氣壯地表示那天客戶心情不好，剛和男友吵完架……

這是理由嗎？要不要我頒發一個愛心獎杯給他？

華諾說我得講講道理，我和他没有婚約，即便結了婚，偶爾偷吃一下也是可以的，他認識的已婚男女都有偷吃記錄，婚姻一樣維持得很好。

“那要婚姻做什麼？不結婚豈不痛快些？”

“結婚是為了能在關鍵時刻受到法律全方位的保護，但這個制度並不符合人類的生理及心理需求，瞧！古代原始人就不這樣，逮到一個是一個，這才是動物本能……”

好個動物本能，我問那麼何不回到蠻荒時代，做隻茹毛飲血的人猿？

“當人猿其實挺不錯的，每天遊山玩水，好不愜意……”

華諾跟我抬槓，我一點兒都高興不起來，隨便採了幾朵花，轉身回到屋內。

華諾有什麼錯？他很誠實地表達自己的性愛觀，哪天他若想換妻或找人三P，那也是我咎由自取，誰讓我找了個“性開放”的男人？

“依依，有妳的明信片。”我正把花插進客廳的花瓶裏，貝夫人從屋裏走出來，“今天的這一張跟以前不一樣。”

我回來了，依依。

如果妳肯原諒我，請於八月十五日晚上八點在埃菲爾鐵塔下等我。

依然愛妳的羅宋。

羅宋回來了？他真的回來了？

雖然這個畫面在腦中曾經出現過無數回，但真的發生時，我還是感覺如同做夢般的不真實。

"羅宋回來了，華諾就要拉警報了。"貝夫人坐下來，肚子鼓得大大的，像隻鼓氣的青蛙。

是呀！該來的總會來到。

面對兩個男人，一個浪子回頭，另一個花心大蘿蔔，我要如何抉擇？

我沒有答案。

第一百章/自作多情

貝夫人說想吃梨子，我二話不說到廚房拿。

"記得啊！挑黑一點兒的。"她不忘叮嚀。

"知道了。"

法國梨呈上小下大的葫蘆狀，顏色是淺綠帶點兒褐色，通常褐色斑塊越多的越甜，難怪貝夫人說要挑"黑"一點兒的。

我一進廚房就覺得老蕭不對勁，他捲縮著身體坐在角落，像個行乞者。

"你若想打個盹兒，何不回房睡？"我邊說邊往廚房後面的儲藏室走去，那裏堆滿蔬菜水果，我挑了幾個看起來汁多味甜的梨。

等我回到廚房，老蕭仍保持原來的坐姿沒變，我定眼一看，噢！不，他在發抖，抖得很厲害，額頭上有斗大的汗珠。

"怎麼了？"我蹲下身，關心地問。

"快，給我白冰糖！"他喘著氣說。

白冰糖？我上下搜尋一番，終於在中島的抽屜內找到，它緊挨著核桃和脯果。

我把白冰糖遞給老蕭，他没拿，反而將它掃到地上。

“不是這個……小朱有……”

他邊說邊撫著身子，好像很冷的樣子，儘管現在是秋老虎發威的時候，天氣悶熱得很。

“你等等，我先把梨子拿給貝夫人。”我說。

想到又要見到那個討厭的人，心中真有萬般的不願意。

朱翊安不在辦公室，也不在葡萄園裏，連他的房間和貝夫人的房間我都找過，没人。

真是奇怪！

我又踅回廚房，没想到這回老蕭像没事似的，正精神抖擻地準備今晚的餐點。

“老蕭，你好了？剛才真嚇壞我了，以爲你吃了什麼髒東西。”我說。

老蕭笑而不語。

我看見水槽裏有條鱔魚，問：“又吃鱔魚？”

“嗯！孕婦常吃鱔魚可防妊娠高血壓和不消化，我媳婦懷孕時就經常吃這個：她挺喜歡的。”老蕭答。

想起貝夫人喜歡吃的苦瓜，我問他孕婦能吃苦瓜嗎？

老蕭一聽到“苦瓜”兩個字，像萬針刺心。

我乘勝追擊：“或者……孕婦可以吃莧菜嗎？”

他聽到“莧菜”二字，像萬蟻噬骨。

我心裏有譜了，遂說Lucie現在在希臘和前莊園主人一起，那個快死的人現在活蹦亂跳著……

" 誰是Lucie？我不認識；什麼前莊園主人？我是後來才來的。"老蕭努力撇清關係，但神色慌張。

我嚇唬他，說人冤死後會有鬼魂，他們會在加害人的四周遊蕩，搞不好我們在談話的同時，貝律師正坐在前面的這張紅椅子上看我們……

" 夠了，夠了，"他歇斯底里，" 貝律師不是我害死的，我什麼都沒做，是小朱，小朱把菜端走又端回，我不知他在裏面加了什麼。真的，我什麼都不知道，人不是我害死的，跟我一點兒關係也沒有……"

果真是食物的問題。

我安撫好他後，順便問起最近朱翊安有沒有在貝夫人的食物裏加些什麼？

" 這倒沒有，他反而會關心貝夫人吃得夠不夠營養，提醒我得燉些花膠，燕窩等補品。"

噓～還好，貝夫人暫時安全了。

我低下頭去，不巧看到中島枱面上有些許白色粉末。

" 這是什麼？"我用食指在枱面上劃過，" 面粉嗎？"

" 是……是的。"老蕭有些窘迫。

我湊上前一聞，面粉竟是醋酸味？

" 你唬我，這不是面粉！"我大聲喝斥。

" 拜托，別告訴貝夫人，她會炒了我。"老蕭嚇得腿軟，" 我不吸了，真的，這是最後一次。"

我不過是佯裝很懂的樣子，壓根兒沒想到"白冰糖"就是"白粉"，也想不到老蕭一大把年紀了，竟然是個吸毒者。

“這就是你對小朱唯命是從的原因？”我問。

老蕭說剛開始他也抗拒過，但“寂寞”是個隱形殺手，漸漸地，他愛上那種無憂無慮的快感，以致越陷越深……

在老蕭的央求下，我答應不將此事稟告貝夫人，但他得當我的線人，把朱翊安的可疑行徑通通告訴我。

“放心，我早對小朱有意見，揭發他能讓我一吐心中怨氣！”老蕭答。

我和華諾冷戰了好多天，連貝夫人都看不下去。

“情侶吵架很正常，但哪像你們？都快一個禮拜還沒和解，你們受得了，我可受不了。”她說。

也難怪，以前餐桌上笑聲連連，現在則是如喪考妣，安靜得出奇。

可惜聽完女主人的抱怨，我和華諾依然對峙著，誰也不願先開口，貝夫人決定先炸開鍋。

“那個……依依呀！明天就是八月十五日，妳怎麼會羅宋？妳又不會開車。”

“羅宋？”華諾看看我，又看看貝夫人。

結果貝夫人這個大嘴巴，當仁不讓地把事情全交待了。

“妳去見他嗎？”華諾問我。

“不知道。”我低頭扒飯。

貝夫人說如果我決定去會羅宋，等於跳入火坑，從此萬劫不復了……

華諾不理會貝夫人，他問我約的是幾點？

“晚上八點在埃菲爾鐵塔下。”我如實回答。

“那麼明天下午見過客戶後，我載妳過去。”

貝夫人聽了來氣，喋喋不休地數落：“你這個傻孩子，依依這一去，還有你華諾的位置嗎？”

看華諾挨罵，我感到心疼。

“你不必如此，我可以請人載我去火車站。”一走出餐廳，我對著華諾的背影說。

他轉過頭來：“別介意，我樂意載妳去。”

華諾用了“樂意”兩個字，讓我很迷惑。

“你知道我和羅宋會面的意義嗎？那代表我原諒他，想和他重修舊好。”

他答他知道。

看來是我自作多情，華諾恨不得早點兒擺脫我。

“好，你載我去，一定準時送到啊！我不想要羅宋等。”

“嗯！一定！要不要打勾勾？”

華諾伸出手來，我卻迅速跑開，不想讓他看見我流淚的樣子……

第一百零一章/變化

埃菲爾鐵塔轟立在巴黎塞納河南岸，它是巴黎最高的建築物，由很多分散的鋼鐵組成，看起來就像一堆模型的組件，被法國人戲稱爲"鐵娘子"。

華諾一路無語地從貝公館開到埃菲爾鐵搭附近的Anatole Route。

"19:45，沒遲到，妳走過去就是。"他說。

我往車窗外探去，艾菲爾鐵塔上燈光璀璨，平添了許多浪漫色彩，無怪乎入夜後，這裏更加人聲鼎沸、熱鬧非凡。

打開車門，華諾卻叫住我。

"依依，妳能站在那家冰淇淋店前面等嗎？"

我往華諾手指的方向望去，塔腳下的確有家冰淇淋店，通火通明著。

"爲什麼？"我問。

"這樣我坐在車裏也能看到妳，如果羅宋沒來，我載妳回貝公館，不然今晚妳要落腳何處？"

我心想羅宋肯定來，他的擔心是多餘的，但仍向他道謝。

下了車，總感覺芒刺在背，一直走到冰淇淋店前，我都不敢回頭望，怕看到華諾的眼神。

2I:45，羅宋沒來，我已經等了兩小時。

雖然知道羅宋的手機號，但因爲某種尊嚴在作祟，我不願打電話催他。見面是他提的，他不應該爽約才是。

可氣的是，我不打給他，他也沒打給我，連個短信也無，這不是在捉弄我嗎？

此時我聽到背後車門打開的聲音。

"依依～"

我轉過頭去，華諾立在車旁對我微笑。不知爲什麼，看見他笑，我有想哭的衝動。

他做了個請我入座的手勢。

也罷，羅宋今晚是不會來了。

我正要走向華諾，背後卻傳來熟悉的聲音……

"依依～"

羅宋快速向我奔來，一把抱住我："太好了，妳沒走掉。"

"你……"我說不出話來。

"地鐵又大罷工，我從I區跑到7區，跑死我了。"

"羅宋你……"

"我沒事，呵呵！手機欠費，兩小時前才知道，否則早通知妳了。"他沒心沒肺地說。

我看著羅宋，有些迷茫。他的頭髮長了、皮膚黑了、肚子有了小肚腩，如果再仔細瞧，他的擡頭紋很明顯，鬢鬢竟有些許白髮，只有眼睛沒變，依然精神著。

"依依，妳完全沒變，還是我記憶中的樣子。"他高興地說。

我不敢答他變得太多，像是中年版的羅宋。

"妳怎麼來的？"他問。

我轉過頭去，VOLVO已發動，也許我多心，車子呼嘯而去的聲音聽起來很淒涼。

"華諾載我來的。"

"人呢？"

"走了。"

"那我們也走吧！回我們的家。"他牽起我的手，"學弟把公寓搞得亂七八糟，我收拾了兩天才恢復原狀。"

~

公寓果然被羅宋收拾得窗明几淨，連被褥都折得整整齊齊、有棱有角的。

"玻璃杯被打破兩隻，羊毛地毯不知被什麼東西糊得一塌糊塗，我跑了兩條街才買到一模一樣的……"羅宋和我話家常。

"什麼味道？"我問。

空氣中有蛋糕的香氣，我一進門就聞到了。

羅宋答他烤了個蛋糕，可能不會很好吃，因爲家裏沒有電動打蛋器，他是手打的，效果差了點兒。

我看到廚房的烤架上果然有個像比薩斜塔的海綿狀物，像是戚風蛋糕，表面沒有任何裝飾。

"算了吧！下次烤好一點兒再請妳吃。"羅宋看著自己的"傑作"，很懊惱地說。

“不，我想吃。”

他有些訝異，但仍沏了壺茶，切了一片看似比較完好的蛋糕片到我盤裏。我咬了一口，不難吃，有蒸蛋糕的感覺。

“好吃嗎？”他問。

“好吃。”

他的手指劃過我的嘴角，一臉愛憐，原來蛋糕渣糊了我一嘴。

“我的吃相很難看吧？！”我問。

“不難看，我喜歡。”他俯首給我一個吻，輕輕的，像紗掠過，“蛋糕很甜。”

原來他吃到我嘴唇上的蛋糕渣。

“下次糖的份量可以減半。”我建議。

“好，聽妳的，什麼都聽妳的。”羅宋一副傻呼呼的模樣，像極了小熊維尼。

我低下頭繼續吃蛋糕，他的眼睛眨也不眨地看著我。

“怎麼了？”我問。

他答在過去的幾個月裏，他天天想我，現在終於見上面，就想多看我幾眼……

我笑他傻，他承認自己真傻，否則也不會把華夫人給的八萬歐元全給花費殆盡，一切又回到原點。

“當時很壓抑，覺得一定得離開巴黎。本來只想出去一個月，但時間到了，我依然沒能原諒自己，所以繼續流浪，直到把錢都花光了。”他進一步解釋。

“你現在原諒自己了嗎？”我問。

羅宋答只有我原諒他，他才有可能原諒自己。

其實我早原諒他了，因爲我知道"迷失"的滋味。好比現在，我坐在羅宋面前，心卻還繫著那輛遠去的VOLVO。

" 我把床上用品都換新了，是妳喜歡的ELLE DELCO牌子，全棉的。"他小心地說。

我看了一眼雙人床，果然被鋪上了水湖藍四件套。

" 我……來例假了。"

" 没事，就想抱著妳睡。"他說。

～

當清晨的第一道曙光灑進來，我躡手躡腳地起床到廚房倒水喝。

羅宋睡得正沈，微微地打起鼾來。

我没來例假，只是數月没見，感覺羅宋像個陌生人似的，我無法和他馬上有親密行爲。

打開手機，華諾没給我留言，讓我有些失望，但他又能說什麼？他什麼也說不了。

不知怎的，心裏無來由感到一陣悲傷。

爲了趕走一早起來的壞情緒，我決定到浴室沖澡，經過儲藏室時，發現裏面的小燈還亮著。

我推開門，眼前是小山也似的畫，有層巒疊翠、有花團錦簇、有草長鶯飛、有煙波浩渺……無一例外的，每幅畫裏都有一名女子的背影，光看髮形和身形，我已認出是我。

羅宋這個實心漢子用一種含蓄的方式表達對我的思念。

啊！但願我能給得起他要的幸福，儘管我知道微妙的變化已在我倆之間悄然而生……

第一百零二章/情慾

羅宋說因爲沒趕上秋季開課，他得等明年年初開學，中間有四個多月空出來，希望能及時賺到房租及生活費。

“我這裏有，你可以拿去用。”我說。

“不，那是妳的私房錢，我不能動。”

為了讓我安心，他說他找到中國餐廳二廚的工作，只是這次負責炸物，光站在油鍋前就能將人烤熟。至於閒暇時，他打算重新背起畫架到聖母院幫人作畫，只是聽學弟說，隔了半年，作畫的人更多，價錢也被壓得很低，有時坐一天也招不來一位客人，何況天氣越來越冷，冬天將至……

“沒事的，一切都會好的。”我安慰他。

此時我和羅宋坐在餐桌前，陽光正好，茶熱著，羅宋做的火腿三明治很可口，是一個很溫馨的清晨。

“我也這麼認爲，尤其妳又回到我身邊，沒有什麼比這個更激勵人心的了。相信我，我會給妳幸福的生活。”他握了握我的手。

我對他笑笑，但心一直處於低靡狀態。

"瞧我，盡說自己的事，妳呢？這些日子以來可好？"他關心地問。

我告訴他，自己已離開華堡，現在當起貝夫人的丫鬟，又把新近發生的事做個簡單交待。

"没想到雅各死了，貝律師也去世，還好貝夫人懷孕，貝家總算有後。"他感慨地說。

我很想告訴他，貝夫人肚裏的孩子不是貝律師的，但以羅宋不會轉彎的腦子，這消息顯然太駭人，所以我選擇沈默。

說完別人的事，他問我今天想做些什麼？我答隨便，且傍晚前得離開巴黎，因爲我是請假出來的。

"那麼陪我上菜市場吧！秋天的鴨子很肥美，蘑菇正當季，剛好做頓好吃的。"他說。

我對吃的要求一向不高，況且羅宋廚藝了得，我從來不擔心他會做出難吃的菜。

當我們準備就緒，臨出門前，羅宋卻說還是先把衣服洗了再走，回來剛好曬上，中午陽光烈，下午肯定乾。

家務事他一向做得比我好，我從來不擔心他會錯過什麼，但……人生除了柴米油鹽外，一定還有別的，否則我不會在聽了這些之後，感到索然無味。

我不會做家務，華諾也不會，但他的薪水卻是羅宋的十幾倍甚至更多;華諾的身高比羅宋高，人也長得體面，這不全然是衣著的原因，還包括內在散發的高貴氣質;華諾的情商……

糟糕！無形當中我已經把他們兩人擺在一起做比較，並且一邊倒的傾向華諾，這不是個好現象。

"怎麼了？表情怪怪的。"羅宋問。

"没什麼。"

看他一副懷疑的樣子，我只好佯稱自己不喜歡吃蘑菇。

"這樣啊！怪可惜的，法國的蘑菇有巴掌大，用奶油和大蒜煎一煎，美味不輸頂級牛排。"他想了想，"那麼蘆筍好嗎？蘆筍剛上市，貴了點兒，但我到常去的蔬果攤買，老闆會給折扣。"

我不忍拂他意，遂答："好"。

吃完羅宋精心製作的午餐，他送我去火車站。

"到了里昂，妳怎麼回貝公館？"

"別擔心，我有辦法。"

羅宋又說開學前他得努力賺錢，可能沒辦法經常去看我。

"沒關係，我也有事情要忙。"我寬慰他。

聽到火車進站轟隆隆的聲音，羅宋再也忍不住，他低下頭給我一個長長的吻，舌頭伸進我嘴裏，接著又親吻我脖子，氣喘吁吁的……

"羅宋，這裏是火車站。"我提醒他。

好不容易他才克制住自己，讓我離開他的懷抱。

"到了貝公館，給我來個電話。"他說。

我對他揮揮手，火車很快駛離站台。

我一走出里昂火車站就聽到叭的一聲。

"怎麼來了？"我難掩興奮之情。

“妳不是打電話給貝夫人說坐下午三、四點左右的火車嗎？我已經在這裏等妳一個多小時了。”

華諾來接我，多少感動我，有哪個男人會如此大度地接別人的女友？

車子上了高速公路後，華諾忽然提起貝夫人今天早上見紅了，他請了醫生到家裏來，醫生說貝夫人年紀大，體重又過重，怕引發各種併發症，所以勒令她得躺在床上養胎，直到生產結束爲止。

其實這早在我的意料之中，不說貝夫人的年紀已經五十好幾，一百五十五公分的身高，體重卻達一百八十斤，這無疑是高危孕婦。

“我知道了，我會好好照顧她。”我答。

說完貝夫人，華諾還是提起我不願討論的人。

“羅宋好嗎？”

“好。”

“他胖了。”

“嗯！”

“看得出很愛妳……”

我問何以見得？

他指指我的脖子，我把遮陽板扳下來，就著化妝鏡察看，原來羅宋留給我一個指甲蓋大小的吻痕。

“那個……”

“不用解釋，男人會給女人留下吻痕是在宣誓主權，這是一種不自信的表現，我就從來不留痕跡。”

華諾這是在炫耀自己“閱人無數”嗎？

“我知道你是萬人迷，有些人天生有撩人的魅力，有些人沒有，強求不來。”我冷冷地說。

華諾忽然方向盤一轉，開出了高速公路。

“這是幹嘛？走捷徑嗎？”

他沒回答我，默默把車子開上小丘，目測方圓五百米沒有任何人煙。

“來不來？”他問我做不做愛？

“不來。”

他下車，面向空曠的山谷大聲吼叫Je t'aime（意即“我愛妳”），一遍又一遍。

這是發哪門子神經？

我怒氣沖沖地下車走向他，被他伸手一攬：“妳才真的撩人，昨晚我一直想妳，妳是否也想我？”

“一點兒也不。”我答。

華諾說有沒有想他，立馬見分曉。

太陽下山了，月亮和星星也出來了，我和華諾在天地間做著原始的交媾，和1400萬年前的人猿無異。

啊！情慾當前，我又再次被慾望牽引而無法自拔……

第一百零三章/失而復得

“到貝公館了嗎？”羅宋問。

“還……還没。”

“火車誤點嗎？”他又問。

“……嗯！”

其實火車没誤點，但我很難解釋兩個小時的車程，爲什麼三個小時後我還在路上？

羅宋轉而問我現在在哪裏？我答在華諾的車裏。

他要我把手機遞給華諾，我聽見華諾在電話裏嗯嗯呀呀的。

“羅宋問你什麼？”通話結束，我忙不疊問。

“他說謝謝我送妳回貝公館，又說找時間請我吃飯。”

果然是羅宋的行事方式。

我不知道華諾是怎麼想的，但我心裏特難受，再次背叛羅宋已成了習慣，尤其數小時前才和他道別離。

“羅宋人不錯，很關心妳。”

“你呢？你關心我嗎？”我問。

華諾說他當然關心我，因爲我是他的性玩具……

聽完，我腦袋轟的一聲，原來我的角色和充氣娃娃無異，是華諾洩慾的工具。

見我臉色大變，他改口自己說著玩的，但爲時已晚，我憤而打開車門。

“幹嘛妳？”他緊急刹車。

我不理會他，馬上跳車，在空曠的公路上奔跑起來……

“依依，上車吧！我爲剛剛的不當言論道歉。”VOLVO低速跟在我身側，華諾打開車窗對我喊。

我聽而不聞，繼續往前奔去，華諾又試了幾次，我依然故我，最終他放棄了，將車子加速，揚長而去。

看著遠去的車子，我慢下腳步，原來，原來在華諾心中我沒那麼重要，所以他能放我一個人在深夜裏獨行。換作羅宋，他絕不可能如此狠心，寧願下車和我一起跑步，也不會棄我而去……

我跌坐在地上慟哭起來，不知是哭羅宋還是哭自己，只知道心好痛，猶如萬箭穿心。

“啊～”我對著明月和星光嘶吼起來，“羅宋，你在哪裏？”

我破例没去貝夫人房間探視她，心情太糟糕，怕牽怒他人。

回到房間，我將門重重甩上，即使睡死的人，也會從夢中驚醒。

躺回床上，我輾轉難眠，想起自己千辛萬苦才跑回貝公館，華諾你倒好，睡得四平八穩的。

奇怪的是，從進屋到現在，隔壁房間就沒發出過一丁點兒聲響，倒像没人住在裏面似的，這隱藏的功夫也太好了吧？

也罷，我如何苛求一個把我視爲性玩具的人在乎我的喜怒哀樂？

我把毯子蓋住頭，靠著數羊，一點一滴將自己逼入夢鄉……

"扣、扣、"

我從毯子裏探出頭來，床頭櫃的電子鐘顯示○5:3○，是華諾，他來喚我晨跑。

哼！我偏不理他，又鑽進毯子裏。

"扣、扣……扣、扣……扣、扣扣……"

敲門聲像魔咒般刺激著我，想起他昨晚的決絕，今晨他倒好意思擾人？

我憤而下床，把門一開，打算罵他個狗血淋頭，没料到外面站著的卻是園丁Bādìsīté。

"*€+£？#%……"他急急地說，手指葡萄園的方向。

"Qu'est-ce que."我一頭霧水。

Bādìsīté這次放慢語速，一字一句地說，我聽到"Bonnot"，那是華諾的法文名。

華諾怎麼了？我趕緊追隨園丁而去。

華諾的VOLVO撞上冬青樹，前車廂凹進一大塊，安全氣囊彈了出來，華諾的頭深陷其中。

我驚叫出聲，想飛奔過去，卻被Alicia抱住，她是貝公館的清潔工，此時的她正對著我說起優雅的法語。

"聽不懂、聽不懂，你們怎麼不說普通話？"我失去理智地喊叫，並且用力捶打那個可憐的法國女人。

混亂當中，我聽到救護車由遠及近的聲音。

醫護人員小心地將華諾放在擔架上，我看到他臉色蒼白，額頭上有大片血跡，嘴唇撕裂，鼻骨貌似骨折了，烏青烏青的。

我喚他，他好似聽不見，氣息也很微弱。

"Is he ok ？"我問急救員。

法國人一向高傲，對我的"英語"問話不屑一顧，我只好跟著跳上救護車，一路哇嗚哇嗚地奔向醫院。

看華諾終於醒來，我哭得像個淚人似的。

"哭什麼？我又沒死。"他氣若如絲地說。

"我以為……以為你再也醒不過來了。"我抽抽答答地答。

華諾說他剛去死神那裏報到，死神表示他還沒跟依依道別，所以把地獄之門給關上了。

"你咋不上天堂？"我抓到把柄。

"因為我說錯話，惹妳傷心，所以被判入地獄……妳一定是女巫的化身，離開妳，我沒有一天舒心，連吵個架也換來血光之災。"

“知道就好，”我抹去眼淚，“看你下次還敢不敢和我對立？！”

華諾答再也不了。

我俯身抱住他的軀體，失而復得的心情很複雜。他撫摸我的髮，低下頭親吻它們。

“看妳如此擔心我的安危，讓人很感動，親人也不過如此。”他的語氣轉為溫柔，“下次……下次找個機會，我和羅宋當面說清楚，男人和男人間的對話，他懂的。”

我不認為羅宋會輕易放開我，但沒說打擊的話。

此時無聲勝有聲，難道這就是傳說中的“小確幸”？

聞著華諾的體味，我感到份外的幸福。

第一百零四章/毀約

華諾說那天和我賭氣，他真的一路開回了貝公館，只是一直心神不寧，沒多久又拿上車鑰匙，打算回去找我，然而車子剛發動不久，他便看到一輛貨車神神秘秘地往葡萄園開去，要知道，這土地是貝夫人的，閒雜人等不得闖入。

於是他尾隨貨車，想警告一下對方，誰知竟讓他發現了驚人的秘密。

"貌似勘探隊發現了什麼，我看到貨車打開時，裏面滿滿的炸藥。"華諾說

炸藥？

華諾解釋炸藥分民用和軍用，現在不是戰時，所以後者可以排除，而民用炸藥通常用於開山洞或挖掘地道。貝公館的莊園內無山，那麼最有可能的就是挖掘地道。爲什麼要挖掘地道？因爲他們發現了有價值的東西……

"什麼有價值的東西？"我問。

"不知道。當時看那幫人凶神惡煞的模樣，我認爲還是別以

卵擊石，先撤退再謀略才是上策。誰知天色昏暗，一個不留神就出事，人也昏了過去。”

我心想，既然勘探隊發現了寶貝，那麼貝夫人知不知道此事？

“華諾好點兒了嗎？”貝夫人躺在床上問，肚子小山也似的高。

“好很多了。”我邊削蘋果邊答。

貝夫人說還好華諾命大，不然華家就要無後了，吧吧拉、吧吧拉……

我不得不掐斷她的長篇大論，提到此行的目的：“勘探隊最近有沒有新的進展？”

貝夫人答除了一開始的別針和殘破瓦罐外，一直沒有進展，她還持續付他們薪水，簡直就是個無底洞，吧吧拉、吧吧拉……

我想起買炸藥需要錢，問勘探隊是否額外申請了費用？

“什麼費用？他們已經許久沒和我見面了，更談不上說話。”

這樣看來，勘探隊有意私下挖掘，為什麼？因為東西值錢，否則誰會自掏腰包做無益自己的事？

貝夫人見我忽然提起此事，懷疑勘探隊出了什麼亂子。為了不讓孕婦擔心，我謊稱沒事，不過是隨口說說而已。

“妳隨口說說，我也隨口說說哈！妳可別在那個窮酸畫家身上做夢，愛情是有保鮮期的，一旦錯過就不新鮮了。”貝夫人咬了一口我遞過去的蘋果，“記不記得藍星？從舞台上摔下來的那個。她傷了腳踝，有一陣子不良於行，現在康復了，她提出要和華諾二次會面。”

什麼？！好沒羞恥心的女人啊！竟然毫不害臊地投懷送抱？

貝夫人說她把華諾車禍的消息告訴藍星，意即會面時間得延後，沒想到她馬上表示要到醫院探視受傷的人……

"馬上？"

"嗯！"貝夫人轉頭看牆上掛鐘，"估計現在已經在醫院了。"

我火燒屁股似地衝向醫院，大老遠就聽到爽朗的笑聲，一男一女。

"扣、扣、"我還是表現出該有的禮貌。

"Entrez."竟然是女的聲音。

我一進去，四隻眼睛直盯著我瞧。

"我以爲妳傍晚才會來。"華諾說。

所以你可以放心大膽地和別的女人"談情說愛"？

"咳、咳、貝夫人讓我來問你，撞壞的車是送修還是買輛新的？她有認識的售車員。"我隨便找了個藉口。

沒想到那個不要臉的女人竟搶在華諾前面說："別修了，買輛新的吧！我父親和Ferrari代理商很熟，Bónǔwǎ會幫你找輛好車。"

"開跑車不合適吧？！"我馬上潑冷水，"華諾是股票經紀人，太張揚容易給人浮華、不實在的感覺。"

藍星笑咪咪地說Ferrari也有高級轎車，譬如250GT2+2以及後來的FF系列，但四人座的跌價快，不如二人座的跑車保值……也難怪，貝夫人家的女傭是不會懂這些。

不等我反擊，華諾代我說明我的身份。

"呵呵！Désolée.沒想到貝夫人現在雇了私人秘書，害我誤會了，妳可別往心裏去啊！"

面對賤人的虛情假意，我一時拿捏不好分寸，只好暫時休兵，另闢戰場。

"華諾，剛剛男護士說了，待會兒他過來幫你洗澡，房間得清場。"我說。

藍星聽出我的話中話，馬上起身："我也該走了，和你談話很有意思，明天再來看你。"

他們兩人行貼面禮道別，看得我怒火中燒。

待藍色的星星走遠，我酸溜溜地說："不錯嘛！在病房中相親。"

華諾直指我在吃醋，我"當然"否認。

"我沒想到她是我的小學同學，以前的她戴著厚重的眼鏡，人也胖成球，加上用的是藝名，難怪我沒認出她來。"

"女大十八變，越變越騷。"我下了結論。

華諾又說藍星之所以從舞台上摔下來是因為認出他來，一時興奮，不小心踩空了……

"眼力真好。"我不忘諷刺。

"這跟眼力無關，而是我有無聊時用手指敲擊膝蓋的動作，正因為這個小動作，坐實了藍星的猜測。"

這麼說來，又是個兩小無猜，長大後重逢的老掉牙愛情故事……

華諾笑我太有想像力了，他倆是不可能的，藍星就是個女漢子，兩人稱兄道弟還差不多。

話說得簡單，但人是會變的，經過二十年，誰敢擔保當年的女漢子不會柔情似水？

"明天你要我來嗎？"我放手一搏。

"為什麼這麼問？"

我答因為他的青梅竹馬要來和他敍前緣。

"來，為什麼不來？我還希望你們能交上朋友呢！雖然我和藍星許久未見，但她豪爽的個性沒變，日子久了，妳會喜歡上她。"

是嗎？怎麼我一見到藍星就覺得她表裏不一？也難怪，演員出身，假假真真，有時連自己也分不清是現實還是虛幻……

"咦！男護士怎麼還沒來幫我洗澡？"華諾故意問。

"那個……也許他現在忙。"

華諾笑了，他說知道我在說謊，不過他會原諒我，只是我得接受懲罰。

"什麼懲罰？"我問。

"罰妳和我洗鴛鴦浴。"

沒想到人都躺在病床上了，還色心不改。

"這是醫院。"我冷冷地說。

華諾不理會我的"明拒"，他要我將牆上的紅色按鈕按上，那表示不想被打擾。

我不肯，他只好親力親為。

"好了，這下子沒人會闖進來，妳的顧慮消除了。"他得意洋洋地說。

拜託！這根本就不是癥結所在好嗎？華諾還沒痊癒，腦震盪雖被排除，但鼻樑骨折，右手和左腳有挫傷……

我說得有理有據，卻被他的一番謬論給搞迷糊了。

"健全的人身心都需要健康，既然身體已經不健康了，那麼就得求心理健康。如果妳連這個小小的願望都不能滿足我，我寧願打開窗戶往外跳，因為沒有什麼比壓抑性慾更殘忍的了。"

這是什麼跟什麼？簡直一派胡言！

"可憐可憐我吧！"他眼露祈求。

"我能幫你洗澡，僅此而已。"我退一步說。

"行。"他答。

於是我們走向浴室。

對於言行不一的華諾而言，毀約再正常不過，即使受了傷，他依舊勇猛，我很快又被征服……

第一百零五章／毒瘤

一回到貝公館就聽到樓上吵架的聲音，我三、兩步上到二樓。

"花在妳身上的時間和精力還不够多嗎？哪次我不是盡心盡力？捐精還有營養費，我圖了妳什麼？不過是要求擴充酒廠設備，說到底是爲妳好，妳怎麼這麼不爽快？！我還是妳肚裏孩子的爹呢！"

貝夫人嚶嚶嚶地哭泣，說她不是不給，而是錢買了基金和股票，現在賣不划算。還有還有，貝公館上下人口這麼多，每個月的開支也是不小的負擔……

"說到人口多，傭人、園丁、工人我就不說了，馬依依和華諾是怎麼回事？家裏就養著兩個閒人。"

然後小朱開始用各種狠毒的話數落我和華諾，在他的繪聲繪影下，我們兩個就是一對把貝公館當成淫亂樂園的狗男女。

這個下作的小人！他和貝夫人幹的風流事還會少嗎？竟然做賊的喊抓賊？！

還好貝夫人爲我和華諾護航：“他倆男未娶女未嫁，若能結連理，也是好事一椿。”

剛開始朱翊安還勉強聽著，等到貝夫人提到付了我“那麼多那麼多”的薪水後，他不淡定了。

“我認識幾個會講華語的越南妹子，個個都是解語花，又乖又聽話，價錢還不到馬依依的1/10。”

“可是……”

“把她辭了吧！華諾也該回華堡，如此一來，擴充酒廠的錢不就有了？”

我聽見貝夫人哼哼呀呀地不置可否，小朱突然改口要幫她揉背，突來的寂靜，倒讓人浮想聯翩。

貝家請來的營養師爲貝夫人製定了特殊的食譜，以營養、低卡、高鈣爲原則，顯然這份食譜奏效了，因爲貝夫人的氣色越來越好，體重增長也慢了下來。

這一天，我把老蕭準備好的孕婦餐端到她房裏，有蘋果鯽魚湯、胭脂冬瓜球、核桃玉米奶、蟲草花豬蹄湯及一小碗糙米飯。

我小心將貝夫人扶坐起，又把塑料餐架架好。

“依依，妳來法國也有一段日子了，想家不？”貝夫人邊喝魚湯邊問。

想，當然想。我想起那個細雨紛飛的悠然城市，也想起迷人的西湖景色、疼我的爸媽以及我最愛吃的蔥包檜兒和貓耳朵。

貝夫人說那麼該回去看看才是。

“我也想啊！可是妳生產在即，我不能離開妳呀！”我一表忠心。

“咳、咳、……我得雇個有經驗的保姆照顧寶寶，因為我是第一次當媽媽，完全没概念，當然更不能仰賴妳，妳還是未出嫁的小姐，育兒方面一片空白。”

“那麼我只好陪妳聊天或者跟小Baby玩。”我笑說。

貝夫人轉而向我大吐苦水，說貝律師死了，家裏的經濟來源也斷了，現在就靠著幾分薄田和幾間鋪子的租金過活，加上貝公館的日常開銷大，她又想吃好、穿好、用好，將來寶寶出生後，花費可多了，少進多出的結果，就算金山銀山也會用光殆盡……

我以為貝家人就算躺著，三代也不愁吃穿，没想到貝夫人還得未雨綢繆。

“小朱說想把酒廠規模加大，我想想也是，法國紅酒舉世聞名，貝家的葡萄又是公認的極品，若照他說的做專業生產，倒不失為一項重要的收入來源……”她接著說。

這下子我總算聽明白了，小朱煽風點火成功，讓貝夫人把錢投資在酒廠上，並且縮減其他開支，尤其裁掉一些可有可無的人，譬如……我。

“成，這幾天我就打包走人，祝您生產順利，生個白胖小子。”

我作勢起身，被貝夫人按住。

“坐，坐，年輕人這麼沈不住氣可不行，我有個完美計劃，能製造雙贏。”

“雙贏？”

“没錯，從現在起到預產期還有40天，只要妳在這40天內和華諾成親，婚房自然設在華堡，妳也能堂而皇之地留在法國。再往深一點兒講，雅各死了，華夫人正愁孤單一人，如果妳能快點兒懷上寶寶，她肯定將妳像菩薩一樣供起來，因爲能不能延續華家煙火，對她至關重大。”

呵！這可不是我說了算，雖然華諾多次表達娶我的意願，但現在殺出個程咬金（藍星），一切都撲朔迷離了。再說，羅宋還以爲我仍是他的小紅帽，我還沒做好撕開面具的心理準備。

貝夫人反問我要什麼心理準備？打他手機得了，告訴他既定事實，幾分鐘就能解決的事，還拖泥帶水？

我答沒帶手機，貝夫人說用她的，現在就打，她還可以從旁幫我出謀劃策。

在雇主的催促下，我撥打了，但手機響了一聲就被我匆匆掛斷，不行，我不能這麼傷害羅宋。

“哎！”貝夫人嘆息，“妳這是要拖到花兒都謝了嗎？”

我也知道拖不能解決問題，但想不了那麼多了，能拖一天是一天。

貝夫人以婉轉的方式炒了我。

雖然我從沒打算長期待在貝公館，但被炒和自動請辭意義不一樣，前者大大傷害我的情感，讓我鬱悶不已。

“別放在心上，大不了我養妳。”華諾很有擔當地說。

我没告訴他有關貝夫人的“完美計劃”，但有他這句話，我受挫的心多少得到慰藉。

“不管如何，我得待到貝夫人生産完再走。”我答。

“那正好，到時妳可以跟我回華堡。如果不想待在華堡，回我的家鄉尼斯也成，我父親留了一座莊園給我，妳可以幫忙打理。”

華諾也有座莊園？像貝公館一樣大嗎？有壯碩的馬兒嗎？有低頭吃草的乳牛嗎？有滿山遍野的鮮花嗎？有飽滿多汁的葡萄嗎？……

我來不及細問，藍星已經推門進來，她好像不知道敲門是基本禮貌。

"華諾，看，我給你帶來什麼好東西？"藍星將一沓報紙遞給他，"這幾天各家報紙的遊戲通通在這裏。"

"真的？"華諾的眼睛發亮。

我没想到華諾也愛玩這個。

法國報紙通常有一版填字遊戲，一版數字遊戲，法國人只要抓住機會就低頭填寫，這是打發時間的最好方式。

藍星從她的包裹翻出一枝筆，然後跳上床和華諾一起填寫，一點兒也不忌諱。

" 不是 beauté ，而是 beauty ，因爲縱行是 Yves 。 "藍星提醒華諾。

" 噓～別吵我，讓我專心填寫。 "

看看眼前這兩位，華諾穿著病號服，鬆垮垮的像睡衣；藍星則穿著黃襯衫加黑色A字裙，襯衫的第一和第二個扣子没扣，兩個月球呼之欲出，隱隱約約還能看見肉色乳貼。

法國女人都不愛穿胸罩，認爲這樣才有舒適的感覺，但看在我眼裏簡直就是引誘犯罪，連我都忍不住瞟上幾眼。

" 咳、咳、"我咳嗽兩聲。

" 錯了，是72，不是70，虧你還成天和數字打交道。 "藍星吐槽。

華諾很無辜地表示離開計算器，好比上戰場的勇士少了捍衛的武器，這不能怪他。

" 咳、咳、咳、"我又多咳嗽了一聲。

" 妳感冒了嗎？"藍星注意到我。

我只好答有點兒。

" 那快走吧！免得傳染給我們。"藍星像刺猬般，刺得我鮮血直流。

我多希望華諾能開口挽留我，甚至趕走那個小騷貨，沒想到他頭擡也不擡地說："快回去吧！路上小心。"

我只好硬著頭皮演下去："那……我走了。"

沒人理睬我。

" Idiot."藍星呵呵笑，敲了一下華諾的腦袋瓜，罵他笨蛋。

看他們有說有笑的，我像一隻喪家犬，默默夾起尾巴走人。

雖然不願承認，但藍星真像日益長大的毒瘤，我開始感到疼痛與威脅，而那個沒心沒肺的華諾卻還有興致和藍星玩起曖昧遊戲，讓我獨自一人面對和品嚐愛情的苦果……

第一百零六章/好男人

吃完晚飯，我回到房內，椅子還沒坐熱就聽到車子駛入的聲音，由遠而近。

我走向窗口往外探去，黑暗中只看到車燈以及車頂上亮著的TAXI字樣。

沒多久，一個人影下了車，看著眼熟，但月色朦朧，我只能看到大致的輪廓。

來者應該是第一次到貝公館，因爲他對周遭環境很不熟悉，左顧右盼的，直到發現佇立在窗前的我。

我的屋子亮著燈，那人站在黑暗處，我看不清楚他，他卻能將我看得一清二楚。

這太恐怖了，我下意識往後退……

" 依依～"竟然是羅宋的聲音。

我驚訝到說不出話來，他是怎麼知道這個地址？又爲什麼忽然到訪，連個通知也無？

我有太多問題想問。

“依依，妳下來，我想見妳。”羅宋在樓下喊，我趕緊飛奔過去。

“你怎麼來了？”我還沒走近，羅宋一個箭步上來擁抱我，大概有幾十秒之久才放開。

“我原諒妳了，以前是我不好，妳懲罰我，我沒有怨言，讓我們回到從前，重新開始。”他急急地說。

羅宋到底在講什麼？原諒我什麼？我又懲罰他什麼？

等他解釋過後，我才知道全完了。

原來中午休息時間，我用貝夫人的手機打給羅宋，後來雖然掛斷，但手機內已保存手機號，然後的然後，我的雇主便自作主張地幫我戳破那層窗戶紙……

“妳上去理個箱子，我們現在就回巴黎。我已經跟司機說了，他願意等，但計時收費，所以動作請快。”他說。

“什麼？！我為什麼要回巴黎？不，我不走。”

“依依，只有離開華諾，妳才有可能不再沈淪。”他握緊我的手，“放心，我不會秋後算賬，還是會一如既往地對妳好。”

“羅宋，我……我沒想過傷害你，一切發生得太快，我控制不住自己……”

羅宋要我別說了，他也有錯，如果他沒跟華夫人有那一段，再加上後來的不告而別，我也不會迷失。

說到“迷失”，一開始也許是，但是後來……已經不能再拿這兩個字當藉口，因為我深深迷戀在與華諾的性愛之中，無法自拔。

我沒告訴羅宋實情，只表達今晚肯定不回巴黎，我得等貝夫人生產完再走。

羅宋絕望地看著我，似有千言萬語，我以爲他會說出什麼駭人的話，沒想到他只是轉身和出租車司機說了幾句，然後塞給他兩張票子。

出租車走了，羅宋卻留在原地。

"我等妳一起回巴黎。"他還是講出駭人的話。

我把羅宋帶進我房裏，他不僅極目搜尋，還動手亂翻我東西。

"華諾住隔壁，我們不住在同一間房。"我冷冷地說。

羅宋被我瞧見心裏的秘密，臉刷的紅了起來。

"他出了車禍，現在在醫院裏。"我順便打消他想和華諾談判或決鬥的念頭。

"放心，"羅宋坐在我床上，"我不會像打小尤一樣地打他。文明人有文明人的作法，打架只能洩憤，解決不了問題。"

我想起羅宋曾經懷疑我和小尤有染而暴打對方，讓小尤掛了彩。

"很好，有進步。"我說。

"妳過來，"羅宋拍拍他旁邊的位子，"我們談談。"

我懷著戒心走過去，瞬間被他撲倒在床。

"我以爲我們有話要談。"

"是有話要談，但在談之前，讓我們先用身體交談。"他邊說邊將手伸進我的短裙裏。

"別......我沒心情......"我避開他的吻，順便推開他不安份的手。

羅宋很懊惱，雙手捂住臉：「看來，真如貝夫人所說，妳愛上那個花花公子了。」

我愛上華諾了嗎？老實說，我傻傻分不清自己是愛上他的人，還是戀上他的床？

「很抱歉，我需要更多時間去釐清。」我說。

羅宋問我釐清什麼？

我答釐清我愛誰，想和誰白頭偕老？

「妳和華諾已經乾柴烈火好幾個月了，還不夠讓妳釐清嗎？」羅宋痛苦地問。

我聽出他的弦外之音，那是一種控訴，和他在樓下說的"不會秋後算賬、會一如既往地對我好"大相徑庭。

「你是不是還想問我，你們兩人之間，哪個性能力更強些？」我把頭伸出去，就等他一刀砍下。

羅宋的嘴唇在顫抖，他慢慢地將手舉起……

「想打我嗎？」我的心在淌血。

沒想到他非但沒打我，反而自己摑自己耳光，啪、啪、啪……一聲大過一聲。

「你別這樣。」

我抓住他的手，但還是被他掙脫。他將自己往死裏打，我只好拿身體當盾牌護住他，他捨不得打我，只好放下手來。

「妳……妳不愛我了，我……我們六年的感情化……化爲烏有了。」羅宋淚流滿面。

此時的他，兩頰有數個紅手印，嘴巴紅腫，眼淚和鼻涕直流……

想起他之前對我種種的好，即使自己餓肚子，也要讓我吃飽、穿暖。天哪！我對這個好男人做了什麼？惹得他如此傷心、難過。

"羅宋，我愛你。"我有感而發。

"真的？"

"真的。"我給他一個吻，輕輕的。

羅宋很快反手將我壓在底下，並且動手掀開我的裙子，我没有反抗，默默閉上眼睛……

第一百零七章/失眠夜

羅宋沒有帶換洗衣物，我只好讓他裸體躺在床上，自己到洗衣房洗衣兼烘乾，再到廚房端走貝夫人的特別早餐，等她吃飽喝足後，衣服也洗好了。

我抱著暖烘烘的衣服回房，沒想到一上到二樓，就聽到兩個男人在對話，頗有山雨欲來之勢，我趕緊躲到樓梯口。

"我把話擱下，依依是我的人，昨晚……你知道的，我們的感覺又回來了。"羅宋赤裸著上身應門，腰部以下裹著床單。

"那……恭喜了。"華諾的聲音聽不出情緒，"如果依依回來，請轉告她，我有兩張《弄臣》歌劇的票，七點那一場。我四點來接她，請她穿正式一點兒的服裝。"

羅宋呲牙裂嘴地間華諾，這樣公然挑逗他的女人，是不是不把他看在眼裏？

"言重了，這不過是正常的社交活動。"

"的確是正常的社交活動，但得看跟著的是什麼人。別以為我不知道，你就是那種周旋在女人堆裏的紈綺子弟，失去祖先的庇佑，啥也不是。"

華諾反問人有資源何錯之有？他若處在同樣的位置，會對財富、權力說不嗎？還有，不只依依，但凡有頭腦、有思想的女性，都不會選擇一個小鼻子小眼睛的鄉愿。

"你說什麼？！"羅宋漲紅了臉，上前揪住華諾的前襟，連床單滑落至地上也毫不在意。

眼看一場打鬥將無可避免，我趕緊現身。

"這是怎麼回事？"我把烘乾的衣服塞給光身子的人，"也不怕難為情？快把衣服穿上!"

羅宋還想說什麼，被我推進房內，此時走廊上只剩兩人。

"我出院了，是藍星送我回來的。"華諾說，像小學生跟老師做報告。

"恭喜!"

華諾又說藍星獲得吉爾達的角色，雖然戲份不多，卻是男人戲中的紅花，前途看好。

我甩出第二個恭喜。

"想和我一起去看演出嗎？"他問。

雖然我不喜歡藍星，但放華諾單獨赴約等於羊入虎口，我極想跟著去，但......

"羅宋來了，我......想陪他。"我幾乎能感覺到羅宋正貼緊門板偷聽我們的談話。

"那好，妳陪妳的男朋友，我陪我的女......朋友。"

我怔在原地，女朋友？誰是他的女朋友？藍星嗎？

華諾不理會我渴望知道答案的表情，揮揮衣袖，瀟灑走人。

～

我推說身體不舒服，拒絕和羅宋再行周公之禮，他很體貼，沒有勉強我。

華諾不知是幾點回來的，反正進房間時的聲音特別響亮，就算睡死的人也會從夢中驚醒。

我很怕他吵到貝夫人，沒想到下一秒鐘，我的身體便像石頭般堅硬起來，因為華諾不是一個人，那個不要臉的騷貨也在他房裏。

他們兩人不僅大聲談笑，還時不時對唱歌劇，也不管夜深人靜，多數人正好眠著。

" 太不像話了，我去警告他們。"羅宋被吵醒，一肚子火。

" 別去，"我趴在羅宋胸膛，" 大概過一會兒會停。"

他只好一動也不動，好讓我睡得安穩些。

沒想到那對奸夫淫婦非但沒有閉嘴，反而演起春宮戲，床架搖晃的聲音讓人擔心會不會就此解體。女的也沒閒著，叫床的聲音好比杜比3D音效，讓人如入其境、想入非非……

我不知道羅宋心裏是怎麼想的，也許他正在想：**依依總算看清楚華諾的本質了。**

我想的就複雜多了，雖然明知道自己不是華諾的第一個女人，也不會是最後一個，但他如此豪放地召告全天下他的獵豔行徑，簡直無恥下流到了極點！

好不容易等到隔壁戰役停歇，我才找到機會翻身背對羅宋。

啊！我多想找個無人的地方獨自舔舐傷口。

羅宋不明所以，從背後擁抱我，邊吻我的肩膀邊呢喃：" 依依，我愛妳，forever."

痴漢對我一往情深，我理應感動，但他越"以德報怨"，我越被打臉。原來過去幾個月，我為了華諾這個人渣放浪形骸，以為遇到了真愛，其實不過是春夢一場。

我用力閉上雙眼，感覺想死的心都有。

"我的指導教授說下學期……"

此時此刻羅宋竟然還有閒情逸致講十萬八千里以外的事？！

"快睡吧！明天得早起。"我不帶感情地說。

"那好，晚安，老婆。"

羅宋擁著我，没多久便傳來打鼾的聲音，而隔壁那兩個大戰方休的人想必也同樣沈沈入睡了吧？！

整個貝公館，大概只有受盡屈辱的我，一夜無眠……

第一百零八章/失蹤的華諾

領教過華諾的風流和任性妄爲，全貝公館的人大概都等著看我笑話，我不認爲自己還有臉面繼續待在這裏。

"你先回巴黎吧！貝夫人說等到保姆人選一確定，我可以先行離開。"

羅宋匆匆至此，連件換洗衣物也沒帶，再想到沒事先和打工餐廳請假，老闆現在恐怕急得跳腳，所以我的建議一提出，他沒多做考慮就答應了。

他之所以如此爽央，想必知道華諾已深深傷了我的心，勝券在握，所以能放心離去，而華諾這邊呢？

自從昨晚和藍星共赴巫山雲雨後，到現在連個鬼影子也沒有，也許他們已經轉移陣地繼續快活逍遙了吧？！

"哎～"貝夫人已經連續嘆息好幾聲，"多好的姻緣啊！就這麼錯過多可惜。"

"没什麼好可惜的，只能說我因此更看清楚華諾邪惡的本質，這是好事，如果婚後才發現，豈不是叫天天不應、叫地地不靈了嗎？"

"邪惡的本質？"貝夫人投來凌厲的眼神，"別告訴我，妳沒和羅宋上床。"

呃……是啊！和華諾在一起後，我又和羅宋上床，自己有錯在先，如何苛責別人？

如果這就是邪惡的本質，那麼我的內心一定住著一位娼婦，夜夜需要性愛的刺激。

見我不言語，坐實了貝夫人的猜測："所以啊！妳和華諾勢均力敵，誰也別笑話誰。"

我站在花叢裏，陽光正好，各種花香迎面撲來，蝴蝶蜜蜂齊飛，好一幅怡人的自然景觀，可惜我一直無法融入眼前這美麗的畫面中。

"依依，原來妳在這裏，害我好找。"華諾氣喘吁吁地奔向我。

我面無表情地看著他，想從他身上發現一絲一毫出軌的痕跡，譬如眼神、膚色、髮型……

可惜眼前的這個男人和平常無異，看不出任何偷吃的痕跡，可見是隻道行很高的狐狸。

"妳怎麼了？表情怪怪的。"華諾左顧右盼，"羅宋呢？"

"回巴黎了。"

華諾說羅宋怎麼那麼快就回去了？話說得好像不願他回去似的。

我沈默以對，華諾只好另起爐灶："猜猜我發現什麼了？小朱他……"

"小朱、小朱、小朱……小朱干我何事？就算他死了，我也不會掉一滴淚。"我歇斯底里地喊著。

華諾問我怎麼了？來例假了？還是更年期前的躁鬱症？

他自以爲說了笑話，我卻笑不出來。

"沒錯，我是更年期到了，藍星大概還沒吧？！我猜她正處於蜜桃成熟期，分分鐘讓你慾火焚身，是不？"

華諾聽了悶不吭聲，反倒勾起我的怒火。

"昨晚很銷魂吧？！也許到現在你還在想她。哼！做演員就是有這等好處，能把你們這些臭男人都玩弄於股掌間。"

華諾問我講完了沒？講完了換他講。

我把時間留給他。

別看他外表斯文有禮，損起人來一點兒也不手軟。他說我正是孔老夫子口中"惟小人與女子難養也"中的女子，過於寵溺就恃寵而驕，不理我又心生怨氣，簡直不可理喻到了極點！真不知當初是怎麼看上我的……

他邊說邊搖頭，把我僅存的一點兒傲氣全踩在腳底下。

果然新人處處好，舊人萬般皆不是。

"既然這樣，何不去找藍星那個可人兒？"我賭氣地問。

"妳說得對，我這就去找她！"

待他走遠，我才發現自己把事情弄擰了，這不是我要的。

事情原本沒那麼糟糕，華諾看著也有意求和，我卻氣走了他，真是天下無敵大傻瓜！

一個晚上、兩個晚上、三個晚上，華諾都沒有回來，想必還沈浸在藍星的溫柔鄉裏……

"妳把華諾叫過來，我有個好姐妹想介紹個優質客戶給他。"

我正陪貝夫人喝下午茶，她隨口提起。

"華諾⋯⋯不在。"我囁囁地說。

"不在？"貝夫人咬了一口黃油餅乾，餅乾屑掉了一身，"什麼時候在？讓他來找我。"

我答不知道他何時會在，他已經消失三天了，今天是第四天。

"怎麼，小倆口吵架了？"

我無奈承認。

貝夫人說情侶吵架宛如下西北雨，來得快，去得也快。

是這樣的嗎？確定只是下西北雨而不是狂風暴雨？

"把手機給我，"她拍拍前襟上的餅乾屑，"我這個姐妹是急性子，我得把話帶到。"

我把手機翻出來遞給她，她一鍵撥打給華諾。

"奇怪，停機了。"貝夫人很迷惑。

"也許⋯⋯藍星知道他在哪裏。"

貝夫人對我投來異樣的眼神，讓人很不舒服。

"哎！多角關係真心看不懂。"她感嘆，轉而撥打藍星的手機號。

"没有，"貝夫人掛上手機，"藍星說他們已經好幾天没聯繫了，她也在找他。"

華諾不在藍星那裏，會去哪裏？

貝夫人又撥給華夫人以及任何跟華諾有接觸的人，一樣毫無所獲。

儘管心急如焚，但首先我得安置好孕婦。

“妳快躺下，我去找華諾。”

扶貝夫人躺下後，我第一時間衝出房外。

說要找華諾，但他的朋友圈除了藍星，我一個也不識，商場上的夥伴就更別提了，完全隔絕，加上我不會開車，連邊開車邊找人的念頭也被迫打消，這如何是好？

我衝進華諾房間，想從一些蛛絲馬跡中找到答案，然而……

他的房間還是一貫的整齊、乾淨，帶著一絲香氣，看不出有何不同，但我還是在書桌上發現一塊雞蛋大小的石頭。說是石頭，跟一般的石頭還是有些許差異，它的外表呈灰白色，皮質很厚，摸起來有冰涼感。

我把石頭拿起，端詳了半天，仍看不出個所以然，遂將它放下，這才發現桌上還留著一張A$_4$紙。

既然是在華諾房間裏發現的紙，我便大膽假設圖是他繪的。也許華諾對錢和數字敏感，但他的畫畫能力還停留在幼兒園，三、兩筆帶過，簡直不知所云。

好吧！讓我告訴你華諾畫了什麼。

他在紙的右上角畫了一棟二層樓的房子，從大門延伸出去一條彎曲小路直到紙的左下角，那裏有一串葡萄。葡萄右側有個長箭頭（上面寫著1000m）指向一棵樹，樹下有一隻貓……

什麼跟什麼嘛！我洩氣地放下紙張。

原以為能在華諾的房間裏找到他失踪的原因或去向，顯然一切都徒勞無功，我只能無奈離去……

第一百零九章/私家偵探

又是一天過去了，華諾依然無半點兒消息。

華夫人報了警，没多久兩名警察便上貝公館了解情況，所有人都做了筆錄，我是最後一位和華諾見面的人，所以被盤查得特別仔細。

"＊€%#￥......"警察Ａ問我。

我轉頭看朱翊安，他翻譯："妳和華諾是什麼關係？"

"朋友關係。"我小聲地答。

小朱的"中翻法"惹得兩警察發出曖昧的笑聲，我老大不高興，他肯定没照我說的翻譯。

警察Ｂ接著問我最後和華諾見面時有否爭吵？若有，爲了什麼？

這叫我如何啓齒？我能說因爲別的女人，打翻了一罈醋嗎？

朱翊安聽完我的陳述後大笑，直呼大快人心，正要翻譯時，我不幹了，起身就走，後來還是清潔工過來喊我，我才知道換人了（原來警察也想快點兒交差，尤其報案的還是黑白兩道通吃的華夫人）。

少了小朱的不懷好意，筆錄進行得果然順利多了，只是難爲了貝夫人，挺著個大肚子還得居中翻譯。

送走警察後，貝夫人憂心地說：「華諾可不能出事啊！華家就靠他傳宗接代……」

我也暗自祈禱華諾能平平安安，倒不是爲了什麼"承先啓後"的偉大包袱，而是……他是我的情人，一個不卑不亢、放浪不羈又有迷人風采的瀟灑男人。

又過了兩天，還是無消無息，於是華夫人派了私家偵探前來。

據說八〇年代巴黎曾發生連環殺人案，連警方都束手無策，當時靠的就是這位偵探的火眼金睛才得以告破，我不禁寄以厚望。

沒想到來者是一位不修邊幅的老者，隨便往路旁一擱，活脫脫就是個流浪漢或行乞者。

他一來到就集合全貝公館的人員說話，無非要求大家配合他辦案，話鋒一轉，竟然點名找我。

"妳就是馬依依？"他改用普通話問。

見我點頭，他馬上清場，彷彿他是貝公館的主人，連傭人過來問我們要喝點兒什麼，也被他大手一揮給趕走了，好個沒禮貌的傢伙！

"我姓姜，大家都叫我姜師傅，妳和華諾是什麼關係？"

"最後見面是什麼時候？"

“有沒有爭吵？”

“爲什麼吵架？”……

和警察的問話如出一轍，我頓時失去信心，這個偵探……可靠嗎？

“妳是不是在想我到底有沒有兩把刷子？”他問。

被人瞧見心裏的秘密，我有些難爲情。

“一切讓證據說話，不是每個案件到最後都能偵破，這得天時、地利加上人和。如果破不了，那也是當事人的命。”

怎麼說得好像是起命案似的？

“也許華諾只是不告而別，現在正周遊列國。”我想起曾消失一陣子的羅宋。

“這也不無可能，如果他不需要護照或者使用了假護照。”

原來姜師傅已經查過華諾的出入境記錄。

這麼說，華諾既沒上飛機到他國，也沒坐郵輪或國際長巴，換言之，他要嘛還留在法國，要嘛……我簡直不敢想像。

“現在帶我到華諾的房間！”他下令。

姜師傅在華諾房間裏像隻獵犬似的，把東西的秩序全打亂了。

我心想華諾回來看了，肯定不開心,所以當姜師傅的魔掌伸向書桌時，我主動交待桌上的石頭及畫作，省得他再翻找。

他拿起石頭，上下左右端詳一番，然後從褲袋裏掏出一個小型手電筒，像個寶石鑑賞家似地仔細察看。

"初步判斷爲金綠貓眼石，只是不知成色如何？這得打磨出來才能得知是每克拉1000美元的淡綠貓眼，還是每克拉十萬美元的蜜蠟黃真貓眼？"姜師傅喃喃自語，"但是法國不產貓眼石，華諾是如何得到原石的？"

此時"一休和尚"動畫片的主題曲忽然響起，姜師傅拿起手機接聽。

一個六、七十歲的老人竟然用兒歌當手機音樂，真是出乎意料，難怪有人說"老小孩"。

"華夫人要我馬上過去，這個……"他舉起手中的石頭，"我帶走。"

"等等，如果……如果華諾沒離開法國卻無端失去聯繫好幾天，這代表什麼？"

姜師傅說來貝公館之前，他已詢問各大醫院，確定無類似華諾的人入院，加上沒有綁票勒索電話，他認為失踪人恐怕已凶多吉少。

如果言語能殺人，我早已被姜師傅的回答給開腸破肚、肝腦塗地了。

相較於我的萬念俱灰，眼前人則平靜到近乎冷血，明知道我和華諾的關係不一般，他卻絲毫無同理心，反而讓我交待廚子煮素食。

"讓廚子別輕舉妄動，哪怕是零點幾毫克的肉末，我也嚐得出來。"他語帶威脅地說。

此時此刻的我哪有心情關心吃什麼？但對方身負尋找華諾的重任，是黑暗中的曙光，我不希望它滅了。

於是我意興闌珊地走向廚房，即使雙腿有千斤重……

第一百一十章/不是惡夢

"怎麼了？一副天……天要塌下來的樣子。"老蕭問我。

"華諾失蹤了。"我坐下來，拿起老蕭喝了一半的台灣米酒一飲而盡。

這個台灣廚子利用午休時間喝酒，已經喝到兩眼迷離，竟然還不忘提醒我小心喝醉。

"醉了好，醉了就想不起煩心事。"我賭氣地說。

"妳來……來這裏是……是為了喝酒？"他問。

我忽然想起此行目的，趕緊轉告他貝夫人請來的私家偵探吃素，千萬別參雜葷食在其中，他吃得出來。

"哼！吃得出來？水銀他肯……肯定吃……吃不出來。"

水銀？什麼水銀？

老蕭說將體溫計裏的水銀滴幾滴到食物裏根本吃不出來。

根據我微薄的化學常識，水銀就是汞，汞中毒也就是重金屬中毒，會引發癌症或死亡。雖然很多懸疑故事裏都提到利用水銀殺人，但口服水銀致死其實很難，因爲消化道對汞的吸收率非常低。

老蕭笑了，他說偶爾吃幾滴是不會死，但吃一個月試試，包準慢性汞中毒，不僅頭髮掉光光、走路像鐘樓怪人，說話也會不清不楚……

難道這就是小朱的殺人計劃？靠著一支一歐元的體溫計趕走前莊園主人、讓貝夫人生病、甚至毒殺了貝律師？

"人……爲財死，鳥……爲食亡，別以爲貝公館最……最值錢的是土……土地和葡……葡萄，錯！最值錢的寶貝在地……地底下，得挖……挖出來才知道。"他繼續報料。

地底下的寶貝？那是什麼？趁著老蕭半醉半醒，我得趕緊套口供。

"貓，"他指著葡萄園的方向，"小朱說貝……貝公館的地底下有……有貓……"

貓？我想起華諾畫的圖，樹下有一隻貓。

"老蕭，你說仔細一點兒，什麼貓？在哪裏？"我試著喚醒趴在桌上的老蕭，可惜他已經呼呼大睡，甚至打起鼾來。

我轉身回華諾房裏，把那張看了無數遍的圖找出來。

那棟二層樓的房子應該指的是貝公館，從大門延伸出去一條彎曲小路直到紙的左下角，那裏有一串葡萄，正好是葡萄園的方向，從葡萄園往右1000m，箭頭指向一棵樹，樹下有一隻貓……

也就是說，我只要往葡萄園右側走去，不出意外會看到一棵樹及那隻貓。

事不宜遲，我從馬房裏挑出一匹最健壯的馬，跨上後，我風馳電掣地往葡萄園的方向奔去。

找葡萄園不難，因爲我已經來過好幾次，但往右１○○○米卻出現了問題，華諾沒畫出正確的經緯度，不知他指的是冬青樹、梧桐、白樺樹還是其他不知名的樹。

我騎著馬來回奔波，仍無一點兒頭緒，急得如熱鍋上的螞蟻，但是......等等，那是什麼？

陽光下的泥土地發出銀光，一閃而過。

我下馬來，彎腰拾起地上物，那是一塊如同華諾房間裏的石頭，不同的是，上面有些許銀粉，像是被人刻意灑上的，否則塵土一片，我如何發現？更令人不解的是，相隔五十米遠的地方又有一塊類似的石頭，然後是第三個、第四個......直到我發現第十三個，它就在雪松下面。

沒有遲疑，我踩著厚厚的黃色落葉走過去。奇怪，雪松是常綠喬木，樹葉呈深綠色，怎麼它的落葉卻是黃色？沒等我想明白，也沒等我觸及那第十三塊石頭，我的腿像被什麼東西夾到，疼得我撕心裂肺，慘叫的聲音響徹雲霄。

“啧啧啧！不作死就不會死，”朱翊安蹲下身來，“好好的女孩子瘸了一條腿，多可惜！”

那個閃著寒光的捕獸夾正夾住我的右小腿，鮮血直流。

“你在貝公館設捕獸夾經過貝夫人同意沒？快，叫救護車。”我來不及掉眼淚，趕緊自救爲上。

小朱說他没帶手機，我忙把口袋裏的手機遞給他，誰知他非但没撥通電話，反而像丟鉛球似地擲向遠方。

“你這是幹嘛？那是我的手機。”我氣急敗壞。

“妳不再需要手機，華諾也不需要。”他盯住我的腿，“妳傷的是右腿，華諾傷的也是右腿，不同的是，妳的情人沒有慘叫，連一顆眼淚也沒掉。”

朱翊安粗魯地押著我往前走，也不管我受傷的右小腿行動不便，疼得我一路哀叫。

我多希望我的不尋常表現能引起關注，可惜除了勘探隊不懷好意的眼神外，葡萄採摘工人一個也無，像是鬧空城計似的。

"工人都被我辭退了，這裏只有我的人。"小朱得意洋洋地說。

我當然知道"我的人"代表什麼意思，也就是說，即使我喊破喉嚨也無人施救。

"華諾還好嗎？他受傷的腿上藥了沒？"我還關心著他。

朱翊安說我是泥菩薩過河，還有餘力想別人？他若是我，早哭自己了。

我耐心地解釋華諾是貝公館的客人，遲早要走，和他沒有任何利害關係，他找錯對像了。

"我本來也想放過那小子，誰知他來了一次又來第二次，這是他自找的，怪不得別人。"

我問他到底在進行什麼不法的勾當？神神秘秘的。

"哈！本來我以為華諾倒大霉，原來妳更是背到家，什麼都不知道卻跟著陷入泥沼裏……"

"倒了什麼大霉？你把華諾怎麼了？"我著急問。

小朱嘿嘿嘿地笑，說我待會兒就能見到心上人，何不親自問他？

真的？我待會兒就能見到華諾？那個我朝思暮想的人兒。

這次我不再拖拖拉拉，在小腿受傷的情況下，盡最大的努力邁開步伐。

～

小朱帶我來到釀酒的地窖裏，經過編號F，他打開一扇門，那是冰凍室。朱翊安曾說爲了將酒的香氣和風味最大化，葡萄酒都要經過冰鎮的過程，所以需要一間冰凍室。

"進去！"他用力推我一把。

"你騙人！你說要帶我見華諾。"

"少囉嗦！這一路被妳吵得頭疼，我勸妳待會兒可別亂叫，叫了也是白叫。"

我試著阻止他關門，但沒用，門很快關上並且上鎖。

"開門，開開門，"我拍打門板，"讓我出去，我要見華諾。"

果真如他所說，即使喊破喉嚨也無人應睬我。

我頹然地坐在地上，萬念俱灰。

冰凍室很冷，好處是我受傷的右腿因此麻痺，疼痛減輕不少；壞處是我只著單薄的一件襯衫加七分褲，此時冷得打哆嗦。

不只溫度低，室內也伸手不見五指，我尋思著若有光源，也許能找件暖身的衣服穿穿，於是沿著牆壁摸索再摸索，皇天不負苦心人，幾分鐘後，我終於找到開關。按下後，突來的光亮讓我緊閉雙眼，再睜開時，眼前的景象讓我驚叫出聲。

【致《法蘭西情人》的讀者們】

感謝你們對此書的關注，由於部份讀者反映希望看到Happy Ending，所以從第111章起，將出現"原味版"及"甜味版"供讀者選擇。（注："原味版"不見得悲劇收場，只能說是作者的"不忘初心"。）

第一百一十一章（原味版）/好奇害死貓

我看見一個像華諾的娃娃坐在地板上，他的頭、他的髮、他的臉、他的身體都被灑上一層薄薄的白霜。

是充氣娃娃吧？！原來現在的技術已經可以做到以假亂真，可是……爲什麼他身上穿的衣服和那天拂袖而去的華諾一模一樣？（他穿了華諾的衣服，那麼華諾穿什麼？）

我懷著戒慎的心走向"他"。

那個"他"靠牆而坐，頭往下垂45度，雙手擱在大腿上，右小腿腫脹，褲腳處有撕裂的痕跡。

我慢慢蹲下去，他的側臉像華諾一樣俊美，眼半開著，睫毛長且密，臉頰像陶瓷娃娃，只是少了血色。我把手蓋在他的手背上，他完全沒反應。聽說好一點兒的充氣娃娃是用矽膠做的，摸起來像人肉，可是眼前的他，手背硬梆梆的，完全沒有彈性，可見是質量差的貨色。

我正想起身，不巧瞄到充氣娃娃脖子上的痣，不可能啊！沒有人會把充氣娃娃做得這麼逼真，連痣的位置也一毫不差……

我靈光乍現，華諾，是你嗎？我捧起他的臉，臉頰上的些許鬍髭告訴我這是個如假包換的真人。

噢！不，不是你，不會是你，華諾……

我拒絕相信殘酷的事實，心中仍懷抱希望，也許華諾尚有一絲氣息，遂快速將他撲倒在地，又是心臟按摩，又是人工呼吸，直到意識到自己在做徒勞無功的事，這才抱緊華諾的軀體嚎啕大哭起來。

"你怎麼可以這樣？"我擊打他，"你一聲不響就走了，叫我怎麼辦？怎麼辦？……"

冰凍室裏回蕩著我的哭聲，我不知是哭華諾還是哭自己，也許兩者都有吧？！

原來我的好運氣也不過爾爾，不但没能扭轉華家人早迸的厄運，連自己也搭進去，朝不保夕。

我感到越來越冷，像無數隻蟲子在我身上咬。受傷的右小腿已呈黑紫色，我猜想保不住了，但我不在乎，因為在天堂裏，我和華諾各有一雙翅膀，想飛到哪兒就飛到哪兒。

愛情不過是一種普通的玩意兒，一點也不稀奇。

男人不過是一件消遣的東西，有什麼了不起？

什麼叫情？什麼叫意？還不是大家自己騙自己。

什麼叫癡？什麼叫迷？簡直是男的女的在做戲……

我輕輕哼起歌劇《卡門》中的一段，這是我唯一會唱的歌劇，因爲有中文版本。

· · ·

是男人我都喜歡，不管窮富和高低；

是男人我都拋奔，不怕你再有魔力……

唱著唱著，我看見天堂的門打開了，上帝親自過來迎接我們。

祂的背後有不自然的燈光，我以爲會是自然光，所以有點兒小失望，但……Whatever，我和華諾就要離開這個紛擾的世界到無憂無慮的天堂，有什麼比這個更振奮人心？

"華諾，上帝來接我們了，我們一起走，嗯？"我親吻他的臉，他躺在我懷裏，像熟睡的嬰兒。

"馬依依，嚇傻了？"上帝開口，看著像是姜師傅，"真服了妳，生死關頭還唱得出來？"

難道是幻覺？聽說在生死過渡期間會有幻覺出現。

"@%，^%+¥€？……"上帝竟然轉頭對背後的人說起法語。

看來我不只出現幻覺，還出現幻聽，一會兒普通話，一會兒法語。

直到穿白大褂的人走進來將我和華諾分開，我才意識到自己回到現實，並且獲救了。

"你們把華諾帶到哪裏去？"我躺在擔架上喊，那兩個金頭髮完全不理睬我。

"孩子，"姜師傅走上前來，"那男人死了，他們送他上太平間。"

"不，"我拼命搖頭，"他還沒死，趕緊送急診室。"

姜師傅說該送急診室的是我，那條腿恐怕保不住了。

我還想說什麼，醫護人員已經擡著我離開冰凍室。

手術前，醫生洋洋灑灑地對我吐出一長串的法語，表情嚴肅，我以爲他正準備截肢……

「醫生說妳的腿應該保得住，但是……」姜師傅居中翻譯，此時的他停頓了一下，「妳懷孕兩、三週了，如果手術打麻藥，孩子恐怕保不住，再不濟也會造成胎兒畸形。」

我懷孕了？我竟然懷孕了？難道這是上天的安排？

「告訴醫生別打麻藥。」我斬釘截鐵地答。

「很疼的。」姜師傅提醒我。

我苦笑著說再疼我也經歷過，這點兒皮肉痛算得了什麼？

姜師傅投來崇敬的眼神，那是給予一位初爲人母的敬意，但我不覺得有什麼特別之處，做媽媽的不都是把孩子擺在第一位嗎？

經過數小時的手術，我的腿終於保住，那真是剝膚之痛，但一想到孩子安全了，痛苦也甘之如飴。

姜師傅說我命大，要不是跑回貝公館的馬兒煩躁不安，一直原地打轉，他不會心生警惕來到華諾的房裏一探究竟，當然更不會發現那張畫以及……我不見了。

「如果我晚到一個小時，別說腿了，妳恐怕得和華諾共赴黃泉。」他接著說。

的確，當時的我已經出現失溫現象，不僅動作協調性差、身體也出現不由自主的抖動……

我誠心向救命恩人致謝。

「不用謝，那是我的工作。」他稍作停頓，「其實華諾的畫不難理解，只可惜當時的我一門心思在貓眼石上，錯過了這張畫。”

事情都過去了，我毫無追根究底的精神，但姜師傅還是自顧自地說話，把前因後果都交待了。

原來貝公館所在的莊園底下有貓眼石礦，就在萄萄園附近，朱翊安盯這個寶貝盯很久了，沒想到前莊園主人M.Mollet有意將葡萄園夷平改建教堂，這下子人來人往豈不壞了他的計劃？於是小朱在M.Mollet的食物裏每天滴上一滴水銀，造成他慢性汞中毒，再後來M.Mollet把莊園賣給貝氏夫婦，小朱遂一不做二不休地故技重施。

本來朱翊安的目的是殺人奪物，但貝夫人意外懷孕，讓他有了“以子爲貴，合法擁有莊園”的念頭，所以鏟除貝律師成了刻不容緩的事。

“口服水銀不是致死的原因，小朱在中藥裏加入了砒霜……”姜師傅揭開謎底。

天哪！我難以相信這麽駭人的謀殺就出現在眼皮底下。

至於華諾……姜師傅說華諾是“好奇害死貓”，他並不在小朱的“死亡名單”內，可惜華諾發現小朱的“所羅門王寶藏”，後者不得不除之而後快。

“猜猜貝公館的貓眼石礦若全部開採出來值多少錢？”姜師傅問我。

我搖頭表示沒概念，於是他報了一個數字，據說比當今英國女王的財産還要多。

“貝夫人一定很開心。”我說。

姜師傅答那肯定是，不過她現在最開心的是兒子終於誕生了……

貝夫人生了？ 我感慨總算在一連串惡耗中還有值得慶幸的事。

“的確是件喜事。”他接著解釋，“貝夫人本來想在貝公館生，無奈嬰兒頭上腳下，助產士建議上醫院生產，現在她和孩子正在樓上VIP病房內。”

原來我和貝夫人近在咫尺。

“華諾呢？他在哪裏？”我小心地問。

“他已被華夫人接走了。”

聽到華諾已離我遠去，悲傷的情緒一下子湧上心頭，我不禁流下淚來。

“請節哀順變。”他站起身來，“我讓護士給妳換藥。”

姜師傅走了，我的情緒仍沒能轉換過來，一樣的淒淒慘慘戚戚……

第一百一十一章（甜味版）/好奇害死貓

我看見一個像華諾的娃娃坐在地板上，他的頭、他的髮、他的臉、他的身體都被灑上一層薄薄的白霜。

是充氣娃娃吧？！原來現在的技術已經可以做到以假亂真，可是……爲什麼他身上穿的衣服和那天拂袖而去的華諾一模一樣？（他穿了華諾的衣服，那麼華諾穿什麼？）

我懷著戒慎的心走向"他"。

那個"他"靠牆而坐，頭往下垂45度，雙手擱在大腿上，右小腿腫脹，褲脚處有撕裂的痕跡。

我慢慢蹲下去，他的側臉像華諾一樣俊美，眼半開著，睫毛長且密，臉頰像陶瓷娃娃，只是少了血色。我把手蓋在他的手背上，他的手挪動了一下。

"華諾，是你？"我喜出望外，"原來你一直在這裏，害我們好找。"

他擡起頭來注視我良久，彷彿不認識似的。

"華諾，是我，我是依依。"

“依依？”他一臉茫然，“我這是在做夢嗎？”

我告訴他不是夢，我確確實實存在，他這才鬆了一口氣。

“妳怎麼在這裏？”他忽然想起。

“爲了救你，我被小朱抓到這裏。”

他看了一眼我受傷的腿，心中了然。

“我傷的也是右小腿，”他苦笑，“今天才從小朱的辦公室移監到這裏，就是因為傷腿已經發出惡臭，讓小朱受不了了。”

“没事，”我安慰他，“等我們出去，醫生能把你的腿治好，我們還能一起晨跑、騎馬。”

他搖頭表示已不抱任何希望，在諾大的莊園裏，誰會想到我們被關在一個小小的冰凍室裏？很快我們便會因身體失溫而死亡。

“不會的，你一定要有信心，我們會出去、會結婚、會生一堆小孩天天圍著我們打轉……”我哽咽了。

“依依，”他擁我入懷，“我猜自己出現了幻覺，妳並不真實存在，但我很高興死前還有妳作伴，不致孤獨地死去。”

別，別死，我開始搓揉他的身體，想讓他暖和起來。

“華諾，唱歌給我聽，快，我想听《羅密歐與茱麗葉》。”

礙於我的請求，他有氣無力地唱著，在空蕩蕩的冰凍室裏更顯悲淒……

～

我感到越來越冷，像無數隻蟲子在我身上咬。受傷的右小腿已呈黑紫色，我猜想保不住了，但我不在乎，因爲在天堂裏，我和華諾各有一雙翅膀，想飛到哪兒就飛到哪兒。

. . .

愛情不過是一種普通的玩意兒，一點也不稀奇。

男人不過是一件消遣的東西，有什麼了不起？

什麼叫情？什麼叫意？還不是大家自己騙自己。

什麼叫癡？什麼叫迷？簡直是男的女的在做戲……

我輕輕哼起歌劇《卡門》中的一段，這是我唯一會唱的歌劇，因爲有中文版本。

華諾已經唱不動了，他氣若如絲，只好由我唱給他聽。

是男人我都喜歡，不管窮富和高低；

是男人我都拋奔，不怕你再有魔力……

唱著唱著，我看見天堂的門打開了，上帝親自過來迎接我們。

祂的背後有不自然的燈光，我以爲會是自然光，所以有點兒小失望，但……Whatever，我和華諾就要離開這個紛擾的世界到無憂無慮的天堂，有什麼比這個更振奮人心？

"華諾，上帝來接我們了，我們一起走，嗯？"我親吻他的臉，他躺在我懷裏，像熟睡的嬰兒。

"馬依依，嚇傻了？"上帝開口，看著像是姜師傅，"真服了妳，生死關頭還唱得出來？"

難道是幻覺？聽說在生死過渡期間會有幻覺出現。

"@％，^％+¥€？……"上帝竟然轉頭對背後的人說起法語。

看來我不只出現幻覺，還出現幻聽，一會兒普通話，一會兒法語。

直到穿白大褂的人走進來將我和華諾分開，我才意識到自己回到現實，並且獲救了。

「你們把華諾帶到哪裏去？」我喊，那兩個金頭髮完全不理睬我。

「孩子，」姜師傅走上前來，「你們兩個都得送急診室。」

我還想說什麼，醫護人員已經攙著我離開冰凍室。

手術前，醫生洋洋灑灑地對我吐出一長串的法語，表情嚴肅，我以爲他正準備截肢……

「醫生說妳的腿應該保得住，但是……」姜師傅居中翻譯，此時的他停頓了一下，「妳懷孕兩、三週了，如果手術打麻藥，孩子恐怕保不住，再不濟也會造成胎兒畸形。」

我懷孕了？我竟然懷孕了？難道這是上天的安排？

「告訴醫生別打麻藥。」我斬釘截鐵地答。

「很疼的。」他提醒我。

我苦笑著說再疼我也經歷過，這點兒皮肉痛算得了什麼？

姜師傅投來崇敬的眼神，那是給予一位初爲人母的敬意，但我不覺得有什麼特別之處，做媽媽的不都是把孩子擺在第一位嗎？

經過數小時的手術，我的腿終於保住，那真是剝膚之痛，但一想到孩子安全了，痛苦也甘之如飴。

姜師傅說我命大，要不是跑回貝公館的馬兒煩躁不安，一直原地打轉，他不會心生警惕來到華諾的房裏一探究竟，當然更不會發現那張畫以及……我不見了。

“如果我晚到一個小時，別說腿了，妳恐怕得和華諾共赴黃泉。”他接著說。

的確，當時的我已經出現失溫現象，不僅動作協調性差、身體也出現不由自主的抖動……

我誠心向救命恩人致謝。

“不用謝，那是我的工作。”他稍作停頓，“其實華諾的畫不難理解，只可惜當時的我一門心思在貓眼石上，錯過了這張畫。”

事情都過去了，我毫無追根究底的精神，但姜師傅還是自顧自地說話，把前因後果都交待了。

原來貝公館所在的莊園底下有貓眼石礦，就在萄萄園附近，朱翊安盯這個寶貝盯很久了，没想到前莊園主人M.Mollet有意將葡萄園夷平改建教堂，這下子人來人往豈不壞了他的計劃？於是小朱在M.Mollet的食物裏每天滴上一滴水銀，造成他慢性汞中毒，再後來M.Mollet把莊園賣給貝氏夫婦，小朱遂一不做二不休地故技重施。

本來朱翊安的目的是殺人奪物，但貝夫人意外懷孕，讓他有了“以子爲貴，合法擁有莊園”的念頭，所以鏟除貝律師成了刻不容緩的事。

“口服水銀不是致死的原因，小朱在中藥裏加入了砒霜……”姜師傅揭開謎底。

天哪！我難以相信這麼駭人的謀殺就出現在眼皮底下。

至於華諾……姜師傅說華諾是“好奇害死貓”，他並不在小朱的“死亡名單”內，可惜華諾發現小朱的“所羅門王寶藏”，後者不得不除之而後快。

“猜猜貝公館的貓眼石礦若全部開採出來值多少錢？”姜師傅問我。

我搖頭表示沒概念，於是他報了一個數字，據說比當今英國女王的財產還要多。

"貝夫人一定很開心。"我說。

姜師傅答那肯定是，不過她現在最開心的是兒子終於誕生了……

"貝夫人生了？真是太好了。"

"的確是件喜事。"他接著解釋，"貝夫人本來想在貝公館生，無奈嬰兒頭上腳下，助產士建議上醫院生產，現在她和孩子正在樓上VIP病房內。"

原來我和貝夫人近在咫尺。

"華諾呢？他在哪裏？"我小心地問。

"和妳在同一層樓裏，不過他的腿已壞死，醫生不得不截肢。"姜師傅告訴我惡耗。

想到華諾是多麼熱愛運動，沒了右小腿，他會多傷心、難過，我不禁流下淚來。

"沒什麼比能夠活下來更值得慶幸的了。"他站起身來，"我讓護士給妳換藥。"

姜師傅走了，我的情緒仍沒能轉換過來，一樣的淒淒慘慘戚戚……

第一百一十二章（原味版完結篇）/久別重逢

我坐上輪椅上到五樓，VIP病房有100多平米大，會客室、臥室、陪護室、廚房、衛浴……一應俱全。

貝夫人正在餵奶，兩個乳房腫得非常大，小傢伙很結實，鼓著腮幫子拼命吸吮。

"五官很清秀，將來會是個美男子。"我說。

眼前的嬰兒不過是個皮膚皺成一團的小動物，但我還是應景地說了讚美的話。

"很會吃，一個晚上哭三、四回，我都睡不好。"貝夫人嘴裏抱怨，但欣喜之情溢於言表。

"取名字了沒？"我問。

"取了，叫貝中越，中國的中，越南的越。"

聽她這麼一答，我無語了。

"等他父親一出來，"貝夫人把娃兒豎起來拍背，以免嗆奶，"我們一家就團圓了。"

我不得不說這是全天下最殘酷的話語，害人的朱翊安還活著，而我的華諾卻再也回不來，貝夫人竟當著我的面描繪一家團圓的溫馨畫面……

我心快快不已，貝夫人忽然叫來護士，囑咐幾句，後者抱著嬰兒離開。

"剛剛是說給兒子聽的，給他一點兒希望，妳別往心裏去。再說，法國雖然沒有死刑，但朱翊安罪證確鑿，被判終身監禁幾乎已成定局。"

哼！即使終身監禁也難除我內心的憤怒與不平。

"我知道妳肯定不好受，但事情已經這樣了，妳只能往前看，然後把孩子撫養成人……"

"姜師傅傳話的速度可真快，這世界還有秘密嗎？"我很無奈。

"說到秘密，那孩子……是華諾的嗎？"

貝夫人一出拳，果然擊中要害。

"我……不確定。"我低下頭去。

醫生說孩子有兩、三週大，時間往前推，那時我分別和華諾及羅宋都上了床，所以……

"要我是妳，絕對一口咬定是華諾的，妳想華夫人知道了會有多高興。華諾這一死，等於斷了華家的命脈，妳肚裏的孩子來的正是時候。"

孩子若是華家的，那自然是，但如果不是華諾的呢？

"不是華諾的也賴他，依據我對華夫人的了解，即使孩子長得不像華家人，她也會假戲真做，否則華家諾大的產業難道要捐出去或拱手讓人？"

貝夫人想得實際，我卻認爲有失厚道。

"哎！"她嘆了一口氣，"妳的毛病就是太優柔寡斷，如果當初不管羅宋，直接和華諾成親，一切變得多簡單。"

是啊！如果當初我沒到華堡任家庭教師，就不會認識華諾；如果當初我沒醋性大發，就不會氣走華諾；如果當初華諾沒被氣走，就不會又回到貓眼石礦區；如果當初華諾不自投羅網，就不會被小朱逮個正著；如果當初……他現在還生龍活虎著。

我陷入深深的自責當中。

回到病房，我看到一個熟悉的背影。

"你……怎麼來了？"我問。

"妳的手機停機好幾天了，我只好上貝公館了解情況，傭人告訴我，妳在這裏。"

我將輪椅駛向床邊，羅宋扶我上床。

"剛剛妳去哪裏？"他問。

我告訴他貝夫人生了，也在這家醫院。

"噢！"羅宋無話可說。

我也保持沈默。

"要吃蘋果嗎？"他忽然想到話題，"來時的路上經過水果店，我買了幾個……"

"不，我不想吃。"

看他有些失望，我遂改口想吃。

羅宋很認真地削蘋果，想和從前一樣，削出一條完整不斷的蘋果皮，這恰好給我機會，把說不出口的話說出來。

"華諾……死了，我……懷孕了，不知道孩子該姓華還是羅……我的腳保住了，但不可能像以前一樣，也許會跛腳……"

羅宋聽了不動聲色，但卻失手讓蘋果皮斷了好幾次。

他把削好的蘋果遞給我：「吃，蘋果含有鋅、鎂及鉀鹽，專家說孕婦每天都該吃三個蘋果，這是今天的第一個……」

「羅宋，你聽到我說什麼嗎？」我急了。

「聽到了。」他開始削第二個蘋果，「只要是妳的孩子，我視如己出；我也不在乎妳跛腳，能走就好。」

羅宋越「有容乃大」，我越「自慚形穢」。

我告訴他別再來找我，我想靜一靜，也許三、五個月，也許更久。

「我是不是說錯話了？」他痛苦地問。

我答不是，正因爲他沒做錯事，所以我更不應該利用他的善良。

「我……愛上華諾，雖然他已不在人世，但我的心裏都是他，容不下別人……」

說著說著我哭了，羅宋把我擁入懷裏，好不容易我才停止哭泣。

「答應我，要好好的，我不再打擾妳。如果有一天想起我，請記得給我一個電話，我的手機號永遠不變。」

我擡起頭來，羅宋對我微笑，那是理解的笑容。

7月28日，我産下熱情的獅子座女兒，爲她取名馬雙雙。

半年後我和女兒搬進華堡，因爲DNA鑒定顯示女兒是華家人，於是「馬雙雙」成了「華雙雙」。華夫人視她如天上星辰，含在嘴裏怕化了，捧在手裏怕摔了。

在單調而重複的日子裏，我愛上了插花，因爲只有在美麗的國度裏，我才能忘卻生活裏的不美麗；我也愛上了歌劇，請了老師到家裏教我唱，學會了，我只唱給一個人聽，那個人靜靜地躺在不遠處的教堂墓園裏……

羅宋信守了他的諾言，一次都沒打擾我。

雙雙六歲時，我帶她到巴黎最好的L'EXPERIENCE DE L'ECOLE小學面試，因爲華堡附近沒有好學校。

面試完畢，我們沿著塞納河踱步而去。

"媽咪，那是什麼？"雙雙指著前方的哥特式建築問。

"寶貝兒，那是聖母院，鐘樓怪人住的地方。"

雙雙覺得很新奇，非要進去瞧瞧，我遂了她的意。

聖母院多年後依舊沒變，連燭台擺放的位置也絲毫不差。聽說幾年前曾有宵小入侵，破壞了幾片玫瑰窗，經修復後，從外觀上完全看不出異樣。

走出聖母院，前面的廣場已見三三兩兩幫人畫像的攤位，讓我想起了羅宋，他……還作畫嗎？仍留在法國嗎？結婚了沒？

信步走上愛之鎖橋，它就在聖母院旁。此時橋上到處是成雙成對的情侶，爲了一個浪漫的傳說，紛紛在橋上掛上連心鎖，以爲這樣就能生生世世地鎖住彼此。

"媽咪，快來看，這裏有一個好大的鈴鐺。"雙雙喊著。

我走過去，認出那是瑞士牛鈴，足足有一個小皮球大，是我看過最大的牛鈴。

"雙雙，那是牛鈴，給牛戴的鈴鐺。"我解釋。

女兒蹲在牛鈴前，說："這裏還有字，什麼馬……一天……的。"

我教雙雙中文，她現在會寫自己的名字還有我的名字，所以認出我的姓氏"馬"。

我在她身側蹲了下來，發現牛鈴掛在一把琵琶造型的銅鎖上，上面有小刀刻的一行小字：**羅馬不是一天造成的**。

這……這不是當年我和羅宋的連心鎖嗎？那麼牛鈴是怎麼回事？

我努力回想，終於想起羅宋曾經誇下海口，他說一拿到華夫人給的做畫錢，會買一個最大的牛鈴送我……

原來這就是當年的承諾。

我帶雙雙上十三區的中國城吃中國飯，好久沒來，不知哪家好吃，正當我猶豫不決時……

"媽咪，那裏有妳的名字。"雙雙指著前方的銀色招牌，上面寫著"依依小廚"。

我牽著雙雙的小手走過去，那是家非常雅靜的廣東菜館，有白色桌布、黑色沙發以及帶花小窗，和傳統中國飯館的大紅大綠兼吵雜景象有所不同。

"夫人，用餐嗎？"門口那個好有禮貌的男孩問。

我答是。

男孩推開像海一樣藍的玻璃門，我聽到清脆的銅鈴聲，原來門上掛了一個小巧的牛鈴……

我吃著好味道的廣式菜肴，像回到了從前，曾經在巴黎的小公寓裏，有一個男人爲我洗手做羹湯……

我把侍應生叫過來，問："廚子是從中國來的？"

“是的。我們的老闆是法國留學生，他本身就是餐廳主廚，每天一大早到市場採買最新鮮的食材，我們的‘依依小廚’已經連續三年獲得巴黎最佳中國餐廳的美譽。”他驕傲地答。

我忽然有股衝動，想進後廚見那位法國留學生一面，但最後還是被理性克制住，也許“不見”才是最好的安排。

買單走出“依依小廚”，我的腦子還渾渾噩噩，感覺很不真實。

“ Pardonnez-moi.”我聽到熟悉的聲音。

噢！不，別回頭，回頭又是千絲萬縷的牽絆。

雙雙卻回頭了，她小聲地說：“媽咪，那是我的 Hello Kitty。”

哎！一定是匆忙間把玩偶遺留在餐廳內。

“乖，媽咪另外買一個給妳。”

我牽起她的手，想做脫逃的士兵，然而背後的足音還是急促地向我走來，難道這是命運的安排？

“ Pardonnez-moi.”這次我清楚地聽見是羅宋的聲音。

我放慢了腳步，心像鐘擺，搖擺不定。

躊躇了一會兒，我終於握緊雙雙的小手轉身過去……

“是妳？依依。”羅宋拎著Hello Kitty站在風中。

“是我，羅宋。”我答。

羅宋對我微笑，那是久別重逢的笑容。

《完結》

第一百一十二章（甜味版完結篇）/幸福滿溢

華諾剛截完肢，需要觀察24小時，我坐上輪椅滑向走廊盡頭的觀察室。

護士告訴我，患者正在上藥，至少得等半小時，於是我輪椅一轉上到五樓。

VIP病房有100多平米大，會客室、臥室、陪護室、廚房、衛浴……一應俱全。

貝夫人正在餵奶，兩個乳房腫得非常大，小傢伙很結實，鼓著腮幫子拼命吸吮。

"五官很清秀，將來會是個美男子。"我說。

眼前的嬰兒不過是個皮膚皺成一團的小動物，但我還是應景地說了讚美的話。

"很會吃，一個晚上哭三、四回，我都睡不好。"貝夫人嘴裏抱怨，但欣喜之情溢於言表。

"取名字了沒？"我問。

"取了，叫貝中越，中國的中，越南的越。"

567

聽她這麼一答，我無語了。

"等他父親一出來，"貝夫人把娃兒豎起來拍背，以免嗆奶，"我們一家就團圓了。"

我不得不說這是全天下最殘酷的話語，害人的朱翊安還四肢健全，而我的華諾卻少了一條腿，貝夫人竟當著我的面描繪一家團圓的溫馨畫面……

我心怏怏不已，貝夫人忽然叫來護士，囑咐幾句，後者抱著嬰兒離開。

"剛剛是說給兒子聽的，給他一點兒希望，妳別往心裏去。再說，朱翊安罪證確鑿，被判入獄已成定局,等他出來早已物是人非了。"

哼！即使終身監禁也難除我內心的憤怒與不平。

"我知道妳肯定不好受，但事情已經這樣了，妳只能往前看，然後把孩子撫養成人……"

"姜師傅傳話的速度可真快，這世界還有秘密嗎？"我很無奈。

"說到秘密，那孩子……是華諾的嗎？"

貝夫人一出拳，果然擊中要害。

"我……不確定。"我低下頭去。

醫生說孩子有兩、三週大，時間往前推，那時我分別和華諾及羅宋都上了床，所以……

"要我是妳，絕對一口咬定是華諾的，妳想華夫人知道了會有多高興，妳肚裏的孩子來的正是時候。"

孩子若是華家的，那自然是，但如果不是華諾的呢？

"不是華諾的也賴他，這事只有妳知道，妳不說，誰會懷疑孩子的生父是誰？"

貝夫人想得實際，我卻認爲有失厚道。

"哎！"她嘆了一口氣，"妳的毛病就是太優柔寡斷，如果當初不管羅宋，直接和華諾成親，一切變得多簡單。"

是啊！如果當初我没到華堡任家庭教師，就不會認識華諾；如果當初我没醋性大發，就不會氣走華諾；如果當初華諾没被氣走，就不會又回到貓眼石礦區；如果當初華諾不自投羅網，就不會被小朱逮個正著；如果當初……他現在也不會少了一條腿。

我陷入深深的自責當中。

～

我想輕輕地走過去，不吵醒緊閉雙眼的他，然而輪椅滑動的聲音還是太大，華諾睜開了雙眼。

"妳來了。"他說。

"嗯！你好嗎？"

"很好，"他苦笑，"除了少了一條腿。"

我怕華諾有負面情緒，趕緊告訴他南非有個著名的殘疾運動員Oscar Pistorius：他被譽爲"刀鋒戰士"，是殘奧會賽跑冠軍，跑步速度之快，連正常人也望塵莫及。還有，聽說現在最好的假肢是钛合金做的，既輕便又靈活，除了没有觸覺，其他幾乎和正常的肢體一樣……

"好，就用它，我等不及跑步、騎馬及做其他運動。"

我大鬆一口氣，原以爲驕傲的華諾會從此一蹶不振，没想到他樂觀得很，讓我又燃起了希望。

"妳的腿好嗎？"他轉而問我。

我答很好，因爲手術及時，腿總算保住了，只是没打麻藥，當醫生切開皮膚時，我還能感受到骨和肉分離的滋味……

“爲什麼不打麻藥？”他問。

“因爲……”我擡眼看毫不知情的華諾，不知該不該誠實回答。

“怎麼了？”

我搖頭保持沈默。

“浩劫歸來，没有什麼承受不住。”華諾給我吃定心丸。

於是我告訴他—我懷孕了。

他聽了很開心，但見我一臉愁容，聰明如他，心中必是了然。

“他是我們的孩子，不論……我視如己出。”

噢！華諾，你如此大度叫我如何是好？

他親吻我額頭，說：“在冰凍室裏，我曾暗自發誓，只要能活著出去，我要和妳白頭偕老，不管滄海桑田……”

我擁住華諾的軀體，感動得無以復加。

啊！我的確是上帝的寵兒，遇上這麼優秀又愛我的男人。

回到病房，我看到一個熟悉的背影。

“你……怎麼來了？”我問。

“妳的手機停機好幾天了，我只好上貝公館了解情況，傭人告訴我，妳在這裏。”

我將輪椅駛向床邊，羅宋扶我上床。

“剛剛妳去哪裏？”他問。

我告訴他貝夫人生了，就在這家醫院，華諾也在這兒，他剛截完肢，所以我分别去探望他們。

“噢！”羅宋無話可說。

我也保持沈默。

“要吃蘋果嗎？”他忽然想到話題，“來時的路上經過水果店，我買了幾個……”

“不，我不想吃。”

看他有些失望，我遂改口想吃。

羅宋很認真地削蘋果，想和從前一樣，削出一條完整不斷的蘋果皮，這恰好給我機會，把說不出口的話說出來。

“我……懷孕了，不知道孩子該姓華還是羅……我的腿保住了，但不可能像以前一樣，也許會跛腳……”

羅宋聽了不動聲色，但卻失手讓蘋果皮斷了好幾次。

他把削好的蘋果遞給我：“吃，蘋果含有鋅、鎂及鉀鹽，專家說孕婦每天都該吃三個蘋果，這是今天的第一個……”

“羅宋，你聽到我說什麼嗎？”我急了。

“聽到了。”他開始削第二個蘋果，“只要是妳的孩子，我視如己出；我也不在乎妳跛腳，能走就好。”

羅宋越“有容乃大”，我越“自慚形穢”。

我告訴他別再來找我，我想靜一靜，也許三、五個月，也許更久。

“我是不是說錯話了？”他痛苦地問。

我答不是，正因爲他沒做錯事，所以我更不應該利用他的善良。

“我……愛上華諾，雖然他少了一條腿，但我的心裏都是他，容不下別人……”

說著說著我哭了，羅宋把我擁入懷裏，好不容易我才停止哭泣。

“答應我，要好好的，我不再打擾妳。如果有一天想起我，請記得給我一個電話，我的手機號永遠不變。”

我擡起頭來，羅宋對我微笑，那是理解的笑容。

7月28日，我産下熱情的獅子座女兒，爲她取名華雙雙，我們全家視她如稀世珍寶。

在單調而重複的日子裏，我愛上了插花，讓家裏花海一片；我也愛上了歌劇，請了老師到家裏教我唱，學會了，我唱給華諾和小Baby聽。

有時華諾也會和我對唱，雙雙便在旁咿咿呀呀地應和著……

羅宋信守了他的諾言，一次都没打擾我。

7月28日，我産下熱情的獅子座女兒，爲她取名華雙雙，

雙雙六歲時，我和華諾帶她到巴黎最好的L'EXPERIENCE DE l'ecole小學面試，因爲華堡附近没有好學校。

面試完畢，我們沿著塞納河踱步而去。

“媽咪，那是什麼？”雙雙指著前方的哥特式建築問。

“寶貝兒，那是聖母院，鐘樓怪人住的地方。”

雙雙覺得很新奇，非要進去瞧瞧，我們遂了她的意。

聖母院多年後依舊没變，連燭台擺放的位置也絲毫不差。聽說幾年前曾有宵小入侵，破壞了幾片玫瑰窗，經修復後，從外觀上完全看不出異樣。

走出聖母院，前面的廣場已見三三兩兩幫人畫像的攤位，讓我想起了羅宋，他……還作畫嗎？仍留在法國嗎？結婚了没？

我們帶雙雙上十三區的中國城吃中國飯，好久沒來，不知哪家好吃，正當我們猶豫不決時……

" 媽咪，那裏有妳的名字。"雙雙指著前方的銀色招牌，上面寫著"依依小廚"。

我教雙雙中文，她現在會寫自己的名字還有我的名字，所以認出"依依"二字。

我們牽著雙雙的小手走過去，那是家非常雅靜的廣東菜館，有白色桌布、黑色沙發以及帶花小窗，和傳統中國飯館的大紅大綠兼吵雜景象有所不同。

" 您好，用餐嗎？"門口那個好有禮貌的男孩問。

" 是的。"我答。

男孩推開像海一樣藍的玻璃門……

我吃著好味道的廣式菜肴，像回到了從前，曾經在巴黎的小公寓裏，有一個男人爲我洗手做羹湯……

我把侍應生叫過來，問："廚子是從中國來的？"

" 是的。我們的老闆和老闆娘是法國留學生，老闆還兼主廚，每天一大早到市場採買最新鮮的食材，我們的'依依小廚'已經連續三年獲得巴黎最佳中國餐廳的美譽。"他驕傲地答。

我忽然有股衝動，想進後廚見那位法國留學生一面，但最後還是被理性克制住，也許"不見"才是最好的安排。

華諾到櫃台買單，我看到收銀員是個氣質絕佳的女性，她的小腹微突，似有身孕。

"幾個月了？"我問。

她撫著突起的肚皮，答："才三個月，老公不讓我收銀，怕動了胎氣。"

我說她有個好老公，她同意。

"我老公是美術學院的高材生，這餐廳就是他設計裝修的，連我們貸款買的小公寓也是由他一手包辦，朋友們都說他讓老房子重生了。"她滿心歡喜地答。

知道羅宋有了美麗的妻子和幸福的生活，我內疚的心終於可以放下。

"怎麼了？從餐廳出來，妳的臉上一直帶著蒙娜麗莎式的微笑。"華諾問我。

我笑而不語，原來這就是蒙娜麗莎之所以微笑的原因，我無意間解開了歷史懸案。

"爹地，"雙雙趴在寵物店的玻璃窗上，"能不能給我買隻小狗？"

玻璃窗內是隻黑白相間的法國鬥牛犬，體型很小，大概只有幾個月大，表情非常逗趣，正衝著我們全家搖頭擺尾。

"買嗎？maman。"華諾跟著雙雙喊我"媽媽"。

想到華堡有數十匹駿馬當我和華諾的寵物，雙雙卻沒有。

我對女兒說，只要她答應不會因為跟狗玩而忘了寫作業，她就能帶走一隻。

雙雙歡呼一聲，衝進寵物店裏⋯⋯

夕陽西下，我們一家人坐在VEYRON裏，往華堡的方向駛去。

CD Player傳來歡快的旋律，後座的雙雙正抱著新買的小狗說稚氣的話。

華諾自信地開著車，鈦合金做的右腿非常靈活地踩著踏板，一點兒也沒有違和感。趁著等綠燈的空檔，他用手指輕敲駕駛盤，一長兩短，代表今晚他想和我做愛。

我看了一眼後座的雙雙，她正和小狗玩得愉快，沒注意到華諾的暗號。

" 可以嗎？"他小聲問。

" 嗯！"我紅了臉。

華諾對我微笑，那是幸福滿溢的笑容。

《完結》

【看不夠嗎？B杜的《東瀛之愛》正等著您，以下是前六章，先睹爲快。】

《東瀛之愛》

第一章/本田家

"さようなら"我和花野真衣、劉培偉站在機艙口跟乘客道別。

此時，我服務的頭等艙客人林先生走了過來，他刻意放緩腳步，我對他鞠了個躬，他躊躇一會兒後，走了。

飛機從上海起飛，座艙長給了我們三人一份名單，讓我們在頭等艙客人上機前熟背他們的姓氏及座位號。

我清楚地記得，用完午餐沒多久，坐在9C的林先生便推說頭疼，問我有沒有阿斯匹林？我答空服員不能隨便給乘客藥物，即便是頭痛藥也因人而異，譬如兒童、孕婦、肝病及哮喘病患者就不適合服用阿斯匹林。

"如果您不介意的話，我可以幫您刮痧，通常刮痧過後，頭痛現象會減輕許多。"我建議。

"好的，麻煩妳了。"

我請他移駕到空服員的專用座位上，以免影響到別的乘客。

林先生鬆了領帶和前三個鈕扣，我用刮痧板沾水，開始在他的脖子和肩膀部位刮痧。

刮完痧，我問他覺得好點兒了嗎？

"好很多了。"他扣上鈕扣說。

我把刮痧板和水放回廚房準備間，出來時發現林先生還留在原地打領帶，一直打不好。

"領帶一向是旁人幫我打的，我老打不好。"他有些羞澀地解釋。

"我來幫您打，可好？"我問。

他點頭同意。

這條領帶是黃色絲質面，上面繡了幾匹正在奔騰的紅色小馬，我認出是日本中央競馬會俱樂部的領帶，只有馬主人才有資格配戴。

"秋季天皇賞又開始了，林先生的馬匹是否也參賽？"我邊打領帶邊問。

林先生很驚訝我的未卜先知，我指指他的領帶，他恍然大悟。

"嗯！我家的'愛神丘比特'也參賽了，是這期的大熱門。"他答。

上海飛東京只有三個小時的航程，廣播中傳來機長的談話聲，他簡短介紹飛機所處的高度及東京現在的時刻和天氣，並且提示飛機正在下降中，預計三十分鐘後會降落成田機場。

機長談話完畢，我看見9C座位上的紅色小燈亮起，花野小姐上前服務，沒多久便往廚房準備間的方向走去。

她一走開，9C座位上的燈又亮了，我趕忙向前：" 林先生，有什麼可以效勞的？"

" 能告訴我名片上寫什麼嗎？"

這是一張東京香格里拉酒店的名片，上面用日文寫著地址、電話及郵址，背後是地圖。我注意到地圖的空白處寫著一行小字：今晚總統套房等妳，林桑。

日文中桑（さん）是敬語，林桑就是林先生的意思。

我正想回絕，花野小姐回來了，手中拿著Evain礦泉水。

" 妳拿好，別搞丟，" 林先生快速丟給我這句話，然後轉頭向花野真衣道謝，日本話說得挺溜的。

我把名片塞進粉紅色的花圍裙口袋內，轉身回到空服員的專用座位上。

我和同事拖著行李箱排隊出閘口，劉培偉插隊站在我身側。

" 那個老色鬼有沒有對妳圖謀不軌？" 他問。

" 什麼老色鬼？"

劉培偉要我別裝了，任何人都看得出來，從上飛機起，9C的客人就對我目不轉睛，眼珠子都快掉出來了。

雖然林先生給我酒店的名片，讓人浮想聯翩，但他是個外表體面、談吐有禮的中年男士，和印象中的猥瑣男有很大的出入。

" 太誇張了，他是客人，我是空服員，如此而已。" 我答。

劉培偉嘿嘿嘿地笑，讓人很不舒服。

" 並んでください、良いですか？" 排在我後面的人還是對插隊者提出抗議。

我趕緊要劉培偉乖乖排隊去，他聳聳肩，拉著行李箱走到隊伍後面。

走出成田機場，我没坐地鐵回到我東京的小公寓，而是走向停在停車場的別克轎車。

"道中ご苦労さまでした"老司機說我一路辛苦了。

我趕忙答這是我的工作。

他又客套幾句，我也說些無關痛癢的話，然後福山先生放我休息，畢竟從成田機場到京都約有三、四個小時的車程，我又剛下飛機，正需要休養生息。

没多久，在車子的搖搖晃晃中，我迷迷糊糊地進入夢鄉。

京都位於日本西部近畿京都府南部，是一座內陸城市，由於坐落在盆地內，夏天炎熱且潮濕，冬天又非常寒冷，偶爾還會下雪。

自公元794年，桓武天皇遷都至此，京都一直都是日本的首都。長年的歷史積澱使得京都擁有相當豐富的歷史遺跡，也是日本傳統文化的重鎮之一。

母親經營的"本田家"日式溫泉旅館正位於京都金閣寺附近，除寺廟本身是有名的古剎外，賞楓和泡溫泉也是遊客來此一遊的原因。

別克車繞過外牆全是金箔裝飾的舍利殿後，沿著小徑往裏開，經過一座石橋，石橋兩旁有許多青翠的竹子，微風吹來，竹葉搖搖擺擺像一波又一波的綠色浪濤。

我把車窗打開，聞到了竹葉的清香, 真令人心曠神怡。

約莫一刻鐘後，車子在一棟典型的日式檜木建築物前停了下來，一位身穿淺紫色和服的女性站在門口，領子和袖口都鑲有金線，腳上套著白色的絲質足袋（即二趾鞋襪），踩著木屐走上前來。

我問福山先生，今天"本田家"是否有貴客臨門？他答佐藤桑一早即來到，是他到關西機場接的機。

原來是佐藤秀中，難怪母親會穿上昂貴的和服。

"杉杉，班機晚了？"母親問。

"是的，上海有大暴雨，晚了兩小時才起飛。"我下車。

福山先生把行李從後車廂拿出來，小雪接了過去，帶進屋裏。

"快進來，"母親帶笑說，"秀中等妳很久了。"

這一季，佐藤秀中改飛歐洲航線，我們已經很久沒在同一個航班上。

"我先進房梳洗一下。"我答。

長途旅行，臉色一定很不好看，見客前總得重新上妝。

母親點頭表示贊同，在這方面她比我還慎重。

"穿上那套新做的銀色福字和服吧！秀中喜歡。"母親說。

佐藤秀中不過是提過那麼一回，說他喜歡看女性穿和服，誰知母親從此便牢牢記住了。

"好的。"我沒有反對。

第二章/佐藤秀中

日本和服有多種類型，依場合及婚姻狀況而有不同的選擇。

我和佐藤秀中不是第一次見面，但也不是親密的朋友，母親要我穿上銀色福字和服，也算合乎禮節，畢竟它是付下和服，花紋雖有特定位置卻没有真正的繪羽圖案，是介乎日常衣著和禮服之間的服裝。算一下時間，母親應該是要我和佐藤秀中共進晚餐，那麼這種和服的選擇算貼切的了。

母親派小雪來服侍我穿和服，和服是層層疊上去的。我把衣服脫光，穿上一件薄的襯衣，然後在腰上圍上一條毛巾，接著穿上會露出領子的粉色襯衣，繫上一條窄的腰帶後，再綁上一塊板子在腹部，最後才穿上外衣及綁正式腰帶。

外衣是母親選的帶有福字圖案的銀色服，所以腰帶我便選擇比較鮮豔的深紫色，另外加上一條黃色串珠。

一旁的小雪將我的腰部勒得很緊，因爲和服的美就是要把身體弄成一個没有曲線的長方型。如此一來，走路姿勢必得擡頭挺胸，蹲身起步也要小心翼翼，真難爲日本女性了。

穿完和服，小雪問我想紥什麼樣的髮型？我答簡單一點兒的，因爲我是下午五點多才進的門，花在沐浴及穿和服的時間又過長，現在已是晚上七點半，我怕客人等太久……

於是小雪快速幫我側紮了花苞頭，爲了符合時尚感，還用珍珠髮飾做點綴，提升了優雅氣質。

"謝謝妳，小雪。"我誠心道謝。

"哪裏，這是我應該做的。"她對我點個頭，然後拉開障子門走出去。

"本田家"爲木造的兩層式建築，創建於18世紀初，約有300年的歷史，至今仍保留著古老的日式風情，幾乎所有的客房都能欣賞到庭園和池塘景色。

母親特意選了最大的客房招待佐藤秀中，房間寬敞漂亮，牆上掛著浮世繪，有著濃濃的東洋味。

因爲已經錯過晚餐時間，小雪奉上綠茶和熱毛巾後，馬上交待廚子上菜。

"本田家"的餐點採用了四季應季食材的懷石料理（原爲在茶道中，主人請客人品嚐的飯菜，現已不限於茶道，反而成爲日本常見的高檔菜色），所用的餐具則是日本佐賀縣有田町出產的"有田燒"瓷器，厚重而樸實。

由於傳統的懷石料理一定得照順序上菜（依序爲七點前菜、碗盛、生魚片、揚物、煮物、燒物及食事、甜食），所以小雪先呈上七點前菜，附帶月桂冠的日本清酒，讓我們在等待主食到來前能放鬆心情，邊喝邊聊。

"這次休假幾天？"母親問佐藤桑。

"客機飛行員通常飛幾天就休息幾天，這次我飛四天，所以能休息四天。"他畢恭畢敬地答。

我將清酒倒入客人的小陶瓷杯裏，佐藤秀中向我點頭道謝。

“杉杉呢？”母親轉頭問我。

我答我只有兩天假期，還是和同事對調的，明天晚上得回東京，否則趕不上隔天一早的班機。

“なるほど～”

母親感嘆一聲，並且將尾音拉長，好讓佐藤桑能接話，果然他開口了：“杉杉，明天晚上我們一起回東京吧！我恰好要拜訪朋友。”

母親馬上眉開眼笑：“那正好，同行有個伴。”

我沈下臉來，母親太激進了，我怕佐藤桑誤會，但嘴巴沒說反對的話。

我和佐藤秀中是前後期進入全羽空航空的，偶爾蹤個面也僅限點頭微笑。有一次我們被分派到同一班機飛北京，我聽到他對中國人講普通話，頓時好感倍增。坐下來時，我問他在哪裏學的漢語？他答他是北大的留學生。

“失敬，失敬，北大可是中國的頂尖學府呀！”我讚揚。

“哪裏，哪裏，我是關公面前舞大刀。”

呵呵！他這是在讚美我嗎？

他的謙虛態度和超乎想像的中文能力讓我眼前一亮。

後來他約我出去吃過幾次飯，我提到母親在京都經營旅館，他說他過幾天到京都辦事，也許會登門拜訪，問我有沒有東西需要他托帶？

日本人很會說場面話，如果他們邀請你上家裏坐坐，通常是禮貌用語，不一定心口如一，所以當佐藤桑說要拜訪母親時，我認爲他不過是嘴上說說而已，並不當真，没想到那個週末，他真的上京都了。

母親後來告訴我，那男人拜訪的用意很明顯，就是請求她讓我和他交往。

" 我對杉杉是認真的，是以結婚爲前提的交往。"佐藤桑非常誠心誠意地說。

當天母親並没有給出答案，只說如此重大的事，她必須和老公商量。

談起父親，我已經有十多年没見過他，想當年他把家產賭光，母親便絕然地與他離婚，一人隻身到日本居酒屋當服務員，一幹就是五年，等到還清人販子的仲介費及攢夠我的機票錢，才將我從外公外婆身邊接走，如今她卻說我的交往大事要和父親商量,我問這是哪門子道理？

" 那不過是緩兵之計，我總得查查這個人的家世背景再做定奪。"母親解釋。

本來母親對於民航飛行員身份的佐藤秀中不太上心，在她的想法裏，婚姻是家族振興的機會，再怎麽樣，也得把我往"錦衣玉食"的道路上送。

没想到母親的人身調查竟查到驚天秘密，佐藤桑不單單只是個飛行員而已，他還是日本最大房地產公司老闆的嫡長子（有錢人娶個三妻四妾很正常，除了秀中這一支正室外，他還有很多同父異母的兄弟姐妹）。

知道佐藤秀中的顯赫家世後，母親一改以往的態度，不僅同意我和他交往，而且搖旗呐喊，深怕男方改變主意。

" 妳要好好抓住佐藤桑，這是妳改變命運的契機。"母親對我耳提面命。

和母親的"唯物論"不同，我看中的不是家世背景，而是人品。佐藤秀中待人謙卑有禮，對我"發乎情，止乎禮"，是個值得深交的朋友。

〜

吃完由紅豆、砂糖和葛粉混合蒸製的羊羹後，懷石料理算是功成圓滿地結束了。

"杉杉，妳帶佐藤桑到庭院裏走走，讓我和小雪把這裏收拾一下。"母親對我說。

於是我打開障子門，帶秀中到花團錦簇的院子裏。

此時已是夜裏十點，我知道母親整理完杯盤狼藉後，必是鋪好床鋪，讓客人回來後能倒頭就睡，所以不急不徐地和他在院子裏散步，順便消化一下吃撐的腸胃。

"妳母親好像很贊同我們交往。"佐藤桑忽然說。

"不好嗎？"我反問。

"好，"他笑了，"我還怕她反對呢！過了丈母娘這一關，什麼都容易了。"

我不高興他把我的意向排在母親後面，悶不吭聲地把摘下來的竹葉一一扔進池塘裏。

"妳怎麼了？"佐藤秀中發現不對勁。

我問他怎麼從來沒懷疑我不喜歡他？

"真的嗎？妳不喜歡我？"

看他一副天要塌下來的模樣，我忍不住噗嗤一笑。

"就知道妳騙我。"他鬆了一口氣，走過來握住我的手。

我沒有拒絕。

第三章/金閣寺

母親並沒有事先告訴我佐藤秀中會來訪，只說金閣寺這幾天做法會，希望我能回來一趟，上柱香祈求平安，所以當我知道佐藤桑在家中時，是有那麼點兒措手不及。

隔天一早，母親將我喚醒："杉杉，該起床了，早餐就在佐藤桑的房間裏吃，吃完陪我上金閣寺。"

我很快梳洗一下，因爲要上寺廟，所以特意選了端莊的白領套裝，又在頭髮上繫上香檳色髮帶，總算有不太死氣沈沈的樣子。

母親開的是日本民宿，建築又是自江戶時代就有的古屋，想當然爾不會有人想在東洋味濃厚的旅館裏吃麵包當早餐，所以"本田家"的廚子四點鐘就得起床準備日式早餐，光煮 okayu 粥就得花兩個小時以上，它是以鰹魚、干貝、江魚仔等熬製而成，看似簡單，吃起來卻很驚豔。

"私は始動させます"佐藤桑雙手捧著筷子說他要開動了。

此時長條矮桌上除了okayu粥外，也有白米飯，漬物則有白蘿蔔泥、紫菜、鰹魚乾、菠菜、腌蘿蔔等，當然還少不了用豆腐、蔬菜以及海鮮熬的煮物及每個季節都會有的玉子燒，至於烤魚和味噌湯……那是日式早餐的必備品。

佐藤桑没有先食用粥，反倒在白米飯上加入納豆，再打入一顆生雞蛋，滴幾滴醬油拌著吃。

母親看了很歡喜，她強調"本田家"的雞都是散養的秋田比內土雞，下的蛋拿在手中發沈，蛋黃輪廓清晰，顏色呈橘黄色，用來拌飯再合適不過。

" 嗯！"佐藤桑用力點一下頭，" 的確新鮮好吃。"

和他的饞腸轆轆不同，昨晚的我吃多了，今早不想吃硬梆梆的米飯，所以吃了點兒粥和醬菜，又在母親的督促下，吃了烤魚。

" 秀中，待會兒吃完早餐和我們一起上金閣寺祈福吧！"母親對他說，並且很自然地把稱謂從"佐藤桑"改成"秀中"，親密度上升一級。

我以爲只有我陪她上金閣寺，没想到還包括客人。

佐藤桑很高興地答應了。

金閣寺建於1379年，原爲足利義滿將軍的山莊，後改爲禪寺，因其外觀以金箔裝飾，又被喚作金閣寺。1950年，金閣寺被蓄意縱火燒毁，現在看到的金色建築是修復過的。

整個金閣寺不大但非常有日本庭院的風格，既小巧又精緻。院裏的鏡湖池水清冽，身影華麗的金閣倒映其中，成爲京都的代表性景觀。

在"禦手洗"淨身（意即用木製的長條勺子在水池裏舀水漱口及洗手）後，我們進到寺內，法會已開始，穿黑袍的日本僧人拿著法器，口中唸唸有詞地祝禱。我們先擊掌兩下，再雙手合十，請求神靈保佑。

祈福完畢，我們三人在院裏散步，邊走邊聊，經過院中的不動堂，發現那裏有神籤可供占卜。

"妳和秀中各抽一枝籤吧！"母親說。

拗不過母親的堅持，我們各抽了一枝，交給旁邊的解籤人。由於來金閣寺的中國遊客很多，寺裏還請了會說普通話的人解籤，我以爲母親會找日本人解籤，沒想到她來到中國人的攤位上。

"求的是什麼？"那個戴眼鏡、有著大肚腩的男子很有威嚴地問。

"姻緣，求的是姻緣。"母親搶答。

"如果求的是姻緣……"那男人看完我的籤，又看佐藤秀中的籤，"女的是百年好合，男的是天作之合。"

母親很高興地道謝，並且給了不菲的香火錢。

"太好了，你們是天造地設的一對，連老天爺都這麼說。"母親顯得很開心。

"不是這樣的，解籤人的意思是我和佐藤桑各有好姻緣，沒說我們永結同心。"我趕緊糾正。

"杉杉，這還用明說嗎？秀中到哪裏找像妳這麼好的女孩？"

我開始對母親的"司馬昭之心"感到厭煩，佐藤桑一定也感覺到那種無形的壓力，我不希望他有"非買單不可"的想法。

"對了，什麼時候帶杉杉去見你父母？"母親忽然問那個無辜的男人。

這下子我炸開鍋了："媽！八字都還沒一撇呢！妳這樣問會讓佐藤桑爲難。"

面對我的反抗情緒，母親不以爲意，反而轉頭向佐藤秀中求證：“是這樣的嗎？我讓你爲難了？”

佐藤桑解釋他和我確定戀愛關係的時間雖然不長，但他很喜歡我，只要時機成熟，他一定會稟告父母，並且帶我回佐藤家。

“打鐵得趁熱呀！喜歡我家杉杉的人很多，我怕夜長夢多。”母親語帶威脅地說。

金閣寺內出售的抹茶冰淇淋名聞遐邇，佐藤桑買了兩個，一個給我，一個給他，母親早已藉故離開。

我們邊走邊吃，周圍的遊客很多，日語、普通話、韓語齊飛，偶爾還夾雜幾句英語。

“妳母親說的可是真的？有很多男人追求妳？”佐藤桑還是沒忍住。

這叫我如何回答是好？打從大學畢業，母親便馬不停蹄地爲我安排相親，幾乎每週都有一次，直到最近認定佐藤秀中才停了下來。

“相了那麼多次，沒有喜歡的嗎？”他又問。

這更讓人難以啓齒了，母親一早就訂下高門檻，學歷至少得大學畢業、家世背景要好、有房有車、年收入還不能低於兩千萬日元等，唯獨對外貌沒要求。可想而知，來的人不是滿腦腸肥就是尖嘴猴腮，一個個面目可憎得很。

偶爾有那麼兩個斯文相貌的，吃過幾次飯後卻不了了之，所以我壓根兒不明白母親所說的“打鐵趁熱”之意？

聽了我的解釋，佐藤秀中鬆了一口氣，但隨即又緊皺眉頭，看他吞吞吐吐的樣子，勾起我的好奇心，我鼓勵他說下去。

“民航飛行員的年薪不到兩千萬日元，我怕妳母親並不知情。”他答。

我很想告訴他，兩千萬日元是針對無祖上庇佑的人，至於他……不適用此條款。

“我母親既然答應我們交往，一定是經過深思熟慮，你大可不必擔心。”我安慰他。

下午五點鐘，吃過簡單的輕食，福山先生載我和佐藤桑回東京。

我問他在哪裏下？他反問我的公寓在何處？我答在地鐵犬吠站附近。

“這麼巧，我朋友也住那兒附近。”他說。

於是福山先生將車停在我的公寓小區前。

下了車，我和佐藤桑各拉著行李箱對望，我以爲他會跟我道別，但他只是含情脈脈地看著我。

“那個……很晚了，”我有些窘迫，“你確定你朋友還沒入睡？”

“杉杉，没有什麼朋友要拜訪，妳就是我回東京的理由。”

我的心跳得好快，問他這話是什麼意思？

“我的意思是想看看妳的房間是什麼樣子。”他對我微笑。

我遂帶他回公寓，但我們没在客廳裏待很久，也來不及喝上一口已泡好的大麥茶……

第四章/名人後代

我趕一大早的飛機飛廣州，等我從廣州回來，門後的一切讓我眼前一亮。

秀中把屋子整理得井然有序，地毯吸了、桌子抹了、浴缸刷了、碗盤洗了、連廚房水槽也被他擦得雪亮雪亮的。

走進臥室，東西各就各位，被褥不僅像海平面一樣平整，上面還擱了一朵長莖紅玫瑰。我拿起來嗅了嗅，淡淡的玫瑰香氣像甘梅的味道，酸甜酸甜的。

我注意到玫瑰長莖的底部還繫上一張紙條，打開一看，不禁莞爾。

物思へば澤の螢もわが身よりあくがれいづる魂かとぞ見る

秀中寫了俳句，那是日本的一種古典短詩，由"五—七—五"，共十七字音組成，以三句十七音爲一首，首句五音，次句七音，末句五音，規格的要求非常嚴格，受"季語"的限制（即句中必須出現恰好一個能代表季節的詞語）。

把秀中寫的俳句翻譯成白話文便是：**心裏懷念著人，見了澤上的螢火，懷疑是從自己身體裏出來的夢遊之魂。**

這真是一種含蓄的示愛表現。

我把秀中的紙條重新折好，放進我最心愛的珠寶盒裏，然後找一個漂亮的水晶長杯，把玫瑰養在裏面。

~

說起這件事，的確有些尷尬，日本女孩多半很早就有性經驗，我已經25歲了，在這方面卻仍是白紙一張，那是由於我的性格保守及母親管我甚嚴的緣故。

我聽說日本男孩很怕碰到處女，因爲處女往往過於看中第一次，一旦惹上很難脫身。再往深一點兒講，二十幾歲還没有性經驗，在日本人看來，多半是個性出了問題，所以引不起異性的興趣。

可想而知，當秀中脫下我襯衫時，我是多麼的害怕，不僅背對他，還把身體捲縮成一團。

"怎麼了？杉杉。"秀中的聲音充滿了恐懼,"是不是……是不是我傷害了妳？"

我忍不住嚶嚶嚶地哭了起來，羞愧地承認自己還是處女。

"なるほど～"秀中感嘆地說，然後開始幫我穿上已脫下的襯衫。

原來……原來他真的害怕了，我嗚嗚嗚地哭了起來。

秀中這下子急了，像隻無頭蒼蠅。

"杉杉，妳能告訴我，我做錯什麼了嗎？"他顯得手足無措。

我抽抽答答地告訴他，母親管我甚嚴，我又太內向，所以到現在還没有性經驗，但不代表我的個性有瑕疵……

秀中聽了，倉惶的臉色舒緩了下來，過了幾秒鐘，他噗嗤一笑："如果我告訴妳，我還是處男，這會不會讓妳好過些？"

聽他這麼一說，我也笑了。

然後他第二次脫下我的襯衫，這一次我沒背對他，也没將身體捲縮成一團。

～

下個月的排班表出來了，我瞄了一眼，一次頭等艙、一次商務艙，其餘都是經濟艙。

老實說，我比較喜歡服務頭等艙和商務艙的客人，他們通常比較有禮也很少找麻煩，反倒有些經濟艙客人會做過份的要求，也不太友好。

"杉杉，這次飛哪裏？"趙秀雯拖著行李箱走過來。

"武漢，妳呢？"

"香港，剛好可以上莎莎買化妝品，妳需要什麼，我幫妳帶過來。"

我告訴她不用了，我一向用S牌。

"S牌是上了年紀的人用的，妳應該用K牌或A牌，那才適合二十幾歲的女人。"她說。

我聽了笑而不語。

我家的S牌化妝品泛濫成災，都是套裝，我不敢想像會有用完的一天。

"哎！不管妳了，皮膚好用什麼化妝品都好看。"她感慨，"我可不行，臉上老愛長痘痘，卸了妝還得趕緊再擦護膚品，臉都快成調色盤了。"

趙秀雯的皮膚的確不行，每次上班都得頂著大濃妝，細看之下，還能瞧見厚粉下的黑頭粉刺。

此時空服員端木百惠戴著黑超走過來，樣子有些怪異。

待她走遠，趙秀雯呵呵呵地笑出聲來，我問她怎麼回事？

"告訴妳，端木百惠和飛行員井田上二搞在一起，被井田太太發現後，啪啪啪地左右開弓，聽說小三的眼睛現在成了熊貓眼了。"

端木百惠和井田上二？這怎麼可能？他們看起來根本不搭嘎，女的高佻豔麗，男的卻像哆啦A夢裏的胖虎，聚餐時兩人還隔著老遠坐著，比陌生人還陌生。

"再告訴妳，別和飛行員談戀愛，他們想和誰上床，幾乎都是手到擒來，因爲女人天生難逃'制服誘惑'。"

面對趙秀雯的專家口吻，我心有不服，不是每個飛行員都是花花公子，純情專一的大有人在。

我擡起頭來，一架飛機剛離地飛向天際，我想起身在荷蘭的秀中，他是不是正準備飛回東京？

我從武漢回來，兩小時後佐藤秀中也抵達成田機場。他一下飛機就打電話給我，我答自己正在泡大麥茶，他很高興地掛上手機。

我預估秀中大概一個半小時後才會到，便想爲他洗手做羹湯，但做什麼好呢？

打開冰箱，冷藏室有根莖類蔬菜，冰凍層有雪花牛肉片，靈機一動，我決定做涼拌牛蒡絲及壽喜鍋，這兩樣都是日本人的大愛，不會錯的。

秀中敲門時，我正把所有食材放進火鍋裏，牛蒡也已經用芝麻、香油及糖拌好，飯鍋裏的飯正熱著。

"回來了。"我把他的行李箱接過來，

"什麼味道？好香。"他的臉上帶著驚喜。

我告訴他，自己做了壽喜鍋及涼拌牛蒡絲，馬上可以開動了。

吃完晚餐，我又泡了大麥茶，留聲機裏傳來三弦琴的音樂。

"過來。"秀中喚我。

我走過去把大麥茶放在茶几上，秀中伸手將我一攬，我跌坐在他的大腿上。

"我想我得了一種叫做'相思'的病，在飛機上，我不停地想妳。"他說。

"我没讓你想我，這是你自找的。"我睨了他一眼。

他不以爲忤，反而問我想不想他？

我端起大麥茶喝了一口，避開他的問話。

"嘟……嘟嘟……"他的手機響了。

我回自己的位子上坐好，同時聽到他帶著敬畏的聲音說話，簡短的答話讓人覺得事有蹊蹺。

放下手機，秀中解釋："我母親打來的。"

富貴人家總帶有那麼點兒傳奇色彩，尤其八卦新聞中，秀中的父親還擁有龐大的後宮團，讓我不禁對佐藤家族感到好奇。

"杉杉，"他的表情轉爲嚴肅，"我要告訴妳一件事，妳得有心理準備。"

看秀中如此慎重其事，我有了不妙的感覺，難道……難道他有女友，甚至結了婚、有了孩子？

“我是佐藤龍井的兒子，他是ZT集團的總裁，東京塔和富士電視台都是我家蓋的......”

“噢！”

見我反應冷淡，他有些語塞，原以爲我會大吃一驚。

其實他說的早已不是新聞，母親已經一五一十地全告訴我，甚至比他說的還要詳細。

我坦蕩蕩地告訴他，他的原生家庭造就了他，這不影響我們交往，我愛的是他的靈魂，和他是誰的兒子無關。

“噢！杉杉，”他擁住我，“就知道妳是我在找的人，我已經厭倦別人老把我當成某人的兒子，我只想做回我自己。”

我了解名人後代的壓力，所以再次表明，在我眼中他就是佐藤秀中，如此而已。

秀中聽了擁我更緊，讓我幾乎喘不過氣來。

“那個......你還沒喝大麥茶，再不喝就冷掉了。”我試著轉移他的注意力。

“等會兒喝，”他吻我，雙手去解我長褲的褲頭，“讓我再試試，上一次......我沒做好。”

我嘴巴說不，但在沙發上平躺好，秀中見狀，趕緊鬆了他的領帶......

第五章/惡耗

今天早班機飛杭州，同機的劉培偉藉機蹭到我身邊：“請我吃飯！”

“爲什麼？”我正把報紙分門別類排好。

“我看到他了。”

“他？誰？”

劉培偉說還會有誰，那個老色鬼唄！從東京飛回上海的頭等艙上，那人特意問他爲什麼我不在頭等艙服務？他答空服員的排班說不準的，除始發地固定外，其餘都不好說。老色鬼聽了很傷心，好像世界末日來到……

我把它當笑話一則，轉身到廚房準備間煮咖啡。

“喂！他還問起妳的名字。”劉培偉像橡皮糖似地粘過來。

“你没告訴他吧？！”我把咖啡粉倒入機器內。

“說了，我告訴他，妳叫吳杉杉，他晦暗的眼神突然有了光彩。”

我難以置信地望向這個告密者，他怎能這樣？

"没事的，我没告訴他，吳是口天吳，杉是木字旁加三撇，所以'吳杉杉'可以是任何組合，他没那麼好運氣全猜對。"

我瞪了他一眼，轉身到後艙，話懶得說一句。

其實我本來叫"白杉杉"，父母離婚時，我被判給了母親，母親對父親懷著怨氣，立馬帶我上民政局改成她的姓，所以我成了"吳杉杉"。

"杉杉，生氣了？"飛機抵達杭州，劉培偉又跟了過來。

"没，交友不慎。"我快步疾走。

劉培偉要我別那麼小家子氣，陪他上星巴克喝咖啡，他請客。

我問他機上的咖啡還喝不夠嗎？他反問我機上的咖啡是人喝的嗎？連流浪漢也不屑一喝。

"没時間。"我不假辭色。

"反正開往酒店的小巴故障，要一個小時後才會有，機上就只有我們兩個是中國籍，我才不和小日本喝咖啡！"他又說。

什麼時候小巴故障了？該不會是騙我的吧？！

劉培偉說天地良心，飛機下降時，座艙長就用日語告知全機組人員，我心不在焉的，當然聽不見。

我頓時紅了臉，因為同機的日野香穗子說兩天前她臨時被派去飛國際航班，機長是佐藤秀中，非常溫文儒雅，她没想到機長會那樣年輕還未婚……

聽到有人提起秀中，我的心小鹿亂撞，做什麼都恍恍惚惚。

“怎麼，去不去？”劉培偉問。

我想了想，與其在巴士等候區苦等一小時，倒不如上星巴克喝我愛喝的抹茶拿鐵。

“說真的，我未娶，妳未嫁，全羽空的中國籍男空服員又寥寥可數，妳何不考慮考慮我？”

劉培偉動不動就開玩笑，我不確定他這次是否認真了？

“你忘了，趙秀雯很喜歡你，老歐巴歐巴地喊，你何不考慮考慮她？”我說。

劉培偉聽了做嘔吐狀，他說他不想娶有月球表面臉孔的女人，還說全羽空航空應該規定凡容貌容易讓人受驚嚇者，一律不予錄用。

我說他太刻薄，趙秀雯很活潑可愛，別讓外表給矇騙了。

“反正我是外貌協會會員，不在‘娶妻娶德’的隊伍裏。”

我喝了一口抹茶拿鐵，不想與他爭辯。

“對了，告訴妳一個秘密，咱們的飛行員中，有一個不折不扣的富二代，他是ZT集團總裁的公子，妳大概沒見過，飛國際航線的。”

聽劉培偉這麼一說，我的心喀噔了一下。

“噢！叫什麼名字？”我明知故問。

“佐藤秀中。”他還是說出答案。

雖然很想知道旁人對秀中的評價，但我紋風不動，怕洩露了我和他之間的戀情。

“聽說佐藤的媽現在正積極幫他物色對象，也難怪，都三十好幾了，ZT集團也該開枝散葉。”

佐藤的媽現在正積極幫他物色對象？秀中完全沒提及，這是怎麼回事？我不禁懷疑起劉培偉話裏的真實性。

"是真的，日本的八卦雜誌早已傳得沸沸揚揚，因爲名單裏還包括C女星，那個哈佛畢業的學霸。"

我聽了，頓時像洩了氣的皮球。

"怎麼了？妳好像不太舒服。"他關心地問。

我推說頭疼，大概是中暑了。

"那走吧！小巴應該快到了。"

我起身，他過來扶我，我巧妙地避開，快步走向巴士等候區。

第六章/心痛

"佐藤的媽現在正積極幫他物色對象"這句話一直縈繞在我耳邊。

秀中没說，所以我一直以爲他的母親知道我的存在，只待時機成熟，秀中便會將我介紹給他的家人，没想到……

"杉杉，今晚我回父母家吃飯，下禮拜再到妳家。"秀中打電話給我。

"好的，没問題。"我故意發出高昂的聲音。

掛上電話，我像吃了黃蓮，有苦說不出。

知道秀中從布拉格飛回來後有三天休息時間，我特意和同事調班，好不容易有了三天假期，没想到他要回父母家，還說下禮拜再到我家，意思是這三天都不會和我見面，我的心跌落至谷底。

"與其待在東京自怨自艾，倒不如回京都，現在正是秋季賞楓時節，也許看看漂亮的楓樹能夠轉換心情。"我轉念一想，馬上收拾行李。

在夜巴上睡了一覺，當清晨的陽光灑進車內時，我知道京都不遠了。

下了車，我坐出租車回本田家，是小雪開的門，她很驚訝我這個時候回來。

"忽然想看楓葉就回來了。"我解釋，轉而問，"我媽起床了嗎？"

小雪聽聞後，面有難色："老闆娘她……"

"我知道了。"我阻止她說下去。

本田英樹一個月總有一、兩次上我們家來，正確地說，他是回自己的家，這個旅館是他的，母親只是代爲經營，說得好聽是老闆娘，說得難聽就是個打工仔，每個月有固定薪水，年底也有分紅，陰了這些，還有堆積如山、用也用不完的S牌化妝品。

没錯，本田桑就是S牌的創始人。

"小姐，賞楓季節到了，本田家都客滿了，本來……妳看住閣樓可好？"小雪試探性地問。

閣樓的樓高只有一米八，加上窗戶小，採光不好，非常有壓迫感。本來在房間客滿的情況下，我會和母親同住，但現在大老闆來了，母親得服侍他，我自然沒理由和他們擠，住閣樓成了無可避免的選擇。

"那就住閣樓吧！"我没爲難小雪。

母親來自雲南偏遠山區，在那個小村莊裏，真要追究起來，每個人都有血緣關係。小雪就是我家的遠房親戚，今年十八歲，初中文化。她被母親帶到日本後就一心一意地做著打雜的工作，算一算，她還得再做兩年才能重獲自由身，因爲母親付給她家一筆爲數不多卻能大大改善家境的買身錢。

小雪將我的行李搬到閣樓後，問："小姐，早餐想在這裏吃還是庭院裏吃？"

我想了想，不願在陰暗的閣樓裏用餐，遂說在亭子裏吃吧！順便還能欣賞日式庭園。

我正吃著飯，看見本田英樹從旅館的溫泉澡堂走出來，後面跟著母親，我趕緊低下頭去。

待他們走遠，我偷瞄了一眼，母親亦步亦趨、誠惶誠恐的樣子讓我不禁悲從中來。

說穿了，母親只是個表面光鮮的賣淫女罷了，從居酒屋的女服務員爬到旅館老闆娘的位置，靠的就是不斷地更換男人。那些男人們在不同時期爲她提供了不同的幫助，代價是得到母親的陪伴，直到本田英樹出現，她才不再頻繁換床，算是安定了下來。

在母親的計劃裏，她打算用"犧牲"換來我公主般的生活。

來日本後，我一路讀的是昂貴的私立女校，連大學進的也是女子大學。平時在校住宿，週末和假日才回到母親身邊，如果恰逢母親必須"工作"，我便理所當然地進入夏令營或冬令營……

當別人問起我的父親和母親時，我總感到自卑，因爲父親是賭徒而母親是妓女。當然，我感念母親的奉獻精神，但無法甩掉身上的包袱，它像個印記，時時提醒自己身份的卑微。

所以當秀中把目光打在我身上時，我彷彿是穿上水晶鞋的灰姑娘，頓時覺得前途一片光明；母親也是，她幻想著有朝一日我會走入佐藤家，然後擠身上流社會，把之前的種種不堪一掃而光。

雖然我和秀中交往時，也曾擔心"門當戶對"的問題，但秀中給我的關愛讓我僥倖地以爲他會爲我排除萬難，讓他的父母張開雙手擁抱我這個平凡無奇的兒媳婦，然而事實真的如此嗎？

母親交待廚房做三個便當，她打算早餐過後"全家"上嵐山賞楓。

嵐山四季分明，自平安時代起就一直是王宮貴族相當喜愛的度假勝地，其中尤以春天賞櫻和秋天賞楓最受青睞。

作爲京都郊外最知名的賞楓景點，嵐山的遊客總是絡繹不絕，每年的紅葉季，紅楓、黃杏、綠松、翠竹各領風騷，透過山間朦朧的霧氣將秋天的氣氛推至最高點。

除了自然景觀，嵐山山腳下還遍佈著大大小小的古蹟寺院，在古寺和園林的襯托下，爲此地的楓葉增添了一份清靈的意境。

本田桑的司機在嵐山站放我們下車，我們步行穿過著名的嵯峨野竹林，再經過有著鄉間風情的田園農舍，約20分鐘後抵達嵐山紅葉名冊榜上赫赫有名的常寂光寺。

這個以紅葉聞名的古寺位於小倉山麓，四周是靜寂蓊鬱的綠林，入口處有一條百級石階的參道，紅葉覆蓋了整條通往山上的石梯，相當壯觀。

"なんと美しいのだろう"本田英樹駐足讚歎著。

"はい"母親應和。

常寂光寺楓葉的色彩比京都其他寺院更豐富，此時秋高氣爽、天空湛藍，的確是賞楓的好時節。

我們隨後坐在寺前的石椅上吃廚子精心準備的便當，任誰都會以爲我們是幸福的一家人。

“キミと佐藤秀で聞いて交際”本田英樹咬了一口飯團後對我說。

我擡頭看了一眼母親，母親故意視而不見，反而強調我和佐藤秀中的交往非常順利，沒多久就會談婚論嫁……

“媽～別說了。”我忍不住說普通話，希望母親適可而止。

沒想到她當著本田英樹的面要我別害羞，男大當婚、女大當嫁，秀中也算大齡青年，家裏正著急，閃婚也不無可能。

本田英樹聽完不動聲色，母親又推了幾把，他終於鬆口，說會找時間和佐藤龍井喝茶，探探他的口氣。

回到本田家，我把自己關在閣樓裏，連晚餐也不吃，還是母親捧著小托盤，將食物親自送上來。

“怎麼了？從嵐山回來就不對勁。”母親問。

我怒氣沖沖地說哪有女方主動出擊的？這下子佐藤家族要把我看扁了。

“妳以爲像佐藤這種大戶人家不會講究女方的出身？估計現在偵探已經把我們的祖宗八代都調查清楚了，以那樣的家庭背景，妳想進佐藤家根本沒門兒！”

我說我清楚，但已經這樣了，又能如何？總不能讓我重新投胎吧？！

“所以我才要本田桑去周旋一下，也許還有轉寰的餘地。”

母親的想法是，雖然我不是本田英樹的親生女，但好歹是小老婆帶來的，不看僧面看佛面，也許佐藤家會勉爲其難地接納我。

怎麼還沒進門就矮人一截？這不是我要的。我希望自己能光明正大地面對未來的婆家，得到他們的祝福與歡迎。

母親說我有滿腦子不切實際的幻想，想進豪門猶如打戰，得講戰術，若照我說的做，絕對一敗塗地。

"秀中是不是告訴妳這禮拜他沒空？"母親投來一枚炸彈。

"妳......怎麼知道？"

"我怎麼知道？"母親大笑兩聲，"他昨晚和C女星相親，今日還上娛樂版的頭條呢！"

母親的回答像一把利刃刺向我的心臟，秀中，你怎能這樣？

我不禁掩面哭泣。

作者介紹

在異國的背景下加入纏綿悱惻的愛情故事是B杜小說的一大特點，她的文筆清新、筆觸詼諧、畫面感很強，讀完小說有種看完一部愛情偶像劇的感覺，特別適合懷春少女及對愛情有憧憬的女性閱讀。

B杜創作了一系列異國戀情N部曲，包括《法蘭西情人》、《東瀛之愛》、《新西蘭之戀》、《英倫玫瑰》、《愛在暹羅》、《情定布拉格》、《獅城情緣》、《愛上比佛利》、《夢回楓葉國》……等作品，歡迎關注。